〔明〕林大欽 著 黃 挺 校注

林大欽集

南方传媒

廣東人民出版社

·廣州·

圖書在版編目（CIP）數據

林大欽集／（明）林大欽著；黃挺校注. —廣州：廣東人民出版社，2024.7

（廣東文叢）

ISBN 978-7-218-17626-0

Ⅰ. ①林… Ⅱ. ①林… ②黃… Ⅲ. ①中國文學—古典文學—作品綜合集—明代 Ⅳ. ①I214.82

中國國家版本館 CIP 數據核字（2024）第 105159 號

LIN DAQIN JI

林 大 欽 集

〔明〕林大欽 著　黃 挺 校注

出 版 人：蕭風華

責任編輯：李永新

責任技編：吳彥斌

出版發行：廣東人民出版社

地　　址：廣州市越秀區大沙頭四馬路 10 號（郵政編碼：510199）

電　　話：（020）85716809（總編室）

傳　　真：（020）83289585

網　　址：http://www.gdpph.com

印　　刷：廣州市人傑彩印廠

開　　本：889 mm×1194 mm　1/32

印　　張：15.25　字　數：420 千

版　　次：2024 年 7 月第 1 版

印　　次：2024 年 7 月第 1 次印刷

定　　價：120.00 元

如發現印裝質量問題，影響閱讀，請與出版社（020-85716849）聯繫調換。

明萬曆刻本《狀元圖考》中的林大欽像

林大欽題匾（現存廣東揭陽藍兜村郭氏家廟）

序

蔡起賢

　　林大欽於明嘉靖十一年（1532）壬辰科狀元及第，是我們潮州在科舉時代考中文科狀元的唯一一人。他的故事軼聞歷經講書人編輯講述，直到現代幾乎没有人不知道，潮州有林狀元其人。可是林狀元有什麽著作存世，就不是爲很多人所知，知道了而願去讀它的也不多，讀了而能够讀得全懂的就更少了。這也有它的原因，因爲林大欽的著作雖有嘉靖林大春刻版的《廷試對策》，萬曆徐學曾翻刻的《三試全録》，崇禎時其家人梓行的《制策》（洪夢棟序），但都散佚了。詩集雖有曾邁萬曆刊本及崇禎曾敬雍本，可是到了康熙中葉已極難得到。至大欽所著書彙刊爲一集，實始於清康熙時。此本由大欽族孫林泆等輯録刊行，但今已極少見。現在最通行的只有光緒十年大欽裔侄孫林炳重刻本、光緒二十五年己亥金山書院重印本，和民國三十一年林豐盤據此本排印的鉛印本。據林炳序言："叔祖鳳翥（康熙本編録者）力爲剞劂而流傳……其後板藏宗祠，族人不知珍惜，遺簡剩書，散佚至今，蓋數十年矣。即訪之都邑人士，家藏集册，亦幾希少見。公之見諸言而寓於集者，不幾漸爲以漸滅乎！"又説："於是稟請家君號潛齋與季父蘭修，搜羅遺集，家藏莫備，僅於族叔樹垚、宗叔其華處，共得二部。其間蛀魚食字，滲漏濕篇，多所缺略。"其實康熙輯録時，林鳳翥就説："旋遭兵燹，所刊刷板，既已蕩爲寒烟劫灰矣。後諸繕本，亦復挂漏脱誤。"（林鳳翥康熙五十八年刊本跋）足見現有版本於字、詞、句訛奪挂漏必定不少，故我説現在能讀懂林東莆全集的人更少。

黄挺同志校點注釋《林大欽集》，這一工作是相當艱巨的，一百多年來就没有人認真全面地對林大欽詩文集（以下簡稱"林集"）下過整理校點的工夫；四百五十多年了，爲林集作注釋的，黄挺是第一人。只就校點工作而言，爲了使言有根據，黄挺每校正一詞一字，就不知道要翻多少書。爲搜集與林集有關的版本，他不但在本地區各縣尋訪，還到外地訪求。如康熙版林集，在潮州各屬已找尋不到，一聽説羊城舊家有人把這一版本獻給公家圖書館，他即追蹤前往，抄録複印，對於校正後出的版本，得到不少的創獲。集中文章，凡見於他書的，也盡量找出來參校。故此凡他校正的地方，都能叫人信服。僅《興寧學記》一文，根據嘉靖三十五年《惠州府志》卷十二"詞翰"的《興寧縣儒學修建記》就校補了二十處，而且校正"縣之廩既"的"廩既"應畫乙作"既廩"，語出《中庸》"既廩稱事"，"既廩"即月俸。此外如策問《天變》，原文爲"是故京翼奉之徒，"以行文例之，人名對舉，"京"後應補"房"字，因京房、翼奉兩人皆好占驗，知"房"字脱漏。又林集《史諫》云："其在《周官》，有左史以記言，右史以記動。"黄挺爲辨正説："《周官》，《周禮》的别稱。'左史記言，右史記動'説見《漢書》，與策問詞中引《禮記·玉藻》'動則左史書之，言則右史書之'説不同。這裏林大欽誤認問辭之《禮》爲《周禮》，又混《禮記》、《漢書》之説。"同篇又有"内府之藏，則太史掌之；邦國都野之志，則内史、小史、

御史掌之"句,也據《周禮·春官·大宗伯》之"太史掌建邦之
大典","小史掌邦國之志",内史、御史另各有所掌,以糾正《杯
集》之錯。《林集·進講》説朱熹薦《稽古録》備講筵在宋理宗
時,則據《續資治通鑑》卷一百五十三,證明朱熹薦《稽古録》在
光宗之朝。《重修寶雲巖記》中"即奇章平泉,敕子孫不以一石
假人"一句,引《劇談録》及《五代史·張全義傳》證明平泉莊爲
李德裕園宅,奇章是牛僧孺的封號——奇章郡公,句中"奇章平
泉"爲"牛冠李戴"。又指出記中"金谷銅池","池"爲"駞"字
之誤。林大欽詩集中有《見螢》一詩,中有句云:"匡帷傳勝
事",黄挺用心甚細,依據《續晉陽秋》指出囊螢照明讀書,是車
胤的事。像上面所舉經過精審勘誤的條目很多,不能一一枚
舉。至於《林集》中所有的謬誤是林大欽原來的舛錯,還是因
爲舊籍蛀損,後來編録者補綴的過失,已無法確定。總之,經過
黄挺這番爬梳剔抉後,爲後來讀者掃清了障礙。他的認真刻苦
精神,真值得我們佩服。

　　林大欽生活的年代,是王陽明學説最盛行的時期。潮州不
少名人顯宦像薛侃一家與功名赫赫的翁萬達等,都是王學的崇
拜者,薛侃更是王門巨子。林大欽是這群人的至交,自然受到
影響,常常和他們交流心學心得。這方面的心得,也自然滲透
到他的著述、與友人的通信函札,以及詩歌創作之中。故此爲
林大欽的詩文集作校注,非對宋明理學有較爲了解的人,實在
難以爲力。黄挺對理學的探索,是曾下過功夫的。他爲《林
集》作校注,自能勝任愉快,自能直探精微。林大欽遺存的有關
心學的代表作,應推《華巖講旨》一篇(以下稱《講旨》)。篇幅
雖然不長,卻有自己一家之見。《講旨》説:"千古聖賢説學,真
實平心,原從吾人各足之心。如堯曰'執中',文曰'緝熙',孔

曰'一貫',顏曰'博約',曾曰'至善',思曰'明誠',孟曰'性善',周曰'無欲',程曰'性定',是說孰不聞?又孰不能言?既聞其說,不察其義;既察其義,不會於心。是猶瞑目而辨五色,閉耳而審五音,雖使師曠耳提,離婁面命,不可得矣。諸賢須知,聖賢千言萬旨,皆是形容吾心妙義,乃知至道真從心得,非由擬議。"接着即從何謂"執中",何謂"緝熙"……逐一進行申論。這分明是林大欽在組織心學的道統。他雖學本陽明,但并不處處為王說所拘。他深交薛侃,但對《惠聲八問》而有"近蒙寄《惠聲八問錄》,雖辨問周明,莫非實事,然覺毀譽之心未忘,而精察之功少慢。若顧形迹聲色之末,非我廓然無情之體,勢將治己約而望人周矣"的裁斷,仍本於《講旨》的精神。故《講旨》一篇,可說是林大欽心學的内核。黃挺獨絜裘領,詮釋林大欽與友人的書信,凡逢玄言奧旨,一本《講旨》義諦,進行疏證,使其涵蘊昭然若揭,即盤根錯節,也莫不迎刃而解。倘能從《講旨》及與友人來往信札整理而條貫之,可成一篇完整的《林東莆學案》。

　　林大欽的詩,冲澹閒適,五言古詩,極似陶潛。他雖生活在明朝前後七子之間,但不被他們習氣所染,可謂魁奇特出之士。只是陶潛的思想,還局限於儒道之間。而林大欽於儒道之外,有他自己的習學修養。心學原多有禪意,大欽心學往往與佛家的諸相皆空、唯心不滅之説相合,他的詩比陶潛的詩,意象更為展拓。如《田園閒居》:"已矣齊去來,吾道光如如。"《草亭檢書遣懷》:"習定今忘我,希空不繫塵。"《齋居》:"獨酌深林晚,難觸支遁思。"《暮》:"净心澄物役,了性到無生。"《田園詞》:"但喫筍根清五蘊,不知何處是真玄。"尤其是《游陰那》一詩,禪味更濃。所謂"謁鏡空"為《異聞錄》記齊君房遇胡僧,削髮,法名鏡空。所謂"關中偈"，鳩摩羅什的高足有道融、僧叡、僧肇、道生，被稱爲"關中四子"，這四人都是"三論宗"的代表人物，"關中偈"指"三論宗"的偈語。所謂"無盡傳燈"，《大智度論》："汝當教化弟子，弟子復教化餘人，輾轉相教，譬如一燈復燃餘燈，其明轉多。"爲佛弟子代代相傳之意。所謂"石上精魂"，見《甘澤謠》記李源與僧圓觀事，圓觀托生後作詩云："三生石上舊精魂……此身雖異性長存。"黃挺注林大欽詩，或注或疏，力求通俗易懂，如《游陰那》詩，皆指出用典出處，更便紬繹查證。他以潮汕人注釋潮汕前輩名人的詩文，因爲熟悉當地的歷史、地理、動植物與社會生活，故所注更近其實。林詩中有《草堂看花》十二首，所咏的花，有九里香、石榴、木槿、紫荆、萱草、凌霄、一丈紅、夜合、菊花、柳等，各種花名都在詩中出現。只有第九首"枝英秀發亦擅場，銀白金黃細細香。一種幽情吹不盡，世人虛重百花王。"黃挺指出此首爲咏忍冬，注云："忍冬，常綠藤本植物，潮汕庭園多栽培……花初開白色，後則變黃，滿叢黃白相間，故又名金銀花。"外地人對這首詩咏什麼花，恐不易作注。足見黃挺體物入微，用心之細，所注詩可信性強。

　　林大欽的詩文，以前各家作序，賞心不同，各有偏袒，然認爲其以氣爲勝，卻是一致。我認爲氣盛而能樸實無華，更是他的特色。以這樣的詩文與並世的大家們媲美，毫無愧色。可惜他生於海隅而又享壽不長，遂不得旗鼓中原，爲後人所熟知。黃挺蓽路藍縷的校注工作，爲鄉邦文獻發幽光，意義何等巨大！我在此書出版前，有機會先讀定稿一遍，黃挺還要我爲此書寫序文，盛意難卻，只好寫一點自己讀後的體會。至於勝義，全在注中，我這篇序，恐怕成爲佛頭着糞。

前　言

一

《林大欽集》是明嘉靖十一年(1532)壬辰科狀元林大欽的詩文集。

林大欽,字敬夫,潮州海陽縣東莆都(今廣東省潮州市潮安區金石鎮)人,因自號東莆子。明正德六年(1511)生。嘉靖十一年舉進士、狀元及第,依例聽選爲翰林院修撰。兩年後,以母老病,乞歸終養。以後一直隱居東莆山中,講學著述優游,不再出仕。嘉靖二十四年(1545)病卒,終年三十五歲。由於年壽不永,勳業未就,史傳方志對林大欽的記載甚少,想對這位狀元有比較深入的了解,他的詩文可以説是極重要的材料。

從《林大欽集》中,可以窺見林大欽的政治主張、學術思想和詩歌創作的概貌。林大欽的政治主張及其在政治上的遭際,是明代中後期"以天下爲己任"的士大夫們在專制皇權高壓下受挫折的一個縮影。林大欽學術思想的演化,又在一定程度上展示出陽明心學發展蜕變的軌迹。林大欽與唐宋文派領袖人物王慎中、唐順之關係很好,他的詩歌創作主張與實踐,正好補充唐宋文派詩歌理論與創作實踐的不足。

二

林大欽所處的時代，資本主義生産關係在封建社會結構内部迅速萌生。中國封建社會步入晚期，各種社會弊病全面顯露出來。階級矛盾尖鋭：自皇莊、官莊開始，土地兼併現象如洶涌浪潮席卷整個國家；賦税徭役十分繁重，而豪强地主又利用編造賦役黄册的時機，轉嫁負擔於小農；大批小農被迫離開土地，成爲流民；人民起義起伏不絶。統治階級内部的斗争也十分激烈：皇帝爲擴大專制皇權，濫施淫威，抑制官僚集團，引起官僚們的抵制；不同派别的官僚爲了争奪内閣權力，不擇手段地打擊異己勢力。邊防危機日益嚴重：北方蒙古各部幾乎年年侵擾九邊諸鎮，無時或息；江南沿海各省，倭害漸起。

林大欽家居農村，父親是個窮苦的讀書人。他十八歲時，父親去世，家境更加困逼，靠代人抄書來養活母親。這種生活境遇，使林大欽能真切地了解到各種社會矛盾與下層人民的生活狀況。

明代士風，本偏於剛强梗直敢言。林大欽也是一踏上科舉之途，便抱着兼濟天下的大志，直言不諱地指斥時政，提出自己整治時弊的政治見解。

在《廷試策》中，林大欽十分尖鋭地指出當時政治弊端並分析其原因。他認爲"天下之所以長坐於困乏"，原因在於"游惰之病"與"冗雜之病"。前者主要指流民，他指出，流民"蓋起於不均之横徵，病於豪强之兼併"。後者指冗兵冗員，更主要的是指冗費，他説："冗費之弊不能悉舉，即其大而著者論之，後宫之燕賜不可不節也，異端之奉不可太過也，土木之役不可不裁也。"這顯然是針對皇帝本身的侈奢而論的。基於這種認識，林大欽在策論中强調,"人君之於天下;非其無財之爲患,以其冗用夫財之爲患;非其生財之爲貴,以其節財之爲貴"(卷二《積貯》)。他要求皇帝以身作則,省冗節用,以質樸立國,回淳樸之風,立萬世之業(卷二《習尚》)。

林大欽也提出幾項開源生財、富國贍民的具體辦法。一是均土地:由朝廷頒布法令,重新調整分配土地,"定之世業而口分之,立之農官而勸督之,禁之奢侈而實養之,寬之田租而賜赦之"(卷二《積貯》),使小農安於田園,以弭流民之害。二是興田利:開墾"京師以東蔡鄭齊魯之間"的荒蕪田園,以期經過數十年經營,"江北之田應與江南類,可省江淮數百萬之財賦,而紓北人饑寒凍餒之急"(卷一《廷試策》)。三是輕徵通利,鼓勵民間貿易:他反對逐商之説,認爲"游民之商本不得已也,而又無所變置而徒爲之逐",恐怕"將驅力商之民而盜也"(卷一《廷試策》)。這些見解,與林大欽生長在人多地少、工商業發達的潮州不無關係。

在策論中,林大欽又陳述了自己的政教主張。他指出,守令是刑政的基層執行者,"守令之職,在精選授,專久任"。選擇精當,則能執法公正,不致讓奸猾者馳其巧智,誤屈無辜。久在其任,則能熟習百姓情僞,誘之向善。他認爲,敷教必先擇師,"博選天下之有道術聞望者,立之爲太學之師","至於庠師,亦當簡其有行誼者爲之",要求教育者本身要有良好的道德名望,良好的行爲作風。他還指出,"庠官之職太卑,則苟禄之心易奪",要加强庠師的責任心,必須提高其職權待遇(卷二《刑教》)。這樣一些主張,就是在今日,仍不無借鑒作用。

三

林大欽少年時期,陽明心學已盛行於潮州。入仕前,他便受過陽明心學的熏沾。嘉靖十一年，林大欽入仕於朝，更深入地受到陽明學的陶冶。他的同年中，有不少心學名家，如浙中學派的王畿、錢德洪，泰州學派的徐樾、林春、趙貞吉。這一年，羅洪先也回到翰林院，與林大欽同任修撰。林大欽爲這些人所吸引，同他們一起討論研習陽明學說的心得。嘉靖十三年，他致仕歸潮，閒居林野，講學東莆。此後，他與王畿、林春、羅洪先、鄒守益等常有信件往來，相互切磋心得。可以說陽明學說對他的人倫道德觀念和人生理想産生了巨大影響。

林大欽的學術思想，經歷了三個階段的變化。

嘉靖十五年以前，林大欽接受了陽明學說，但未曾完全擺脱朱學的影響。他談及心學的文章最早者爲《與翁東涯》，該文寫於嘉靖十二年，這封書信討論了毀譽、利害、是非等價值判斷的標準。林大欽認爲，標準不在世俗規格度數，而在"吾心"。他以這一標準解釋《大學》"格物致知"，說"依此是非之知謂之致知，正此是非之物謂之格物"，他勸翁萬達刊落聞見，說："今能不求理會於聞見知識，反觀吾心之是非，則堯舜孔孟格致之學可入，而於道亦過半矣。"但是，信中說到："凡今不敢信是非於吾心，而必尋是非於規格度數者，只緣世情見有欲是非之心，不見本體無欲是非之心之故。"將"本體之心"與"世情之心"分別爲二，則仍受朱子區別"人心"、"道心"的學說影響。

嘉靖十五年到二十年前後，林大欽的學術思想，比較集中地反映在《華巖講旨》一文中。此時，他的學術見解，純然合於陽明之道。文中論心言語，如謂"此心神妙無二，本自條理"，"妄心即正心，心動則妄，不動何妄之有"，"心本無染無障，故無思無慮，無可無不可"等等，幾乎都祖述陽明，明顯與他在此之前區別氣性善惡的主張迥異。價值判斷的標準既在本心，修持方法自然也主簡易。林大欽在給友朋同道的書信中反復提到這一點。他説："夫道至邇至易，不待外求。……良知故易，良能故簡。易簡，天下之理得也。"（卷四《與陳静庵》）又説："易簡之性，本不落於想象，因事證勘，方爲實際。"（卷四《與陳碧洋》）由自身地位學養所規定，林大欽談到修養方法時，也强調讀書窮理的重要作用。他説："今人往往空説存心，或便説不須讀書……若謂讀書爲心累，則必不讀書，便有必不讀書心累。……文字皆吾道之象，四海皆吾道之人。……無心累者，安得書累？"（卷三《華巖講旨》）

這一階段，林大欽始終尊奉王陽明"戒慎恐懼"之教，用敬業勤勉的態度對待人生，他説，"僕自歸山，學不得力，踐履不及前人，聰明日負初心，用兹業業，如踐春冰"（卷四《與包蒙泉侍御》）。故爾，林大欽在這一時期仍積極關心時政。

嘉靖二十年後，林大欽與王畿、林春信函往返密切。他的著作中表現出來的思想，明顯接近龍溪、泰州之學，突破了陽明學説的藩籬。

陽明學説以"吾心良知"作爲人倫道德價值判斷的標準，本來已經有否定封建傳統秩序的傾向。由於在學理上"吾心良知"是無善無惡的，那麽這個"良知"如何能識得善惡而可立爲標準？王畿因此連"良知"這一標準都否定了。他説："既無善惡，又何有心意知物？終必進之無心、無意、無知、無物而後玄。"（《明儒學案》卷首《師説·王龍溪畿》）林大欽在學理上對"良知"本體的探尋，也導致了同樣的邏輯結果。他説："道以無爲爲妙……誠者自誠，道者自道，非人力爲之。"（卷四《與戚南山黄門》）"道妙無爲"，則不確立是非善惡的標準，只任心體縱橫自在，無思無慮，即滅即生。故他又説心學之道"自照自施,無牽無繫。……善惡同於幻化,思慮等於冥蒙,清浄均於大道,滅絶齊於生發"(卷四《與王汝中兄》)。與此同時,林大欽抛棄"讀書明理"的修持方法。這促使他的學術觀念的平民化。他强調"生人之體不殊,凡聖之心無二……堯舜孔顔之道,即愚夫愚婦天然之心,不傳而自明,不求而自至"(卷四《復鄒東廓國師》)。又認爲"人心之真,萬古不磨,原自廓然,非由聖傳而有,則斯道何時不明,而學亦何嘗喪"(卷四《與王汝中論東廓》)。"堯舜孔顔之道,原是愚夫愚婦天然之心",是陽明簡易教法,這話《華巖講旨》也説過。但是《講旨》强調愚人有己心、二心、執心,非禮、非一、非中,所以要由千古聖賢説學論道。這裏卻强調"人心之真"合道合理,即性即知,人人自足,凡聖無别,非由學明,非由聖傳,"道"的神聖性完全被否認。

林大欽的道德價值觀念因此大幅度改變。他肯定人的生命欲望,一改原來"無欲"的主張,認爲"今之所謂無欲者,寡欲而已矣"(卷四《與王汝中論東廓》)。這很容易使我們想起何心隱關於"寡欲"與"無欲"的討論。仁義道德是封建禮教的支柱,林大欽公然宣稱,"咀嚼仁義之華,逍遥道德之趣,則與斯道遠矣"(卷四《與王汝中兄》)。他寫了《駁左史書》一文,主張"率乎所性,和乎自然,澹乎與衆同能,泊乎無爲而應",駁斥了《左傳》提出的立德立功立言三不朽的觀念,把這種爲大多數士大夫所信奉的道德價值觀念也否定了。

林大欽這種人倫道德觀念的演化有他個人的特殊原因,但從根本上講卻是陽明心學邏輯發展的合理歸宿。也許通過這一個案,我們可以更深入地領會到何心隱、顔山農、李卓吾這樣一些 16 世紀反封建思想先驅出現的必然性。

四

　　林大欽在政治上勳業未就,在學術思想上接近王門左派,有悖儒學正統,故爾,《文集》序文,多稱揚其詩文,這實在與他的本意相乖背。他曾經與人論詩文,説"詩文不害事,用意爲之,亦恐奪志"(卷四《與盧文溪編修》)。他説:"相期以道,區區於辭章達姓字,非所望於賢者也。"(卷四《與丘秀才》)可見,他自己還是以道自任,而以詩文爲雕蟲小技。不過,隱居東莆山中,林大欽又時時將自己的襟抱情志,形諸吟咏,給我們留下近300首詩。

　　他的大部分詩歌,吟唱歸田幽居的樂趣。他或放浪山水園丘,"垂綸消白日","看山憶采薇";或流連典籍,興來則"引玩書連屋",倦了且"抛書竹共眠";或縱情詩酒,"點咏隨歌鳥,陶尊賴濁沽"。他有時也興致勃勃地參加勞動,"暑穫豈不勞?稱心固自好","耕種移白日,怡然丘園春"。因此在詩中他也表現出對農事的關心:集中有《久旱傷稼,歲事在夏。一雨滂沱,遂滿皋落。農人締歡,予亦喜萬物之得所也。用感行休,緬然長謡,不記賡韻》長題五古;有"稻色滿平畬,侵辰穫東菑。今年春穗熟,幸免寒與饑"《農情》絶句。盡管他自比"農父"、"野夫",但是他的詩歌中流露出來的,主要還是一種蕭散、恬淡、閒適的士大夫氣質。

　　盡管林大欽説此時自己已忘情窮通,詩行間卻還時有不平之氣逸出。他在詩中嗟嘆自己壯志不酬,"勳庸乖昔願,飛錫遜難期","人事嗟淪易,雄圖空爾爲"。他傾心於范蠡、張良的功成身退,也仰慕着諸葛亮、謝安石的隱居山中而能够際會風雲,勳成業就。於是作詩咏史,並云:"瞻依昔賢,實獲我心,景望弗逮,徒增高山之仰。"他敏感的心靈會爲着某種小小的觸發而隱痛:夜深人靜,幾隻撲火飛蛾會惹動他官場險惡的恐懼(卷五《飛蛾嘆》);春宵裏陣陣蛙聒,也會引起他功名未立身先老的悲哀(卷五《聞蛙》)。不過,這令人神悄骨寒的商聲實在太微弱,以致後人只覺得他的高曠悠閒。

林大欽的詩風,論者許其"冲澹閒適,有類陶、韋"(《潮州志·藝文志》集部《林東莆先生文集》案語)。像五古《田父》:"春田夕離離,水漫苗葉菲。暮烟紛已靄,農父月中歸。辛勤何足道,所喜願無違。"簡樸自然,淡遠有味,風格很接近陶淵明。他也很推崇王摩詰的詩,說"最傳秀發王維詞,竊信風流亦我師"。他的五言絶句寫得較好的,像"悠悠雲夢裏,獨繫青山客。不見往來人,時有鳥行迹"(《幽懷》),"芳原晴睇望,隱隱見荒林。鳥向青田去,雲還碧澗陰"(《晴望》),清静曠寂,也還有些摩詰韻味。

這種簡樸自然、淡遠清曠詩風的形成,得益於兩個方面。一是他的學術思想:道以無爲爲妙,人心之真,天機自足。持此論詩,也必然鄙棄描繪聲色、雕琢求工者。所以他說,"傳曰:'詩言志。'故本乎性情之謂天音,豈論工拙耶!"(卷五《自序》)又謂"世之誦記畜育,沿襲仿模,則亦以充求工求勝之心。如只辭欲達意,正不必爾"(卷四《復家子仁》)。二是得益於他的生活環境:自乞休歸養之後,他像陶淵明一樣,生活在樸素平静的農村裏,這種生活環境,使得他更加容易體驗,並學到陶詩那種純樸自然的風格。

五

林大欽的著作,在萬曆十三年刊刻的潮州知府郭子章所撰的《潮中雜記》卷七《藝文上》中著録了兩種:"《林東莆舉業稿》一卷，明修撰邑人林大欽著，編修華亭李自華序，刻在松江府正學書院，邑人夏大勳校；《林東莆論策》一卷，林大欽著，潮陽林大春序，刻潮陽。"據本集所收丁自申、郭子直二序，這兩種著作應該刻於嘉靖後期。而林大欽著作最先鋟版者，當爲他回鄉後講學於宗山書院所著的《華嚴講旨》。嘉靖二十年林大欽給王畿的信中提到，《華嚴講旨》已經"有友人刻傳"。萬曆年間，潮陽令徐學曾刻《三試全錄》，有郭子直序。萬曆二十八年，揭陽曾邁刻行林大欽《咏懷詩》。崇禎三年，曾敬雍重刻詩集，又附刻雜著一卷。林大欽著作的明刻諸本，現在皆已佚失。

　　康熙五十五年，林大欽的從玄孫林鳳翥搜輯前明諸刻，並加校讎，合刊爲《東莆先生文集》。林鳳翥在是書跋語中說："先殿撰撰著，郭文宗臣舉有三場策論之刻，曾孝廉志甫有詩歌之刻，曾孝廉簡父有詩、講旨之刻，家井丹先生有制策之刻，舉業則散見於定待諸選，總未曾合刻也。……兹合諸本，力爲校讎，滙以成帙。"這是林大欽詩文全集的最早版本。道光二年阮元總纂《廣東通志》卷一九六《藝文略》所著錄的"《東莆先生集》六卷，明林大欽撰，存"，就是這個版本。光緒十年，初版書已極少見，林大欽的裔侄孫林炳（麟甫）重加校勘刻行，這就是光緒十年版。此版封面直書三行，自右至左爲"光緒甲申拾年重鐫／殿撰東莆林先生文集／板藏家塾"，左下角刻有篆書印記"美良正居麟甫氏章"一枚。光緒二十五年，此版轉售金山書院後，有重印本，封面改作"林東莆先生全集／後學陳石珍敬題"兩行，另有"光緒二十五年歲次己亥冬十二月金山書院購版藏於書樓"牌記一頁。饒宗頤先生《潮州志·藝文志》著錄此本。饒《志》所錄，又有"民國山兜林氏排印本"，1942 年林氏裔侄孫林若安所刊行，分上下兩卷，鉛活字排印，綫裝，封面題作"東莆先生文集"，又有"民國卅壹年壬午拾月拾五日重刊"牌記。1987 年,潮安縣仙都鄉林世光堂旅居海外子孫林豐銘等,在香港據民國版影印《東菖先生文集》,總爲一册,平裝。上述五種版本,源流關係如下:

康熙五十八年本(祖本)

↓

光緒十年本(重刻本)=光緒二十五年本(重印本)

↓

民國三十一年本(排印本)

↓

香港本(影印本)

康熙刻本未見全帙,廣東省立中山圖書館特藏部有殘本入藏。該藏本第一卷和第五卷有缺頁,第六卷全缺。自光緒十年以下各本,均有全帙存世。

另外,道光二十七年順德馮奉初搜輯明代潮人文集二十種爲《潮州耆舊集》,其中有林大欽所著《林殿撰東菖集》二卷。順治本和乾隆本《潮州府志》、鄭昌時《韓江聞見錄》各收錄林大欽文若干篇。

六

本書的整理,采用光緒十年本爲底本,因該本系據康熙本重刻,重刻時對康熙本錯字有所校正,且爲全帙。以康熙本、民國排印本爲校本。以《潮州耆舊集》、《韓江聞見錄》及順治、乾隆二府志參校。

本書整理工作的内容及采用的方法如下:

1.校勘。本書使用上述版本校勘,具體做法是:古體字、異體字,一般徑改通行體,不出校;通用字及專有名詞所用的古體字、異體字，照原不改。避諱字徑改；空格避諱者，以常見通例或據他本補，出校。版刻的誤、缺、衍字，除一些明顯易誤的形近字徑改外，或據校本、他本改正，出校；或依文義改正，出校；缺字而文義勉強可通者，或出校説明而不改原文。凡作者誤記造成的錯誤，一般不改，只在注釋中説明。

2. 標點。本書使用新式標點，標點符號的使用，基本上遵循中華書局《二十四史》標點本采用的體例。

3. 分段。本書的論表策文，不依原刻抬頭、空格等體例，都依文義分段處理。其他散文也進行分段處理。

4. 重編。《東莆先生文集》光緒十年本雖然基本據康熙王十八年本重刻，但在局部篇章曾重新編定繫屬，例如把《駁左史書》從第四卷末，移到第三卷。本書對林大欽著作的重新編輯，做了如下工作：①對《東莆先生文集》的編次稍作調整：原第一卷開頭序説及傳記部分，移置集末，作爲附錄；考慮到原第六卷"制義"，今天對於一般讀者來説，已無多少價值，故也將它剔出正編，移於集末附錄。②增輯林大欽佚詩佚文、文集序説、傳記資料各若干篇，依類編入集末附錄。

5. 注釋。本書對正編詩文都作了注釋。加注部分，試策、論、表、判注釋較略，雜文、書信、詩歌注釋較詳；字詞注釋較略，人名、地名、史事注釋較詳；對作者的學術思想，注文還時加概括的詮解。這樣做，目的也在於給讀者更多的幫助。

由於本人學識尚淺，所做的整理工作難免存在缺陷與錯誤，切望讀者指正。

黄　挺

目　録

卷三　雜　著

卷四　書　札

卷五　詩

五言古詩八十六首

五言律詩一百一十七首

五言絶句七十七首

附録一　詩文補遺

附録二　制　義

學庸八首

附録三　序　跋

附録四　傳記資料

卷一　試　策

廷試策

皇帝制曰：

　　朕惟人君，奉天命以統億兆而爲之主，必先之以咸有樂生，俾遂其安欲，然後庶幾盡父母斯民之任，爲無愧焉。夫民之所安者所欲者，必首之以衣與食，使無衣無食，未免有凍餒流離之害。夫匪耕則何以取食？弗蠶則何以資衣？斯二者，亦王者之所念而憂者也。今也耕者無幾而食者衆，蠶者甚稀而衣者多，又加以水旱蟲蝗之爲災，游惰冗雜之爲害，邊有烟塵，内有盜賊，無怪乎民受其殃而日甚一日也。固本朕不類寡昧所致[①]，上不能參調化機，下不能作興治理，實憂而且愧焉。然時有今昔，權有通變，不知何道可以致雨暘時若[②]，災害不生，百姓足食足衣，力乎農而務乎織，順乎道而歸乎化？子諸士，明於理，識夫時，蘊抱於内，而有以資我者，亦既久矣。當直陳所見所聞，備述於篇。朕親覽焉，勿憚勿隱[③]。

臣對[④]：

　　臣智識愚昧，學術疎淺，不足以奉大問。竊惟陛下當亨泰之交，撫盈成之運[⑤]，天下皆已大治，四海皆已無虞，而乃拳拳於百姓之未得所爲憂，是豈非文王視民如傷之心耶[⑥]？

甚大美也。然臣之所懼者，陛下負聰明神智之資，秉剛睿仁聖之德，舉天下之事，無足以難其爲者，而微臣所計議，復不能有所補益於萬一。陛下豈以其言爲未可盡棄，而有所取之耶？陛下臨朝策士，凡有幾矣，異時莫不光揚其名聲，寵綏其禄秩。然未聞天下之人，有曰天子某日降某策問某事，用某策濟某功者？是豈策士之言，皆無可適於用耶？抑或可適於用，而未暇採之耶？是臣之所懼也。臣方欲爲根極政要之説、明切時務之論，而不敢飾爲迂闊空虛無用之文，以罔陛下。陛下若以其言爲可信而不悉去之，試以臣策付之有司，責其可行，則臣終始之願畢焉。如或言不適用，則臣有瞽愚欺天之罪，俯伏以待罪譴，誠所甘心而不辭也。

臣伏讀聖策，有以見陛下拳拳於民生凍餒流離爲憂，以足民衣食爲急。此誠至誠惻怛以惠元元之念[7]，天下之所願少須臾無死，以待德化之成者。然臣謂陛下誠懷愛民之心，而未得足民衣食之道；誠見百姓凍餒流離之形，而未知凍餒流離之實也。夫陛下苟誠見夫百姓凍餒流離之實，則必思所以富足衣食之道。未有人主忍見夫民之凍餒流離，而不思所以救援之者；未有人主救援夫民之凍餒流離，而天下卒至於凍餒流離而不可救者也。今夫匹夫之心可行於一家，千乘之心可行於一國。何者？以一家一國固吾屬也。曾謂萬乘屬天下者，有救援天下真實懇切之誠，而顧不效於天下者哉？是臣所未信也。

臣觀陛下臨朝，凡有十餘年於此矣。異時勸農蠲租之詔一下，天下莫不延頸以望更生。然而惠民之言不絕夫口，而利民之實至今猶未見者，臣是以妄論陛下未知斯民凍餒流離之實，未得足民衣食之道也。臣聞之，仁以政行，政以誠舉。王者富民，非能家衣而戶食之也，心政具焉而已矣。夫有其心而無其政，則天下將以我爲徒善；有其政而無其心，則天下將以我爲徒法。徒法者化滯，徒善者恩塞。心法兼備，此先王所以富足人之大略也⑧。臣觀史策，見三代以後之能富其民者，於漢得一人焉，曰文帝。當亂秦干戈之後，當時之民，蓋日不暇給矣。文帝視當時之坐於困寒者，蓋甚於塗炭也。育之以春風，沐之以甘雨，煦煦然與天下爲相休息之政，而塗炭者袵席矣。故後世稱富民者，以文帝配成、康⑨，亦誠有以致之也。然而文帝固非純王者，竊王者之似焉，猶足以專稱於後世。而況夫誠於王者，而顧有坐視天下於凍餒流離者哉⑩？臣竊謂今日陛下憂民之心不爲不切，愛民之政不爲不行。然臣所以敢謂陛下於斯民之凍餒流離而未知其實，於足民之衣食而未得其道者，竊恐陛下有愛人之仁心，而未能如王者之誠怛懇至；有愛人之仁政，而未能如王者之詳悉光明。臣是以敢妄論陛下而云云也。

然臣所望仁政於陛下者，非欲盡變天下之俗也，非欲復井天下之田也，亦曰宜時順情而爲之制，而不失先王之意爾。臣請因聖策所及而條對之。

陛下策臣曰：“夫民匪耕則何以取食？弗蠶則何以資衣？斯二者，亦王者之所念而憂者也。今耕者無幾而食者衆，蠶者甚稀而衣者多，又加之水旱蟲蝗之爲災，游惰冗雜之爲害，邊有烟塵，內有盜賊，何怪乎民受其殃，日甚一日也。”此見陛下痛念斯民之病，深揆困乏之本，而急思所以拯救之也。臣謂民之所以耕蠶稀而日甚其殃者，游惰起之也，冗雜病之也。若夫水旱蟲蝗之災，則雖數之所不能無⑪，然君人之憂不在焉。何者？恃吾耕蠶之具素修而無所耗，則雖有水旱蟲蝗而無所害。臣聞有道之國,天不能災,地不能厄,夷虜盜賊不能困[一],以恒職修而本業固,倉廩實而備禦先也。

臣聞立國有三計:有萬世不易之計,有終歲應辦之計,有因時苟且之計。萬世不易之計者,《大學》所謂"生之者衆,食之者寡,爲之者疾,用之者舒"也。故《王制》三年耕則有一年之積,例之則九年當有三年之豫⑫。其終歲所入,蓋足以自給,而三年之蓄,恒可以預待不虞。如此者,所謂天不能災,地不能厄,夷虜盜賊不能困[二],臣前所謂王者之政,陛下今日所方欲切求而勵之行者。所謂終歲應辦之計者,蓋生財之道未甚周,節財之道未甚盡,一歲之入僅足以充一歲之用。其平居無事,尤未見其甚敝,值有凶荒盜賊之變,則未免厚斂重取,以至於困敗而不能自振。若此者,蓋素備不修,因時權設,漢、唐、宋以下治天下之大率,而非吾陛下之所以奉天理物而深厚國脉者。其所謂因時苟且之計者,蓋平時之所以斂取於民,頗無其度,而取民惟畏其不多,用財惟畏其不廣。方其無事,百姓已不能自給,迨其有變,則不可復爲之計矣。此則制國無紀,潰亂不時,蓋昏亂衰世之政焉。臣前所謂起於游惰、病於冗雜之弊,亦略有同於是。

陛下今日所方欲改轍而易海内之觀者,臣謂今日游惰之弊有二,冗雜之弊有三。此天下之所以長坐於困乏,而志士至今憤惋而嘆息者也。

其所謂游惰之病二者,一曰游民,一曰異端。游民衆則力本者少,異端盛則務農者稀。夫民所以樂於游惰者何也?蓋起於不均不平之橫徵,病於豪强之兼併。小民無所利於農也,以爲逐藝而食⑬,猶可以爲苟且求生之計。且夫均天下之田,然後可以責天下之耕。今夫里閈之小民[14],剥於污吏豪強者深矣,散食於四方者衆矣。大率計今天下之民,其有田者一二,而無田者常八九也。以八九不耕之民,坐食一二有田者之粟,其勢不得不困。然而散一二有田者之業,以爲八九自耕之養,其勢未嘗不足。議者病游民之衆也,或有逐商之説。然臣以爲游民之商,本於不得已也,而又無所變置而徒爲之逐,臣懼夫商之不安於商也。臣竊謂今日之弊源已深,更化者當端其緒而綏理之。理而無緒,勢將驅力農之民而商,又將驅力商之民而盜也。天下爲盜,國不可久。其便莫若頒限田之法,嚴兼併之禁,而又擇循良仁愛惻怛之吏以撫勞之。法以定其世業,禁以防其奸貪,吏以得其安輯,游民其將歸乎!若夫異端者,蓋本無超俗利世之智,而徒竊其减額逃刑之利,不工不商,不農不士,以自便其身。且其倡無父無君之教於天下,將使流風之未可已焉。此其爲害甚明,故臣不待深辨。然臣竊悼俗之方敝也:禿首黃冠,充斥道路;珠宮瓊宇,照耀雲漢。此風未艾,效慕者衆,非所以令衆庶見也,非所以端風正紀之要體也。故臣願陛下嚴異端之禁,敕令此輩悉歸之農。其有不如令者,許有司治罪不赦。蓋非惟崇力本之風,抑且彰教化之道。此臣拳拳所望於陛下之至意也。

其所謂冗雜之弊三者,一曰冗員,二曰冗兵,三曰冗費。冗員之弊必澄,冗兵之弊必汰,冗費之弊必省,三冗去而財裕矣。夫聖人所以制禄以養天下之吏與兵者,何也?吏有治人之明,則食之也;兵有敵人之勇,則食之也。是其食之者,以其明且勇也。其或有不明不勇者,則非耕不得食,非蠶不得衣。何者?無事而禄,亦先王之所儉也。今夫天下之吏與兵何如也？臣非欲盡天下之吏與兵而不禄之也。臣徒見任州縣者，固有軟罷不勝而坐禄者焉[15]；隸兵籍者，固有老弱不勝而濫食者焉。且入貲之途太多，任子之官太衆，簡稽之責不嚴，練選之道有虧[16]。臣是以欲於此輩一澄且汰焉[17]，其所以去冗濫而寬民賜者不少也。若夫冗費之弊，不能悉舉。即其大而著者論之，後宮之燕賜不可不節也，異端之奉不可太過也，土木之役不可不裁也。陛下端身以率物，節己而居儉，其於三者，固未可議焉。然竊見天下之大，民物之衆，九州四海之貢，尺帛粒米之賦，山林川澤之稅，日夜會稽以輸太倉[18]，可謂盛矣。而國計未甚充，國用未甚足，以爲必有所以耗之者矣。且夫上之賦其下者以一，而下之所以供夫上者常以百[三]。蓋道路之耗，漕挽之費[19]，京師之一金，田野之百金也；內府之百金，民家之萬金也。以百萬民家之資，費之於一燕饗、一賜予、一供玩者何限！臣故曰冗費在今日亦有未盡節者。蓋臣聞之，以天下所有之財賦，爲天下人民之供養，未有不足者。特其有以冗而費之者，則其勢將橫徵極取，天下不至於饑寒凍餒、大敗極敝不已[20]。臣讀《史記》，見周文王方其受命之時，地方不過百里，而四方君長交至於其國。其所以燕饗勞來之典，不容終無，然而當時百姓各足，饑寒不病，故民誦之。《詩》曰："勉勉我王，綱紀四方。"[21]蓋慶之也。傳至於其子孫，以八百國之財賦自養一人，宜其甚裕而無憂，而民反流離困苦，至於"黃鳥"、"仳離"之咏作焉[22]。臣於此見君人節己以利人則易爲功，廣費以厚斂則難爲力。臣是以拳拳以省冗費爲陛下告也。

陛下策臣曰："固本朕不類寡昧所致。上不能參調化機，下不能作興治理，實憂而且愧焉。"此陛下憂勤之言，禹、湯罪己之辭也。然臣謂陛下非徒爲是言也，須欲勵是行也。
夫君人之言與士庶不同，一或不徵，天下玩之㉓。後雖有美
意善政，人且駭疑不信。陛下往年嘗有恤農之詔矣㉔，然而
天下皆以爲陛下之虛言，何者？誠見其言若是焉，而未見其
惠也。今陛下復策臣若是焉，臣以爲亦致憂勤之實而已。
欲致憂勤之實，須速行臣前所陳者。臣前所陳者，皆因聖策
所及條對㉕。要之，所以振弊利世之道，猶有未盡於此，臣請
終之。

　　夫山澤之利未盡墾，則天下固有無田之憂。今夫京師
以東，蔡鄭齊魯之間，古稱富庶強國，三代財賦，多出於此。
漢唐以來名臣賢守，其所以興田利而裨國用者，溝洫封澮之
迹，往往猶存，而今悉爲空虛茅葦之地。此古人所謂地利，
猶有遺者。而陛下所使守此土者，一切苟且應職，而無爲任
此憂者。此北人所以長坐仰給於東南，少有凶荒不繼，輒輾
轉溝壑，不能自給以生者，地利未盡也。臣意陛下莫若嚴其
守令，重選才幹忠誠爲國之士，使守其地，而專一以興田利
爲事。朝廷寬其禁限，聽其便宜，而惟以此爲田利課，則海
內當有趙過者出焉㉖。不數十年之後，則江北之田，應與江
南類，可省江淮數百萬之財賦，而紓北人饑寒凍餒之急。一
舉而利二焉，大惠也；陛下能斷而行之，大勇也。或曰：非不
欲行也，如南北異宜何？臣請有以折之。夫今日所謂空虛
荒瘠無用之地者，非向時所謂富實而所托賴以興起之本區
乎？昔以富實，今以荒虛，臣誠未見其說，亦曰存乎人耳，魏
人許下之屯可見矣㉗。方棗祗爲屯許之畫也，當時亦誠見其
落落難合。洎其成也，操終賴之省粟數萬。今天下之大，又
安知其無能爲棗祗者乎？臣是以願陛下以此爲田利課，則

山澤墾矣。

臣又聞之，關市不徵，澤梁無禁，王者所以通天下，大公大同之制也。自漢桑弘羊以剝刻之術媚上，而徵榷之法始詳[28]。歷代因之而不革，大公之制未聞也。然臣終以此爲後世衰亂苟且之政。今朝廷之取民，茶有徵，酒有榷，山澤有租，魚鹽有課。自一草一木以上之利，莫不悉籠而歸之公，其取下悉矣。夫上取下悉，則其勢窮。夫獸窮則逐，人窮則詐，今陛下之民將詐乎！司國計者，非不知其勢之不可以久也，然而明知其弊而冒之者，誠曰國家利權之所在也。臣以爲利不勝義，義苟未安，利之何益？況又有不利者在乎？臣聞之，王者所以總制六合，而鎮服民心、張大國體者[四]，固在道德之厚薄，不問財賦之有無。臣觀徵利之說，不出於豐泰之國，恒出於衰亂之世。纖纖然與民爭利者，匹夫之事也。萬乘而下行匹夫之事，則其國辱，非豐泰之時所尚也。陛下何不曠然爲人所難，思大公之法，去衰亂之政，令天下人士爭言曰："惜哉！漢、唐、宋不能舍匹夫之利以利人，至我明天子，然後能以天子之大體鎮服民心焉。"陛下何久於此而不爲也？臣願陛下息山林關市之徵焉，使天下知大聖人所作爲過於人萬萬也。

若夫悉推富民之術，則平糶之法不可不立也，常平之倉不可不設也[29]，奢侈之禁不可不嚴也。凡若此者，史策之載可考，陛下果能舉而行之[五]，成典具在，故臣不必深論之也。

由臣前所陳而言之，均田也，擇吏也，去冗也，省費也；由臣後所陳而言之，闢土也，薄徵也，通利也，禁奢也。田均而業厚，吏良而俗阜，冗去而蠹除，費省而用裕，土闢而地廣[六]，徵薄而惠寬，利通而財流，奢禁而富益，八政立而王制備矣。陛下果能行臣之言，又何憂於百姓之凍餒流離，又何至於有烟塵盜賊之警，又何患不順乎道而歸乎化哉！

通變時宜之道，其或悉備於此。然臣以爲此數者皆不足爲陛下之難。所患人主一心不能清虚寡欲，以爲寬民養物之要，則雖有善政美令，未暇及行。蓋崇高富貴之地，固易爲驕奢淫逸之所，是故明主重内治也。故古之賢王，遐觀遠慮，居尊而慮其危，處富而慎其溢，履滿而防其傾，誠以定志慮而節逸欲，圖寅畏而禁微邪也㉚。故堯曰兢，舜曰業，禹曰孜，湯曰檢㉛。臣以爲數聖人固得治心之要矣。臣嘗觀漢武帝之爲君，方其臨軒策士，奮志六經也，雖三代之英主不能過焉。洎其中年多欲，一念不能自勝，公孫弘、桑弘羊、張騫、卜式、文成、五利之輩㉜，各乘其隙而售之㉝，卒使更變紛然，天下坐是大耗。臣是以知人主一心，不可使有所嗜好形見於外，少有沉溺，爲禍必大。故願陛下靜虛恬慮，以爲清心節欲之本。毋以深居無事而好逸游，毋以海宇清平而事遠夷，毋以物力豐實而興土木，毋以聰明英斷而尚刑名，毋以財賦富盛而事奢侈，毋羨邪說而惑神仙〔七〕。澄心正極，省慮虛涵。心澄則日明，慮省則日精。精明之運，旁燭無疆㉞。舉天下功業，惟吾所建者，豈止於富民生、足衣食而已哉！

臣始以治弊治法爲陛下告，終以清心寡欲爲陛下勉，蓋非有驚世絶俗之論以警動陛下。然直意以爲陛下之所以策臣者，蓋欲聞剴切時病之説〔八〕，故敢略盡其私憂過計之辭㉟。衷情所激，誠不知其言之猶有所憚，亦不知其言之猶有所隱。惟陛下寬其狂易，諒其樸直，而一賜覽之，天下幸甚。

臣謹對。

【校勘記】

〔一〕〔二〕夷虜，原刻空格，蓋避清人諱。《潮州耆舊集·林殿撰集》録此
　　　策，作"夷虜"，《韓江聞見録》卷三引録，作"戎狄"。今據《潮州耆
　　　舊集》補。

〔三〕百，康熙本作"十"，《韓江聞見録》、《潮州耆舊集》及光緒後各本皆
　　　作"百"，應是據下文文義改。今從光緒本。

〔四〕鎮，光緒本及參校諸本皆作"正"，應是避雍正帝名諱改字。據康熙
　　　本改。

〔五〕果，光緒本及參校諸本皆作"可"。據康熙本改。

〔六〕地，康熙本作"利"，誤字。今從光緒本及參校諸本。

〔七〕原刻脱"毋"字，據《韓江聞見録》所引補。

〔八〕剴，各本皆作"凱"，據文義改。

【注釋】

①不類寡昧：謙詞。不類：不善。寡昧：缺少仁德，不明是非。

②雨暘時若：雨晴適時，風調雨順。

③以上是皇帝策問之辭。

④以下是林大欽對答之辭。

⑤當亨泰之交：正逢太平盛世。語出《易·泰卦》象辭："泰，小往大來。
　吉亨。則是天地交而萬物通也，上下交而其志同也。"意謂泰卦有亨通
　之象，天地陰陽交和而萬物生長暢茂，君臣上下交好而志同道合。撫
　盈成之運：把握全盛運數。

⑥視民如傷：看待百姓，就像他們受到傷害一樣，深加愛撫。《孟子·離婁
　下》："文王視民如傷，望道而未之見也。"

⑦元元：黎民，老百姓。

⑧富足人：使人富足。大略：重大策略。

⑨成康：西周成王、康王。其時正值中國奴隸制社會發展高峰期，後世將
　這段時間當作太平盛世。

⑩顧：反倒。

⑪數：天數，自然規律。

⑫《禮記·王制》:"三年耕則有一年之食。"豫:事先準備。

⑬逐藝而食:靠手工業、商業等手段謀生。

⑭里閈:鄉里。

⑮軟罷不勝:軟弱無能,不能勝任。坐祿:坐守祿位,義同"尸位素餐"。

⑯入貲:即貲選,以捐納買官。據《續文獻通考》卷四十三載,自明景帝景泰元年始令輸納補官、給冠帶。其後納粟、輸草、捐款、納馬,均可以因之入選官吏,故云"入貲之途太多"。任子:即廕叙,父兄爲官有功或死事,可以任其子侄爲官。爵位或武職,由子侄承襲,也屬於此類。據《續文獻通考》卷四十說,明太祖"洪武二十六年,定應叙之制",此後文武官員以廕叙,得任子侄兄弟爲官者甚多。簡稽:即考課,對官吏業績與過失的考核。練選:對官吏的選擇任用。

⑰一澄且汰:一概淘汰。且,連詞。

⑱會稽:計算核實財物數量。

⑲漕挽:運輸。用船水運叫漕;用車陸運叫做挽。

⑳這一句意思是說,只因朝廷花費繁多,勢必橫徵暴斂,使百姓挨餓受凍,不鬧到天下極端衰敗困乏的地步,不會停止的。

㉑語見《詩·大雅·棫樸》,意思是說,我們的君王努力不懈,治理四方。

㉒黃鳥:指《詩·小雅·黃鳥》篇,《詩集傳》引呂祖謙說這篇詩是百姓失所者之作。仳離:《詩·王風·中谷有蓷》有"有女仳離"句,《詩集傳》引范淶說這詩是寫凶年夫妻流離之事。

㉓不徵:不講信用。玩:玩忽,不重視。

㉔據《明史·世宗紀》載,嘉靖帝自即位至林大欽廷試之時(嘉靖十一年),幾乎年年有免徵恤農的詔命。

㉕條對:逐一回答。

㉖趙過,漢武帝末年爲搜粟都尉。用"代田"古法:每個勞力耕田百畝,分三畎,每年改易一地輪耕。又教百姓使用耕種農具及以人力挽犁代耕,荒蕪的田園多得到墾闢,農業經濟迅速恢復。事見《漢書·食貨志上》。

㉗東漢建安元年,大旱,軍糧不足,曹操采用羽林監棗祗的建議,派棗祗招募百姓屯田許下,軍隊緔用因而饒實。事見《資治通鑒·漢紀五十四》。

㉘桑弘羊（前152—前80），洛陽人，商人之子。善心算會計之術，十三歲
　爲侍中。漢武帝時爲治粟都尉，領大司農。用平準法，由官方控制鹽
　鐵專利，徵收轉買商人稅賦，以抑制商人。西漢政府財政收入大增。
　弘羊賜爵左庶長，官御史大夫。昭帝時，因謀反被殺。徵：稅收。榷：
　專買。

㉙常平倉：漢宣帝時，耿壽昌建議在邊郡築糧倉，穀賤貴糴，穀貴賤糶，以
　平糧價，稱爲常平倉。事見《漢書·食貨志上》。

㉚寅畏：敬懼謹慎。

㉛這句話的意思是，堯、舜、禹、湯天天小心謹慎，敬戒驚懼，勤勉工作，檢
　束自己。

㉜公孫弘（前200—前121），西漢菑川薛人，字季。少爲獄吏。四十歲後
　始治《春秋公羊傳》，漢武帝時拜博士。善用儒經解釋律令，拜丞相，封
　平津侯。奏事不爲武帝認可，從不肯於朝廷上當面争辨。爲人忌刻，
　與同列有隙，表面仍交好，暗中卻總設法報復。《漢書》卷五十八有傳。
　張騫（？—前111），西漢漢中人。漢武帝時以軍功封博望侯，元鼎四
　年（前113）以中郎將出使西域，西北諸國始通於漢，對兩地文化交流
　有很大貢獻。《漢書》卷六十一有傳。卜式，西漢河南人，以牧羊富。
　武帝征匈奴，卜式以家財之半助軍需，拜中郎，後官至御史大夫，封關
　内侯。《漢書》卷五十八有傳。文成：指李少翁，漢武帝時方士。以方
　術爲武帝所寵，拜文成將軍。五利：指欒大，漢武帝時方士。見武帝，
　言其師有不死之藥，帝悦，拜五利將軍。

㉝各乘其隙而售之：各自利用漢武帝的缺點，施展自家伎倆。

㉞旁燭：普照。

㉟過計：過慮。

李綱十事

　　天下果有不可醫之國乎？吾所未敢言也。天下果有可
醫之國乎？吾所未忍言也。吾嘗爲之説，曰：能醫人之國

者，豪傑也；能自醫其國者，明君也。善醫人者無多術，曰謀；善自醫者無多術，曰斷。斷也者，深察夫君子小人之分，明辨而委任之者也；謀也者，深明夫是非利害之際，徐劑而經理之者也。然則謀也者，醫人之分；斷也者，自醫之責。有其斷，乏其謀，則斷不足以興，是謂無臣；有其謀，無其斷，則謀不足以成，是謂無君。噫！無臣之世，尚可言也；無君之世，不可言也。無臣之世，君子猶望豪傑之不盡絕；無君之世，尚委天下而付之誰？雖有善醫者，無所試其能矣。然則世至於無君，君子所爲長太息者也，其忍以言之哉！

執事以建炎之事下詢①，愚生方有所悵焉，而未暇爲辭。然竊嘗論之，亦曰建炎有臣無君而已矣。夫建炎之時，何等時也？吾且先陳乎離亂危急之故，而後詳吾有臣無君之説。

蓋自夷虜南亂〔一〕，二帝北行②，太原、澤、潞，輒爲賊衝，真定、懷、衛，不爲國守。當時外之則金鼓之聲不絶，而人情危懼，敵騎散屯於河上者，可畏也；内之則擁衆分據，如王善、楊進輩，往來侵掠於東西京者，可慮也③。西幸之志未決而民無鬥志④，沿河之府未置而兵無統紀⑤。一時天下如中流遇洪波飄風，震蕩特急，而維楫之具莫備，其不爲長沙覆舟之慮者幾希。尚賴河北二十餘郡，猶能爲朝廷死守，而河東餘卒，亦未絶叛，兩路士民依依，猶可使智者措其手足⑥。噫！當此之時，不有賢人，其何能國！此建炎所以爲亂離危急之極。愚嘗爲宋人主興念及此，未嘗不曰：是不可無豪傑代之也。

吾觀李綱之在當時⑦，其忠義勇略，允孚時望，而其所規畫措置，真足以收拾夷虜〔二〕，而殲夷之不難。且夫十事之議⑧，皆當時國事所特急，而宋之人主所當旰食而併力者

也⑨。蓋自中國之守未備,而大事未可輕舉,則是國是之議
所當留意焉⑩。自京師之駕未臨,而都人之心未慰,則巡幸
之議所當預圖焉⑪。自張邦昌之不可赦,僞官之不可爵,天
下將謂朝廷無典章矣,則僭逆僞命不可無議也⑫;自軍政之
紀律久廢,敵情之狡猾無常,夷虜將謂中國不能師矣〔三〕,則
戰守不可無議也⑬。自朝廷紀綱紊亂,而政出多門,則本政
之議不可不急也⑭;自大臣之進退太速,而責效無成功,則久
任之議不可不重也⑮。凡若此者,要皆深切時弊之膏肓,砭
劑亂離之藥石,其所建說,有裨於國家大體不少焉。是故和
守決而國是明,僭逆正而士氣倍,幸都謀定而人心安。繼以
招兵買馬,分布要害;刬東南田,募民給佃,遣張所招撫河
北,命王璹經制河東〔四〕,命宗澤守禦京師⑯;西顧關、陝,南葺
樊、鄧⑰。制度次第筆立,一時賴以粗定。若此,謂非李綱之
力不可。噫!使此策能行於靖康之前,則固不至於建炎之
禍;使此策能行於建炎之後,則亦不至有南渡之恥。離亂危
急之中,而得緩急可濟如若人焉,猶謂宋室之無臣,可乎?
吾固曰:建炎,醫國者之有其臣也。

　惜乎臣心益堅,主見獨異。"修德"一語,已非畏懦者所
能勉強也⑱。且夫黃潛善、汪伯彥輩,皆一時狙詐誤國之奸,
而帝比之,若不忍釋⑲。蓋自南幸之議,主心有所偏向,而中
原許留之詔,猶豫不果行者數四⑳,所以陰排默阻於其間者,
應有人矣。吾觀傅亮罷而李綱避位㉑,其後要郡淪陷,沿河
失守㉒,去新軍水軍而顧募廢罷㉓,經制招撫使去京東西路㉔,
戰車法數月經畫,一朝盡壞㉕。軍民之政懈弛,天下自此多
事。若此者,謂非高宗之不明不可。噫!軍民之左衽未復,
中國之夷虜可憂〔五〕。此正英主枕戈嘗膽之秋,內修外攘之

日,顧不能出一號令,建一規畫,以爲收輯之計,而乃崇任奸回,排擯英豪,進退駕馭之間,其顛倒曖昧若是焉,猶謂宋室之有君,可乎? 吾固曰:建炎,自醫者之無其君也。

自是以後,奸黨之議遂成而義士無助,朝廷處置失宜而兩河再叛㉖,卒至狄騎充斥天子舟車[六]。今年韃靼入祁州,明年金人取永興;今年金人焚揚州,明年金人取東京。三十年間,宋之天下不絕如縷者,高宗自爲之耳。噫! 忠慮之臣不乏於內,守禦之臣不懈於外,當高宗之時,天下未嘗無可爲之資也,而帝卒失之。自即真以來㉗,未聞有恢復之師,徘徊奔走於救死扶傷之間,奄如一病未亡人,是寧可不爲流涕痛哭乎! 吾固曰:建炎之事,君子所不忍言也。

蓋嘗論之,天下不可一日無賢人君子之助,無賢人君子之助,是將坐視天下而莫之救。然或有所謀焉,不獲以究其用,則未必皆賢人君子之過,或者信賢人君子不篤之過也。夫會稽之栖,勾踐之勢極矣,而以范蠡霸㉘;南鄭之遷,天下幾不復知有漢矣,幸有蕭何傍徨其間,卒用以顯㉙。蓋惟賢才本興衰撥亂之資,固英主之所當委重而托力者也,顧所用之何如耳! 有可爲之勢,有能爲之臣,而無能爲之君,此吾所以長嘆於建炎也。然則爲建炎者將若何? 曰:以漢高任蕭何之心任相,以勾踐任范蠡之心任將,則汪、黃不得讒,李綱不得去,宗澤不得死。由是二帝可復,中原猶在,夷虜不得詔諭[七],中國不至稱藩矣。有李綱以爲蕭何,有宗澤以爲范蠡,惜爲漢高、勾踐之無其人焉,君子且奈何哉! 吾固曰有其臣無其君,則謀不足以成者,此也。

或曰:建炎之勢極矣,就使李綱用而宗澤存,恐亦未必有濟。是不然。祿兒橫,兩京叛,天下已非唐有,然郭、李持孤憤之兵，起而修輯，其後不四載而天下大定³⁰。彼郭、李果何人也？雖然，此猶以爲復天下之舊耳。至於光武，無寸土之資，而寇、鄧諸臣奔走後先，卒一呼至萬乘³¹。彼寇、鄧又何人也？以郭、李爲之，能以失國爲復國；以寇、鄧爲之，能以無土爲有土。然則宋獨無可爲者乎？況當時雖亂離，然全楚無恙，吳越不分，此正楚莊、吳子胥、越范蠡之所以霸強用武之國；西控全蜀，南扼荆襄，北據長淮，此漢高帝、劉先主、孫仲謀、楊行密所以興起之根本³²；引巴蜀之饒，漕江淮之粟，市西戎之馬，而號召荆楚之奇才，走集劍客之精銳，此正漢唐所仰以爲資。兼是數者而不足以興，吾不信也。吾固曰宋未嘗不可爲也。

或曰：然則建炎以後、紹興以前，憂國奉公之士不少，往往有能出奇效計，區畫經制，如張、岳、劉、韓輩³³，卒無能收拾南渡之偏安，何也？曰：建炎之初，猶可爲也；建炎之後，不可爲也。建炎之初，正如人方少壯，空中立僵，而其手足聰明，猶未易侮。有能維持調護，而急收補復元氣之功，則可以復既壯之舊。自奸臣之濁亂國體，夷虜之再溷京畿〔八〕，則天下之勢潰亂四出。此正如人積弱之後，血氣消索，筋骨披靡，雖有善醫者踵其後，可以徐養未亡之命脉，而未可以遽壯。況夫高宗暗昧柔懦，而進退予奪，一伸縮於貝錦之口³⁴，三策陳而趙鼎安置³⁵，金牌召而岳飛處死³⁶，以前日罷李綱者罷趙忠定³⁷，以前日寵汪、黃者寵秦檜，則天下太平之策，果何時可定！且朱仙之勝，中興以來所未有也。帝既不能以時降褒詔，優異元功³⁸，以開策勵，不武甚矣！而且崇任奸回，賊害勳良，忠臣義士，孰不解體？此猶謂有人心者爲之乎！則高宗之不競也，亦宜矣³⁹。

　　合而論之，宋未嘗無可爲之勢，亦未嘗無能爲之臣，第無能爲之君。建炎之初，勢可爲也，而帝失乎李綱之一人；建炎之後，勢難爲也，而帝失乎趙、岳之數子。黃、秦之輩，吾無責焉。愚生所以觀《宋史》而三嘆！

【校勘記】

〔一〕〔二〕〔三〕〔七〕〔八〕夷虜，原刻空格避諱，《潮州耆舊集》皆補“金人”兩字。按文中有“金人”字原刻不諱，故依〔五〕之例補。

〔五〕夷虜，原刻空格避諱，據《潮州耆舊集》補。

〔六〕狄，原刻空格避諱，《潮州耆舊集》作“敵”。按上文有“敵騎”字原刻不諱，又乾隆四十二年十一月丙子諭曰“前日披覽四庫全書館所進《宗澤集》，内將‘夷’字改寫爲‘彝’，‘狄’字改寫爲‘敵’”云云，知《潮州耆舊集》仍是改字避諱。故補“狄”字。

〔四〕王瓚，原刻作“王爕”，據《宋史》、《續資治通鑑》改。

【注釋】

①建炎：南宋高宗趙構年號。

②夷虜南亂，二帝北行：宋徽宗宣和六年，金兵大舉南侵。宋欽宗靖康元年，金兵渡黃河，圍汴京，二年破城，擄二帝北歸。

③王善，雷澤尉，從軍不得志；楊進，御營司將官，以才爲都統制王淵所忌，亡去爲寇。當時王、楊各集潰兵散勇數萬，攻掠於京東、西路。

④西幸之志未決：建炎元年，高宗即位建康，黃潛善等勸其巡幸東南，李綱極論其不可，主張暫幸襄陽，再還都汴京。七月，高宗詔巡幸東南，又許幸襄陽，命於襄陽營宮室、儲糧草。但因黃潛善等所阻，始終未曾西幸。

⑤沿河之府未置：高宗即位後，各地軍隊缺乏統一指揮，李綱請於沿河、淮、江置帥府要郡以控扼，欲寓方鎮之法，爲黃潛善等所阻。

⑥“尚賴”句：當時河東地爲金人所取者，只有真定等四郡；河北地爲金人所取者，只有太原等七郡。其餘諸郡，或爲宋朝固守，或爲豪強推衆自保。李綱因上書，請在河北置招撫司，河東置設經制司，有能保一郡

者,受以節鉞,使自守其地。

⑦李綱(1083—1140),字伯紀,邵武人。兩宋之交主戰派名臣。靖康元年,金兵初圍汴京,李綱阻止宋欽宗遷避,親臨敵陣,團結軍民,擊退金兵。高宗即位,李綱拜相,力圖恢復,聯合河東、西各路義軍抗金。因高宗信用黄潛善等,意存苟安,李綱執政七十日即被罷免。

⑧十事之議:建炎元年六月,李綱至建康,上奏議十事。内容爲:議國是,議巡幸,議赦令,議僭逆,議僞命,議戰,議守,議本政,議責成,議修德。

⑨旰食:天色已晚方進食,指帝王的勤於政事。

⑩國是之議:國是,國家大計。李綱在奏事中反對和議,主張加强守備,教水軍,習戰車,建藩鎮於要害之地,置帥府於河、淮之南,修城墻,治器械,然後大舉討伐金人,報仇雪耻。

⑪巡幸之議:李綱在奏事中認爲,天下形勢關中爲上,襄鄧次之,建康又次之。宜定長安爲西都、襄陽爲南都、建康爲東都,巡幸三都間。並降敕以修謁陵寢爲名,擇日巡幸汴梁,以安都人之心。

⑫李綱在“赦令、僭逆、僞命”三議中,以爲高宗登位赦書,應效法祖宗典章,“惡逆不當赦,罪廢不當盡復”,要求處死張邦昌,將任職於僞朝廷者治罪。

⑬李綱議戰,强調“軍政久廢,宜一新綱紀,信賞必罰”;議守,主張“沿河及江、淮措置抗禦,以扼敵衝”。

⑭李綱議本政,批評宋徽宗崇寧以來,政出多門,宦官、女寵干政,法度廢弛;認爲“朝廷尊卑,系於宰相之賢否”,希望高宗能廢無所作爲之庸相,而任用賢相。

⑮李綱議責成,批評“靖康間進退大臣太速,功效不著”,主張“擇人而久任之,以要成功”。

⑯“遣張所”句:建炎元年六月二十八日,任命張所充河北西路招撫使。張所,青州人,高宗即位,以監察御史上書言河北河東利害,主張用其民籍以守衛;又論還汴京五利。高宗欲用其言。張所又上言求去黄潛善,竟貶江州。李綱入相,薦張所經略兩河,故有是命。見《宋史》卷三百六十三《張所傳》。六月二十六日,任命宗澤爲開封府尹、東京留守。宗澤(1059—1128),字汝霖,婺州人,宋代名將。高宗即位建康,宗澤

與李綱同時入對,相見論國事,李綱奇之。開封尹空缺,李綱推薦宗澤,説:"綏復舊都,非澤不可。"故有是命。後宗澤多次請高宗還都汴梁,恢復失地,爲投降派所撓,憂憤而死,臨終猶大呼'過河'者三。見《宋史》卷三百六十《宗澤傳》。七月初一,任命王瓊爲河東經制使。

⑰葺:指修築城池。關陝:指長安。樊鄧:指南陽。兩處皆議作都城之地。

⑱修德:李綱"十議"疏最後一條,議修德,要求剛即位的高宗"宜修孝悌恭儉之德,以副天下之望"。

⑲黃潛善(？—1129),字茂和,邵武人。靖康初,康王開天下兵馬大元帥府,潛善將兵入援,後爲副元帥。高宗即位,拜中書侍郎,遷右僕射兼原職。汪伯彦(1069—1141),字廷俊,徽州祁門人。康王開帥府,以伯彦爲副將。高宗即位,擢知樞密院事,又拜右僕射。黃、汪二人結黨主和議,排斥李綱、宗澤等主戰派,專權自恣,而高宗引爲腹心。

⑳"南幸之議"句:參見本篇注④。

㉑傅亮罷李綱避位:傅亮習古兵法,李綱奏用爲將,封河東經制副使。建康元年七月赴任,才十餘日,爲黃潛善等所沮,詔"罷經制司,赴行在",李綱爭之不得,遂罷職。同年八月,李綱也爲張浚所劾,去相位。

㉒要郡淪陷,沿河失守:建炎元年十月,高宗南遷揚州,金人聞知,分道南侵。數月之間,長安、鄭州、鄧州、濰州、青州、均州、房州、唐州、同州、蔡州、中山府等州郡失守。

㉓去新軍水軍:建炎元年六月,李綱請置帥府要郡,各招募新軍,又別置水軍。高宗悉從之。至十月,李綱落職,高宗詔罷帥府要郡所招置新軍與水軍。

㉔"經制"句:李綱罷相後不久,傅亮以母病歸同州,張所也被貶,河西招撫司與河東經制司皆廢。

㉕戰車法:建炎元年六月,李綱因金多騎兵,奏請京東、西路製造教習戰車禦敵,諸將以爲可用。宗澤另有決勝戰車法,與李綱法稍異。十月詔罷新軍,戰車法遂廢,故説"一朝盡壞"。

㉖"朝廷"句:宗澤爲東京留守時,招撫河南群盜聚城下,欲遣之復河東、西,兩河豪强也聚衆爲屯響應。未出師而宗澤卒,繼任者無恢復中原之志。於是兩河諸屯皆散去,而城下兵復去爲盜。

㉗即真：正式即皇帝位。建炎元年二月，宋徽宗、欽宗二帝爲金人所擄。諸臣勸進，五月，宋高宗即位於應天府。

㉘"夫會稽"句：春秋時，越王勾踐爲吳國所敗，困於會稽，求赦，得返越國，臥薪嘗膽十餘年，終於由上將軍范蠡輔佐，滅吳稱霸。事見《史記·越王勾踐世家》。

㉙"南鄭之遷"句：秦末，項羽與劉邦約先入秦者爲王。後劉邦先入秦，項羽背約，立劉邦爲漢王，建都漢中南鄭，並以秦三降將分立關中，絶漢王歸路。當時蕭何爲漢丞相，薦韓信爲大將軍。漢王東征，蕭何留守漢中，安撫百姓，使供應軍糧，並徵發關中士卒，爲漢王部隊補充兵力。漢定天下，諸臣論功，漢高祖認爲蕭何功最高，封鄜侯。事見《史記》之《高祖本紀》、《蕭相國世家》。南鄭：秦邑名，今陝西漢中市。遷：流放。《高祖本紀》載韓信對漢王説："項羽王諸將之有功者，而王獨居南鄭，是遷也。"

㉚禄兒：即安禄山。郭、李：指郭子儀、李光弼。天寶十四年冬，安禄山叛亂，攻陷長安、洛陽兩京，唐玄宗避亂入蜀。郭子儀、李光弼等起兵，平定安史之亂。

㉛寇、鄧：指寇恂、鄧禹。寇恂（？—36），字子翼，漢上谷昌平人。鄧禹（2—58），字仲華，漢南陽新野人。東漢開國諸臣中，寇、鄧二人功最高。見《後漢書》卷四十六《鄧禹寇恂傳》。

㉜楊行密（852—905），初名行愍，字化源，合肥人。唐末封吳王，割據淮南、江東。其子楊溥稱吳帝，追尊號爲太祖。《新唐書》卷一百八十八有傳。

㉝張、岳、劉、韓：指張所、岳飛、劉琦、韓世忠，當時抗金四大元帥。

㉞貝錦之口：編織虛構以陷人於罪的讒言。語出《詩·小雅·巷伯》："萋兮斐兮，成是貝錦。"鄭玄箋："喻讒人集作己過以成於罪，猶女工之集彩色以成錦之。"萋斐：文采交錯的意思。

㉟三策陳而趙鼎安置：趙鼎（1085—1147），字元鎮，解州聞喜人。宋高宗時數上策陳事，兩次爲相。以金兵勢強，力主據長江之險，保全東南，反對貿然北伐。後爲秦檜所構陷，連遭貶斥，安置潮州五年。再移吉陽軍（今海南三亞市），三年，不食而死。見《宋史》卷三百六十本傳。

㊱金牌召而岳飛處死：岳飛（1103—1142），字鵬舉，相州湯陰人，南宋初
　　著名抗金將領。紹興十年，岳飛大破金兵於朱仙鎮，正圖恢復兩河、燕
　　雲等地，而高宗、秦檜欲棄淮北地以構和議，故一日以十二道金字牌召
　　岳飛還朝。隔年，秦檜承金兀朮意，誣岳飛謀反，殺之獄中。見《宋史》
　　卷三百五十六《岳飛傳》。
㊲趙忠定：當作"趙忠簡"，趙鼎諡"忠簡"。
㊳優異元功：對這重大功勳特別優獎。
㊴不競：不能與金人爭強。

牛李之黨 [一]①

問：牛李之黨起於宗閔之對策②，成於維州之棄取③，不
知君子處此，如何而可以安父子之心？如何而可以全君臣
之義？其弭怨之機，果繫於人耶？抑不繫於人耶？夫大義
既得，私怨自消，何至於更相傾軋，垂四十年之久矣？諸子
素有平物之懷者，願相與講明之④。

　　爲大臣者，當以公心徇其國，不可以私心徇其身。以公
心徇國，則凡可以利夫公圖者，無不爲也，而私怨有所不暇
計；以私心徇身，則凡可以報夫私圖者，無不爲也，而公務反
以不舉。嗟夫！天下之變故方殷，疆場之陸梁未已 [二]，叛臣
逆卒方視朝廷以爲進退，所賴坐消其變而張皇國體者，以有
大臣相與戮力在則，固未易以輕侮之也。而乃樹方分類，更
相擠援，先私怨而後公仇，攻同朝而縱敵國。此有識之士所
以悲牛李之以私意害大義，而未暇論其是非邪正也。
　　執事以是下詢，愚未能辨別古今人物，然竊嘗疑之，以

爲牛李之黨，始於李德裕之任情而過於私其親，成於牛僧孺之行私而重忘夫國，其歸在於私意取敗而已矣⑤。

吾嘗讀《典》、《謨》之書，至於鯀以治水無功受誅，而禹卒以善繼見賞，蓋有以見聖人固不以一家私恩害天下公義也⑥。又嘗讀《史記》，見周、召之在廷論事，互有異同，而終不失和氣⑦，蓋有以見聖人不以一己私見廢天下公理也。大抵憂國奉公，臣子之責，而行私報怨，非所以論於朝廷。故禹不以大義忍其親，則舜爲仇人；周、召不以公理持正誼，則周多黨士。是鯀之殺，禹之賞，周、召之辯而和〔三〕，其歸皆出於公而已。嗟乎！朝廷既委我以責，則天下之事，卷舒闔闢在我。方當同心協力而徐理之，以塞吾責，奚暇崇私植怨，以至於交相傾軋之紛紛乎？吾固以爲牛李之黨，不足深辨其是非邪正也。

然而論速怨之罪⑧，則李先而牛後；較忘國之罪，則牛重而李輕。方宗閔之對策，未嘗有仇德裕之心也；吉甫之譏，亦抒己見論國事耳。爲德裕者，固當平心而反思之。考其言果非，則固無足較者；使其言果是，尤當力善效忠，以蓋前愆。此乃人子所以匡救其父而成其美，孝之大者。顧乃怨而不解，則是德裕自絕於宗閔，而牛之黨成矣。故曰始於德裕之任情而過於私其親。方德裕維州之受，未嘗有仇僧孺之心也。遣兵據城，正爲朝廷除大患耳。爲僧孺者，固當據大義贊成之，重旌悉怛謀以壯其忠，宣慰李德裕以獎其勞。此正人臣所以左右其君而益其福，忠之大者。乃故違其議以快其私，則是僧孺嫁禍於降人，而李之怨深矣。故曰成於僧孺之行私而重忘夫國。

然而宗閔所坐語言薄罪，德裕憤一人之私耳。當是時，匹夫之怨未上構於朝廷也，排擯之私未甚酷於中書也。使宗閔能納之以大度而恕其私，和之以大義而諒其過，則亦可以平積憤之氣，而收不校之功⑨，天下固無羔也。吾故曰德裕之罪輕也。維州乃唐之故地也，且當平州之衝，實漢地入兵之路。此正夷人之所恃以無憂[四]，而唐之子孫所當旰食而併力者也。悉怛謀一降，則山西八國皆願內屬⑩，當時國事可知也。僧孺假守信之説而悉歸之，使夷人誅之境上[五]。則是絶忠款之路，快凶虐之情，外肆國敵，内損國威，禦戎之計，莫此爲拙。吾固曰僧孺之罪重也。

自是以後，結怨日深則樹黨日固，朋類既衆則傾軋益甚。卒使朝廷大權旁落於閹寺，篡殺之禍繼筆於簡書⑪。四十年間，唐之天下幾不復振者，牛李輩爲之耳。噫！河北逆命，藩臣不共⑫，天下之大亂方殷，人情之屬望剴切，此正朝廷憂辱之秋，臣子效死之日。爲牛李者，方當戮力同心，克復神州，何至於互相憑陵，坐視國患而莫之救乎！吾固曰牛李之是非邪正不足深辨也。

大抵愛國家者不以私怨害公義，圖私謀者多以小忿忘大功。故趙地未安，則相如、廉頗不敢先私仇而後國難⑬；爲類既異，則殷浩、桓温以一介臣而弱晉室⑭。蓋朝廷本協和致理之地，固不容以異心處之也。吾觀郭、李之爲將⑮，以忠義相許，涕泣自誓，卒能克復兩京，中興唐室，未嘗不嘆牛李之未思乎此也；及觀鄧艾、鍾會之伐蜀，私相交惡，人各有心，卒之檻送京師，西勳莫答⑯，又未嘗不嘆牛李之所以禍唐也。

抑又論之，同心協力以奔走事功者，此固人臣之責；而駕御英豪以銷鋤其犄角者，此又人君之權。昔漢之賈、寇以私賈怨，幾於交兵矣。惟光武之詔曰，天下未平，兩虎安得相鬥。而恂、復遂結友^⑰。是建武之不黨者，有光武之義以折其氣也。宋之江上之役，三大將失和，幾於不相下矣。惟高宗之詔曰，賊衆我寡，合力猶懼不支，諸將當滅私隙，不獨可以報國，身亦有利。光世遂奉詔^⑱。是紹興之不黨者，有高宗之義以激其心也。牛李之黨，亦可以義破散其陰謀而消釋之者。文宗乃曰，去河北賊易，去朝廷黨難。則是坐視牛李之分爭而莫之救也，又何怪四十年之紛紛乎！吾固以大和之黨〔六〕，始尤於牛李，終尤於唐文〔七〕。

未知執事以爲何如？

【校勘記】

〔一〕題目原缺，據目録補。

〔二〕場，原刻誤作“塲”，據《潮州耆舊集》正。

〔三〕辯，原刻作“辨”，形訛。今據上下文義改。

〔四〕〔五〕夷，原刻空格避諱，皆據《潮州耆舊集》補。

〔六〕“大和”，康熙本作“元和”，光緒本及《潮州耆舊集》作“太和”。按牛李黨爭，唐憲宗元和年間始肇其端，而於唐文宗大和年間最激烈，故據光緒本。“太和”爲“大和”之誤。

〔七〕唐文，《潮州耆舊集》作“文宗”。

【注釋】

①牛李之黨：指唐代中期以牛僧孺、李宗閔爲首的進士派和以李吉甫、李德裕爲首的門閥派兩個宗派的政治鬥爭。宋陳善《捫虱新話·辨牛李之黨》：“唐人指牛李之黨，謂牛僧孺、李德裕也。”歷史學界對牛李黨爭的性質有不同看法，可參看陳寅恪《唐代政治史述論稿》、岑仲勉《隋唐史》有關章節和韓國磐《隋唐五代史論集·唐朝科舉制度與朋黨之爭》、胡如雷《唐代牛李黨爭研究》（載《歷史研究》1979 年第 6 期）等論文。

②宗閔之對策:唐憲宗元和元年,李宗閔、牛僧孺等人在賢良方正對策中,指責朝政失誤,譏刺宰相李吉甫。吉甫怒,主考楊於陵等皆遭貶謫,牛李朋黨之怨始於此。岑仲勉《隋唐史》對此事有考述,可參閱。

③維州之棄取:維州是唐時西南戰略要地。唐文宗大和五年,吐蕃守將悉怛謀以城來降,劍南節度使李德裕受之,派遣將領駐守,並向朝廷上書言出兵吐蕃之利。當時牛僧孺為相,挾私怨極言不可。於是文宗詔還悉怛謀與維州城於吐蕃,悉怛謀滅族。事見《新唐書》卷一百八十《李德裕傳》、卷一百七十四《牛僧孺傳》。

④以上為策問之辭,以下為林大欽的策對。

⑤歸:結局。

⑥帝堯時天下大水,群臣舉鯀治水,九年無功而水不息。舜誅鯀,而用鯀之子禹治水,終於成功。於是舜讓帝位於禹。《典》:指《書·堯典》。《謨》:指《書·大禹謨》。

⑦周:周公旦。召:召公奭。皆周武王之弟。武王卒,成王少,以周公為師,召公為保。周公攝政,代行天子之權,召公疑之,作《君奭》以示不悅。周公舉殷商諸賢臣輔政事例以解疑,召公乃大悅。事見《史記·燕召公世家》。

⑧速怨:招致怨仇。

⑨不校:受到欺侮而不加計較。語出《論語·泰伯》:“犯而不校。”

⑩山西八國:指昆侖山以西依附吐蕃諸小國。

⑪閹寺:宦官。繼筆於簡書:在史書上不斷有記錄。唐代是中國歷史上宦官之禍最嚴重的時代,唐憲宗以後更甚。憲宗、敬宗均為宦官所弒。文宗欲除宦官,未能成功,鬱鬱而歿,死因可疑。以後武、宣、懿、僖、昭宗都是宦官所擁立。所以說是“篡殺之禍,繼筆於簡書”。

⑫河北逆命,藩臣不共:唐穆宗年間,河北藩鎮倡亂,盧龍、成德、魏博諸鎮各自獨立,不服從中央政府指揮。不共,不恭奉唐王室。

⑬藺相如以使秦之功,為上卿,居趙將廉頗之上。廉頗不服,欲凌辱之。相如為國家計,避廉頗。頗聞知,悔而謝罪。將相交歡,趙國勢乃強。見《史記·廉頗藺相如列傳》

⑭殷浩(?—356),字淵源。晉陳郡長平人。桓溫(312—373),字元子,

晋譙國人。二人少時齊名，互不相下。及溫爲大司馬，專權，晋簡文帝因浩有盛名，引爲心腹，以與桓溫對抗。自是殷浩、桓溫相疑貳不合。後趙主石季龍死，内亂，溫欲北伐，而簡文帝用殷浩。溫忿甚，擁八州士衆資積，而不爲國家用。結果，殷浩屢戰屢敗，爲溫所劾罷。事見《晋書》卷七十七《殷浩傳》及卷九十八《桓溫傳》。

⑮郭李：參見本卷《李綱十事》注㉚。

⑯鄧艾（197—264），字士載，三國義陽人。以魏征西將軍身份帶兵伐蜀，偷渡陰平，奇襲成都，蜀後主劉禪出降。鍾會（225—264），字士季，三國潁川人。以魏鎮西將軍身份，假節都督關西諸軍事，與鄧艾等伐蜀，攻劍閣，降姜維，全蜀平定。劉禪降後，鄧艾私稱皇帝旨意，封劉禪爲驃騎將軍。鍾會密告鄧艾叛逆。詔書檻車囚艾送京師，鍾會至成都，謀反，事敗而死。鄧艾也被殺。事見《三國志》卷二十八《鍾會傳》、《鄧艾傳》。西勳莫答：平蜀之功不見報賞。

⑰賈：賈復（？—55），字君文，漢南陽人。寇：寇恂（？—36），字子翼，漢上谷人。賈、寇皆漢光武帝麾下名將。賈復部將在潁川殺人，寇恂戮之。賈復以爲耻辱，欲殺寇恂。光武帝聞知，召見兩人，爲調解。事見《後漢書》卷四十六《寇恂傳》。

⑱"宋之"句：紹興四年十月，金兵分道渡淮，淮東宣撫使韓世忠奏報。宋高宗準備親自統帥大軍，臨江決戰。詔張俊、劉光世往援韓世忠。韓、張、劉三大將權力相當，又先有私隙，不肯協力同心。高宗派遣御史魏矼往諭劉光世："彼衆我寡，合力猶懼不支，況軍自爲心，將何以戰！爲諸公計，當减怨隙，不獨可以報國，身亦有利。"光世因移書韓、張二帥，二帥皆復書交致其情，光世遂進軍太平州以援世忠。事見《宋史》卷三百六十九《劉光世傳》、《續資治通鑒》卷一百十四。

孤　注①

　　忠者，邪之所甚惡者也；危者，君之所甚忌者也②。小人之欲讒其君，必先於君之所忌，則邪之所以肆其奸者巧矣。

何則？忠邪之不容並立也舊矣。忠者每爲艱難備嘗之計，則凡可以保國家、永社稷者，無不爲也；邪者動爲身謀，則凡可以專權固寵以成其諛者，何不爲也？夫計爲艱難備嘗，則爲邪者每病於異己；功可以保國家、永社稷，則爲邪者忌。夫以異己之人以當忌者之心，而又乘之以專權固寵之諛，則忠臣之不見敗於小人者幾希。

雖然，欽若小人也，愚不暇責之詳矣，獨惜夫真宗之不知悟也。何則？昔者宋之國家新造，遼寇壓境〔一〕。當是時，人心未固，將佐未服，天下之不絕者如縷。愚始讀史，未嘗不悲其勢之危也。及觀澶淵之役，義兵一倡，遼寇寒心〔二〕，天下始得高枕息肩，兵戈不見於天下也數世。愚是以未嘗不嘆寇準之功之大也。當時不但賢人君子知之，雖婦人女子亦知有寇公也。而欽若獨曰"陛下爲寇公孤注"者，是豈寇準之功能知於天下，而不能知於朝廷；能知於婦人女子，而不能知於參政大臣乎！

噫！正士在朝，壬臣所忌③，忠良之見讒也固矣，獨惜寇準之有以當其口實也。何則？昔周公，周室之懿親，成王之股肱心腹也，而群叔不利之謗，周公且不能免，時非天變愈彰〔三〕，則雖居東三年，亦無以自辯矣④。韓、富輩亦宋之一柱石也，而朋黨之議，數公又坐其毀焉，時非歐陽公爲之開救力援，則數君子輩亦終爲當時棄人矣⑤。夫有周公之親，有歐陽修之救，猶且坐毀不免，又況寇準無周室之親，無君子之救，而孤注之讒獨能逃乎？

雖然，寇公之智，其不慮此，何也？吁！寇公之所爲，皆天下之所極難不得已者也。何則？真宗之時，朝廷失職，將佐不得其人，而當其任者皆庸才弱帥，無能爲朝廷效節致忠。時非親征自將,則軍旅廢弛,人心戰懼。雖以攘敵,適以縱敵;雖以禦寇,適以長寇。宋之爲宋,未可知也。使當時乘自將之威,渡河而西,張其氣,奮其武,使遼人驚惶失措[四],然後振旅班師以歸,則彼將懾服退聽之不暇矣,又何至城下之盟,歲出金繒,以資强狄[五],以困天下,以羞後世,以遺子孫無窮之憂乎!

爲欽若者,正宜同心戮力以除國患,又何至輒生讒毀,以肆其"孤注"之謗哉!抑謂孤注者,必如晁錯之於景帝,然後可也。蓋晁錯既自激七國之變,以居難首,宜必日夜淬勵,東向而待之。彼乃擇其居守之至安,而任天子自將之至危⑥。以是而謂之孤注,何不可也?今寇公以身先士卒,特藉其自將之威,以爲將帥一感激耳。當時不知真宗果爲寇準孤注乎?抑寇準果爲真宗孤注乎?矧夫澶淵之役,黃蓋一麾,三軍踴躍,國勢自培⑦。如是則孤注之不利於真宗,未可知也;抑孤注之有利於真宗,亦未可知也。又惡可以孤注爲寇公病乎?

雖然,讒臣剋士⑧,何代無之?所恃辨明退黜者,以爲有聖天子在。是故共工與舜、禹雜處堯朝,群叔與周公混居周室,惟堯與成王能賢舜、禹、周公,而誚共工、群叔,故天下治,尊榮至今;季孟與孔子皆仕於魯,李斯與叔孫俱宦於秦,惟始皇與哀公能賢季孟、李斯,而誚孔子、叔孫,故天下亂,污辱至今⑨。如是,則其讒者欽若也,而其所以讒者真宗也。故曰欽若小人也,愚不暇責之詳矣,獨惜真宗之不知悟也。雖然,理宗之時有安民[六],一石工耳,且不忍刻元祐之碑,既刻而不欲直書其名,懼爲後世君子所短⑩。而欽若參政大臣,反不知人間有羞恥事如此。曾意石工之所羞,而欽若忍爲之乎？

　　其後北門之貶，雖夷人亦知朝廷處置失宜〔七〕，賢人失職⑪。不意堂堂中國，其識見反爲夷人下風乎〔八〕！及至孤竹生筍，雖天地亦且變異以昭其功⑫。又豈意寇公之功，能感於天地鬼神，而不能激悟於斯世君臣乎！

【校勘記】

〔一〕〔二〕遼寇，原刻空格避諱，據《潮州耆舊集》補。

〔三〕愈彰，《潮州耆舊集》作“預彰”。

〔四〕遼，原刻空格避諱，據《潮州耆舊集》補。

〔五〕狄，原刻空格避諱，據《潮州耆舊集》作“敵”。今據清諱例補。

〔六〕理宗，《潮州耆舊集》作“哲宗”。

〔七〕〔八〕夷人，原刻空格避諱，據《潮州耆舊集》補。

【注釋】

①宋真宗景德元年，遼兵侵宋境，朝野震動。時參政大臣王欽若主張移駕金陵，陳堯叟主張移駕成都。寇準力排衆議，定親征之策。於是宋真宗親自督師澶州拒遼。遼人戰不利，請盟。因澶州又稱澶淵郡，故史稱此役爲澶淵之役。是役寇準功大，而欽若讒之，説：“陛下爲寇公孤注。”林大欽此文即議論此事。

②危者：指居高位掌重權的大臣。危：居於高處。

③壬臣：奸佞諂媚的臣子。

④周武王死後，成王年幼，周公攝政。管叔、蔡叔流言説“周公將不利於成王”。管、蔡反，周公帥師東征，三年平定東土。後成王執政，不甚信任周公。及周公卒，天暴風雷，莊稼樹木卧倒。成王問周公部下執事，知周公東征，歸功成王。此時成王方明白周公的忠誠。事見《史記·魯世家》。

⑤韓：指韓琦；富：指富弼。宋仁宗慶曆年間，在朝保守派與以范仲淹、韓琦、富弼爲代表的改革派鬥爭激烈。保守派製造輿論，指責范、韓、富

諸人爲黨人。歐陽修作《朋黨論》上宋仁宗,爲數人辯解。

⑥西漢景帝時,御史大夫晁錯爲鞏固中央政府權力,主張削去諸侯封地,引起吳楚等七個諸侯國的叛亂。景帝與晁錯商議出兵平亂事。晁錯主張由景帝親自將兵平亂,自己則留守京都。議未行,晁錯爲丞相、中尉、廷尉諸大臣所劾,被斬於東市。事見《漢書·晁錯傳》。

⑦黃蓋:皇帝御用遮風避雨的傘蓋,以黃色帛制之。培:增益,加強。《宋史·寇準傳》載:景德元年冬,宋真宗親征至澶州,"御北城門樓,遠近望見御蓋,踴躍歡呼,聲聞數十里,契丹相視驚愕,不能成列"。

⑧剗:限制。

⑨季孟:指春秋魯國大夫季孫氏與孟孫氏。季氏、孟氏與孔子同時,是把持魯國朝政的權臣。叔孫:叔孫通,秦漢間薛縣人。秦始皇時因通經術被徵召,爲博士。以秦亂亡去。漢興,叔孫降漢,爲制定禮儀,被司馬遷譽爲"漢家儒宗"。《史記》卷九十九有傳。李斯(?—前208):楚上蔡人,從荀子學帝王之術,精通法家學説。事秦始皇,爲丞相。主張集權於皇帝一尊,定制度律令,毀《詩》、《書》、百家學説。後爲趙高忌陷,被殺。《史記》卷八十七有傳。

⑩宋徽宗崇寧間,頒蔡京所書元祐黨人碑於各州縣,令刻石。長安石工安民被調役刻碑。碑刻之末本當有刻工姓名,安民以刻此碑爲恥,乞免。此句作"理宗之時",當是誤記。

⑪寇準爲王欽若所讒失勢,景德四年十二月被調出知天雄軍兼駐泊都部署,防地在今河北省大名縣一帶。遼國使者經過大名,問寇準:"相公望重,何故不在中書?"寇準回答:"主上以朝廷無事,北門鎖鑰,非準不可。"事見《續資治通鑒·宋紀二十七》。北門:天雄軍地處宋遼國境,爲北方前綫要地,故寇準以門户鎖鑰爲喻。

⑫《宋史·寇準傳》説,寇準卒於雷州貶所,歸葬西京,"道出京南,公安縣人皆設祭哭於路,折竹植地挂紙錢,逾月視之,枯竹盡生筍,因爲立廟,歲時享之"。

韓　愈〔一〕①

問:韓愈平生以闢佛骨爲己任〔二〕,史稱其功比孟子距楊墨而力倍之,信矣。然觀其在潮與大顛,又盛稱其能云云者①,何耶? 蘇子謂其爲或人妄撰,歐陽永叔謂其實退之之語,不知其孰果爲當也? 厥後朱子論之極詳,不知果何以折衷二公之論否耶②? 諸生潮産也③,其究心於此久矣,願詳言之勿諱④。

知道貴明,守道貴篤。知而不明,則莫所適從,是謂畔道;守而不篤,則出入是非,是謂惑道。畔道則離,君子固無論焉;而惑道則貳,君子又悲夫守道者之無定力也⑤。吾嘗讀《韓愈》一傳,至於闢佛老之説,未嘗不嘉昌黎之識有以過乎時也。獨惜乎大顛一書,君子病焉。而後世論愈之學術者,往往以是傷之,如我執事之云者。

愚亦以爲韓愈知之稍精,而其守之不篤,故終無以自克於佛老之非,而時出入於李唐人物之習。論者亦當知其識之過人,而諒其守之未至。不然,則文章如愈,道德如愈,一代山斗如愈⑥,其可以少之哉!

嘗觀愈之言曰,佛老之害,甚於楊墨⑦。則是愈知佛老之所以爲禍也明矣。又曰,老子之言道德,去仁與義言之也,一人之私言也;吾儒之言道德,合仁與義言之也,天下之公言也⑧。是愈知佛老之所以異吾儒者又明矣。夫知佛老之所以爲禍,則其絶之也宜豫⑨;知佛老之所以爲異,則其辨之也宜力。蓋至於佛骨一表,孟簡尚書一書,其辭嚴義正,凜凜乎至今讀之猶有生氣,則愈亦不可謂不闢佛老者矣。獨惜乎知之有足與[10],而其守未篤也;識之有足言,而其立未固也。

蓋當夫謫潮幽居,而大顛密邇,則夫平生以闢佛老自許者,其剛方正直之氣,蓋奄奄殆盡矣。是豈愈之能闢佛老於前,而不能闢佛老於後耶?能闢佛老於朝,而不能闢佛老於潮耶?能以身受謫而爭憲宗之惑,而不能以身居幽而屈一山僧耶?蓋惟知擇而不知守,故其強持之力,雖得於正直自許之日,而其委靡廢墜不可收拾之氣,終不能自持於困厄不可支之地。然而愈之自謂,乃曰遠地無可與語者,故特召至州郭,時與之語[11]。迹其自文之言[三],雖足以悅一時之聽,而其行行正直之氣[12],已非在朝之舊,萬世之下有公論矣。不然,則前之卓然不惑而以死爭者,固此一愈也;今之優游山僧而傶然若失者,亦此一愈也。況夫既知佛老之害甚於楊墨,則孟氏之闢楊墨也,力將若弗勝焉;而韓愈留衣古寺之爲[13],是延乎盜而入之門矣,惡在其爲闢佛老哉!

嗟乎!幸有過人知識,而爲李唐巨擘,卒不能嚴持守正,使遺後世餘論,君子之所以憾於韓愈者豈少乎!蘇子瞻乃謂大顛一書,爲或人妄撰,是蓋欲隱其過而益重其失。獨歐陽氏謂實退之之語,此蓋備知愈之始終者。善乎紫陽朱子之言,其可折衷二公之論,而爲評韓氏不決者之定案乎?

大抵以道見道,則其得道也精而且固;以文見道,則間多出入而時有之。愈蓋因文以見道也[14],故其所趨之不差,雖出於聰明智識之所及,而其所持之無終,每乘於學力之所不到。吾觀《原道》一篇,其論誠正修齊治平之理甚備,而格致獨缺焉。則其學之無本，固有所自[15]，而其闢佛老之不終，無怪也。

然自漢魏以來，歷乎晋、宋、齊、梁、陳、隋之間，邪説盛行。以及貞觀、開元之盛，輔之以房杜、姚宋而不能救[16]，則左道之入人心者亦深矣。獨愈起布衣而麾之，挺然特立，而不爲俗尚所移。雖其潮州之謫，物論之興，其所建説，不能顯行於當時，而終則翕然以定。此其去歷代之積惑，發吾道之輝芒，而扶持唐室光明正大之氣者多矣。故漢有清議，魏有異説，晋以清談削，梁以虚無亡，而唐室獨無佛老之禍，此則韓愈之力也。後世追論其功，配之孟子。夫孟子距楊墨而正道顯，韓氏闢佛老而唐室興，其功作對也固宜。

孟子之學，原於知言養氣，而端緒乎七篇之仁義[17]。韓氏之學，有誠正而無格致焉。其入門也殊，則其造詣不得不異；其所得也異，則其徵諸議論也自別。此其所以功齊而道統有絶續歟[18]？今欲論韓愈之所以猶惑於佛老者，當知其原於所守之不篤；而欲論韓愈之所以猶歉於所守者，當知其原於所學之無本。

是非吾之言也，先儒之言也。不知執事以爲何如？

【校勘記】

〔一〕題目原缺，據目録補。

〔二〕佛骨，據下文文義疑應作“佛老”。

〔三〕迹，光緒本此字模糊，排印本因誤爲“述”字，今據康熙本正。

【注釋】

①大顛：唐潮陽人，禪宗高僧，曾師西山惠照，又師石頭希遷。貞元間在潮陽創建靈山禪寺傳法，學者甚衆。韓愈貶潮，與大顛交往，有書信相

邀,見《昌黎先生文集·外集》卷下。

②關於韓愈《與大顛書》真僞問題,北宋時蘇軾與歐陽修已經有不同的看法。朱熹在《韓文考異》中引録了歐、蘇的看法並加以考評,見《考異》卷九。

③潮産:生長在潮州。

④以上是考官策問,以下是林大欽答對。

⑤定力:佛家語,謂能使心止於一境而不散亂,這裏指能堅信儒道而不改變的精神力量。

⑥一代山斗:《新唐書·韓愈傳》:“自愈没,其言大行,學者仰之,如泰山北斗云。”

⑦⑪引文見《昌黎先生文集》卷十八《與孟尚書書》

⑧引文見《昌黎先生文集》卷十一《原道》。

⑨豫:同“預”,事先準備。

⑩與:贊許。

⑫行行:剛强貌。《論語·先進》:“子路,行行如也。”何晏集解:“行行,剛强之貌”。

⑬留衣古寺:韓愈《與孟尚書書》中説自己與大顛和尚交往,“及來袁州,留衣爲別”。今潮陽靈山寺猶存“留衣亭”古迹。

⑭“因文以見道”之説,本自朱熹。《朱子語類》卷八:“韓文公第一義是去學文字,第二義方去窮究道理,所以看不親切。”

⑮在儒學史上,韓愈第一個突出了《大學》、《中庸》的位置,開闢了宋明理學興起發展的道路。他在《原道》中引用了《大學》關於誠意正心修身齊家治國平天下一段論述,但未曾提到格物致知。宋明理學家卻把格物致知當作窮理正心的必要方法,看作學者進學的必由途徑,所以林大欽譏議韓愈之學“無本”。

⑯房杜、姚宋:指房玄齡、杜如晦和姚崇、宋璟。房、杜是唐太宗貞觀年間賢相;姚、宋是唐玄宗開元年間賢相。四人兩《唐書》皆有傳。

⑰知言養氣:見《孟子·公孫丑上》。七篇:指《孟子》一書。仁義是《孟子》一書的核心思想。

⑱功齊:指韓愈的闢佛老與孟子的闢楊墨同樣有功於儒學。道統有絶

續：指孟子能繼續文武周孔的道統，而韓愈還不配稱爲繼續文武周公孔孟的道統者。

潮州八賢

善論人者，不貴徇其名而貴考其行；善考行者，不當泥其迹而當察其心。夫行者，事之見於迹者也，不考其行，則虛譽徒隆者得以眩其真，無以知爲人之實；心者，幾之隱於微者也，不察其心，則飾情矯行者得以肆其僞，無以稽中心之蘊。是非之極混，思齊之念阻矣，故必辨其賢否之別，析其言行之微。行雖異矣，而心或同焉，君子不謂之異也；行雖同矣，而心或異焉，君子又安可以概與之哉！

執事發策，而以吾潮八賢爲問，將以觀其尚友之學也①。愚生生長是邦，寧無景行先哲之志乎②？嘗謂天之生材，固非偶然也；地之鍾材，亦無限也。故人材之生也，其出將以明道也，其處將以淑身也，其去將以潔己也，其就將以立名也。推之爲功業，則巍乎其有成；發之爲文章，則煥乎其可觀。蓋其生也有自，故其出也有爲。要之，地靈人傑，不可誣也。

吾潮爲《禹貢》揚州之域〔一〕，古閩蠻之地②。秦漢以上，政教不及，吾未暇論。及後風氣日開，人文漸著，五嶺鍾其秀，河海毓其英，以故懷奇豪傑之士，風流俊偉之人，相望後先，蓋未可以更僕數也。姑就明問所及者言之。

力排異端，師宗孔孟，爲韓愈之所尊禮者，吾得之趙德焉④。而真宗東巡，賦頌以陳；災異一見，極詆時弊，若許申者，可以觀啓沃之忠矣⑤。南中諸縣，清介一人，爲高宗之所獎諭者，吾得之張夔焉⑥。而歲有凶歉，奏免民租；獄有冤囚，辨明得活，若劉允者，可以觀濟時之惠矣⑦。投匭論事，南歸讀《易》者，林巽也，觀其策忤權貴，而屢拜不就，其直道而事人乎⑧？文章學識，直言剛正者，王大寶也，觀其疏請恢復，而懇建儲位，其忘身而徇國乎⑨？事親至孝，至爲鄉評所推者，盧侗之行實不多見也⑩。而居憂廬墓，至爲二蘇所交游者，吳復古之志趣超逸，豈多得哉⑪！兹數君子，其出處雖不同，而功業之所建，皆足以定國家而樹王猷；造詣雖不一，而文章之所著，皆足以達義理而闡精微。同歸於吾潮之豪傑也。

然就其中而論之，於趙德則吾取其識也。蓋其當佛老方盛之時，而能卓然自信，不爲時俗之所移者，其天資可謂剛直不群矣。故雖未敢謂其有得於聖賢之道，然其倡儒學之宗，衛孔氏之傳，而陶範吾潮海濱鄒魯之風者⑫，厥功居多矣。於大寶則吾取其直也。蓋其當奸臣柄國之日，而志存恢復，不避彈劾之所加，其孤忠可謂凜然不屈矣。故吾雖未敢謂其有旋乾轉坤之功，然其倡正直之風，張忠義之氣，而扶持宋室光明正大之業者，其績實偉矣。他如張夔、林巽之清致，廉貪立懦之節也⑬；許申、劉允之誠懇，愛君澤民之忧也。盧侗安石之論，有國士之風；復古安和之對，得養生之術。其皆一代之偉人乎！

迨及吾潮風氣日開，文物日盛，衣冠禮樂之士，彬彬乎倍昔而車載斗量者，亦未易悉數也。夫何邇年以來，淳厚者變而爲澆漓矣，誠愨者變而爲欺詐矣。典一命之寄者，尸虛位而無實行；由科貢之選者，飾虛名而乏實才。求其如昔之賢者蓋寡矣，豈古今人才之不相及哉？抑作而風之者無其道歟⑭？不然,何古之盛而今寥寥無聞耶？雖然,因習俗而移者,非歲寒之操;待文王而興者,非豪傑之士。故作人之風,雖在上之不可廢;而自勵之節,亦吾人之不可諉。立志貴高也,造道貴純也。是必志伊尹之所志,學顔子之所學,過則聖,及則賢,不及則也不失其令名。若徒以數子自期待,非愚生之所願,亦豈執事之所以望於諸生也哉！

【校勘記】
〔一〕原刻此句無"禹貢"兩字,據《潮州耆舊集》補。

【注釋】
①尚友:與古人爲友。《孟子·萬章下》:"以天下之善士爲未足,又尚論古之人,頌其詩,讀其書,不知其人可乎？是以論其世也。是尚友也。"趙歧注:"尚,上也。"焦循正義:"以友天之善士爲未足,因而上友古人。"
②景行:景仰、仰慕。唐玄宗《孝經序》:"朕嘗三復斯言,景行先哲。"
③古閩蠻之地:潮州地處閩粵之交,古曾隸屬閩地。《三陽志·州縣總叙》:"惡溪,州所有也,宗元乃曰'閩有水曰惡溪',杜佑作《通典》,亦曰'古閩越地'。"
④趙德:號天水先生,中唐潮州人。韓愈貶潮州時,發現他"沉雅專静,頗通經,有文章,能知先王之道,論説且排異端而宗孔氏"(《昌黎先生文集·外集·潮州請置鄉校牒》),便推薦他攝海陽縣尉,主持州學事務。
⑤許申:字維之。宋真宗、仁宗時潮州潮陽人。官至刑部郎中。嘉靖《潮州府志·人物》:許申"祥符初舉賢良,天子東封,獻賦頌者數百人,召試三人,申在列,擢第一"。後"嘗因災異言事,極詆時弊,凜然有直臣風"。啓沃:開導君王。語出《書·説命》:"啓乃心,沃朕心。"孔穎達疏:"當開汝心所有,以灌沃我心,欲命彼所見,教己未知故也。"
⑥張夔(1068—1160),字柏羽,號致堯。宋潮州海陽人。嘉靖《潮州府志·人物》:"登政和八年進士,宰茂名。卻富户賄,黜贓黷吏,有廉名。

諸司薦章有云:'南中諸縣,清介一人。'高宗特賜璽書獎諭。"夑七十致仕,卒年九十三。清介:高潔耿直。

⑦劉允,字厚中,宋潮州海陽人。宋哲宗紹聖四年進士。嘉靖《潮州府志·人物》:"知程鄉縣,歲旱,州督租如故,允極力爭之。會使者廉訪,當具豐歉狀以奏,遂以實聞,得免租。……權知化州。吳川煮鹽民蓄戎器以戒不虞,令悉捕爲盜,以徼功賞。獄成,允辨釋之,全活者五十餘人。"令:奚川縣令。徼:求取。《後漢書·皇甫規傳》:"進不得快戰以徼功,退不得溫飽以全命。"

⑧林巽,字巽之,宋潮州海陽人。嘉靖《潮州府志·人物》:巽宋仁宗天聖中應試,"對策梗切,忤權貴,主司不敢取。慶曆中投匭論事,仁宗異之,授徐州儀曹,不就。南歸讀《易》,著書八篇,總名曰《易範》,人稱草范先生。"投匭:匭,匣子。《新唐書·百官志二》載,武后鑄銅匭四,列置於朝堂之上,受納上書。後謂臣民上書皇帝曰"投匭"。

⑨王大寶(1091—1165),字元龜,宋潮州海陽人。建炎二年廷試進士第二。由南雄州教授,轉知連、袁、溫等州,遷提點廣東刑獄。後官至禮部尚書。以鯁直敢言稱。乾道元年致仕,卒年七十七。趙鼎謫潮,贊大寶說:"君文章學識,直諒剛正,廷臣無出其右。"高宗無子,大寶上書勸建儲貳,爲高宗嘉納。孝宗即位,大寶上疏,說"陛下即位,四方翹首,以望恢復,願斷以國是,則中外協力成功矣"。後張浚北伐失敗,以宰相湯思退爲首的主和派議罷都督府,大寶又三上奏章力爭。事見《宋史》本傳及嘉靖《潮州府志·人物》。

⑩盧侗(1023—1094),字元伯,號方齋,宋潮州海陽人。嘉靖《潮州府志·人物》稱他:"行實樸茂,事親至孝,爲梓里推重。"宋仁宗嘉祐間由余靖、蔡襄舉薦爲官。王安石新法之議起,盧侗言其不便實行。後以太子中舍致仕,卒於家中。

⑪吳復古(?—1099),字子野,宋潮州揭陽人。少任俠,喜道術,"志趣超逸。居大母憂,廬墓三年,手植木墓旁"。元豐中,從藍喬游湖海六年,於道術益通悟。"東坡、潁濱二蘇公,暨一時名士,皆傾下之。"蘇軾嘗問養生法,復古以"安和"二字對。軾爲作《問養生》。見嘉靖《潮州府志·人物》。

⑫潮州自宋以後,經濟、文化發展迅速,故陳堯佐《送王生登第歸潮陽》詩,有"海濱鄒魯是潮陽"之句。

⑬清致:清廉高潔的風度。廉貪立懦:使貪婪者清廉,使懦弱者自立。《孟子·萬章下》:"聞伯夷之風者,頑夫廉,懦夫有立志。"焦循《正義》:"頑亦貪也。"

⑭作而風之者:能振作鼓舞百姓,使風俗移易的人,指統治百姓者。

體國經野〔一〕

問:先王體國經野,各有所屬,省方觀民,各有所自①。以潮言之,天文屬何宿?地理屬何州?山川名韓,由唐而得也②,不知唐之前何謂?鄒魯名邦,由宋而聞也,不知宋之前何稱?城何有鳳栖之名?溪何有鱷徙之傳?潮之害,莫鱷若也,誠以馴之、刑以戮之者何人?潮之利,莫堤若也,因決而大築、仍舊而再築之者何人?學校之興,人知始於文公,而不知所以始之者何人?文行之篤,人知師趙德也,而不知所以先之者何人?諸生生長是邦,所聞皆熟,願明以告我,勿以我長而難言③。

畫野分州,潮之土地未嘗有所屬也,按《一統志》則可知其詳④;聞古傳今,潮之事迹未嘗有所考也,按《三陽志》斯可得其實⑤。蓋《一統志》所以記天下之土地,而《三陽志》所以記吾潮之事迹也。於二志而參考之,則吾潮之土地、事迹,可以探索而備知之矣。恭承執事明問及此,敢不悉以聞乎?

慨自畫野分州,分天爲九野,別地爲九州,故於天文則有星宿之義，所以觀氛祲而察妖祥⑥，此先王經國之嘉意也。如角、亢屬鄭，房、心屬宋，箕、尾屬燕之類是也⑦。然則吾潮之所屬，其在牛、女之墟乎⑧？或者猶謂地南而星北，是蓋觀乎一氣，殆不暇計也。於地理則有分州之義，所以定疆域而輸貢賦，此先王經國之遠猷也。如兗州鄭之屬，豫州宋之屬，幽州燕之屬是也。然則吾潮之所屬，其在揚州之域焉。或者又謂南越而東甌，是特舉其一隅，殆不必詢也。

有吾潮即有江山，其來舊矣。然大唐憲宗之朝，侍郎遠刺天涯⑨，潮之江山，遂變而名韓，豈無說哉？蓋以侍郎之刺於潮也，其德澤之被民深，特假此以著永長之思，殆猶召公甘棠故事耳⑩。否則，侍郎未刺之前，不過山海波濤耳，江山名韓，何由得哉？

有潮郡即有名邦，其傳亦以久矣。然有宋興國之際，諸賢相接踵⑪，則潮之郡國，遂名為鄒魯者，亦豈無謂哉？蓋以潮諸賢之生於宋也，有古今希闊之慕，故托此名以昭一代之盛，殆猶天下唐虞美談耳。否則，諸賢未出之始，不過如儋國、象郡耳⑫，鄒魯名邦，胡為乎來哉？

城名鳳栖，非固為是彰美也。實以城之東北，嶺嶂巉巖，鳳凰其鳴，屹乎一州之巨鎮，故鳳栖之名，實本於此。亦猶吾潮之鄉而有龍溪，鳳栖之名，何足異哉？

溪傳鱷徙，非虛談而無稽也。誠以溪之上下，浮沉出沒，鱷魚其災，適爾一去而不復留。故鱷徙之名，誠出於斯。亦猶吾潮之堡而有鮀江，鱷徙之傳，何足怪哉？

以害言之，力決江河，饞食人畜，錐擊不可得而加，澤梁不可得而致，潮之害，莫有若於鱷也〔二〕。當時苟不有以除之，則生靈之葬於魚腹中，殆不可以數計矣。幸而韓昌黎者始以誠而馴之[13]，陳堯佐者繼以刑而戮之[14]。是二人者，以人勝天，以德消變；其功德之在吾潮，比之周公驅猛獸而百姓寧者，不少讓也。

以利言之，禦防河水，保障田廬，負戴便於往來，輿蹄便於馳逐，潮之利，莫有大於堤也。當時苟不有以興之，則黎民之沉於水患者，殆不可以數計矣。幸而張德實者既經營而大築之，周明辨者仍舊而再築之[15]。是二人者，視民如傷，愛民如子。其德惠之在吾潮，較之大禹之平水土而奠民居者，不少貶也。

學校之興，始於韓公，人所共知矣，又豈無以始之哉？自常袞之守吾潮也，開以禮讓，而民俗爲之更新；教以詩書，而民風爲之丕變[16]。而學校之所以始者，又非斯人其誰與？

文行之篤，始於趙德，人所共知矣，又豈無以先之哉？自程旼之生吾潮也，恂恂無華，而達榮之不慕；行義著聞，而鄉邦爲之信服[17]。則文行之所以先者，又非斯人其誰與？

是則潮土地之所屬，山川之由名，與夫風俗利害興革之由，學校人才作興之自，所可敷言蓋如此。未審執事肯憫愚生之陋，而俯教於四方人物之勝概乎否？謹對。

【校勘記】

〔一〕題目原缺，據目録補。

〔二〕若，疑當作“苦”，形訛。

【注釋】

①體國經野：分割都城與郊野的疆域。省方觀民：巡視四方，觀察民俗。

②唐元和間，韓愈貶潮州，驅鱷魚，辦鄉校。潮州人爲紀念他，遂改稱惡溪爲韓江，郡城東山爲韓山。

③以上策問之詞,以下林大欽對答之詞。

④《一統志》:似指《大明一統志》,明英宗天順五年編成的全國性地方總志,李賢等奉詔纂輯,全書九十卷。

⑤《三陽志》:潮州地方志。宋元年間潮州屬縣有海陽、潮陽、揭陽,故稱三陽。宋、元兩代均修撰有《三陽志》。今原書已佚,《永樂大典》殘本中存其佚文。

⑥古人迷信,認爲上觀天象的變異,則可知州國的凶吉妖祥。

⑦此本《淮南子·天文訓》說。

⑧潮州上古爲揚州地,故分野在牛、女之墟。此本《史記·天官書》說。

⑨侍郎:指韓愈。韓愈曾任刑部、兵部、吏部三部侍郎。

⑩召公甘棠:指召伯奭有美政遺澤於民,民懷其德。《詩·召南》有《甘棠》三章。《詩集傳》說:"召伯循行南國,以布文王之政,或舍甘棠之下。其後人思其德,故愛其樹而不忍傷。"

⑪諸賢:參閱上篇《潮州八賢》。

⑫儋國、象郡:古地名。儋國在今海南省,象郡在今廣西壯族自治區。

⑬韓愈刺潮,聞惡溪有鱷魚食民畜產將盡,於是撰《鱷魚文》投溪中。據《新唐書·韓愈傳》之說,是夕暴風雷,鱷魚西徙六十里。蘇軾在《潮州韓文公廟碑》贊頌韓愈說,"公之精誠……能馴鱷魚之暴"。

⑭陳堯佐(963—1044),字希元,閬州閬中人。咸平二年以言事忤旨,謫爲潮州通判。時又有鱷魚爲害,堯佐率衆捕之,鳴鼓戮於市,並作《戮鱷魚文》。《宋史》卷二百八十四有傳。

⑮嘉靖二十六年撰《潮州府志》卷一"地理·上中下三外莆堤"條載:"知州事周明辨……主簿張德明,或改築,或增修,民咸德之。"周明辨,宋太平興國間知潮州事,因築堤事,百姓立祠肖像祀之。張德明,嘉靖《潮州府志》卷五"官師"作"張明德",元至治間海陽縣主簿。此句作張德實,或是誤記。

⑯常袞(729—783),唐京兆人。天寶末舉進士,任京官。以文采贍蔚,長於應用,譽重一時。唐代宗時累官至宰相。唐德宗即位,貶潮州刺史。建中元年遷福建觀察使,卒於官。《舊唐書》卷一百十九、《新唐書》卷一百五十皆有傳。嘉靖《潮州府志·官師》說常袞刺潮,"興學教士,潮

俗爲之丕變"。

⑰程旼,南齊時潮州人。嘉靖《潮州府志·人物》說他"爲人悃愊無華,性
嗜書,不慕榮達。素以忠信結人,人服其行義,有不平者,不之官,輒質
成於旼"。

潮州風俗

政有所當興者而興之,則治道進而風俗盛;政有所當革
者而不革之,則治道退而風俗衰。顧在振作者之所用心,治
道何有進退也? 在綱維者之所用力,風俗安有盛衰也? 誠
使當興者即興之,當革者即革之,治道進於上,則風俗常有
盛而無衰矣;苟於當興者未興,當革者未革,風俗頹於下,則
治道失而無得矣。執事以潮風俗之盛衰、政治之得失、所當
興革者爲問,誠有志於潮也。愚也生長是邦,安得恝然而付
之聾瞽哉①! 且述其聞見以對。

夫我潮乃揚州之域,古爲蠻越之地。秦漢以來,風俗國
政,吾未敢言。歷唐中葉,常袞刺潮,建學校,勸農桑,人蒙
其教。至元和間,韓愈繼之,禮趙德,敦實行,士益敦其化。
是以語風化也,自國都以至閭閻,人人悉通於《孝經》之義;
由里中市井以至海濱,家家傳誦周孔之書。聯名桂籍者,皆
篤實文行之士;身勞耕築者,咸飽詩書禮樂之文。機杼連
連,女無失德之誚;冠蓋濟濟,男有古人之風。是以李德裕
有"吾邦文獻"之稱,陳堯佐有"海濱鄒魯"之咏②,斯風俗之
盛,亦足多矣。

語政治也,在唐如李、常之輩,咸推赤子以爲國;在宋若
林嶒之徒,皆秉丹心以愛民③。一教養之施也,期民以沾其

實惠;一妖邪之屏也,必務以絶其根株。橋梁建而堤岸修,而民無病涉昏墊之虞;强暴息而輕賦役,何有兼併魚獵之苦?是以當時有遮道之留,春秋享祀衸之久,則政治之得,亦可羨矣。

自邇年以來,民聚久而民心易澆④,俗之盛者,不得不轉而爲衰;法行久而人心易玩⑤,治之得者,不得不變而爲失。將見士業明經,惟志青紫而不敦實行;爲民者尚刁風以傾軋,全喪其良心。財産不明,則獻入勢豪;忿争不息,則倚資權門。富貴之家,恃門第奪人之土;强梁子弟,事游俠欺孤寒之心。婚姻惟論財,而擇配以德之義疎;朋友尚面交⑥,而責善麗澤之益少⑦。喪祭重酒禮之費,有忍毀其親之尸⑧;疾病信淫祠之禱,全不扣扁鵲之門。如此者,無怪於風俗之衰也。

有官守者,惟以榮身肥家爲事;司案牘者,但以鼠食狗偷爲賢。上有善政之頌,而徒揭之榜諭;下有冤抑之苦,未嘗見之解伸。農桑非不知勸也,而土木之役不輟;學校非不知重也,而奔競之風未防。顧募機兵,所以禦寇也,而反以招寇;通用體國,所以舒民也,而反以困民。名曰體公行道也,而干求日進;名曰杜絶賄賂也,而苞苴日來⑨。若此者,無怪於政治之失也。

噫!俗之盛者既可轉而復衰,則衰者可不轉而復盛乎?治之得者既可轉而失,則失者豈不可轉而復得者乎?今日欲復其盛而反其衰,改其失而求其得,其道奈何?亦曰委之興革而已。

是故以潮之所當興者言之,若建學校、擇明師、表節義、崇德行、講禮習樂之類,吾今日之所當舉者,正吾潮之所渴望也。自是之外,若橋梁之建,往來又有陷溺之懼;堤岸之修,民居亦病崩裂之苦。豪强未抑,弱者常被其吞併;流賊未除,而商賈亦被其劫掠。無丁償以鹽利也⑩,而屯田之害何可當也⑪?孤獨養濟以院也,道傍之尸何不問也?凡此者,何非吾潮之所當興者也?

以潮之所當革者言之,如造淫祠、搬雜劇、尚浮文、好靡麗、停喪賭博之類,吾今日之所當革者,正吾潮之所稱快也。自是之餘,如刁風之啄,可畏甚於猛虎;積蠹之徒,其害毒於長蛇⑫。里書加減人口,富户可也,而貧家安得不至於逃亡⑬?猾吏出入人罪,輕者得矣,重者安得不至於構怨?工督之人,罪於移那之侵欺;書寫之輩,坐於盤桓之供給。凡此者,何莫非吾潮之所當革者也?

昔康王之告畢公,曰政由俗革⑭;董子之告武帝,曰更化善俗⑮。康王、董子豈無所見而然已?蓋風俗無盛衰之勢,興革爲不弊之法。其弊不革,其利不興,則其治終不善。是故望吾潮之風俗長盛,又未之信也。雖然,亦顧主張之何如得人耳。《詩》曰"無競維人"⑯,《家語》曰"爲政在人"⑰,愚又以是爲終篇獻,惟執事進而教之,幸甚。

【注釋】

①恝然:漠不關心貌。

②李德裕於唐宣宗大中初貶潮州司馬,剛到任,又貶崖州司户。"吾邦文獻之稱",未詳出處。"海濱鄒魯之咏",指陳堯佐《送王生登第歸潮陽》詩,詩云:"休嗟城邑住天荒,已得仙枝耀故鄉。從此方輿載人物,海濱鄒魯是潮陽。"見宋本《方輿勝覽》卷三十六。

③李、常:唐代潮州刺史,前有常懷德、李皋,後有常袞、李宿,皆爲方志所稱。林嶤:福州人,南宋寧宗慶元二年任潮州知州事。方志稱他"愛民

如子,惠政甚多”。

④澆:澆薄,不厚道。

⑤玩:玩忽,不重視。

⑥面交:停留於表面友好,不能真誠交往。

⑦責善麗澤:指朋友間互相磋商督促,兩相得益,共趨向善。責善,語出《孟子·離婁下》:“責善,朋友之道也。”趙歧注:“朋友切磋,乃當責善耳。”責,督促。麗澤,語出《易·兌卦》象辭:“麗澤,兌,君子以朋友講習。”孔穎達正義:“朋友聚居講習道義,相悦之盛,莫過於此。”麗,附聚。兌,喜悦。

⑧忍毀其親之尸:指火葬。嘉靖二十六年《潮州府志》卷八所附“風俗考”,説當時“其在細民者,火葬、飯佛、輕生、健訟,鄒魯之風稍替”。

⑨苞苴:用來行賄的財物。《荀子·大略》:“苞苴行與?”楊倞注:“貨賄必以物苞裹,故總謂之苞苴。”

⑩無丁償以鹽利:指虛糧之弊。明初以還,潮州因爲戰亂,致使田園抛荒,户口流亡,而官府仍依原先土地圖版、户口籍册徵收科糧,故有“無人而有名,有名而無田,無田而有糧”的虛糧情況。官府爲了照原額辦納,將虛糧攤派於農民,加重了農民負擔。正德間,知府談倫爲除民瘼,以本府廣濟橋鹽利銀兩,抵補定納虛糧之額。參閲明陳天資《東里志·物産志》附“公移文”《豁虛糧》。

⑪屯田之害:指屯田典賣之弊。明代法律嚴禁屯田典賣,但嘉靖間潮州屯田之法已壞,衛所官員暗中侵占,豪勢之家公開強奪,督屯官又多向屯丁索取例金,造成屯丁不願耕種,或將田賣於富室,甚至屯丁也佃耕於私人,屯糧因而無從收徵。參閲嘉靖《潮州府志》卷二“潮州衛·屯田”按語。

⑫刁風之啄:奸滑風氣的殘害。積蠹之徒:指多年作弊的下層吏役。這兩句是對下文的總提。

⑬里書:指作爲賦役依據的户口册(黄册)。黄册制度始於明洪武十四年,以里(110户)爲單位編造,故又稱“里書”。里書詳列本里每户丁口、田産及應員賦役情況,按規定每十年重編一次。重編時地方豪強常勾結里吏欺隱漏報,將賦役負擔轉稼到貧户頭上。“加減人口”應指

這種情況。

⑭康王：周康王。畢公：畢公高，周武王之弟，康王之叔。政由俗革：政教應因風俗而有所更改。周康王即位，册命畢公按人民的善惡分別居里，劃定成周郊境。册命中有"政由俗革"之語，見《書·畢命》篇。

⑮董子：董仲舒（前179—前104），西漢著名學者、政治家，廣川人。漢武帝時，董仲舒上對策建議獨尊儒術、罷黜百家，爲武帝所采納，確立了儒家思想在以後二千餘年中國封建社會的正統地位。更化善俗：更變治道使習俗向善。董仲舒在《賢良對策》中答漢武帝説，秦之政亂，"其遺毒餘烈，至今未滅，使習俗薄惡，人民嚚頑"，漢興，"爲政而不行甚者，必變而更化之，乃可理也"，"當更化而不更化，雖有大賢，不能善治也"。見《漢書·董仲舒傳》。

⑯無競維人：《詩經》之《大雅·抑》、《周頌·烈文》皆有此句，意思是説，惟有得到賢人，國家才能强盛。

⑰爲政在人：治理國政，在於得到人民支持。《孔子家語·哀公問政》："爲政在於得人。"

卷二 論表判策

文王望道未見[①]

聖人之所以自望其身者甚厚,故其所以存心者不好自聖焉耳。惟不自聖也,是以成其聖也。然則聖人非以其聖異人,而以不自聖者異人歟?且道至聖人亦已極矣,而且不自已焉,則其聖未可終窮。蓋聖人之心以爲未可終窮焉者,皆吾性分之所在也,一毫不盡,是謂棄天褻性矣[②]。棄天褻性,固不知道之爲也,而非厚望其身者之所安。然則聖人亦安肯以其身爲不知道耶?是故不忍以自已也。皇皇然不敢自寧,必將求吾性分而全盡之,是謂不自聖以成其德。噫!此文王所以爲聖德之純與[③]!然則論文王者不當於其聖,而當於其望道不自聖者求之。

世之言聖者皆曰:聖人固天之所縱而使之不可及者,要非力所能與也[④]。嗟夫!此皆無志於聖人之説也。不知聖人之聖者,天也;而其所以聖者,未始不成之人。吾觀"欽明文思安安"[⑤],堯德至矣!而"允執厥中"一語,蓋兢兢終身不敢畔[⑥]。若夫"重華協帝"[⑦],舜之德不少讓於堯也,而出而防諸人心,入而稽諸道心,皇皇於危微精一之間,凜然若不終日[⑧],蓋聖人察乎天人之際審矣。其心亦曰,人事之未力,皆盡天之未至也,蓋不敢於此少安焉。是故"好古敏求"[⑨],仲尼非虛語也,自志學以至從心[⑩],未敢以此爲非聖人之學。

不然，十室中有仲尼之質者，竟坐不學無成⑪，是非天薄與之罪，人事未盡之罪也。然則聖果終委於天耶？抑亦成於人耶？噫！此文王望道未見之功，正未容已焉。

且文王之道何如也？吾觀《大雅》至於"小心"〔一〕，讀《思齊》至於"不顯"，未嘗不嘆文王不息之純⑫。夫幽居而獨處，戒慎而不怠，此賢人君子之分，而文王取之以爲聖修之助⑬。猶未也，進而在宮雍雍焉，望道於宮也⑭；在廟肅肅焉，望道於廟也⑮。已而無斁亦保焉，純乎誠也⑯；之德之純焉，同乎天也。然則文王望道之功，蓋無地無時而不與大化俱焉⑰，然後心始慰也。則夫所以責望其身者何如？是故文王不以人自望也，而以聖自望也；不以聖自望也，而以天自望也。聖且天焉，此其所以盡性分之極，而後乃免夫棄天斁性。然則謂文王之聖不本之天，不可也；謂文王之所以聖不本之望道，亦不可也。吾固曰文王不自聖以成其聖。

吾觀文王望道之始，皇皇如有求，汲汲若不足。及其成也，汝墳化德，道行於邦也⑱；虞芮質成，道化天下也⑲；昆夷喙矣〔二〕⑳，道且威乎夷狄也〔三〕。當時昆蟲魚鼈草木之災消，道且馴致乎萬物也。已而禮樂教化之澤，樹之風聲，垂之典策，至今可紀可誦，道且行乎萬世也。凡若是者，固皆聖人望道之極驗。然而觀聖德者，要當求之於不顯亦臨之時，不當求之於萬邦順化之日；要當求之於小心翼翼之時，不當求之於夷狄萬物馴德之日〔四〕；要當求之於純德之天，不當求之於萬世儀型之末。蓋翼翼而純德者，文王望道之功也；化當時、澤萬物、垂後世者，文王望道之效也。功者效之所自出，效者功之所必應。吾何以文王望道之效爲異？要於文王望道之功有取焉。常人取必於聖人之效，是以謂聖人天之所成。惟原夫聖人之功，是以謂聖人成於人事之所獨至。然則文王之所以聖者，果不由於自聖而由於望道；文王之所以望道者，果以其不自聖而成其聖者歟？吾故曰聖人非能以其聖異人，而以其不自聖者異於人。而論聖者亦不當於聖，而當於不自聖求之歟？

　　然則文王望道之心何如哉？是心也，在堯謂之"兢兢"，在舜謂之"業業"，在禹謂之"克艱"㉑，在湯謂之"日新"㉒，在孔子謂之"不厭"㉓，在文王謂之"望道未見"，聖賢授受，心法若一也。大抵天不能輕重私成乎人，而古聖人每一念無斁㉔，以求盡乎天而不敢廢。是故朱、均之不肖㉕，天非薄之也；堯、舜之賢聖，天非厚之也。天能厚薄夫人，則能使商均之不商均，丹朱之不丹朱。惟不能厚薄夫人，而不肖者係於自棄，賢聖者係於自力，則所以盡人以承藉夫天者，雖堯、舜、文王亦不容免。昔者公明儀以文王爲必可師，斷然謂周公之言不諏㉖。彼公明儀者，蓋知作聖於人而不於天者也。然則能自力焉，則雖公明儀猶可爲文王；使其不能自力而一天之歸焉，則雖文王吾亦不知其所終矣。噫！使天下皆文王也，不盡人焉，且不可也，況天下不多文王也？然則學文王者將若何？曰：文王望道若未見，吾人望道當若無。

【校勘記】

〔一〕從下文引《思齊》的行文體例看，疑《大雅》當作《大明》。《詩·大雅·大明》："唯此文王，小心翼翼。昭事上帝，聿懷多福。"

〔二〕夷，光緒刻本作"夸"，異體字；民國排印本作"夸"，誤。

〔三〕〔四〕"夷狄"二字原闕，當是康熙間刻版時避諱。今據《詩鄭箋》"混夷，夷狄國也"補。

【注釋】

①本篇爲嘉靖十年辛卯科鄉試的“論”。試題用《孟子·離婁下》“文王視民如傷，望道而未之見也”下半句。朱熹《四書集注》解釋説：“民已安矣，而視之猶若有傷；道已至矣，而望之猶若未見。聖人之愛民深而求道切如此。不自滿足，終日乾乾之心也。”

②性分、天、性，都指人的本性。

③純，純正。《詩·周頌·維天之命》“文王之德之純”。朱熹《詩集傳》引“程子云：‘天道不已，文王純於天道亦不已。’”

④縱：同“慫”，勸勉、策勵。與：義同“及”，趕得上。

⑤欽明文思安安：意思是説帝堯有欽、明、文、思四種德性，能使天下百姓安定。語出《書·堯典》：“曰若稽古帝堯，曰放勳，欽明文思安安。”孔穎達正義引鄭玄説：“敬事節用謂之欽，照臨四方謂之明，經緯天地謂之文，慮深通敏謂之思。”

⑥允執厥中：誠實地把握那中庸之道。允，誠信。厥，其。這句話的意思是説，堯終生兢兢業業，不敢背離“允執其中”的原則。《論語·堯曰》：“堯曰：咨，爾舜！天之曆數在爾躬，允執其中。四海困窮，天禄永終。”朱熹注：“中者，無過不及之名。”

⑦重華協帝：意思是説帝舜的文德與帝堯相合。語出《書·舜典》：“曰若稽古帝舜，曰重華，協於帝。”孔安國傳：“華，文德。言其光文重合於堯，俱聖明。”

⑧這一句的意思是説，舜帝執政則防止人欲之心的泛濫，自修則稽求天理之心的幽微，精心一意，惶惶戒懼，不可終日。皇皇：同“惶惶”，與“凜然”皆畏懼貌。《書·大禹謨》：“人心惟危，道心惟微，惟精惟一，允執厥中。”程顥説：“人心惟危，人欲也；道心惟微，天理也。惟精惟一，所以至之；允執厥中，所以行之。”（《二程語録》卷十一）朱熹也説：“此心之靈，其覺於理者，道心也；其覺於欲者，人心也。”（《朱子文集·答鄭子上》）

⑨好古敏求：喜好古代文化並勤勉地學習它。語出《論語·述而》：“子曰：‘我非生而知之者，好古，敏以求之者也。’”敏，勤勉貌，猶言“汲汲”。

⑩《論語·爲政》："子曰：'吾十有五而志於學，三十而立，四十而不惑，五十而知天命，六十而耳順，七十而從心所欲不逾矩。'"

⑪《論語·公冶長》："子曰：'十室之邑，必有忠信如丘者焉，不如丘之好學也。'"

⑫《詩·大雅·思齊》："雍雍在宮，肅肅在廟。不顯亦臨，無射亦保。"不顯，幽隱之處。射，與"斁"同。朱子集傳釋此章詩義説："言文王在閨門之内則極其和，在宗廟之中則極其敬。雖居幽隱，亦常若有臨之者；雖無厭射，亦常有所守焉。其純亦不已蓋如是。"林大欽在下文即就此章詩意闡説發揮。

⑬戒慎不怠：小心翼翼的意思。《禮記·中庸》："君子戒慎乎其所不睹，恐懼乎其所不聞。莫見乎隱，莫顯乎微，故君子慎其獨也。"

⑭在宮雍雍：宮，居室，即朱熹集注所謂"閨門之内"。雍雍，和諧貌。

⑮在廟肅肅：廟，宗廟。肅肅，極恭敬貌。

⑯無斁亦保：無斁，不厭倦。保，有所守，保持警惕。這一句的意思是説文王望道，不敢厭倦，時時警惕。

⑰與大化俱：與自然變化相一致。俱，相同，一致。

⑱汝墳：汝水旁的高地。《詩·周南·汝墳》序："《汝墳》，道化行也。文王之化行乎汝墳之國。"

⑲《詩·大雅·綿》："虞芮質厥成。"虞、芮，國名。質成，就正，請人評定是非。《詩毛傳》説："虞、芮之君，相與爭田，久而不平。乃相謂曰：'西伯，仁人也，盍往質焉？'乃相與朝周。入其境，則耕者讓畔，行者讓路。入其邑，男女異路，斑白不提挈。入其朝，士讓爲大夫，大夫讓爲卿。二國之君感而相謂曰：'我等小人，不可以履君子之庭。'乃相讓，以其所耕田爲閑田而退。天下聞之而歸者四十餘國。"

⑳昆夷：即混夷，商周時期居住在我國西部的少數民族部落。喙：喘息。《詩·大雅·綿》："混夷駾矣，維其喙矣。"朱熹《詩集傳》説："言德盛而混夷自服也。"

㉑克艱：能以爲難事。克，能。《書·大禹謨》："后克艱其后，臣克艱其臣，政乃乂。"孔穎達疏："君能重難其爲君之事，臣能重難其爲臣之事，政教乃治。"

㉒日新：日日滌舊更新。《禮記·大學》：“湯之盤銘曰：‘苟日新，日日新，又日新。’”朱熹集注解“苟日新”說：“言誠能一日有以滌其舊染之污而自新。”

㉓《論語·述而》：“子曰：‘默而識之，學而不厭，誨人不倦，何有於我哉？’”

㉔一念無斁：一忽兒也不敢厭倦。一念：極短的時間。

㉕朱：傳說中帝堯的兒子，又稱丹朱，爲人傲慢暴虐，荒游無度。均：商均，傳說中帝舜的兒子，好歌舞。堯、舜認爲朱、均不肖，所以傳位於舜、禹。

㉖公明儀：據鄭玄《禮記祭義注》說，是孔子弟子曾子的學生。《孟子·滕文公》：“公明儀曰：‘文王我師也，周公豈我欺哉？’”

擬唐擇京朝官爲刺史錫宴賜詩群臣謝表①

開元十三年某月某日，臣某等伏蒙聖恩，選自京朝，出爲刺史，重以錫宴賜詩者。臣等誠惶誠恐，稽首頓首上言：

切以任隆方面，民社之寄匪輕；澤及臣工，朝野之間共被。喜與憂集，慚隨寵生。竊念刺史上爲耳目之司，一人攸賴②；下爲吏民之長，萬姓仰成。物情之是非，未易周知；政務之崇重，未易整理。責宏宜歸於碩德，任大應付以老成。故周封申侯於南國，《詩》稱良翰③；漢借長孺於淮南，史傳卧治④。是惟得人之益，用收藩屏之功。顧臣德歉四知⑤，是惟俗吏；政乏三異⑥，徒愧素餐。致民親，自諒不如召父、杜母⑦；静民俗，深媿不及王霸、劉方⑧。顧兹菲才，待罪京朝，亦已過矣；豈意殊擢，循行郡國，曷以堪之！

兹蓋伏遇皇帝陛下智周物務，仁恤民難，合造化以範圍，運陰陽而橐籥⑨。聖人有懷，必肅綱而振紀；英主無怠，恒撥亂以興衰。身在楓宸，念每馳乎九州四海；勢懸玉陛，

情每見於隴畝耕桑。君臣一體，遐邇同春。謂民情幽隱，懼
壅矣而弗宣；選京朝重臣，俾生之而不困。一方攸寄，賴以
復民性而厚民生；舉用無方，務惟得其人而不必備。猥以疎
庸之器，懋膺芻牧之良。宴出天廚，式聽笙簧之奏；詩裁聖
製，驚聞《韶濩》之音⑩。湛露恩深，重之錫者，將以厚其望；
天葩奧旨，隆之錫者，固以責其成。第懼腐才，罔以仰承德
意；徒懷丹赤，敢忘效順之忠？蓋在朝不能致其君，已爲天
子敝臣；在郡又不能利其民，則將焉用彼相⑫！誦《既醉》之
什⑬，誓益加淬勵，以醞釀聖澤自期；歌飽德之章⑭，當勉相切
磨，以衣食蒼生自任。俎豆王仁，使懷恩者歸德；敷陳王道，
庶不戢者傾心⑮。庶奮駑鈍之資，少伸犬馬之報。

伏望聖德維新，與日星而並照；皇猷允塞，同天地以始
終。法太宗救世爲心，斯民永賴；戒高宗無恒之念，百辟景
承。臣等無任瞻天仰聖激切屏營之至，謹奉表稱謝以聞。

【注釋】

①本篇爲嘉靖十年辛卯科鄉試的“表”。

②一人：指皇帝。

③良翰：可以托以重任的臣子。翰，通“榦”，支柱，骨干。《詩·大雅·崧
高》贊頌周王之舅申侯出封於謝國，說：“周邦咸喜，戎有良翰。”

④卧治：指不費力而使政治清平。《漢書·汲黯傳》：汲黯拜淮南太守，不
受印綬，武帝對他說：“淮南吏民不相得，吾徒得君重，卧而治之。”長
孺：汲黯字。

⑤四知：指清廉的德行。《後漢書·楊震傳》：楊震爲東萊太守，過昌邑，邑
令趁夜晚贈黄金十斤於震，說：“暮夜無知者。”楊震不受，說：“天知神
知，我知你知，何謂無知？”

⑥三異：指能施行仁政。《後漢書·魯恭傳》：漢章帝時魯恭爲中牟縣令，
施行仁政，不任刑罰，以德治民。於是中牟縣出現了“蝗蟲不犯境”、

"化及鳥獸"、"豎子有仁心"三種異象。

⑦召父、杜母：西漢召信臣，東漢杜詩，都任過南陽太守，而能使政治清平，爲百姓興利，南陽吏民親愛之，頌曰："前有召父，後有杜母。"

⑧王霸、劉方：王霸應爲黃霸之誤。黃霸：西漢昭帝時爲潁川太守，當時吏治尚嚴酷，而黃霸獨用寬和，能得吏民之心。劉方：東漢章帝時任襄城縣令，章帝有詔令稱揚之，説："吏民同聲，咸謂之不煩。"

⑨橐籥：冶煉時用來鼓風的工具，這裏作營運鼓動解。

⑩韶濩：商湯時的音樂。按孔穎達的解釋，它的内容是歌頌商湯能繼承大禹的事業，保護百姓。

⑪湛露：《詩·小雅》有《湛露》一篇。朱熹《集傳》説這首詩是寫天子宴樂諸侯。刺史治一方之政，職如諸侯，所以這裏用它來指天子賜宴之恩。

⑫焉用彼相：《論語·季氏篇》："危而不持，顛而不扶，則將焉用彼相矣？"相：這裏指扶助君王行道理政的臣子。

⑬《既醉》：《詩·大雅》篇名。朱熹《集傳》説這是首答謝天子宴享的詩。

⑭飽德之章：《既醉》第一章説"既醉以酒，既飽以德。君子萬年，介爾景福"（已經讓我們喝酒喝個醉啦，已經讓我們飽享您的恩惠啦！大王呀萬歲！願神賜給您大福呀）。

⑮不戢：放縱不知收斂。

上言大臣德政①

　　上不陵，下不援，《中庸》之明訓②；居不易，守不渝，大《易》有格言③。蓋君子素位而行④，而聖人惡人患失⑤。故楊雄美新之文⑥，君子羞之；班固爲憲誦功，智者不道也⑦。今某懷歆羨畔援私心，忘尊卑上下分限。王莽何人也⑧？輒曰是比周公。安石何人也⑨？顧曰是惟元聖。阿附非類，迹似宗元黨於叔文⑩；心事隱昧，實惟蔡邕比於董卓⑪。據形察衷，應例以吕惠卿之輩⑫；防微杜漸，須裁以韓侂胄之刑⑬。

【注釋】

①以下五篇,爲嘉靖十年辛卯科鄉試的"判"。

②這一句意思是説,《中庸》有"上級不以勢欺壓部屬,部屬不攀援巴結上級"的訓語。上不陵,下不援:語出《禮記·中庸》:"在上位,不陵下;在下位,不援上。正己而不求於人,則無怨。"

③這一句意思是説,《周易》也有"不論居於上位還是處在下位,都要保持忠誠信實的品格不變"的格言。居不易,守不渝:語出《易·乾卦·文言》:"君子進德修業。忠信,所以進德也;修辭立其誠,所以居業也。""不易乎世,不成乎名。""是故居上位而不驕,在下位而不憂。"

④素位而行:按現時所處的地位,做自己應該做的事。《禮記·中庸》:"君子素其位而行,不願乎其外。"朱熹集注:"言君子但因見在所居之位,而爲其所當爲,無慕乎其外之心也。"

⑤這一句意思是,孔子厭惡那些老擔心失去富貴利禄的人。聖人:指孔子。《論語·陽貨》:"子曰:'鄙夫可與事君也與哉?其未得之也,患得之;既得之,患失之。苟患失之,無所不至矣。'"朱熹集注引胡氏曰:"士之品大概有三:志於道德者,功名不足以累其心;志於功名者,富貴不足以累其心。志於富貴者,則無所不至矣。志於富貴,即孔子所謂鄙夫也。"

⑥楊雄美新之文:楊雄,即揚雄(前53—18),字子雲,西漢蜀郡成都人。著名哲學家、文學家、語言學家。能辭賦,又有《法言》、《太玄》、《方言》、《訓纂編》等著作。王莽篡位,揚雄作《劇秦美新》文阿諛王莽。後又恐遭王莽所害,跳下天禄閣自殺未遂。京師民謡嘲譏之,曰:"惟寂寞,自投閣。爰清净,作符命。"參閲《漢書》卷八十七本傳。

⑦班固爲憲頌功:班固(32—92),字孟堅,東漢扶風人。著名歷史學家,任蘭臺史職二十餘年,奉詔修成《漢書》一百二十卷。班固《漢書》以叙事詳富,文辭典雅,開創斷代史體例,而與司馬遷《史記》並稱。《後漢書》卷七十有傳。漢章帝永元元年(89),班固從大將軍竇憲攻匈奴,至燕然山,作銘刻石爲竇憲紀功。後竇憲因擅權被殺,班固也受牽連,入獄死。事見《後漢書》卷五十三《竇憲傳》。

⑧王莽(前45—23),字巨君,西漢魏郡元城人。西漢末,王莽以外戚擅權,群臣劉歆、陳崇、孫竦等上書,皆稱王莽可以輔漢,足比周公,代王莽請封安漢公,居攝朝政。後王莽篡漢稱帝,改國號爲新,復古改制,加劇階級矛盾,引起赤眉緑林起義,終被攻入長安的緑林軍所殺。參閲《漢書》卷九十九本傳。

⑨王安石:見本卷《災異》注④。"輒曰是惟元聖"句,疑是將韓侂胄事誤記爲王安石。《宋史》卷四百七十四《奸臣傳·韓侂胄》謂侂胄擅權,朝臣多阿附之,"顔棫草制,言其得聖之清;易袚撰答詔,以元聖褒之"。

⑩宗元黨於叔文:參見本卷《士習》注⑩。

⑪蔡邕(133—192),字伯喈,東漢末陳留人。以通經史、能文章、精於書法音律,爲時人所稱道。董卓專權,聞蔡邕高名,徵辟入朝爲官,而甚敬重之。蔡邕既畏懼董卓的脅逼,又感激董卓的知遇,且有匡導之志,故久事董卓。後董卓被殺,蔡邕也下獄死。參閲《後漢書》卷九十《蔡邕傳》。

⑫這一句的意思是説,從這些人上表褒揚大臣德政的形迹來考察其心,應該是呂惠卿一類人物。呂惠卿(1032—1111),字吉甫,北宋泉州人。王安石爲相,推行新法,呂惠卿處處迎合他。安石因引呂惠卿爲心腹,罷相,薦惠卿代己。呂惠卿既得志,即背叛王安石,凡可害安石者無所不爲。參閲《宋史》卷四百七十一《奸臣傳·呂惠卿》,《續資治通鑒》卷七十一"熙寧八年二月癸丑"條。

⑬這一句意思是説,對這些阿附大臣者應該早加刑罰,以防止釀成韓侂胄之害。韓侂胄(1152—1207),字節夫,南宋相州人。寧宗朝,執政擅權14年。扶植黨羽,指斥理學爲僞學。使其黨劾宗室大臣趙汝愚爲僞學罪首,奏罷相位,又殺汝愚於貶所。後欲立功名以固寵,遂興兵攻打金朝,兵敗被殺。韓侂胄擅權時,朝臣自右丞相陳自强數十人皆阿諛之。侂胄被殺,其黨皆被貶斥流放。貴戚吳琚説,當初皇帝並無專任韓侂胄的意思,朱熹、彭龜年彈劾侂胄時,如果有人支持,罷斥他是容易的。只是執政大臣與諫官多阿比逢迎他,終於使他釀成深重罪惡,以至遭到朝廷殺戮。參閲《宋史》卷四百七十四《奸臣傳·韓侂胄》。

多收税糧斛面①

出入惟正，賦道所由明；分數差踰，豪强所自起。蓋大君子須仁鄰里鄉黨，於食人者不可重困無恤②。故以羨補不足，軻書是之③；不繼富而周急，聖人以爲訓也。今某罔念作食之惟艱，惟快便己之盈歉。擅立斛面，制度不具於王章④；多收羨餘，恣取羞聞於明德。貪黷之風，自此始矣；朝度之亂⑤，此人先之。德不及人，既不能爲閭閈中之王烈⑥；財爲自富，是亦鄉黨間一黃巾也⑦。且寬兩觀之誅，新其來路⑧；薄示三苗之竄，惠我無辜⑨。

【注釋】

① 斛面：古代官吏徵收税糧時的一種額外聚斂。《續資治通鑒》卷一百五十二"宋光宗紹熙元年正月"記陳傅良上對語："州縣無以供，則豪奪於民，於是取之斛面、折變、科敷、折配、贓罰，而民困極矣。"

② 這一句的意思是説，不可以加重百姓困苦而不加撫恤。食人者：指以自己的勞作來供奉統治者的百姓。《孟子·滕文公上》："勞心者治人，勞力者治於人。治於人者食人，治人者食於人。"

③ 這一句意思是説，《孟子》一書，肯定了"用多餘的來彌補不够的"這種做法。軻書：指《孟子》，這是記載戰國時期著名儒家學者孟軻言行的一部書。"以羨補不足"，語出《孟子·滕文公下》。

④ 這一句意思是説，孔子也教誨學生："君子只周濟窮人，而不增益富人。"《論語·雍也》："吾聞之也，君子周急而不繼富。"朱熹集注："急，窮迫也。周者，補不足。繼者，續有餘。"

⑤ 這一句意思是説，私自設立斛面以聚斂，朝廷典章並不具備這種制度。王章：猶王法，朝廷典章制度。

⑥ 朝度：義同"王章"，朝廷典章制度。

⑦這一句意思是説,既不能像王烈一樣,用自己的道德操行來影響鄉人。閭閈:里巷。王烈(142—219),字彦方,東漢末太原人。以文行稱於鄉里,能以道德感化人。鄉里有爭是非者,必請王烈評判,而往往到半路或者望到王烈居室便不再爭訟。後避亂遼東,不受徵辟,爲商賈以保存清操。參閱《後漢書》卷一百十一《獨行傳·王烈》。

⑧黄巾:猶盜賊。舊時士大夫多將東漢末的黄巾起義軍視爲盜賊。

⑨這一句意思是説,姑且寬免殺戮之刑,給這些貪婪者自新之路。兩觀之誅:兩觀指春秋魯國宮闕,孔子誅少正卯於此。西漢劉向《上災異封事》:"孔子有兩觀之誅,然後聖化可以得行。"後人遂以"兩觀之誅"喻對亂國者所施行的殺戮之刑。

⑩這一句的意思是説,從輕處以驅逐之罰,使無辜的百姓能得到恩惠。三苗:古國名,其地在長江中游,洞庭湖與鄱陽湖之間。舜帝時其君因貪婪被驅逐到西方。《書·舜典》:"竄三苗於三危。"孔安國傳:"三苗,國名,縉雲氏之後,爲諸侯,號饕餮。三危,西裔。"《左傳》"文公十八年":"縉雲氏有不才子,貪於飲食,冒於貨賄,侵欲崇侈,不可盈厭,聚斂積實,不知紀極,不分孤寡,不恤窮匱,天下之民以比三凶,謂之饕餮。"

術士妄言禍福

　　左道惑衆,周禮誅之;蠱言亂俗,君子疾焉。蓋邪正之分,不可不嚴;而疑似之説,賈禍良多①。漢以巫蠱,父子傷恩②;秦以方言,長城築怨③。往事如照,典籍可稽。今某掉三寸舌,爲不根語④。智非淳風⑤,妄以胸臆著禍福;數非康節⑥,用惟浮誕瞀蒼生。將使王莽恃之以爲資⑦,遂竊天下;陳勝假之以示信⑧,特起干戈。此固程明道《闢邪》中之所深絶⑨,歐陽修《本論》中之所必距者也⑩。擬其縱誑之罪,須示貶竄之刑。

【注釋】

①這一句意思是説,術士以邪道蠱惑衆人,以禁忌紊亂風俗,故周代禮制加以誅殺,君子也痛恨他們。周禮:指《禮記》。《禮記·王制》:"執左道以亂衆,殺。"鄭玄注:"左道,若巫蠱與俗禁。"

②這一句意思是説,邪術與正道的區別,不可不嚴格;似是而非的説法,多招致禍患。賈禍:招致災禍。《左傳》"定公六年"記陳寅言:"以楊循賈禍,弗可爲也已。"

③這一句意思是説,漢武帝因爲相信"巫蠱"的讒言,傷害了父子間的恩情。漢:指漢武帝。武帝年老重病,江充與太子劉據有隙,欲害之,遂上奏説:"皇上病重,是由於巫蠱作祟。"武帝聽信其言,使江充捕治。江充因讒毁太子巫蠱。太子遭讒,發兵捕殺江充,並與丞相劉屈氂等戰於長安城内,兵敗出亡自殺。事見《漢書》卷四十五《江充傳》與卷六十三《戾太子劉據傳》。

④這一句意思是説,秦始皇因爲聽從方士的話,修築長城,造成百姓的怨恨。秦:指秦始皇。秦始皇三十二年,方士盧生進讖緯圖書,書中説:"亡秦者胡也。"始皇於是派蒙恬發戍卒三十萬,北擊匈奴,修築長城。事見《史記》卷六《始皇本紀》、卷八十八《蒙恬列傳》。

⑤不根語:没有根据的言語。《漢書》卷六十四《嚴助傳》:"(東方)朔、(枚)皋不根持論。"顔師古注:"議論委隨,不能持正,如樹木之無根柢也。"

⑥這句意思是説,没有李淳風的才智,卻無根據地憑着臆想預言禍福。淳風:李淳風,唐岐州人。精天文、曆法、陰陽之學,貞觀時累遷太史令。唐太宗得《秘記》,中謂:"唐三世之後,女主武王,代有天下。"太宗與淳風謀,欲求疑是者盡殺之。淳風説:"天之所命,必無禳避之理。王者不死,多恐枉及無辜。今若殺之,即當復生,少壯嚴毒,殺之立仇。若如此,即殺戮陛下子孫,必無遺類。"太宗從之,事遂罷。淳風凡占候吉凶,合若符契,爲當時術士所不能測。《舊唐書》卷七十九、《新唐書》卷二百四有傳。

⑦這一句意思是説,不似邵康節精於象數,只能假借謊言誕語愚弄人。康節:邵雍(1011—1077),字堯夫,謚康節,河南洛陽人。北宋理學家,

象數學派創立者。雍學問淵博，爲人和易。不入仕，耕稼自給。一時
名賢如富弼、司馬光、呂公著、張載、二程皆與之游。洛中得其教化，一
時人才特盛，忠厚之風聞天下。《宋史》說：邵雍從李之才受河圖洛書
八卦圖像，妙悟神契，多所自得，衍爲伏羲先天之學（即象數學），“以
觀天地之運化，陰陽之消長，遠而古今世變，微而走飛草木之性情，深
造曲暢，庶幾所謂不惑，而非依仿象類、臆則屢中者”。見卷四百二十
七《道學傳》本傳。

⑧這一句意思是說，王莽仗着符命圖書作爲依據，竊號稱帝。王莽：見本
卷《上言大臣德政》注⑧。王莽擅權，假攝帝位，廣饒侯劉京等僞托靈
異符命，哀章假造圖書，都稱天命欲王莽代漢即真天子位。王莽遂受
禪稱帝。事見《漢書》卷九十九上本傳。

⑨這一句意思是說，陳勝假托魚書狐鳴表示信實，竟揭竿反秦。陳勝
（？—前208），字涉，秦陽城人。秦末農民起義領袖。陳勝在起義之
前，與吳廣計議，欲以怪異威服衆人，遂以帛丹書“陳勝王”，置魚腹
中，使戍卒得之。吳廣又半夜學狐鳴，呼：“大楚興，陳勝王。”戍卒因
皆信服陳勝、吳廣。事見《史記》卷四十八《陳涉世家》。

⑩這兩句意思是說，妄言禍福本是程明道在《闢邪》中所竭力摒絕，也是
歐陽修在《本論》中所堅決排斥的。程明道：即程顥（1032—1085），字
伯淳，北宋洛陽人。宋神宗時做過官。王安石變法，程顥因有異議，被
彈劾貶官。因求閒職養親，與弟程頤居洛陽，講學十餘年。學者稱明
道先生。二程少時，曾拜理學奠基人周敦頤爲師，終則發展周氏學說，
成爲理學的創始者。程顥著有《闢邪》篇，以爲儒道不明，邪誕妖妄之
說競起，塗生民之耳目，溺天下於污濁，宜闢之，然後可以入正道。參
閱《宋史》卷二百四十七《道學傳·程顥》。歐陽修（1007—1072），字永
叔，號醉翁，又號六一居士。北宋吉州吉水人。著名文學家、史學家。
宋仁宗天聖間舉進士，任諫官，以切直敢言聞。累官至翰林學士、參知
政事。神宗時，王安石變法，歐陽修以議論不合致仕。歐陽修是北宋
古文運動領袖，主張“文以明道”，曾著《中論》三篇，抨擊佛道邪說。

縱放軍人歇役

周人四時講武,以禦非常①;漢帝上林馳射,以精技藝②。蓋武備不豫修,是以國與敵,故將不可無兵法③;士卒不可用,是以將與敵,故兵不可離役伍。晉帝玩武銷兵,五胡亂國④;光弼治軍嚴整,唐室中興⑤。此往古明事,兵法可按。今某不以軍法勵大衆,乃假私意徇軍情⑥。寬放縱之令,是惟王承宗樹德自固⑦;緩不戢之禁,豈聞周亞夫號令若神⑧?不知黃巾滿綠林,將何以禦之? 倘或賊兵犯五鳳⑨,殆束手無策矣。曹忠穆赤心報國⑩,端不如是也;諸葛亮七縱七擒,夫豈若人哉! 此蓋王欽若軍務未諳之輩⑪,宜正以張九齡軍法必行之刑⑫。

【注釋】

①這一句意思是説,周朝人在冬季講習武事,以防禦突然發生的事變。句中"四時"應爲"一時"的誤記。《國語·周語上》:"三時務農而一時講武。"韋昭注:"三時,春夏秋;一時,冬也。講,習也。"非常:突然發生的事變。《後漢書·譙玄傳》:"夫警衛不修,則患生非常。"

②這一句意思是説,漢武帝圍獵上林苑,騎馬射箭,使將士精熟武藝。上林:漢武帝宮苑。秦建,漢武帝建元三年擴闢。周圍三百里,築離宮七十所,苑内放養禽獸,供武帝秋冬之際射獵習武。

③兵法:這裏指治軍法度。

④這句話的意思是説,晉武帝玩忽武備,銷毀兵器,導致五胡亂華。玩:輕慢,忽略。五胡:指匈奴、鮮卑、羯、氐、羌五個北方少數民族。晉武帝死後,晉王室内亂,這五個少數民族先後入主中原,建立十六個割據

政權,史稱"五胡十六國"。

⑤這一句意思是説,李光弼整治軍隊,威嚴有規矩,唐室因之中興。光弼:李光弼(708—764),唐營州柳城人,契丹族。安禄山反,李光弼由郭子儀薦舉,主持河北河東軍事,以治軍嚴格規整著稱。平息安史之亂,復興唐王室,李光弼與郭子儀功勞最大。參閱《舊唐書》卷一百十本傳。

⑥徇軍情:假借私人情感,曲從將士的意見。徇,曲從。

⑦王承宗(？—820),契丹族。祖王武俊,父王士真,相承爲唐河北成德軍節度使。元和四年,士真卒,承宗自立。憲宗欲發兵征討,大臣李絳等勸阻説,成德軍將士百姓,懷王氏累代煦育之恩,不明君臣逆順之理,若發兵征討,恐難威服,反自遺羞。事見《資治通鑑》卷二百三十八"唐憲宗元和四年秋七月"條。

⑧周亞夫(？—前143),西漢沛縣人,絳侯周勃子。文、景時名將,以軍令嚴整聞名。文帝時,帶兵屯扎細柳營以禦匈奴。文帝勞軍至細柳營,須先詔告亞夫,方得入。入營,又須遵守軍中不得奔馳的禁令,約束馬匹慢行。至中軍,亞夫胄甲以軍禮揖見,不拜。文帝爲之動容,贊亞夫善治軍。事見《史記》卷五十七《絳侯世家》、《漢書》卷四十《周勃傳》附傳。

⑨五鳳:五鳳城,指皇城。王維《早朝》詩:"春深五鳳城。"

⑩曹忠穆:未詳何人。

⑪王欽若:參閱卷一《孤注》注。

⑫張九齡(678—740),字子壽,唐韶州曲江人。唐玄宗開元二十四年累官至右丞相,爲李林甫讒陷貶官,病卒。開元二十二年,范陽節度傅張守珪派裨將安禄山征討契丹,禄山兵敗,被執送朝廷治罪。張九齡上奏:"守珪軍令必行,禄山不宜免死。"玄宗不聽,終釀成安史之亂。事見兩《唐書》本傳。

失時不修堤防

一方之務，堤防爲重；守領之官，修築爲宜。蓋惟民宅廛舍之所旋環，固經理營務之所當先。大禹治洛水[①]，萬世賴之；韓愈修潮堤[②]，於今頌焉。今某罔念民事之特急，惟恣祿食之偷安。流水泛溢，將以鄰國爲壑；川澤不事，實惟平民之殃。倘有堯十年之水，不知民何以奠之？若遇湯七年之旱，又不知民將何以溉之[③]？西門豹鑿河渠[④]，遺度具在；趙過志在富民[⑤]，若罔聞知。是惟尸位之臣，宜速素餐之罪[⑥]。

【注釋】

①洛水：古水名，今河南省洛河。據《書·禹貢》所載，大禹治洪水，足迹遍九州。這裏只言治洛水，蓋舉一隅例之。今河南洛陽市南，洛水所經，有龍門伊闕，相傳即大禹治水所闢。

②韓愈修潮堤：元和十四年，韓愈因諫迎佛骨被貶潮州，在潮八月而多善政，驅鱷魚、興鄉校、釋奴婢、獎農桑，皆見《韓昌黎集》中。相傳韓江堤圍修築也始於韓愈。林大欽此判詞是記載這件事的最早文獻。清初陳珏的《上當事修堤策》且確指韓江北堤即當時所築。至今潮州民間猶有此傳説。

③參閱本卷《災異》注⑦。

④西門豹：戰國魏人。魏文侯時，爲鄴令，發動百姓開鑿十二道水渠，引黃河水灌溉田地。到漢代，鄴地還受惠於十二渠的水利，人民富足。參閱《史記》卷一百二十六《滑稽列傳》褚少孫補。

⑤趙過：參閱卷一《廷試策》注㉖。

⑥這兩句意思是説，這種在位而不履行責任的官吏，必招致食禄而瀆職

的罪過。尸位：任職而不辦事。《漢書·朱雲傳》顏師古注："尸位者，不舉其事，但主其位而已。"素餐：無功受禄，不勞而食。《詩·魏風·伐檀》："不素餐兮。"陳奐傳疏："今俗以徒食爲白餐。餐，猶食也。趙歧注《孟子·盡心》篇，云：'無功而食，謂之素餐。'"速：招致。

政　治①

帝王之治天下，有天下之大仁政焉，必有天下之大仁心焉。久其仁心於中，而達其仁政於外。故仁之存者不窮，而政之行也不虛。有其政而無其心，是謂徒法，徒法不能行；有其心而無其政，是謂徒善，徒善不能化。然則仁心者，聖人所恃以綱維天下之本也；仁政者，聖人所資以鼓舞天下之具也。彼孝敬仁儉，其聖人之仁心乎！躬耕藉田，其聖人之仁政乎！知此始可以答執事之問，而仰窺往古聖人與我太祖高皇帝所以爲藉田之制者矣。

且藉田之制起於何時？蓋自古昔聖人，思祀事之惟重，念民生之惟艱，將親耕以供宗廟，以導天下而廣孝思。是故唐虞之世，其意具，其法隱；成周之世，其制備，其迹著。如執事所謂周制所紀，《月令》所陳，虢公所諫②，蓋節目詳明，歷歷如照，固不待智者能言之。然自舜已有"食哉惟時"之命③，自文王已有"康功田功"之治④，則其法之隱著雖不同，而愚謂諸聖人以純仁心而行純仁政者則一也。

自政衰道隱，而藉田之制因以廢墜不舉。其間英君誼辟，有能奮而張之於湮没沉溺之中，如執事所謂"躬履綏定，親臨洛北；勉九推以祈報，恨千畝之不終"者⑤，蓋規模號令，煥然新人耳目,讀史者至今類能言之。然而能行於一時,而不能持於悠久;或得夫粗迹,而不能延廣聖人之精意。則夫當時設施,雖有可觀,而愚謂三四君蓋亦行聖人之文,而不得夫聖人之情者則一也。

洪惟我太祖高皇帝,以神異之資,掃胡元之亂。天下既平,大禮聿建。其盛德美意,所以匹休帝王而俯視時君者,載諸《祖訓》、《日曆》可考⑥。吾觀祭畢便殿,泣下不止,此帝王之聖孝也;悟理不一,儼勤對越⑦,此帝王之聖敬也。宮中閒地,但令種蔬,不欲勞民作臺,此帝王之聖仁也;進農家食,而與太子共之,重之以《豳風》之教⑧,此帝王之聖儉也。則吾太祖純仁之心,蓋可以達諸天而不愧,質諸聖而不惑者矣。故即位之初,首以藉田為務,而廷諭一詔,舉行千畝,拳拳焉德音所在,天下蓋信其志在宗廟與民也。然則以仁心行仁政,得如我太祖高皇帝焉可矣!

聖上方今所行,其可舍太祖而遠所慕乎?且聖上自即位以來,屢賜田租之半,以寬貧困;親耕千畝之藉,以勵游惰。邇者更建豳風亭,立無逸殿,製《穀祇蠶壇賦》,此其意奮發強厲,蓋將欲不朝夕為太祖步武也。然愚謂法太祖者,非徒法其文,須欲法其情也;欲法其情者,非徒善其政,須欲善其心也。心太祖之心,則治復太祖之治矣。然明天子之政迹,天下可得而知也;明天子之心法,天下不可得而知也。啟心之學,在賢宰輔。應有以是為吾君左右者,草茅何與焉⑨?倘或與而進之,執此以往。

【注釋】

①以下五篇爲嘉靖十年辛卯科鄉試的"策"。

②周制所紀:唐杜佑《通典》:"周制,天子孟春之月,乃擇元辰,親載耒耜,置之車右,帥公、卿、諸侯、大夫,躬耕藉田千畝於南郊。"藉田:古代天子、諸侯勸農的一種形式。周代天子藉田千畝(合今 373 畝),故後代以"千畝"爲皇帝藉田的代稱。實際上,舉行藉田儀式後,這些田地便徵用民力耕種。《月令》所陳:《禮記·月令》記周朝藉田制度:"天子三推,三公五推,卿、諸侯九推。"虢公所諫:《史記·周本紀》載周宣王不修藉於千畝,虢文公諫曰:"不可。"宣王不聽。

③食哉惟時:《書·舜典》語,意思説,百姓以食爲天,應該讓他們適時播種收穫。

④康功田功:《書·無逸》:"文王卑服,即康功田功。"意思説,文王穿着儉樸的衣服,從事家庭與田野的勞動。康,通"康",居屋(用孫星衍説)。

⑤"躬履"句:晋武帝司馬炎事。《通典》載,晋泰始四年,司馬炎親藉田於洛陽東郊,有詔令曰:"今循千畝之制,當群公卿士,躬稼穡之艱難,以帥先天下,於東郊之南,洛水之北。""勉九推"句:唐玄宗李隆基事。《通典》載,唐開元二十三年二月,玄宗祀神農畢,親藉於千畝之甸,時有司進《儀注》:"天子三推,公卿九推,庶人終畝。"玄宗欲重勸耕藉,遂進耕五十餘步,盡壠乃止。

⑥《祖訓》、《日曆》:《祖訓》應指明太祖《寶訓》,十五卷,分類輯録明太祖政訓。《日曆》一百卷,由詹同等在洪武年間編成,"具載太祖征討平定之績,禮樂治道之詳"。兩書俱見《明史·藝文志》。

⑦對越:稱揚,特指稱揚天地神明、祖先之靈。《詩·周頌·清廟》:"對越在天"。

⑧《豳風》之教:指《豳風·七月》之詩。朱熹《集傳》説:周公因成王未知稼穡之艱難,故作《七月》,陳述周先公如何導民農事以致風化,使樂官朝夕諷誦以教成王。

⑨草茅:謙詞,林大欽自稱。

災　異〔一〕

天變果有應乎？吾不得而知之也；天變果無應乎？吾亦不得而知之也。但自古畏天者則曰，天變未有無故而然；而玩者則曰，是殆適然之數。二説持衡，以爲始終。吾將解之曰：天變殆非適然，亦非無故也。但天變微妙難知，而言天者不可指應以爲證；人事有迹易見，而修人者當因所關以補救。則夫有天變無天變，吾不知也，顧吾修德何如耳。

自夫修德之説不明，而世之言天者，類皆果於證驗之説，以自取必於人主，是以啓人主不必然之疑；其不然者，則又以不足應之説，以自取寵於人主，是以長人主不必信之蕩。是故京〔二〕、翼奉之徒①，吾固不暇責之備矣。而劉向、仲舒則大儒也，天人之策，《洪範》、《春秋》之論，且惑於災異焉②，君子安得不爲之病！公孫弘、谷永逢迎取寵之人③，吾亦不暇責之詳矣。而安石以經濟自任，固兼主之委任而托力者，且倡無畏之説，以猖狂夫人主變法之亂④，君子安得不爲之三嘆！

嗟乎！此世儒論天，所以終坐於二説之持衡，而不能爲一修德勝天之論，卒以潰亂人主之聽而已。而不知天變果不足畏，則古人之所以思道以括拱桑，修德以斃雊雉者何爲⑤？而鳳凰來儀，麒麟游郊，山川草木，鬼神魚鱉，莫不咸若，載在書傳者，猶可考也⑥。天變果於必應，則古人所以九年之水、七年之旱者何爲〔三〕⑦？而龍漦於宮，神爵庭集，黃鳳天馬，甘露瑞麥，筆不勝書，紀在史册者，又可疑也⑧。

　　然則人主將何所適從？亦曰修德而已。大抵人君奉天，但當以修德自責，而不當取於天之必應。至於災異之來，則亦惟曰是吾修德之未至，而不可以是爲無恐。人臣事君，但當以修德爲勉，而不可示以天之必驗。至於遣告之及，則亦惟曰吾君行德之未力，而不可以是爲無畏。故日蝕地震，旱虐川竭，天垂異於周宣、漢文，而無累於周宣、漢文者，以周宣、漢文側行躬修不替也。否則以芝房寶鼎改年而薦廟者，海內且虛耗矣⑨。日食於朔，雨愆於期，天垂異乎光武、宋仁，而無累於光武、宋仁者，以光武、宋仁罪己避殿不安也⑩。否則於星孛長彗際變而不懼者，民心且鼎沸矣⑪。故能言畏天者，乃所以善畏天之天也。是故善畏天者，則爲漢文，爲周宣；不善畏天者，則爲漢武，爲神宗。

　　然則相導其君者，其將以修德之說聞於上乎？抑將以不足畏之說聞於上乎？抑將以證應之說聞於上乎？雖然，君子寧失之仲舒、劉向，毋爲公孫弘、安石。仲舒、劉向之失迂，公孫弘、安石之失鑿。迂以啓人主，狎天而不知敬，其罪固；鑿以啓人主，褻天而不知畏，其罪則誣矣。

　　今聖天子在上，固宜克享天心，以召祥瑞，而無待於人臣之慮者。然而又有潦旱螟雹風霾火孛之未盡消息者⑫，或且有由矣。臣子將以不足畏告之，是爲誣；將以證應告之，是爲固。不固不誣，吾惟原《春秋》筆災異之意告之⑭，是惟曰修德。至於修德之規模節目，後先次序，則廟廊有能任者，愚生欲語而未暇焉。如有用我，不負所學。

【校勘記】

〔一〕此篇原刻目録作"災異",而正文作"天變",今依目録。

〔二〕依下"翼奉"行文例,此處當作"京房",疑"房"字脱。

〔三〕"九年之水,七年之旱",康熙本作"七年之水,九年之旱",未知誤刻抑作者誤記,今依光緒本。

【注釋】

①京:京房,字君明,西漢元帝時人。學焦氏《易》。焦氏學説長於災變,分卦直日,各有占驗。房用之尤精,且以此得幸,後爲石顯所讒誅。事見《漢書》卷七十五本傳及卷八十八《儒林傳》。翼奉,字少君,漢元帝時人。治《齊詩》,好律曆陰陽之占,屢以《齊詩》"五際"之説議災異,爲元帝寵信。事見《漢書》卷七十五本傳。

②《漢書·五行志》説董仲舒治《公羊春秋》,始推陰陽,爲儒者宗。劉向治《穀梁春秋》,數其禍福,附以《洪範》,其説與董氏不同。

③公孫弘,見上卷《廷試策》注㉜。谷永:字子雲,少爲長安小史,博學經書。漢成帝時,以條對災異故,爲帝所特召。時外戚王氏專權,谷永黨之,數以天變諫帝。事見《漢書》卷八十五本傳。

④王安石,字介甫,北宋慶曆進士。神宗時拜相,施行新法,遭保守派反對,常借天變以誣新法,而安石自信所見,謂"天變不足畏,祖宗不足法,人言不足恤"。事見《宋史》卷三百二十七本傳。

⑤思道以括拱桑:商帝太戊時,有桑穀生於王廷,一夜大至合抱。太戊懼,其相伊陟曰:"祅不勝德。"太戊修德,桑穀死。修德以斃雊雉:商帝武丁時,有雉登鼎耳而雊。武丁懼,其弟祖己諫曰:"修德。"武丁從之,殷道復興。雉,野雞。雊,雄雞鳴叫。兩事具見《史記·封禪書》與《漢書·郊祀志》。

⑥先秦經籍之中,多災祥變異的記載,且附於人事,如"簫韶九成,鳳凰來儀",見《書·益稷》;"鳳凰麒麟,皆在郊棷",見《禮記·禮運》;"古有夏先后,方茂厥德,罔有天災,山川鬼神,亦莫不寧,暨鳥獸魚鱉咸若",見《書·伊訓》。

⑦九年之水，七年之旱：《藝文類聚》卷一千七百二十五引梁簡文帝《謝敕示苦旱詩啓》：「伏以九年之水，不傷堯政；七年之旱，無類湯朝。」帝堯之時，洪水滔天，百姓其憂，四岳舉鯀治水，九年而功用不成。事見《書·堯典》與《史記·五帝本紀》。商湯之時，天下大旱，七年不雨。湯以身禱於桑林，欲自焚以祭天，民甚悅，天降大雨。事見《呂氏春秋·順民》、《淮南子·主術訓》。

⑧歷代史書，多天降祥瑞而王者稱帝改元的記載。如《漢書·宣帝紀》或神雀集於長樂宮、萬歲宮，改元爲神爵；鳳皇、甘露降集京師，後改元五鳳、甘露；黃龍見於新豐宮，後改元黃龍。《三國志·吳·孫權傳》載黃龍、鳳皇並見於夏口武昌，孫權因稱帝，紀元爲黃龍。

⑨漢武帝事。《史記·孝武本紀》載，汾陽有巫爲人祠后土，得寶鼎，武帝迎之而薦於廟，且改元爲元鼎。《漢書·武帝紀》載，元封六年，甘泉宮中產芝九莖，武帝下詔赦天下，且作《芝房》之歌。

⑩漢光武在位三十三年間，日食十次，唯建武二年在正月朔日，其餘皆逢晦日。其中建武七年三月及建武十七年二月兩次日食，光武帝皆有避正殿之舉。見《後漢書·光武帝紀》及《東觀漢記》。林大欽此處有記憶之誤。又：北宋天聖四年六月，大雨，汴京平地水數尺，仁宗避正殿，見《宋史·仁宗記》。仁宗以霖雨不止或久旱避殿罪己事未聞。

⑪宋熙寧八年十月，彗星見於東方，神宗有罷新法意。王安石諫以「天道遠，先王雖有官占，而所信者人事而已」。神宗從之，不廢新法。事見《宋史·王安石傳》。

⑫消息：消歇停息。

官　制

善師法者不必師其迹，師其意足矣；善師意者不必師乎古，師乎祖足矣。蓋意之所在，固制法者精神心術之所寓，而祖宗規畫之所存，誠繼承者之所憑藉而勿失者。然則立法之制，奚必於周公？如我太祖高皇帝德意遺文，可以圖理矣。奉法行制，奚必於《周禮》？遵我太祖高皇帝之制，不愆不忘，可以運化矣。且我聖天子今日所治之天下，固太祖之天下也；所治之人民，固太祖之人民也。則夫位事建官，獨非太祖之制度乎？

蓋我太祖以聰明神異之資，兼總夫周公《周禮》制治之法，其所規畫，以爲聖子神孫憑藉承式者甚備。是故本朝設官，三公講道於上①，六卿分職於下②，其所以率胄子而儀刑之，萃天下之冠裳而化導之者，則有大宗伯焉③；巡撫宣鎮於外④，臺閣相制於內⑤，其所以掌故知而通王政，明正德而弼一人者，則有詹事府焉⑥。微而居衛守門，職固有官；賤而灑掃役令，分各有守⑦。其森羅建列之制爲詳。蓋大宗伯之制，仿之《周禮》太師之遺迹；詹事府之制，原之《周禮》太史之遺意。而灑掃居門之官，即周公寺人執戈之遺意也⑧。故謂本朝法《周禮》以正官，蓋以此耳。

然太祖制官之意，蓋以奉行其職爲理。而其防微杜漸之際，未嘗不嚴爲之防。蓋至於寺人之卑而命之曰：爾等職在掃除，政事不可與也⑨。則其憂深思遠，所爲慮者深矣。今朝廷官守，遵祖宗之舊無恙，而獨於寺人一職，不能無疑焉。朝政不與，此聖制也。今且奉詔北府而權抗宰輔焉⑩。是何耶？王官糾劾此特設，恐致壅蔽耳⑪。今且權號一府而彈壓宰輔，此豈盛世之事哉！而說者或曰，此亦《周禮》治均稽詔之意⑫，而不知聖祖無此制度也。蓋自正統以來〔一〕，養其專恣之勢，歷於列聖，無能改其倒持之失，朝廷數爲此輩作慝，幾成大禍⑬。

　　邇者聞之道路，以爲聖天子勵精圖治，一改而正之，使此輩無得志焉，此蓋善法祖者。然則使朝廷之治每如此，則天下太平有日，愚亦無事於多言。使未能每如此，則明宰輔輩所以相助吾君者，亦惟於此類推焉，而廣其法祖之意可也。且天子血氣方剛，意務方廣。將安於無爲，道之恐無以稱紀綱之志，且亦非救弊振墜之道所宜爾；將急於有爲，道之恐張其遠慕之念，而成夫紛更之多事。故愚生無見，惟欲法祖一語，大臣持此以助維，臺諫守此以獻納，士夫守此以陳言。彼區區之《周禮》，亦奚爲今日急務哉！若以爲可信，轉而行之，此固執事之職也。

【校勘記】

〔一〕正統，康熙本作“正德”，按明代宦官專權，始於正統朝之王振（見《明史》卷三百四《宦官傳·序》），故光緒本改正之。今依光緒本。

【注釋】

①三公：《明史·職官志》：“太師、太傅、太保爲三公，正一品。掌佐天子理陰陽，經邦弘化。”

②六卿：指吏戶禮兵刑工六部尚書。洪武十三年罷中書省，廢丞相，詔書說“今革去中書省，升六部，仿古六卿之制，俾之各司所事”。見《古今圖書集成》卷六十九。

③大宗伯：明代禮部，掌管宗室封爵及婚嫁命名等事，又掌天下禮儀、祭禮、貢舉等政令，職責相當於《周官》的大宗伯。

④明代巡撫官的設置，始於宣德五年。巡撫對地方官吏、親王勳王，可加監察，地方軍務、民政以至農桑，皆在督導的範圍。

⑤臺閣：指都察院與內閣。明太祖廢丞相職，處理政務大權操於皇帝一人之手，至明成祖始設立內閣爲輔佐機構。行之既久，閣臣權勢又如

丞相,凌駕六卿之上。只有都察院都御史能考核官吏,糾劾百司,可與內閣相制約。

⑥詹事府:《明史·職官志》説詹事府是東宮官屬,有輔導太子的責任。府中各官入侍太子,進講《尚書》、《春秋》等書,講書畢,再講論軍國大事。本文述詹事府職責制度與《職官志》不同,或恐是誤記。

⑦居衛守門、灑掃役令:指守備、門正及四司八局十二監等宦官機構。詳見《明史·職官志》"宦官"條。

⑧寺人執戈之遺意:明人習稱宦官爲寺人。而《周禮》寺人之職在掌管宮中女御女奴。灑掃居門之官,當與《周禮》宮人、閽人之職相近。

⑨明太祖嚴禁宦官預政,曾對侍臣説,宦官止可使之供灑掃,給使令而已,豈宜預政典兵(《明史紀事本末》卷十四)。又鑄鐵牌置宮門口,曰"内臣不得干政事,預者斬"(《明史》卷七十四《職官志》)。

⑩北府:這裏應是指宦官機構。明宣宗宣德四年特設文書房,"其在外之閣票,在内之搭票,一應聖諭、旨意、御批,俱由文書房落底薄發",自是"内閣之擬票,不得不決於内監之批紅,而相權轉歸入寺人"(《明史·職官志》"宦官"條)。所以説是"奉詔北府而權抗宰輔"。

⑪"王官糾劾"句:對宦官擅權,自宣宗而後,朝臣多上書糾劾。如成化十年,商輅劾宦官汪直:"陛下委聽斷於直,直又寄耳目於群小,皆自言承密旨,得顓刑殺,擅作威福,賊虐善良。"(《明史》卷一百七十六)。成化二十三年鄒智上書:"臣又聞高皇帝制閹寺,惟給掃除,不及以政。近者舊章日壞,斜徑日開,人主大權,盡出其手。"(《明史》卷一百七十九)。嘉靖初霍韜上書:"閣臣參機務,今止票擬,而裁決歸近習。輔臣失參贊之權,近習起干政之漸。"(《明史》卷一百九十七)。

⑫《周禮·天官》内宰之職,治宮内禁令,均分閹寺子弟入宿衛者以禄廩,詔告宮中禮樂之宜,稽計宮中女御事功。詳見《周禮注疏》卷七"内宰"條。

⑬明成祖時,宦官漸用事;宣宗時更被親幸。英宗即位年僅九歲,宦官權威日重,爲害日烈。如正統間的王振,景泰末的曹吉祥,成化間的汪直、梁芳,弘治間的李廣,正德間的劉瑾,俱專恣胡爲。王振、劉瑾尤甚。詳見《明史》卷三百四《宦者傳》。

士 習

有人君作士之法,有士人自立之道。要之,作士之法,固君上所以鼓舞天下之術,而不可廢。而士之所以自立者,亦豈可因乎風化習俗而爲之轉移哉!故曰,中立不倚者,豪傑之士也;逐流而靡者,士斯下矣。然則能自立者,亦何貴於上觀而化耶〔一〕?

執事以士習係時係上之説試諸生,愚謂此中才之士也,非豪傑之士也。豪傑之士,濁政所不能污,濁俗所不能浼,天子不能變其節,大臣不能易其守,辯士不能塗其真①。如伯夷之清,下惠之和,伊尹之任。所守一定,故雖處之塗炭②,加之裸裎③,往還於昏亂之邦④,數四而不少變,夫豈係夫時夫上哉?

然自論風俗以來,類皆曰:齊人皆詐,公孫弘儒者猶爲之;楚人深於怨,雖屈原之賢不能免。故係時係上之説,當時以爲常談,而卒亦莫能易之者。唯愚以爲不然。且兩漢之詔諛、節義,執事以爲成於二君創業,信矣⑤。然而城門挂冠⑥,尚方請劍⑦,則是西漢勁直猶有若斯人焉,固非諛風所能囿者。若夫清不絕物而克保重名,介不離正而明哲保身⑧,則是東漢純和猶有若斯人焉,固非矯激所能囿者。若此者,謂非超時出俗之才不可。

若夫制麻方下,而節損伎從、毀第舍者,此蓋大臣成君儉德之美也,故化成而樂從,子儀、黎幹之所安也⑨。文重當時,而不免爲八司馬黨人者,君子智識不明之過也,故小人而同歸，柳子之自毀也⑩。若此者，謂之係於上之化不可。

然則天下之士習，果皆係於時於上耶？如果皆係夫時夫上，則雖豪傑不能以自振。如其未皆係夫時夫上，則夫君子之無立者，未可悉歸於時於上之罪也。大抵三代之後無全士，故士之自棄者，每附於時於上之説。要之，於時於上之説爲俗者設，非爲智者設也。吾嘗有言：習俗移人，賢者可免；而同流合污，類皆自暴自棄蕫爲之，是以每於此等爲病。

方今聖朝正學尊明，崇尚正大，其士習固無不正矣。然而統化之中，又恐爲習俗所染，而豪傑之未易多見也。則如執事引《周禮》所謂正群吏、詔廢置、被誅賞、治官府者⑪，猶可時而行之，以爲振作之意。使天下明知朝廷有欲變士習之意，而各自爭磨濯煉，以求奮夫明時。庶乎豪傑自許者，卓然自立於條告之外；而不爲豪傑者，亦不失爲條告內之正士。是亦明主鼓舞天下之術也。

【校勘記】

〔一〕觀，疑應作"勸"。

【注釋】

①塗：改變。

②處之塗炭：坐在泥路炭灰之上。《孟子·公孫丑上》：伯夷"立於惡人之朝，與惡人言，如以朝衣朝冠坐於塗炭。"

③加之裸裎：讓赤身露體者處在身邊。《孟子·公孫丑上》引柳下惠曰："爾爲爾，我爲我，雖袒裼裸裎於我側，爾焉能浼我哉！"

④"往還"句：言伊尹事。商湯用伊尹，任以國政。而伊尹反離開湯到夏去。又因夏昏亂而返回商朝，事見《史記·殷本紀》。故《孟子·公孫丑

上》説：“治也進，亂也進，伊尹也。”

⑤“兩漢”句：意思説西漢諂諛之風與東漢節義之習，都始於高祖與光武創業之時。

⑥城門挂冠：王莽篡位，逢宇被殺，其父逢萌因解冠挂東都城門，攜家屬浮海，客居遼東。事見《後漢書·逢萌傳》。

⑦尚方請劍：漢成帝時，王莽權重，成帝疑之，與張禹謀議。張禹因子孫故，不敢直言。朱雲上書説，“願得尚方斬馬劍，斬佞臣張禹，以激勵群臣”。事見《漢書·朱雲傳》。

⑧“清不絕物”二句：似指班彪、第五倫之流。《後漢書》稱班彪行不逾方，言不失正，出仕不急進，剛直卻不忤人意，故能在危亂之間保全其身。第五倫性剛清而不苛刻，奏事惇惇寬厚，位高而不修威儀，以五千石俸終其身。參閲《後漢書》卷七十《班彪傳》、卷七十一《第五鍾離宋寒傳》

⑨楊綰性清廉，車服儉樸，素以德行著聞。唐代宗永泰十二年拜相，詔令方下，天下風俗爲之改易。御史中丞崔寬別墅樓榭時稱第一，即日暗自毀拆。中書令郭子儀減散座中伎樂五分之四。京兆尹黎幹減損出入隨從車騎十分之九。其餘變奢從儉者不可勝數。事見《舊唐書》卷一百十九《楊綰傳》。制麻：詔書。唐代詔令用麻紙書寫，故稱。

⑩柳宗元年少時聰敏絶倫，文章精致，爲時人所推仰。唐順宗永貞間，宗元與韋執誼、韓泰、劉禹錫、韓曄、陳諫、程異、凌準相結交知，爲王叔文所重，共圖變革。順宗去世，王叔文敗，八人皆貶爲州司馬，史稱“八司馬”。見《舊唐書》卷十四《順宗憲宗紀》、卷一百六十《柳宗元傳》。

⑪見《周禮·天官冢宰》：太宰之職，“歲終，則令百官府各正其治，受其會，聽其致事，而詔王廢置。三歲，則大計群吏之治而誅賞之”。正：通“整”，整理。正群吏、治官府即令百官府署整理政績資料，準備接受會考。詔：告請；廢：降免；置：升遷。詔廢置，即呈請君王加以降免或升遷。被：加，加以；誅：懲罰；賞：獎賞。被誅賞，即按官吏政績，加以懲罰或獎賞。

防　微〔一〕

問:漢文帝亦賢主也,於時號稱至治,而賈誼進言乃云可爲痛哭、流涕、長太息[1],毋乃甚乎?帝亦煦乳受之。夫號咷於治平之朝,孰不以爲狂誕?而尚論之君子稱其通達國體,何也?

夫幾者,先天下之微者也;體者,握天下之要者也。古昔帝王功崇德廣,蓋必有以得此矣。今天子勵精圖治,夙夜孳孳,日不暇給,可謂極勤。然勢反而激,時久而趨,亦豈無可言者乎?通微以昭久,御要以圖終。今日之幾之體固必有在矣,幸推言以爲中興之助[2]。

明主之治,當豫天下之亂而早爲之計;賢臣之見,當先天下之勢而早爲之憂。治不早豫乎亂,是謂以無亂而潛其亂;見不早勢而憂,是謂以無憂而養其憂。然則無先亂者非善治者也,無先憂者非明見者也。此古之賢臣所以當天下無事之時,無故而發爲大難之端,以驚動乎主聽。自其始觀之,雖若迂遠而闊於事情;而自其終觀之,則通達國體信未可少斯人也。

且夫亂不生於亂之日,而必有所自始;禍不作於禍之日,而必有所由兆。方夫兆之方隱〔二〕,始之方伏,天下以爲危也,則未有危之之迹;天下以爲太平也,則未見太平之實。此正外享無事之名,中藏可畏之真。愚人之所以因循其間,不動耳目;君子之所爲深思預防於內,而動若危亡之在朝夕者也。所以然者，蓋聖人持亂於未形[3]，明者防微於未著。

夫漢文之世，可謂治之極矣，而流涕、痛哭、太息之疏，乃自賈誼發之。彼其以爲當時天下雖已乂安矣[4]，人民雖已殷富矣，朝廷雖已恭儉矣。然而諸侯之强大、匈奴之桀驁者，可慮也；太子之未教，大臣之無禮者，可慮也；四維之不張[5]，風俗之未正，使人回心向道之化不立者，可慮也。夫是數者有一於此，皆足以致亂，而顧恬焉自以爲安且治焉，此誼之所以深憂而不能自已者也。嗚呼！其亦明見天下之勢者哉！

方今天下，固漢文之天下也。獨其隱蔽積禍潛伏於其間[三]，尤若有甚於漢文之世。獨無能爲賈誼之憂者，是更可太息也。夫賈誼分而以九事疏，愚且合而以三事陳，惟執事試裁擇焉。

且夫教化、兵、財三者，國之所恃以立也。教化之原弗端，則天下無風俗；兵財之備弗預，則軍國無遠計。愚嘗反覆古今理亂之故，未始不由於此。而今之司教化、理兵財者，往往玩習相安，以苟歲月。而不知禮義廉恥之教不明，而風俗日入於無維。閭閻之間，弟或戕其兄，子或背其父，夫婦之道反目，民彝悉胥之夷虜[四]。市井交游，招致朋友，其平居則指天誓日，煦煦出肺肝相示[6]；少有利害，輒反眼不相顧。此何等風俗，而士大夫獨不見之，猶謂司教有人乎！此愚生所患乎今日教化之弊，一也。今天下之兵，在省有統兵府，在府有統兵衛[7]。蓄聚於王畿，延漫於邊鎮，分屯於要害。謂天下無兵，不可。然而隸行伍者，類酣酒食而不識兵技；披甲胄者，取具名數而不習戰陣。一遇邊境有變，輒募土兵以禦之⑧,應正籍者拱手坐視,而莫倚爲援。朝廷不聞有講武之詔,將領不聞有練選之令,往往遷延觀望,相率爲因循苟且之計。則是疲天下之財以養兵,悉天下之兵以養容也。脫或一方作難,召募不足,不知將何以備之?此愚生所患乎今日兵之弊,二也。古者一國之富,猶以數百萬計。今天下豈特古數十國也,比聞內帑之積,已漸非前日之舊矣。他司有存亦十之一二耳,國不可云溢羨矣。自頃有司權時之宜,請令民輸貲、僧給度⑨,以佐費用,乃江南、浙西素稱沃壤,其人已不克應,則天下可知矣。夫天下之財,不在官則在民,在民者常有餘,在官者常不足。今天下之財,已悉輸而歸之官矣。貪吏誅求萬端,百姓無所控訴而呼天籲地者,朝廷不得而聞見之。一或雨暘不時,少致凶荒,則棄妻屏子、輾轉溝壑者不可勝數。頃者浙江大旱,而民間父子兄弟至相噬者,天地生物之道何至如是也!而縣官費用疎廣⑩,大司農屢屢告乏⑪,兼以兵革時興,飛挽不絕⑫,雖傾儲倒廩以繼之,猶不能足。然則猶謂理財之有道乎!此愚生所患乎今日財之弊,三也。

嗟夫!漢文之世,未必三者俱弊,獨匈奴歲侵而威未遠加,經制未定而禮樂未遑,誼遂發此。使誼生於今之世,見其所以爲國者,又不知當何如也!愚今不暇遠舉,請以所陳三者與誼言較之,其流弊積禍,自將有不可知者,要在聖天子急思所以救正之耳。

蓋教化、兵、財三者,風俗之所由以淳,經制之所由以定,國本之所由以固,臣工之所由以釐⑬,而夷虜之所以賓服〔五〕,百姓之所以順治,諸侯之所以無敢作慝者,皆由於此。

今教化不立,則風俗、經制因之以敗壞,其流之所至,將必有大可憂者,此賈誼所以有中流風波之喻也。兵不豫,則夷虜緣之而起侮〔六〕,諸侯因之而生釁,故以漢之大而不免於匈奴之困,此賈誼之所以爲漢執事羞也。財不足,則饑寒切身而教化不能以自行,軍士解體而兵威不能以自振,此賈誼之所謂舛也。然則爲今日者當何如?亦曰得人以運之而已。誠得其人,則是三者固可不勞而定,賈誼之憂可無患矣。惟聖天子一日慨然思以振教化、飭兵財爲心,而急求所以用人之術,俾英賢輻輳,群策畢陳,于是擇其可以任斯事者而授之。如宋訥、胡儼之輩,則重以師儒之秩⑭;馬文升、于謙之輩,則委以兵財之寄⑮。隆之以禮貌,俾得以行其志;假之以便宜,俾得以盡其才。而又恭己以下之,節儉以先之,威嚴以莅之。夫然後太平可幾⑯,而三代之王業成矣。愚前所陳三者之弊,將不求去而自去矣。區區漢文之治,又何足爲當宁獻哉⑰!

【校勘記】

〔一〕題目原缺,據目録補。

〔二〕上“方”字疑是衍文。

〔三〕蔽,當是“弊”之誤。

〔四〕〔五〕〔六〕夷虜,原刻空格避諱,依卷一之諱例補。

【注釋】

①賈誼初爲漢文帝所信用,後被周勃、灌嬰讒毀,出爲長沙王太傅。曾召對宣室,上《陳政事疏》説:“臣竊惟今之形勢,可爲痛哭者七,可爲流涕者二,可爲長太息者六。”

②以上爲有司策問之詞,以下爲林大欽對答。

③持亂於未形:在禍亂尚未形成時控制住它。

④乂安:治平安定。

⑤四維:指禮、義、廉、恥。《管子·牧民》:"四維不張,國乃滅亡。"

⑥煦煦:此字字書所無,是錯字,應作"煦煦",和悦媚美貌。

⑦《明史·兵志》:明代兵制,中央設五軍都督府,十三省設都司,府設衛,縣設所,統天下之兵。此處言"省有統兵府",當指都司。

⑧土兵:正規軍之外,臨時招募的民兵。參見《明史·兵制》"民壯土兵"條。

⑨輸貲:同"入貲",以捐納買官。參閱卷一《廷試策》注⑯。給度:即"給度牒"。明初對僧道實行試經給牒制度。凡欲爲僧人、道士者,皆須通過僧録司、道録司的經典考試,考試合格者申報禮部發給度牒。到景泰以後,出現納米納銀給牒的制度。工部、兵部、地方官爲解決營建經費、兵餉、救灾賑饑,可申請發放空牒,鬻銀換米。於是出現濫給度牒的情況,如成化八年淮揚巡撫張鵬爲鬻賣賑灾,就曾請給牒十萬道。

⑩縣官:此處指皇帝。《史記·絳侯世家》司馬貞《索隱》:"縣官謂天子也。所以謂國家爲縣官者,《夏官》王畿内縣即國都也。王者官天下,故曰縣官也。"

⑪大司農:指户部。明代户部掌理天下户籍、賦税、國庫、糧倉,兼及農耕,其職興漢官儀大司農相稱。

⑫飛挽:指往邊疆運送物資的徭役。

⑬釐:治理。

⑭宋訥:(1311—1390):字仲敏,號西隱,滑縣人。明初名儒。學問該博,洪武中爲國子助教,説經爲學者所宗。累遷至國子祭酒,嚴立學規以教諸生,培養人才甚多。見《明史》卷一百三十七本傳。胡儼(1361—1443):字若思,南昌人。明永樂間名儒,當時朝廷大著作,如《永樂大典》等,多出其手。任國子祭酒二十餘年,以身率教,動有師法。見《明史》卷一百四十七本傳。

⑮馬文升(1426—1510):字負圖,號三峰居士,河南鈞州人。明代名臣,有文武才,仕景泰、天順、成化、弘治、正德五朝,官至兵部、吏部尚書。

史稱其通達政體,氣節廉厲,見《明史》卷一百八十二本傳。于謙:
(1398—1457)字廷益,號節庵,錢塘人。明代名臣,才堪經世,且能憂
國忘家。土木之變,英宗被俘。徐有貞主張南遷,于謙極力反對,立郕
王爲景帝。于謙主持軍務,擊退也先軍。景泰八年,徐有貞等政變,擁
英宗復位,于謙被誣死。見《明史》卷一百七十本傳。
⑯幾:近,接近。
⑰當宁:宁,指宮殿屏風與門之間。群臣於此朝見天子,故稱天子爲“當
宁”。

人臣懷仁義以事君①

　　天下有不容逃之分者,君臣是也。分立而責存焉。君
子體分而盡責②,是故其心不利,其道仁義。故天生分也,分
生道也。體分盡道,謂之能臣。且夫不有其分,不可以有
立;不有其道,不可以盡分。天下未有無君臣之世者也。暗
乎自責之道,而昧其所以立之分,是爲天子之敝臣。故苟利
焉以事君者,非吾責也。而汲汲焉以求忠乎上,亦誠盡夫吾
仁義而不可辭。吾於是知夫臣道之果不可以無立也。

　　今夫生民之初,與鹿豕犺犺然③,與草木榛榛然④,其始
蓋未有君臣之分也。已而群而爭,無以爲治;智而昏,無以
自立。於是就夫天之所生聰明睿知而特異者,合而奉之,以
求解爭而立極焉,夫是乎有君。然獨而治,則其能窮;智而
弗及,則其勢易至於擾而亂。於是又就夫天之所生民秀而
能不類於衆者,擇而臣之,以求衍其能而廣其智焉,夫是乎
有臣。故君臣之分,蓋有非人情之所欲,而其勢之所必自
成。故曰天生分也。

故夫君者，衍天之能者也；臣者，衍君之能者也。天生天下，而以教治所不及之責付之君，君其任焉；君治天下，而以其智能所不及之責付之臣，而亦非其責之所能辭。故君臣之分與天並，其勢相須，其道相濟，而非人之所能爲。故盡責者，臣之道也；盡道者，臣之分也；守分者，臣之忠也。

是故君道象天，臣道象日月、風雨、四時。天無爲焉，幾乎病萬物也。日月以行之，風雨以潤之，四時運而綱維之，群物勃焉。而日月、風雨、四時不自以爲功也，天亦不功之也。夫日月、風雨、四時，固自以爲分也，故臣者勞王之事而勤其忠焉。夫固曰吾分之所安也。明分而後道盡也，道盡而後責塞也。故臣者，盡道以事君則誠著，秉貞以致忠則道完。古人所以盡臣責者，凡以是而已。

吾觀周公之輔成王，伊尹之相太甲，諸葛亮之事蜀後主，每於至誠惻怛有感焉⑤。蓋至於無逸之教、典刑之説、親賢之論⑥，其所以勤勤懇懇，周章維持於後先者⑦，忠肝義膽，至今猶烈。夫周公、伊尹、諸葛，固知夫臣責之所在也。其心蓋曰，吾誠之未至，吾責之未塞，而必有所盡焉以畢其忠，而不敢以爲異⑧。是故伊、周爲盡道之至，諸葛爲守分之極也。故不以伊、周、諸葛事君事其君者，賊其君者也；不以伊、周、諸葛爲臣爲其臣者，敝臣者也。

道之不明也，其流也蕩焉。縱橫閭閻者以變詐事君〔一〕，刑名巧利者以權勢事君，逢迎阿諛者以富貴事君。蓋其始也，急於售己之欲以濟其私；其終也，狃於權位之榮而肆其故智⑨。本無忠君愛國之心，而榮夫官習之利者，職自斯人始之。故李斯事秦，志在保位⑩；公孫弘事漢，志在悦君⑪；李林甫事唐，志在固寵[12]。斯人名爲宰臣，實爲盜賊，故秦、漢、唐終禍焉。

然則事君之道，不可易也；盡道之臣，未易得也。安得有懷忠義之士，而隨地以盡分者出，令人有感且有則焉，而回天下忠義之風乎！是故社稷之臣，誠於燮理陰陽，撫鎮萬物；諫諍之臣，誠於糾劾官邪，深言得失；講讀之臣，誠於砭劑引訥[13]，諷誦箴規；邊圉之臣[14]，誠於嚴謹烽堠，制伏夷虜[二]；巡撫之臣，誠於整肅紀憲，和靖民里；郡邑之臣，誠於均平職役，清明訟獄。則國家有賴，人且有則，天下猶幸有懷忠之士焉。不然，食其禄而遺人之憂，受若直而怠人之事[15]，天下將曰，是後世無復有伊、周、諸葛出焉。是非惟絶孟氏懷仁義之望[1]，亦我有國家者之恥也。

【校勘記】

〔一〕閤閭，疑是"開閭"之誤。

〔二〕夷虜，原刻空格避諱，依卷一諱例補。

【注釋】

①本篇爲嘉靖十一年壬辰科會試的"論"。

②體分：依照名分。

③狉狉然：野獸成群走動貌。

④榛榛然：草木茂密貌。

⑤至誠惻怛：言極其忠誠。

⑥無逸之教：指《書·無逸》。周成王即位時年幼，周公作《無逸》，告誡他要恪勤其事，不要貪圖安逸。典刑之説：似指《書·伊訓》等篇。商湯卒後，太甲即位，伊尹作《伊訓》，用湯的功業德行訓導太甲。太甲不聽訓導，伊尹於是放太甲於桐，三年復歸，又作《太甲》三篇，告誡太甲以先

王爲榜樣。親賢之論：指《出師表》。諸葛亮將北伐，作《出師表》，勸
蜀後主"親賢人，遠小人"。

⑦周章：周密、周遍。

⑧異：異心。

⑨狃：貪圖。

⑩李斯(？—前208)上蔡人，秦政治家。做過小吏，後來跟荀卿學治國
之術，入秦事嬴政，爲秦統一中國和建立專制主義中央政權作出貢獻。
秦王政稱始皇帝，李斯爲宰相。秦始皇死後，李斯爲了保住自己的權
力地位，與趙高合謀，殺公子扶蘇，立胡亥爲秦二世，又上書阿迎二世
施行暴政。但最終仍爲趙高讒殺。事見《史記·李斯列傳》。

⑪"公孫弘"句：見上卷《廷試策》注㉜。

⑫李林甫(？—752)，小字哥奴，唐宗室。以結托玄宗寵妃武惠妃、武三
思女及中官高力士，拜相，封晋國公。又因中官、妃嬪伺察玄宗動靜，
故進奏出言，能迎合玄宗意旨，固寵近二十年。見《唐書·李林甫傳》。

⑬砭：用針石治病；劑：用湯藥治病；這裏指批評糾正過失。引訥：用實實
在在的話來引導。訥：拙於言語，與花言巧語相反。

⑭邊圉：邊疆。

⑮受若直：與"食其祿"同義。直：通"值"。

⑯孟氏：孟軻。本篇題目取自《孟子·告子下》"爲人臣者懷仁義以事其
君"，此處呼應題目作結。

擬賜御製欽天記頌群臣謝表〔一〕①

臣某等伏蒙聖恩，垂賜欽天記頌者，龍文豹煥②，逸昭耀
燦之章；玉藻天葩，用炫琬琰之傳③。天聖之心法聿存④，象
成之妙製大備⑤。臣等誠惶誠恐，稽首頓首上言：

伏以帝制備，而光流天心，昭應不虛；王道大，而瑞昭神

符,感通有道。故治協從欲⑥,鳳凰呈靈⑦;道契天冲⑧,神龜效象⑨。東海無波,明中國之有聖⑩;麒麟來郊,顯帝治之太平⑪。大瑞不誣〔二〕,緣德而起。自修德之道不明,而祥瑞之説始衆。五鳳、黄龍,論起虚張;神雀、瑞麥,訖無徵驗⑫。玉杯改漢帝之元,事未可循其根;寶鼎重宗廟之薦,道未可徵其實⑬。甘露肇宮闈之變⑭,連理成天寶之衰⑮。蓋其上焉者無承休之德⑯,瑞不足徵;下焉者無格天之純⑰,計成陰詐。人爲不競,神物豈歆⑱?

恭惟皇帝陛下天德日新,聖學時勉。敬一培植⑲,心存道統之宗;四箴勿忘⑳,道契先天之緒。恒其德,無間心地顯微;溥其化,不阻薄海內外。行純天不能違,道大帝惟爾祐。乃荷洪仁,克承天休。圜丘方行,殊星協赤誠之應;大禮告備,甘露垂先神之栖。祥光氤氳,靄氣調太紫之燦;甘香呈潤,蒼溟承上瑞之香。祖考可以憲矣,章頌惟其時焉㉑。蕩蕩聖心,猶不自足。拜承帝眖,退托愚昧之區;歸德先功,永惟勉修之力㉒。履盛無滿,用文王之小心㉓;際泰而謙,踐武王之無貳㉔。此固聖人之德,臣等承休之日也。

撫大頌而興歌,敢安姿移之便㉕;目長章而欣忭㉖,能無效順之懷?伏願聖德日宏,善始而善其終;至誠不替,感天而感夫人。永運元樞之不息,使天德與天休相爲循環㉗;允惟四時之運幹,庶神道與神應永爲有極㉘。臣等無任瞻天仰聖激切屏營之至,謹奉表稱謝以聞。

【校勘記】

〔一〕原刻標題與正文不分,今另列出。

〔二〕大瑞,康熙本作"太瑞",恐蒙前誤,今依光緒本。

【注釋】

①本篇爲嘉靖十一年壬辰科會試的"表"。

②龍文:龍的紋樣。韓愈《病中贈張十八》詩:"龍文百斛鼎,筆力可獨扛。"後人因以喻雄健的筆力。豹煥:猶"豹采",豹子身上斑爛的花紋。這裏喻華麗的文采。

③琬琰:美玉,喻文辭之美。元鄧文原《奉題延祐宸翰詩》:"官聯天府璇璣象,帝闢河圖琬琰文。"

④天聖之心法:指天道聖心。儒家認爲,聖人的功業道德是效法上天所得。《論語·泰伯》:"子曰:唯天爲大,唯堯則之。巍巍乎其有成功也,煥乎其有文章!"

⑤象成:模仿描繪其成就功業。《禮記·樂記》:"夫樂者,象成者也。"孔穎達疏:"言作樂者,放象其成功者也。"放,通"仿"。

⑥治協從欲:治政能與帝舜一樣從心所欲。協:和合。從欲:從心所欲。《書·大禹謨》:"俾予從欲而治。"孔安國傳:"使我從心所欲而政以治。"

⑦鳳凰呈靈:鳳凰來儀,呈現靈異。《書·益稷》載,帝舜奏《韶樂》九遍,有鳳凰來儀。

⑧道契天冲:治道能契合自然冲虚的原則。契:符合。冲:空虚。《老子》:"道冲,而用之久不盈。"

⑨神龜效象:神龜負書,顯示瑞象。《藝文類聚》卷九十九引《書·中侯》曰:"堯沉璧於雒,玄龜負書出,背甲赤文成字,止壇。又沉璧於河,黑龜出文題。"

⑩東海無波,明中國之有聖:典出《韓詩外傳》卷五,略曰:成王之時,有越裳氏重譯而至,獻白雉於周公。曰:"吾受命國之黃髮曰:'久矣,天之不迅風疾雨也,海之不波溢也,三年於茲矣。意者中國殆有聖人,盍往朝之?'於是來也。"

⑪麒麟來郊,顯帝治之太平:典出《荀子·哀公》篇:"古之王者有務而拘領者矣,其政好生而惡殺者焉,是以鳳在列樹,麟在郊野。"

⑫這一句意思是說,五鳳、黃龍、神雀、瑞麥這些所謂祥瑞之兆,盡是誇大

之論,無可證驗。五鳳、黃龍、神雀:漢宣帝極信祥瑞之説。元康五年三月,因上年神雀五采以萬數,集於長樂宮等處,詔改元神爵元年。四年後,又因鳳凰五至,改元五鳳元年。甘露四年,因前曾有黃龍見於新豐,改元黃龍元年。事見《漢書》卷八《宣帝紀》、卷二十五《郊祀志下》。瑞麥:同株多穗或多株同穗的麥子,古人以爲祥瑞之兆。《宋史》卷六十一《五行志一上》:"舊史自太祖而嘉禾、瑞麥、甘露、醴泉、芝草之屬,不絕於書,意者諸福畢至,在治世爲宜。"

⑬這兩句意思是説,玉杯使漢文帝改元,循事不可察其根;寶鼎借重宗廟祭祀,於理不可徵其實。前元十六年(前164)漢文帝聽信趙人新垣平之言,作五帝廟於渭水之陽,親自祭祀。隔年,新垣平暗使人獻玉杯,上刻"人主延壽",文帝因之改年號爲後元元年。新垣平又上言,汾陰泗水中有寶鼎,可築廟祭祀以迎。文帝又聽信之。終有人上書揭發新垣平詐欺,因斬之。此後,文帝也怠於改年號、事神明了。事見《史記》卷二十八《封禪書》。

⑭這句意思是説,甘露的瑞兆,卻引起了宮廷裏的政變。唐文帝時,宦官仇士良擅權。宰相李訓等謀除之,詐稱左金吾聽事後石榴樹夜有甘露之瑞,勸文宗帶衆宦官往觀,欲盡誅宦官。事敗。仇士良等劫文宗回宮,捕殺李訓等,死事者千餘人。史稱"甘露之變"。可參閲《資治通鑒》卷二百四十五《唐紀六十一》"太和九年"條。

⑮這一句意思是説,連理木的祥徵,卻釀成了天寶的衰亂。連理:枝干相連的兩株樹,古人以爲祥瑞的徵兆。天寶之衰:指唐玄宗天寶末年的安史之亂。

⑯承休:承受上天的美賜。《史記》卷二十八《封禪書》:"今鼎至甘泉,光潤龍變,承休無疆。"

⑰格天:感通上天。語出《書·説命下》:"佑我烈祖,格於皇天。"純:這裏指純正的德行。

⑱這一句意思是説,一個人的作爲不自振作,神明哪會享其祭祀? 不競:不振作。《管子·大匡》:"齊國危矣! 君不競於德而競於兵。"歆:神靈享受供物。《左傳》"襄公二十七年":"能歆神人。"杜預注:"歆,享也。

使神享其祭,人懷其德。”

⑲敬一:用心專一於道,不旁騖放逸。語出《二程語録》卷十五:“主一謂之敬。”《朱子語類》卷十二:“敬只是有所畏謹,不敢放縱;如此則身心收斂,如有所畏。”又:“主一,又是敬字注解。要之事無小無大,當令自家精神思慮盡在此。遇事時如此,無事時也如此。”

⑳四箴:《宋史·趙景緯傳》記趙景緯咸淳間爲侍讀,“進《聖學四箴》:一曰惜日力以致其勤,二曰精體認以充其知,三曰屏嗜好以專其業,四曰謹行事以驗其用。”

㉑這一句意思是説,祖宗可以稱美,就適時彰揚歌頌。憲:對祖先的美稱。唐元稹《蕭俛等加勛制》:“惟朕憲考集大命於朕躬。”

㉒這兩句意思是説,謹承上天的美賜,不辭愚昧;敬歸功德於先人,努力自修。貺:賜予。

㉓這一句意思是説,處身高位而不驕傲,遵用周文王恭敬謹慎的德教。小心:語出《詩·大雅·大明》:“維此文王,小心翼翼。昭事上帝,聿懷多福。”朱熹集傳:“小心翼翼,恭慎之貌。文王之德,於此爲盛。”

㉔這一句意思是説,際遇通泰而能謙虛,追隨周武王“無有二心”的美行。泰、謙:都是《周易》卦名。泰有通暢的意思,謙是謙虛的意思。無貳:語出《詩·魯頌·閟宫》:“無貳無虞,上帝臨女。”鄭玄箋:“無有貳心也。”無有二心,即上文“敬一”之意。

㉕這一句意思是説,豈敢安於美好的施賜。姿移:美施,指皇帝賜《頌》。便:與“安”同義。《楚辭·大招》:“恣聽便只。”王逸注:“便,猶安也。”白居易《新秋喜涼》詩有“心體殊安便”句。

㉖欣忭:欣喜,高興。南朝謝莊《謝賜貂裘表》:“臣歡忭自歌,而同委裘之澤。”

㉗這一句頌美天子,意思是説,長久運使天下權柄,守仁行義,使德與天合,而上天將賜予福禄,循環不息。元樞:指天子權柄。《文選》王融《策秀才文》:“朕秉籙御天,握樞永運。”天德:不斷守仁行義,德同於天。語出《荀子·不苟》:“唯仁之爲守,唯義之爲行。誠心守仁則形,形則神,神則能化矣;誠心行義則理,理則明,明則能變矣。變化代光,

謂之天德。"王先謙集注:"既能變化,則德同於天。"天休:天賜福祿。《左傳》"襄公二十八年":"以禮承天之休。"杜預注:"休,福祿也。"

㉓這一句勸勉皇帝,意思是説,效法天道無爲而使四時運行無差錯,躬身行善、自然垂化而使天下誠服。運斡:運轉。神道:即天道,因其神妙莫測,不知所以然而然,故稱神道。《易·觀卦》:"觀天之神道,而四時不忒。聖人以神道設教而天下服。"這裏正用此義。神應:行事與天道相應,謂之神應。《淮南子·原道訓》:"神與化游,以撫四方。是故天運地滯,輪轉而無廢,水流而不止,與萬物終始。風興雲蒸,事無不應,雷聲雨降,並應無窮。"

信　牌①

定文以制符,上信昭也②;裂紙而可行,王法存焉③。故片紙隻字,可以生人殺人;而蒸民黎庶,不敢以議以謗。晋鄙重符見椎,禍趣而志可哀④;岳飛遵牌還軍,業墮而情可恕⑤。今某何人也,强項自立,豪俠輕視王公;雄威州郡,狙詐故眇文法⑥。傲天子之命吏,是無王章;乖同文之軌律⑦,允爲敝民。將使豪猾肆奸,生民玩軌。弄潢池之兵者⑧,未必非此人之流也;起緑林之變者⑨,謂非此輩之弊哉! 蓋犯自專之科,宜嚴無赦之禁。

【注釋】

①以下五篇爲嘉靖十一年壬辰科的"判"。

①信牌:即傳信牌。初制於宋仁宗康定元年,用於軍隊,作爲傳達軍中文件時的信物,並可書寫所傳達言語於其上。其形制見《宋史》卷一百五十四《輿服志六》。到元代,民事也用信牌。凡官員到轄下部門辦理公事,都使用傳信牌。參閱薛允升《唐明律合編·信牌》。

②這一句意思是説,制定符契文書,是要昭示上級的信用。符:這裏指帶憑信性質的由上達下的文書。

③這一句意思是説,雖然只是一紙公文,卻能上下通行,是因爲有王法存在其中。裂紙:紙質信符,常割裂爲兩半,當事者各執一半以爲憑據。

④晉鄙:戰國時魏國大將。魏安釐王二十年,秦破趙軍圍邯鄲。趙國求救於魏,魏王懼秦,使晉鄙將兵十萬屯於邊疆觀望形勢。魏公子無忌欲救趙,聽從侯嬴之計,竊魏兵符,矯命欲奪晉鄙軍。晉鄙疑之,被無忌門客用鐵椎擊殺。事見《史記》卷七十七《魏公子列傳》。禍趣:禍歸及其身。

⑤岳飛(1103—1142),字鵬舉,南宋相州湯陰人。抗金名將。紹興十年,金兵進軍河南,岳飛舉兵反擊,收復鄭州、洛陽等地,在朱仙鎮重創金兵。宋高宗與秦檜因欲與金議和,以十二道金牌召岳飛。岳飛遵信牌之命回師,卻被削去軍權,不久又遭誣殺。參閱《宋史》卷三百六十五《岳飛傳》。

⑥眇文法:輕視法規。眇,小看,輕視。文法,指法規,《史記·李將軍列傳》:“程不識孝景時以數直諫爲太中大夫,爲人廉,謹於文法。”

⑦乖同文之軌律:違背國家統一的法律。乖,違背。同文,用同一種文字,指國家統一。

⑧弄潢池之兵:指百姓造反。《漢書·龔遂傳》:“海瀕遐遠,不霑聖化,其民困於饑寒而吏不恤,故使陛下赤子盜弄陛下之兵於潢池中耳。”

⑨綠林:西漢末年,荆州饑民起義,以綠林山爲根據地,史稱“綠林軍”。後以綠林指嘯聚山林間的造反者。

錢　法①

　　貨惡於乏也,故禮存錢府之規②;工浮於濫也,故漢嚴自造之法③。蓋錢者無用之物,而可通有用之賄,故必輕重同得,而上下通行。文帝造四銖,天下共便之④;神宗創鵝眼,宋人不利也⑤。今某惟懷罔利之心，罔守時衷之制⑥。特起薄惡⑦，將率天下相欺；搖動百工，是坐市中於亂⑧。念其勢之不可以久也，須必改焉；我朝廷自有制度也，應一裁之。

【注釋】

①錢法：錢幣制度。

②這一句意思是説，錢幣最忌短缺，故《周禮》有錢府的法規。貨：錢幣。惡：忌諱。《漢書·夏侯勝傳》：“惡察察言。”顏師古注：“惡謂忌諱也。”錢府：即泉府。《周禮·地官司徒》屬官有泉府，“掌以市之徵布，斂市之不售、貨之滯於民用者，以其賈買之”等職。

③這一句意思是説，漢代鑄錢浮濫，政府因而立法嚴禁私鑄。陰法魯《中國古代文化史（3）》第 21 章“中國古代貨幣制度和貨幣形態的演變”説，漢初七十餘年進行了六次幣制改革，改革的突出問題是是否允許私人鑄錢。漢武帝采納桑弘羊的主張，將錢幣鑄造大權收歸政府，詔命上林三官鑄造五銖錢，廢除以前各種錢幣，“令天下非三官錢不得行”，結束了貨幣流通的混亂狀態。詳細可參閲《漢書·食貨志下》。

④四銖：即四銖錢。漢文帝時，因天下錢多而輕，更鑄四銖。又允許民間私鑄，賈誼諫阻，不聽。當時吳王濞在礦山開礦鑄錢，富同天子，終導致叛亂。事見《史記·平準書》《漢書·食貨志下》。“天下共便”之説，未詳何據，疑是誤漢武造五銖之事爲文帝造四銖。

⑤鵝眼：即鵝眼錢，古代一種劣質錢。五代劉宋時，形勢動蕩，貨幣制度也混亂，私鑄錢多，錢小且薄，鵝眼錢即出現於此時。《宋書·顏竣傳》：“景和元年，沈慶之啟通私鑄，由是錢貨亂敗，一千錢長不盈三寸，大小稱此，謂之鵝眼錢。”趙宋神宗時對貨幣制度作過不少改革，詳《宋史·食貨志下二》，但未聞用鵝眼錢。這裏説“神宗創鵝眼”，也未詳何據，疑誤記劉宋爲趙宋。

⑥時衷之制：適於世用的貨幣制度。衷，適合。《左傳》“僖公二十四年”：“服之不衷，身之災也。”杜預注：“衷，猶適也。”

⑦薄惡：指風俗的澆薄。曾鞏《熙寧轉對疏》：“察今之天下，則風俗日以

薄惡,紀綱日以弛壞。"

⑧坐市中於亂:將擾亂市場。

祭　享

　　理神之道,聖有明訓①;格廟之由,孝子當知②。蓋祭道不明,則天下忘孝;祀禮廢講,則天下無親。故《詩》重《清廟》,明有孝也③;《易》稱"王假",明有親也④。凡有血氣,莫不尊親。今某幸生天地,禮忘本原⑤。秋冬無思成之孝,蒸嘗少奉先之心。怠哉祀事,追遠之誠荒矣⑥;狎彼先神,既灌無足觀者⑦。不知秋載嘗而夏楅衡〔一〕,珍重魯詩⑧;不與祭如不祭,夫子憾也⑨。況"如在"之訓甚明⑩,而興仁之念不著⑪。國家奚貴斯人也?律之以罪奚疑焉。

【校勘記】

〔一〕楅,諸本皆作"福",形近而訛。今據文義正。

【注釋】

①這一句意思是說,祭祀神明的方法,聖人已有訓誡。理神:猶事神。

②這一句意思是說,供享祖宗的原由,孝子應當了解。格廟:供獻祭品以感通祖先在天之靈。格,感通神靈使神降臨享祭。廟:宗廟,這裏指祖先神靈。《禮記·祭統》:"孝子之事親也,有三道焉。生則養,沒則喪,喪畢則祭。養則觀其順也,喪則觀其哀也,祭則觀其敬而時也。盡此三道,孝子之行也。"

③《清廟》:《詩·周頌》的篇名。《清廟》是頌詩的第一篇,《詩》"四始"之一,所以說"《詩》重《清廟》"。《清廟》是周天子在宗廟祭祀先祖文王時所唱的樂歌,所以說是"明有孝也"。

④這一句意思是説,《周易》中有《家人》一卦,就是講明尊親的道理。王假:語出《易·家人》:"九五:王假有家,勿恤吉。象曰:王假有家,交柜愛也。"《家人》一卦之義,如彖辭所云:"家人有嚴君焉,父母之謂也。父父、子子、兄兄、弟弟、夫夫、婦婦,而家道正。正家而天下定矣。"

⑤本原:這裏指孝道。《孝經》:"聖人之教,不肅而成,其政不嚴而治,其所因者本也。"邢昺注:"本謂孝道。"

⑥這兩句意思是説,祭祀之時,不能追思養育的恩德,缺少敬奉祖宗的孝心。蒸嘗:祭名。冬祭曰蒸,秋祭曰嘗。這裏泛指祭祀。成:養育。《史記·外戚世家》:"既歡合矣,或不能成子姓;能成子姓矣,或不能要其終:豈非命也哉!"

⑦這句意思是説,輕慢祖先神靈,故禘祭在行完灌禮之後,就没有什麼好看的了。此句本《論語·八佾》:"子曰:'禘自既灌而往者,吾不欲觀之矣。'"楊伯峻《論語譯注》:"灌,本作'祼',祭祀中的一個節目。古代祭祀,用活人以代受祭者,這活人便叫'尸'。尸一般用幼小的男女。第一次獻酒給尸,使他(她)聞到'鬱鬯'(一種配合香料煮成的酒)的香氣,叫做祼。"狎:輕慢,不重視。朱熹《四書集注》引趙伯循注"既灌而往"句云:"當此之時,誠意未散,猶有可觀。自此以後,則浸以懈怠,而無足觀矣。"

⑧這一句意思是説,"秋天將進行嘗祭,夏天就給牛牲加上楅衡",《魯頌》鄭重記載這一做法。《魯詩》:指《魯頌》。《魯頌·閟宫》:"秋而載嘗,夏而楅衡。"楅衡:加在牛角上的横木。據《閟宫》朱熹集傳説,秋祭用牛牲,爲了防止牛在祭典上觸人,在夏天就給牛加楅衡,預先做好準備工作。珍重:鄭重。

⑨這一句意思是説,若不能親自參加祀典,祭了也像没祭,孔子爲此而遺憾。《論語·八佾》:"子曰:'吾不與祭,如不祭。'"朱熹集注:"言己當祭之時,或有故不得與,使他人攝之,則不得致其如在之誠。故雖已祭,而此心缺然,如未嘗祭也。"

⑩"如在"之訓:"祭祀祖先就像祖先真在那裏"的教導。《論語·八佾》:"祭如在。"朱熹集注引子曰:"祭,祭祖先也。"

⑪興仁之念："篤厚對待親屬，使百姓興起向仁"的念頭。《論語·泰伯》："君子篤於親，則民興於仁。"錢穆《論語新解》："在上者厚於其親，民聞其風，亦將興起於仁也。"

夜　禁①

暮夜應備倉卒②，聖人謂不可無先事之防；更巡不可妄干③，先王假此以爲防奸之具。故周垂木鐸，漢嚴斥堠④。防微杜漸，可以省奸；謹小制大，坐收無變。李愬夜軍入蔡，吳元濟之邊堠無紀也⑤；漢王馳奪信符，淮陰侯之夜備疎略哉⑥！今某職守封疆，度失嚴整，夜巡之禁不張，奸豪之膽肆啓。脱有孟嘗詐雞，可以出關矣⑦；如使魯君之宋⑧，安知是非吾君也？周將軍屯細柳⑨，遺度可按；趙充國軍河湟⑩，此子罔知。智乏師古之識，懲加罰俸之議。

【注釋】

①夜禁：禁止夜間外出行走。《周禮·秋官司寇·司寤氏》："司寤氏，掌夜時。以星分夜，以詔夜士夜禁。御晨行者，禁宵行者、夜游者。"

②倉卒：非常事變。

③更巡：猶夜巡。妄干：越軌觸犯。

④這兩句意思是説，周朝傳有搖鈴巡行的規定，漢代嚴格偵察的做法。木鐸：以木爲舌的大銅鈴。周制，每年正月宣布法令時，搖振木鐸巡行於路以警示衆人。《周禮·天官·小宰》："正歲，帥治官之屬而觀治象之法，徇以木鐸，曰：'不用法者，國有常刑。'"鄭玄注："古者將有新令，必奮木鐸以警衆，使明聽也。"斥堠：又作"斥候"，探視、偵察。《史記·李將軍列傳》："然亦遠斥候，未嘗遇害。"司馬貞索隱引許慎《淮南子》注："斥，度也。候，視也、望也。"

⑤李愬(773—821),字元直,唐洮州臨潭人。元和十一年,朝廷用兵淮西,討吳元濟,屢敗。李愬上表自陳,願效力軍前,被起用爲唐、隨、鄧節度使。十二年冬,李愬乘吳元濟用精兵對抗李光顏之機,雪夜發兵長驅奔襲吳元濟巢穴蔡州。吳軍竟無一人發覺。蔡州破,元濟被擒.淮西平定。事見《舊唐書》卷一百三十三《李晟傳》附傳。邊堠:指吳元濟部署在蔡州邊界的偵察兵。

⑥漢王:劉邦。淮陰侯:韓信。《史記》卷九十二《淮陰侯列傳》載,韓信平趙,駐軍修武。劉邦自成皋突圍,隻身帶着滕公來到修武,夜宿客館。次晨自稱漢使,馳入軍營,乘韓信未起身,入其卧帳,取其兵符,奪了韓信軍權。這裏説韓信"夜備疎略",似與史書所載不合。

⑦脱:假使、萬一。孟嘗詐雞:孟嘗即孟嘗君田文,齊相田嬰之子,"戰國四公子"之一,以好士聞名天下,食客數千人。後入秦爲人質,變姓名欲脱走,秦昭王使人追之。夜半至函谷關。關法,雞鳴開關出客。孟嘗君門客中有善學雞鳴者,詐雞鳴。孟嘗君遂得出關。事見《史記》卷七十五《孟嘗君列傳》。

⑧魯君之宋:未詳出典。

⑨周將軍屯細柳:參閲本卷《縱放軍人歇役》注⑧。

⑩趙充國(前137—前52),字翁林,西漢隴西上郡人。漢大將。武帝、昭帝時,屢領兵擊匈奴,以功封後將軍。宣帝時,充國年七十餘,率兵駐湟水上拒羌人。常以遠斥候爲務,行必爲戰備,止必堅營壘,羌人懼之。參閲《漢書》卷六十九《趙充國傳》。

越　訴①

太守吏民之本,天子賴以共治;縣令近民之樞,獄訟所由取平②。故非大不可訴之冤,不得越大有司之廷。亦曰夫既已治之矣,焉用是傲天子之命吏也。律有明訓,法所當遵③。今某不守封疆之閑④，妄競越上之訴。縣越則無其令⑤，是令之賊民也；郡越則無其守，是守之罪人也。若訴而不伸，爲吏之過；如既伸而訴，豈非斯民之奸！應裁五十之笞，以杜浮競之漸⑥。

【注釋】

①越訴：越級上訴。

②這兩句意思是説，太守是治理庶民的根本，天子依賴他來共理天下；縣令是接近百姓的樞紐，獄訟須由他來公平判決。吏：治理。《漢書·王莽傳下》："夫吏者，理也。"本、樞：都比喻地位的重要。

③這一句意思是説，法律條文有明確訓誡，必須遵守。按古代律令，對越級上訴一般不予支持，多數加以處罰。刑罰的輕重，則因時有所不同。《明史·刑法志二》："洪武末：小民多越訴京師。及按其事，往往不實，乃嚴越訴之禁。命老人理一鄉詞訟，會里胥決之，事重者始白於官。然卒不能止，越訴者日多，乃用重法，戍三邊。宣德時越訴得實者免罪，不實乃戍邊。景泰中不問虛實，皆發口外充軍。後不爲例也。"

④封疆之閑：行政區域的界限。

⑤縣越則無其令：越過縣一級上訴，則是無視縣令職權。

⑥這兩句意思是，應判決鞭笞五十下的刑罰，以杜塞浮躁的爭端。浮競：浮躁不實的競爭。漸：開端。

刑　教〔一〕①

問：《詩》《書》所載，言必稱烈祖、先王，非但紀前聞、揚世休而已，蓋舊章成憲，亦繼體守文之君所宜敬承而善述者也。我太祖高皇帝誕膺天命，撫有方夏，在位三十年餘，其神功聖德，雖累《歲言之》，有不能盡者矣。竊觀平日所嘗惓惓訓諭臣下,見諸《聖政記》,及著爲令典,頒行中外,垂億萬載之規者,惟敷教敬刑二事,甚切於士與民。國家甄陶萬類、培植元氣之道,亦或在此。不知與古歷代之法,同乎否歟?抑有所因而損益之歟?二者相須,其果然歟?行之至今,亦有稍異而當復者乎?夫訓誥律令,章程具在,諸士佩服有年。而吾聖天子惇崇慎恤之意,屢形詔旨者,傳播海內久矣。其並鋪張揚厲,用彰謨烈於無窮焉。倘懷芹曝之忱,尚一言之,以爲聖德中興之助②。

聖人之制刑教也,以端天下之習也,以嚴天下之紀也,以立邦國之綱維也,以望子孫之世守也。故刑教者,士習風紀之所存,國家綱維之所繫,子孫守成之所責也。守而弗固,綱維壞矣;國無綱維,風化墮矣;風化無則,天下潰矣。是故知務者重之也。且夫教非聖人之所能強也。天下之智愚賢不肖且不同焉,固不可以徒教之也,聖人於是乎制之教以一之。刑非聖人之所得已也。天下之奸良頑順且不同焉,固不可以徒教之也,聖人於是乎制之刑以齊之。故率教者以身先本原也③,夫然後學校條目之設,所以廣吾身之不及,而多爲之制也;用刑者以仁存欽恤也④,夫然後法制禁令之施,所以濟吾仁之所窮,而曲爲之防也。故教不以身也傷於文,刑不以仁也流於慘。文而教,民將日趨於僞焉,道且失其原也,而教不可則矣⑤;慘而刑,民殆不聊其生焉,法將戕其仁也,而刑不可訓矣。是故唐虞三代之治,所以教化行而刑罰少,慘刻消而文藝省也⑥。後世之治,所以刑愈煩、教愈敝,而俗化日偷⑦、奸邪不爲衰止者,其本原之地弗端,而欽恤之道廢也。知乎此，則我太祖刑教之制，所以軼百王而陋後世者，固可得而窺其萬一。而今日所當憲章而率由之者〔二〕，亦惟在我聖天子一轉移之間耳。

夫元人之變，天地之綱常裂矣。江淮一渡⑧，天下固幸有聖人也。我太祖視當時之民，困於昏教亂刑者，猶赤子之坐於塗炭也。故當天下既定，思以刑教與四方更始。既有《大明令》以便民法守矣，而又命刑部定律以折衷眾刑⑨；有《大誥》以昭示禍福矣，而又命戶部刊榜文以訓導閭里⑩。方其與宋濂、陶安、劉基輩所以深議於朝堂⑪，頒布於海宇，徵諸政紀而垂諸祖訓者，夫固純乎無以議爲矣。是以百六十年間，教明而天下習於學，刑昭而天下軌於度。我太祖刑教之功，不可誣也。然道久而勢漸不舉，法極而弊所必趨。蓋自先朝承平以來，安於祖宗故事，習以爲常，而少振作之意。奉行之臣，又不能推明祖宗之制度紀律，輒少肆出入於其間。故教敝於學，職之不修也，而將流於文；刑敝於訟，獄之不情也，而將流於慘。極觀天下之勢，刑爲弊，教又甚之，其流不可長也。邇者皇上思欲明救其弊而亟反之。御經筵以延天下學士，將以廣教也⑫；下哀矜之詔，遣恤刑之使，將以措刑也⑬。德音所至，煥然新人耳目矣。然而天下未見易聽而改觀者，何也？起於司教者之未能延廣乎聖心也，掌刑者之未能祗承乎德意也。

且夫天子所恃以平刑者，非今之大理寺乎？今之大理者，果皆張釋之、于定國其人乎⑭？誠有若人焉，民固賴以不冤矣。然而恣故智以輕弄文法，憑刀筆而草芥民命，如杜、張者⑮，未必無也。則夫孝婦之冤不白，東海之旱未已⑯，是

傷聖人之化者多矣。雖然，此非大理之過也。天下之命懸
於守令，守令之職在精選授，專久任。夫選授所以宣德也，
久任所以盡民也，斯二者平刑之大端也。今守令非不備也，
顧所任或非其人，而遷轉失之太速。是故一民有罪，爲守令
者未必遽傷之也，而或主之以先入之説，乘之以喜怒之偏，
當庭問訊，情或不能自通，則奸民猾吏，飾辭巧詆，得以勝
之，下未及知，而案牘成矣；由是以聞之監司，監司亦未必遽
傷之也，而或因循以塞責，深文以遮嫌，其能者亦不過據紙
上之陳言，略加反詰，而胥吏文致附會，復得以應之，文移再
報[17]，輒遂咨之部院，大理一評，而天下之獄成矣。間有摘其
隱伏，核其情僞，以幸吾民於更生者有幾？由此觀之，守令
不可不重也。何也？蓋天下之士，自一命以上，苟存心於愛
物者，於物必有所濟，而況刺史二千石、郎吏之選，持三尺之
法，而寄千里百里之命者哉！誠宜於銓選之際，擇之惟精，
使布列郡縣者，皆公明廉愛之士，而奰詬頑鈍之徒[18]，不得以
濫司民牧。如是則私意不行而蒙蔽不生，雖欲屈人於刑，不
可得已。又必略仿漢人居官長子孫之制[19]，俾得久於其任，
有以周知民間户口之數、奸良頑順之情，優游而轉移之，使
不至於有罪。一有自陷於罪者，又能悉察其故，而因以洞照
乎民之情僞。於是朝廷之上復有不時賜予[三]，或增其禄秩
以激厲之。彼奸民猾吏，知其久居於是而不去也，亦將以破
除其奸，求自伏之處而不可得，而無罪者固得以自白矣。欽
恤之道，宜無大於此者。

　　今天下之教，在京師則有太學，在郡縣則有庠序，群之
以學校，聯之以師儒，而又申之監規臥碑之訓[20]，此固三代所

以明人倫之意，我太祖所以教天下後世之心也。今我皇上御極之初，復有《敬一》之製，及注釋宋儒五箴之指，布諸學宮，以爲世法[21]，是其心即太祖之心也。夫有聖天子以鼓舞振作於上，有嘉謨大訓以垂法於下，宜夫覿德興起者衆[22]，而名世之士彬彬輩出矣。夫何歲貢選舉之制比歲舉行，而當事者常有乏才之嘆？此豈果天下之無才也哉？其所以導之者非其理故也。今夫君子之教人也，猶御者之御騏驥也。教之不得其理，而望其能以適用，是猶御騏驥者徒以鞭策唧唧，而望其極千里也，必不幾矣。是以古之教者，有師氏掌以三德教萬民，有傅氏掌以六藝傳萬民[23]，所以涵養其德性，導習其行能，而將賓興之者也。今所最病乎太學庠序之教者，道行之訓不昭，而辭章之習專門。夫所謂月課季考誦讀焉者，其不足以端天下之士習亦明矣，而太學以此稽其勤惰，郡學以此第其優劣，甚非所以求成化理、廣教育才之道也[24]。今縱未能復古之制，猶當嚴重此科。博選天下之有道術聞望者，立之爲太學之師，以風天下。至於庠師，亦當簡其有行誼者爲之[25]。而其爲教，則本於道德性命之理、孝弟忠信廉耻之節，以及禮樂射御書數之文。入太學者，必課其優於是也，而後得以升次於上舍。充庠序者，亦必以是而得異等。間有挺然特起之士，仍修祖宗故事，拔其一二以示勸，固不徒專尚文詞已也。然庠官之職太卑，則苟祿之心易奪。故愚以爲欲復此科，當有待也。夫坐之以一方之教，而以春選之士爲之[26]，其不爲卑且屈，章章明也。而今之以進士出身者不受教職，吾未喻其意也[27]。若以教職爲輕而鄙夷之，則天下之司教，恒相安以苟歲月者，又何異也？不然，朝廷方欲復選舉之制,又當有別議也。蓋任以春選之士,必重其責,則彼之所以自責者,亦不忍輕。彼其思入而可以馴致卿輔之位而望不孤,出而振育一方之人才而志可行,則其設施措置,必有大可觀者,朝廷亦何利而不爲之也?

夫制刑得人,則刑不慘矣;司教得人,則教不文矣。以正士習,以嚴風紀,以明綱維,以貽世守,莫踰此矣。雖然,愚復有説焉。富足者,教化所由興也;教化者,刑罰所由省也。昔者賈誼之告文帝曰〔二〕:“百人作之,不能衣一人,欲天下無寒,不可得也;一人耕之,十人聚而食之,欲天下無饑,不可得也;饑寒切於人之肌膚,欲其無爲奸邪,不可得也。”夫使誼而愚人也則可,誼而少達國體也,則是可不爲之寒心哉!是故蠲不急之費,汰浮冗之食,罷額外之徵,三者先王所以富足人之大略也,執事者其得無意乎?董仲舒告武帝曰:“古者明王南面而聽天下,莫不以教化爲先務,立太學以教於國,設庠序以化於邑,漸民以仁,摩民以義,節民以禮,故其刑罰甚輕而禁不犯者,教化行而習俗美也。”信斯言也,則化導之本,振作之方,愚既已陳之於前矣。執事倘與其進焉,則賈誼足民之説,尚當有以獻之也。

【校勘記】

〔一〕題目原缺,據目録補。

〔二〕曰,原刻誤作“目”,據排印本正。

〔三〕上〔三〕,光緒本誤作“土”,排印本改作“士”,皆非。今依康熙本。

【注釋】

①以下五篇爲嘉靖十一年壬辰科的“策”。

②以上是會試策問之辭,下面爲林大欽的策論。

③先本原:先使道德顯明。朱熹注《大學》:"物有本末,事有終始,知所先後則近道矣。"又:"明德爲本,新民爲末。知止爲始,能得爲終。本始所先,末終爲後。"

④存欽恤:保存恭敬、憂恤之心。《書·舜典》:"欽哉,欽哉,惟刑之恤哉!"

⑤不可則:不足爲法。

⑥文藝:文采辭章。

⑦俗化日偷:風俗一天天變壞。偷:澆薄,不厚道。

⑧江淮一渡:指元至正十五年至十六年間,朱元璋率義師渡長江,轉戰江淮,大破元兵事,見《明史·太祖紀》。

⑨明太祖在吳元年命左丞相李善長爲總裁官,制訂律令,一年而成。洪武六年與二十二年又命刑部修訂刊定,作爲決獄刑的標準。見《明史·刑法志》。

⑩《大誥》即《大明律誥》,明太祖親手輯成,並於洪武三十年詔諭群臣,說:"律令刊行既久,犯者猶衆。故作《大誥》以示民,使知趨吉避凶之道。"隔年又制《續編》、《三編》,頒發到學宮課諸士,由社學塾師訓導里社子弟。見《明史·刑法志》。

⑪宋濂(1310—1381),字景濂,號潛溪,浦江人。通五經,有文學,深得明太祖信任。曾與太祖議封爵,立朝多以禮法諷諫。陶安(1315—1371),字主敬,當塗人。明太祖取太平,安勸太祖撥亂救民,取金陵爲都。太祖留安爲參幕。吳元年任翰林院學士,修禮爲總裁官。劉基(1311—1375),字伯溫,青田人。爲人雄邁有奇氣,朱元璋平定天下,計謀多自劉基出。吳元年任御史中丞,與陶安同爲議律官,參與制訂《大明律》。見《明史·刑法志》。

⑫御經筵:皇帝爲研讀經史而特設的御前講席。明代經筵每月三次,皇帝親到國子監聽講,由翰林院學士、部臣、閣臣侍講。講讀《周易》、《太極圖》、《大學》、《論語》、《孟子》、《資治通鑒》、《貞觀政要》等,講章內容由內閣裁定。見《明會要》十四。

⑬措刑：廢棄刑法。元薩都剌《送廣信司獄詩》："時明刑措日無事，檀板且下鵝湖船。"

⑭張釋之，字季，西漢南陽人。漢文帝時任廷尉，以持法折獄平允，不阿上意，爲時人所重。見《漢書·張釋之傳》。于定國（？—前40），字曼倩，西漢東海郯縣人。少從父于公學法律，漢宣帝時任廷尉，決獄平法寬慎，罪疑從輕。朝臣稱揚他，説："張釋之爲廷尉，天下無冤民。于定國爲廷尉，民自不冤。"見《漢書·于定國傳》。

⑮杜、張：指杜周與張湯。二人皆在漢武帝時爲廷尉，治獄嚴刻，不循法律，而專門窺察武帝的喜怒，爲裁決依據。見《史記·酷吏列傳》。

⑯漢昭帝時，東海有孝婦，少寡無子，事婆婆孝。婆婆不願累之，自縊死。小姑告婦殺母，東海太守竟冤殺之。郡中枯旱三年。後新太守知其冤，殺牛祭之。天立降大雨。見《漢書·于定國傳》。

⑰文移再報：監司再次定罪，並行公文到部院。文移：送到不相統屬的官署的公文。報：斷獄定罪。

⑱儇訬頑鈍：無志分，不知羞恥。《漢書·賈誼傳》："頑頓無恥，儇訬無節。"顏師古注："頓，音鈍。儇訬，無志分。"

⑲漢人居官長子孫之制：兩漢任用官吏，注重久任。如《漢書·王嘉傳》説："孝文時，吏居官者，或長子孫。"這種制度，一直沿襲到漢末。論政者多贊美久任制，如崔寔《政論》説："永久則相習，上下無竄情。加以心堅意轉，安官樂職，圖累久長，無苟且之政。吏昭供奉，亦竭忠盡節，無壹切之計。故能君臣和睦，百姓康樂。"林大欽這一段論述，似本此。

⑳監規卧碑之訓：洪武十五年，明太祖頒布國子監學規，又頒布禁例十二條於天下，命府縣學宮刻卧碑於明倫堂左側。見《明史·選舉志一》

㉑《明史·世宗紀》載，嘉靖五年十月，"頒御製《敬一箴》於學宮"。"注釋宋儒五箴之旨"，當是《敬一箴》的内容。

㉒覲：睹見。

㉓《周禮·地官司徒》：師氏掌"以三德教國子：一曰至德，以爲道本；二曰敏德，以爲行本；三曰孝德，以知逆惡（懂得不能做逆惡之事）"。傅氏：當作"保氏"，《周禮·地官司徒》：保氏掌"養國子以道，乃教之六

藝:一曰五禮(吉禮、凶禮、賓禮、軍禮、嘉禮五種禮儀),二曰六樂(雲門、大咸、大韶、大夏、大濩、大武六種樂曲),三曰五射(五種射技),四曰五馭(五種駕馭車馬的技術),五曰六書(象形、會意、轉注、指事、假借、形聲六種造字用字之法),六曰九數(九種算術法)"。

㉔據《明史·選舉志一》說,明代太學以積分法考核諸生,每季度分月考試,第一個月考經義,第二個月試論、擬旨,第三個月考經史策判。每次考試,文理兼優可得一分,理優文劣得半分,文理全謬無分。每年積得八分,即及格,可取得出身。這種教育方式,給讀書人一條做官路子,造成當時士子不重讀書而重時文,不重道行而重辭章的弊病。顧炎武《日知錄》、《天下郡縣利病書》對此有許多批評,可參閱。

㉕簡:選擇。

㉖春選之士:指賜進士出身者。明代科舉制度規定,每年二月初九各省舉人會試京師,中選者賜進士出身(見《明史·選舉志二》),故稱進士考試爲春選或春闈。

㉗據《明史·選舉志二》,明代仕途,中進士者,即授以翰林官、京官或府推官、知州、知縣。府縣學教職一般由舉人充任。

進　講〔一〕

問:有宋中葉,賢臣衆矣,論者乃獨推司馬光氏①。蓋其忠愛出於天性,而學問才力足以濟之,故立朝大節炳然,有非諸人所可及者。嘗觀其哲宗時編進《稽古録》一書②,晦庵朱子謂其願忠君父之心③,更歷三朝,然後成就,可備講筵進讀。今考其書,有《歷年圖》,有《百官表》,有補圖表之所未及,上下數千百年治亂興衰之迹,無不備具。至其叙論,有曰:"人君之道一,其德三,其才五。有國家者雖變化萬端,皆不外是。"朱子謂此尤爲懇切,不可不使聖主聞之。夫朱

子大儒,不阿所好,乃景慕思維,汲汲欲以奏進,誠見此書之
法戒昭然,有裨觀覽焉耳。我皇上正位以來,垂拱勵精,其
要道至德,與夫中興之才,善美極盡,不可尚已。臣子無已
之心,不識三事之中④,有可敷揚以裨萬一者乎?抑果可以
進讀經筵,如朱子之意否乎?諸士固多聞有得者也,願悉言
之,毋讓⑤。

　　君子之立於天下也,有五善焉:本之以誠,以純其心;守
之以仁,以宏其量;昭之以明,以大其識;發之以武,以立其
剛〔二〕;施之以才,以著其用。故才著而務可成矣,剛立而事
可整矣,識大而智不昏矣,量宏而澤不狹矣,心純而道無間
矣。五善全,則備德成業,天下國家,可坐而理也。故不患
夫務之不成也,惟患乎才之不著;不患夫事之不整也,惟患
乎剛之不立;不患乎智之昏也,惟患乎識之不大;不患乎澤
之狹也,惟患乎量之不宏;不患乎道之間也,惟患乎心之不
純。忠臣愛君,必於此拳拳焉。而君人之道,亦莫有加於
此矣。

　　吾讀《稽古錄》,而於司馬氏有感焉。元祐之時〔三〕,何
等時也?元豐大敗極亂之後⑥,天下之望治者,猶赤子之望
慈母也。公見當時之利病,顧恨於身救之者不早也。前此
介甫任焉,以天變不足畏矣,以人言不足恤矣,以祖宗不足
法矣⑦。其爲君德何如也!論才而思欲變亂祖宗焉,論剛而
思欲輕渺天人焉,論明而思欲帝王三代焉,論仁而思欲保甲
青苗焉,論誠而思欲凌駕聖人焉。凡此,公之所甚憫者。其
憫之也深,故說之也詳。《稽古編》録而朝薦之,庶乎哲宗其

有興乎？此固公之意也。嗟乎！公之忠愛至矣。吾獨惜乎哲宗未能諒之也⑧。諒司馬之心者，其惟考亭乎？夫理宗之朝，固元祐之朝也〔四〕。有一考亭而不能用，此亦非新安之所得已也⑨。故以《稽古錄》備講筵者，固考亭之意也。噫！使溫公得行此意於元祐之時〔五〕，當不至有紹聖之變⑩；使朱子得行此意於理宗之朝，又豈有不振之患⑪？而二君終病焉，君子所以常嘆於後世也。

恭惟皇上乘昭朗之見，完剛毅之德，故自即位以來，言動不一而書。是故奮發有爲，其才著矣；剛毅克立，其武昭矣；文理密察，其明修矣；寬裕溫柔，其仁博矣；純心不息，其誠完矣。至德之盛，不可加矣，而執事又欲於三事之中，有所敷揚於萬一者，愚方有説焉。

夫誠有基而仁有度，明有則而武有制，而君人之才，又不可不善用焉。故誠無其基，則心不可純也；仁無其度，則量不可廣也；明無其則，則識弗可大也；武無其制，則剛弗可久也；才不善用，則務弗可成也。是故智識不作，帝則是順⑫，所以廣才也而善用；血氣不淫，理義是執，所以廣武也而制立；謙沖貶抑，事疑從晦，所以廣明也而則著；藏垢納污，廣容著和，所以廣仁也而度宏；顯微無間，內外純一，所以廣誠也而基定。夫然則德大而道立，業崇而功著。愚所謂天下國家可坐而理者，其在斯乎！

不然，內多欲而外施仁義者，固病其飾也；而玄默恭修，儒老出入者⑬，亦非所以純德。斷喪斬刖⑭，槁無生意者，固病其刻也；而純和養厚，奸良輒爲進退者，亦非所以完仁。是非糊塗，菽粟不辨者，固失於闇也；而智識自任，狹小家法者,亦非所以作哲。優游不斷,釀成禍亂者,固失於弱也;而血氣淫怒,甘心遼左者⑮,亦非所以善剛。蔽目宦官,無所建樹者,固蝕於愚也;而制度紛更,喪亂元氣者,亦非所以克勤也。執事有廊廟之憂焉,其書此獻。

【校勘記】

〔一〕題目原缺,據目錄補。

〔二〕立,原刻誤作"大",據下文"剛立而事可整矣"改。

〔三〕〔四〕〔五〕元祐,原刻誤作"元佑",今正。

【注釋】

①司馬光(1019—1086),字君實。陝州夏縣人。北宋名臣,歷仕英宗、神宗、哲宗三朝。神宗時,反對王安石變法,被貶爲外官。哲宗時復入朝爲相,廢新法,復舊制。主編《資治通鑒》,有《稽古錄》等著作。《宋史》卷三百三十六有傳。

②《稽古錄》:司馬光所著編年體史書,二十卷。自伏羲記起,至宋英宗治平末年止,對歷代政治,皆有評論。

③晦庵朱子:朱熹(1130—1200),字元晦,晚年自號晦庵。南宋徽州婺源人。著名理學家、教育家。他的學說在明清兩代被推崇爲儒學正宗,對中國後期封建社會的文化與學術產生很大影響。《宋史》卷四百二十九有傳。

④三事:指道、德、才。

⑤以上是有司策問之詞,下面是林大欽的對策。

⑥元豐大敗極亂之後:宋神宗熙寧間,王安石起用爲相,實行新法,謀求得到富國強兵的效果。但在新法實行的過程中,也產生偏差。至元豐末,蔡確、章惇等人執政,新法推行過程弊病更多,百姓得不到新法的好處,怨聲載道。

⑦見《災異》注④。

⑧諒：理解。

⑨"有一考亭"句：有朱熹這樣的人才，而朝廷不能任用，這也是朱熹自己所不得已的。考亭、新安：都是朱熹的別稱。朱熹晚年居福建建陽考亭，故別稱考亭；朱熹是婺源人，婺源舊稱新安，故又別稱他爲新安。《宋史·朱熹傳》："熹登第五十年，立朝才四十日。"

⑩紹聖之變：宋哲宗元祐末，又用章惇、蔡卞等人執政，復行新法，至紹聖間，章惇、蔡卞等務以排斥元祐舊臣司馬光、文彦博、呂公著等人爲事，已不再論行新法之是非，而演爲黨派權力之爭。

⑪朱熹卒於宋寧宗慶元六年（1200），距宋理宗即位（1225）早25年。此文中"理宗之朝"，當爲"光宗之朝"之誤。據《續資治通鑑》卷一百五十三，光宗紹熙五年（1194）八月癸巳，朱熹以趙汝愚薦，除焕章閣侍制兼侍講，召入經筵，其論《稽古録》可備講筵進讀，當在此時。至閏十月戊寅，朱熹爲韓侂冑所讒，罷官。

⑫帝則：先王的成法。

⑬玄默：沉寂無爲，老莊之學主張的修持法。恭修：嚴敬自持，儒家主張的修持法。兩者並用，所以説是"儒老出入"。

⑭刖：砍掉脚或脚趾。古代酷刑之一。

⑮甘心遼左：快意於遼西，指窮兵黷武、肆起邊釁。

史　　諫〔一〕

問：古者史不易職，諫不名官，昔人有是言矣。及觀《周禮》六官之屬，曰大史、小史、内史、外史、御史；又曰師氏、保氏、司諫；《禮》曰左右史，皆何所職，而名若是紛紛也？自漢唐而下，以及我國朝之盛，其沿革輕重之詳，可悉舉而言歟？夫是二者，在上長養而優容之耳①。故歐陽修、呂公著、蘇軾、呂祖謙皆懇懇以爲言②，其説信乎否歟？或謂史須三長，擇言官以三事爲先③。又謂直筆不專於文學，威望不專於彈劾者，何歟？茲欲史盡職而有守，人盡言而無諱，其何道以致之④？

人主不能無隱微之欲焉，不能無顯明之過焉。欲不可縱也，先王懼其縱之所必至，於是乎嚴之以史；過不可長也，先王懼其長之所由漸，於是乎直之以諫。故史者，以防欲者也；諫者，以止過者也。過止而欲可寡矣，欲防而過可無矣，故史官與諫官相成者也。且夫天子至尊也，其所爲至無畏也。所恃以興起其羞惡自然之心，而嚴憚其無畏之勢者，以有史官與諫官在也。是故史、諫有賞罰之權焉。其職雖小，其權則大。故愚以爲天不能賞罰天下，而以其所不及之權付之天子；天子不能自賞罰其身，而以其所不及之權付諸史、諫。是史、諫之權，與天與天子並，故先王重之也。

然史不易職，而諫不名官，此其故何也？夫紀事求言，有國者之不可以已也。史而易職，則紀事之任不專矣，任不專而筆削之義廢⑤；諫而名官，則求言之路不廣矣，路不廣而匡救之道荒。是以明筆削之義者，可以防欲；知匡救之道者，可以止過。其在《周官》，有左史以記言，右史以記動⑥。而內府之藏，則太史掌之；邦國都野之志，則內史、小史、御史掌之⑦，明有專也。至於諫諍之官，則獨缺而不設。而大司徒、司馬所掌者，則有師氏掌以詔王嫕焉，有保氏掌以諫王惡焉⑧。是凡左右夫王者，皆得諫。夫然，又矇誦、師箴、工歌、瞍賦、士傳民語⑨，下至陳戈、執戟、綴衣、虎賁、縶御、僕役之賤⑩，以及版築、巖穴、幽囚、縲繫之間，川澤、關市之吏,亦無不得諫焉。其寬容不狹如此。夫史專則職不紊而紀載明,諫不狹則善言日聞於上而忠直著,此先王制史與諫之微意也。

漢、唐、宋以來,史制猶存。故雖太史令、著作郎以至起居舍人之置⑪,代有沿革,要皆不失先王左右史之遺意。顧獨一諫職之設,至今爲梗。是故自漢以諫議大夫名諫⑫,而漢人之諫狹於諫議矣;唐以補闕、拾遺名諫⑬,而唐人之諫狹於補闕、拾遺矣;宋以司諫、正言名諫⑭,而宋人之諫狹於司諫、正言矣。職一而天下有遺言,員定而在位有遺直。遂使天下懷奇抱忠之士,不敢直言時政闕失者,曰我非諫官也。是諫職之設限之也。我朝給事中名諫,其來已久⑮,蓋亦因漢、唐、宋之舊,而更其名,其諫道似爲狹矣。然而君側有是非,則翰苑諸臣直上封事⑯;乘輿有可否,則部屬諸司得自抗疏⑰;軍民有利病,則藩臬方面、邊陲守帥遠進奏章。是諫諍不專於給事中也,第彈劾之名既定,則偏重之權有歸,自非深懷憂國之志、不避斧鉞之誅者,鮮能以非分之責與給事中爭衡也。又況爲給事中者,未必皆得其人,而直日輪班,徒爲文具⑱。臣主儼然,終日立殿陛下,未見有所規益也。是以古者嚴執戟守闈之選,聖人所以涵養成就君德之意至矣。今縱未能如古之制,猶當別立一局於內,令有道術智識忠膽之士數人,日直其中。使得時時延侍,行則扈從,止則隨蹕⑲,凡宮中有小小舉動、小小得失,皆得與聞之。因陳先王之道,述祖宗之訓,採先儒之格言,疏民間之疾苦。或乘清燕而以時獻納⑳,或因顧問而默寓箴規。即執戟守闈之職不復,而防微慎動之意亦於是乎存矣。夫有給事中防之於外,以糾其過；有直宿防之於內，以閉其邪。而又參之以翰苑、部屬、藩臬、邊陲百執事之章疏奏對，以備采擇，則諫道庶乎其不狹矣。

　　夫史官者，國曆之所係也。國初開設史局，專置太史令、起居注二職，當時以宋、吳、詹、王諸公爲之[21]，此我太祖高皇帝所以待後世之意也。自夫史局既廢，史無專職，而紀曆責諸編修；國無實録，而編修取諸章疏。夫編修非所以近王也，章疏非國紀之備也。取諸章疏以撰録，則其善惡不詳；責諸編修以紀曆，則其是非不著。故勸戒弗昭，則邪溺之主弗之畏也。夫史無制而上無懲，甚非所以養成君德以求無過之術也。欲成君德而求其無過，則莫若復史局。且夫天下未嘗無良史之才也，惟朝廷不以史才求天下，故天下以史才自晦；如有求也，則將有董狐、馬遷之輩者出焉[22]。故愚以爲欲復史局之制，宜選天下博聞有守，與夫有文學、知史事，而心術正大者以充其任。使其掌記言、動，日執筆於王之左右，御殿則侍，行幸則從，進則立於螭坳，退則集於虎觀[23]。凡夫接士大夫之所議論[二]，深居法宮之所動作，皆得備聞而筆載之。而又別選數人，掌記外朝之政，如除、拜、刑、賞、戎、祀、聘、享之類，咸繫日而書月，終藏於天府。一遇纂修，仍仿先朝敕修大典故事[24]，廣徵名儒，下至山林隱逸之士，悉詣公車，俾與群史共事。由是重之事權，以專其責；假之歲月，以要其成。雖宰臣不敢以與聞，天子不得以自觀。夫然後是非明而取舍定，理亂具而勸戒昭。防微杜漸之道，孰有大於此哉！

　　抑嘗因是而論之：史所以防欲也，然史而無諫，則紀録雖嚴，而人君之心未必有所悟，故諫者亦以防史於未然；諫所以止過也，然諫而無史，則繩糾雖切，而人君之心未必有所畏，故史者亦以濟諫之不及。是故史以立萬世之防，而諫以盡一時之規，然後君德成而天下治，吾故曰史官與諫官相成者也。雖然，史、諫者，人君立國之大經；而公直者，又人君所以振作史、諫之大本㉕。故人君布公道以示天下，則史才出矣；旌直才以勵人心，則諫職修矣。此又愚生之見也，不識執事以爲何如？

【校勘記】

〔一〕題目原缺，據目錄補。

〔二〕凡，自原刻以下諸本皆訛作“几”，今據文義以正。

【注釋】

①“是二者”句：這兩種人，帝王畜養並寬待他們。二者：指史官和諫官。

②歐陽修（1007—1072），字永叔，號六一居士、醉翁，江西廬陵人。北宋政治家和著名文學家。《宋史》卷三百十九有傳。皇祐間，歐陽修上《論臺諫官言事未蒙聽允書》，批評宋仁宗拒諫。呂公著（1018—1089），字晦叔，壽州人。宋神宗時官翰林學士，屢次上書，勸神宗納諫，曾對神宗説：“唐太宗之德，以能屈己從諫耳。”神宗稱善。哲宗即位，上疏求備置諫官，以開言路。見《宋史》卷三百三十六本傳。蘇軾（1037—1101），字子瞻，四川眉州人。北宋著名學者、文學家。神宗時，呈《上皇帝書》，其中切論任用臺諫以傳達公議的重要。《宋史》卷三百三十八有傳。呂祖謙（1137—1181），字伯恭，學者稱之爲東萊先生。浙江金華人。宋代儒學家。南宋孝宗時，重修《徽宗實録》成書，進秩面對，勸孝宗虛心以待天下士，以臺諫救正大臣之權，勿自任聰明，勿致疑臣下。見《宋史》卷四百三十四本傳。

③三長：三長指才、學、識。《新唐書·劉子玄傳》：禮部尚書鄭惟忠問劉知

幾:"古者文士多、史才少,何耶?"劉知幾回答:"史有三長:才、學、識,世罕兼之,故史者少。"三事:未詳。

④以上爲有司策問之詞,以下是林大欽策對。

⑤筆削:記載與刪除。《史記·孔子世家》:孔子"爲《春秋》,筆則筆,削則削,子夏之徒不能贊一辭。"該記載的就記載,該刪除的便刪除,成爲後世歷史學家寫史的原則。

⑥《周官》:《周禮》的別稱。左史記言、右史記動,見《漢書》。與策問詞所引《禮記·玉藻》之"動則左史書之,言則右史書之"說不同。這裏林大欽誤認問辭之《禮》爲《周禮》,又混《禮記》、《漢書》之說。

⑦《周禮·春官·大宗伯》:"太史掌建邦之六典","小史掌邦國之志",而內史、御史,另各有掌職。此處也有誤記。

⑧《周禮·地官·大司徒》:"師氏掌以媺詔王(師氏掌理以善道告王者)","保氏掌諫王惡(師氏掌理勸諫王者的過失)"。媺:古"美"字,指美善之道。

⑨矇誦:矇,有矇子而無所見的盲人;誦,誦讀勸諫的文辭。師箴:師,少師,樂官;箴,進獻勸誡的箴言。工歌:工,樂工;歌,歌唱諷諫的詩章。士傳民語:士把百姓的議論傳給王者。

⑩綴衣:負責掌管御服的近侍小臣。瞽御:近侍的臣子。

⑪太史令:《漢官儀》九卿太常下屬有太史令,掌察天文、定曆法,或兼史官。著作郎:魏明帝始置著作郎,專掌修國史。唐貞觀中,史官由他官兼任,秘書省仍設著作郎一職,掌撰碑志、祝文、祭文等,非史官。起居舍人:唐代官制,起居舍人或稱左史,掌起居注,記錄天子日常言行,供修國史之用。宋官制與唐略同。

⑫自漢以諫議大夫名諫:漢代諫官仍無定職,對群臣的監察,則由相當於副丞相的御史大夫負責。《漢官解詁》:九卿光祿勳屬下有諫議大夫,"掌讓群卿,四方則之",並非諫官。唐職官中的諫議大夫則爲諫官,掌侍從贊相,規諫諷諭。

⑬補闕、拾遺:唐職官,屬門下省。掌供奉諷諫,也是諫官的一種。天子行事不便於時,不合於道,可廷議、上書。忠孝賢良之士,可舉薦。

⑭司諫、正言：宋代職官，門下省有左司諫、左正言，中書省有右司諫、右正言。朝政有闕失、大臣百官任用非人，都可諫正。宋官制另有散騎常侍、諫議大夫，也是諫官。

⑮給事中：唐代官制，給事中有駁正中央各行政部門違失的權力；皇帝制敕，也要經給事中署頒；三司決獄不當，給事中可以駁退；各司擬奏六品以下授職官，也要經給事中審察。見兩《唐書·職官志》。宋代給事中，掌讀中外出入章奏，如政令有違失、授官非其人，可論奏駁正。見《宋史·職官志》。明代職官設六科給事中，職責與唐宋給事中大致相同。見《明史·職官志》。

⑯封事：呈奏機密時用皂囊密封的奏章。

⑰乘輿：皇帝乘坐的車子，這裏指皇帝。抗疏：上書直言。

⑱直日：值日。文具：徒有形式。

⑲行則扈從，止則隨蹕：皇帝巡行時，則隨從左右；宿止時，則充當警衛。蹕：帝王出行時開路清道、禁止通行。

⑳清燕：亦作"清讌"，飲宴。明屠隆《曇花記·群仙會真》："今日是下官賤降之辰，安排酒脯，奉約二仙清燕。"

㉑宋、吳、詹、王諸公：宋：即宋濂，見本卷《刑教》注⑪，明太祖下婺州，命開郡學，以濂爲五經師，隔年除江南儒學提舉，改起居注。見《明史》卷一百二十八本傳。吳：即吳琳，字孟陽，黃岡人。明太祖吳元年除浙江按察司僉事，復入爲起居注。《明史》卷一百三十八有傳。詹：即詹同，字同文。明太祖下武昌，召爲國子博士，升考功郎中，值起居注。洪武四年官吏部尚書，六年兼學士承旨。請編《大明日曆》，爲《日曆》總裁官。《明史》卷一百三十六有傳。王：未詳何人。

㉒董狐：春秋時期晉國史官，記事直筆不隱，古稱良史。馬遷：即司馬遷，西漢歷史學家，《史記》的作者。

㉓螭坳：皇宮大殿階前，朝會時史官站立的地方。虎觀：即白虎觀，漢代宮觀名。漢章帝曾在白虎觀集群儒講五經。本文借指史官在宮中聚會之所。

㉔先朝：指明成祖永樂朝。大典：即《永樂大典》，明成祖敕撰的大型類

書,全書共 22877 卷,37000 多萬字。當時參加編纂的儒士文人有
3000 餘人,花 6 年時間編成。嘉靖末又重録正副兩本。經明清兩代戰
亂、火災,大部分散失。現今僅存 800 餘卷。

㉕大經:法則。大本:根本。

習　尚〔一〕

問:治天下者審所尚,夏尚忠,商尚質,周尚文。信斯言
也,其何所於始乎?夫文之與質不類也,忠、質則何辨?先
儒有謂忠則渾然誠確①,無質可言,其説然歟?又有言商尚
敬者,敬之與質,又何以辨?商之所尚,竟安在乎?忠而質,
質而文,世變之趨固也。乃或謂救忠之敝以敬,救敬之敝以
文,又何歟?董子謂漢承秦敝,宜損周之文,用夏之忠,與史
遷王道循環之説②,同乎異乎?蘇子由謂虞夏之質蓋求周之
文而未至,非所以爲法③。然則孔子從周之論④,其百王不易
之矩乎?請究言之,以爲審治體者助⑤。

俗尚之變,風起之也⑥;其弊者,勢激之也⑦。聖人因風
以定其尚,以爲子孫世守不可易之計。至於勢之所激,則亦
非末流之所能豫。是故聖人安於所尚之俗,而聽其必至之
會。其大要,幸而有聖人乘之⑧,則可以復治;不幸而無聖人
乘其後,而聽其風俗之自相推激,則將至於大亂極敗而不可
復救。故夏尚忠、商尚質、周尚文,皆其時值之所宜然;而其
末流以野以鬼以文之弊,亦非夏、商、周之所能免。然而忠、
質、文之異尚,而禹、湯、文、武不害其爲治,吾固以爲有聖人

者乘之也。

嗟乎！風之變而至於秦，其窮之會乎！忠而質，質而文，天下以爲固然也。文而奚所於變也？吾固以爲秦之時無復有聖人者出焉，天下之窮也固矣。漢人承秦之後，正宜有以變周之文，故用夏之忠者，吾於仲舒之言有取云耳。夫當周人文而不慚之後⑨，而用夏之忠以救其弊者，非獨宜漢也，在秦之時固然矣，而秦人不悟，仲舒乃於漢拳拳焉⑩，亦以漢人未能夏也。噫！承秦之後，而又無夏之忠，吾見漢之弊於秦也。漢賴有夏之忠，故立忠於其國。蓋雖規模不能復三代之舊，而其所以延四百年之業者，仲舒實爲之。

嗟乎！天下之弊，不可以坐視而無所變也。坐視而無所變，則將爲秦。俗儒拘於守常，而不可以語治。狂儒持論太過，而將欲大變天下之俗，故卒於不可效。如子由所謂虞夏聖人欲求周之文而未能至者，蓋亦不諒聖人之心，而謬爲更端之說耳。

愚以爲立國大體，風之所會則不必求異，而弊之所極則亦不可無制。我國初風俗淳厚，蓋有三代遺風也。今天下日見其文矣，閭閻黎庶，僭侈踰制，飲食器用之節，冠婚喪祭之儀，往往不能如禮⑪。此又其末也。智訏煽風⑫，詭譎成俗，族人爲僞，日中相欺⑬，漸不可長。所賴士大夫者，一切習爲，虛遜步趨之節⑭，而少其實，甚非所以和靖民俗之要理也。天子嘗欲回天下之俗矣，大臣嘗欲厚天下之風矣。邇者皇上製冠服之圖，以別上下⑮，明飲食之式，以示儉節，所以爲風俗計者，朝夕拳拳也。

然而天下未能回心而向道者，何也？所尚之名未定，而俗習既常，以爲當然，誠未易於轉移而易化之也⑯。愚以爲欲變今之俗，莫若定尚，以一其趨，使民目擊而心維焉。今之所尚者，亦莫如質。宜特爲之令曰："吾國家之所尚在此，天下其有不質者，罰無赦。"所令既定，夫然後躬身以先之，與大臣相與倡之。故天子布誠則大臣持忠，朝廷無僞則天下守信，宮中浣服則黎庶敝衣⑰，王者瓦器則萬姓蔬食。夫然後可以議淳樸之風，回國初之舊，定風俗之紀，立萬世之業。不然，則數世之後，必有受其弊者，當謂今日豫之不早也。

執事以三代爲問，愚特於今詳焉，亦誠以爲國體所在，實不敢多讓⑱。

【校勘記】
〔一〕題目原缺，據目録補。

【注釋】
①誠確：誠實。
②董子：西漢大儒董仲舒的尊稱。董仲舒《賢良對策三》云："繼治世者，其道同；繼亂世者，其道變。今漢繼大亂之後，若宜少損周之文，致用夏之忠者"。史遷：司馬遷。《史記·高祖本紀》："夏之政忠，忠之敝，小人以野，故殷人承之以敬；敬之敝，小人以鬼，故周人承之以文；文之敝，小人以僿，故救薄莫若以忠。三王之道若循環，終而復始。"忠：質實簡樸。野：少禮節。敬：對天地、祖先的恭敬。鬼：崇拜神鬼。文：文明，重禮儀、嚴尊卑。僿：義與"薄"同，虛僞、繁文冗節。
③蘇子由：蘇轍（1039—1112），字子由，四川眉州人，蘇軾弟。北宋文學家。此處所引"虞夏之質蓋求周之文而未至"之語，未詳出何處。蘇轍《欒城集》卷二十《私試進士策問》第二首，語及"夏忠商質而周文"，而

無此語。

④孔子從周之論：《論語·八佾》篇記孔子説："周監於二代，鬱鬱乎文哉，吾從周。"

⑤以上爲有司策問之詞，以下是林大欽策對。

⑥風：世風，風俗。

⑦勢：時勢。

⑧乘：駕馭。

⑨文而不慚：多繁文冗節而無羞愧之心。

⑩拳拳：懇切貌。

⑪明代，朝廷對士民生活有嚴格的禮制約束，到嘉靖九年，還諭禁官民服舍器用踰制（見陳鶴《明紀》卷三十）。但正德、嘉靖以後，越禮踰制的風尚日熾。縉紳士大夫，"住所必有繡户雕棟，花石園林；宴飲一席之間，水陸珍饈數十品；服飾一擲千金，視若尋常；日用甚至不惜以金銀作溺器"（可參閲馮天瑜等《中華文化史》第九章第二節）。嘉靖二十六年《潮州府志》卷八附"風俗考"也説："由今觀之，士矜功名，商競刀錐，工趨淫巧，農安惰棄，其在細民者，火葬飯佛，輕生健訟，鄒魯之風稍替焉。"

⑫智訐：以機巧發人陰私。

⑬日中：光天化日之下。

⑭虛遜步趨之節：不着實際地講求恭謹的禮節。

⑮製冠服之圖，以别上下：《明史·輿服志三》"文武官常服"條云，嘉靖七年定燕居法服之制，明世宗親繪《忠静冠服圖》，頒禮部諭敕天下，使貴賤有等。

⑯易化：變化。

⑰浣服：洗滌過的衣服。敝衣：破舊的衣服。

⑱多讓：太過辭讓。

積　貯〔一〕

問：《易》曰：“何以聚人？曰財[①]。”財之登耗[②]，而國勢每係焉，則財者亦有國者之所宜講也。自古國家稱富庶者，以漢、隋二文爲首。然在漢文，方其即位，春和議貸，賜半田租，一切過爲厚下之政[③]，而當時公私俱富，羨贏之利，至景、武而被其澤，數世賴之。論者謂漢業因之益固，其果然歟？開皇、仁壽之間，府藏盈溢，更闢左藏院以受天下貢輸，可謂盛矣[④]。胡關内大旱，至率民以就食山東？曾不一傳而隋弊者，何也？史稱人庶繁殷，府庫充斥，豈類皆虛語歟？抑別有其説也？仰惟我皇上恤民重農，超越前代遠甚。歲一告饑，發金内帑，大弛逋負，而議者憂非可繼。至建儲粟以督吏治[⑤]，而民又患之，未幾報罷。兹欲國裕而民康，公私不至於偏病，若之何其可也？書著於篇，以觀憂國之論。[⑤]

人君之於天下也，非其無財之爲患，以其冗用夫財之爲患；非其生財之爲貴，以其節財之爲貴。故節財者，生財之府也；去冗者，實財之源也。且夫天下未有無財之國也，國而無財，必有所以耗之者矣。去其耗焉，財斯全矣。故人君斂人以盈己，則難爲功；俯己以就人，則易爲力。此明驗也，自古皆然，何獨於漢、隋見之！

執事曰自古國家稱富庶者，首漢、隋二文。愚曰二文非能神輸鬼運，以富庶其國家也，亦無害其國家所富庶者而已矣。且天子以天下爲家者也，天下之富皆天子之富也。故天子如腹心，四海如四體。剥天下之富以自富，是猶割四體以肥其腹心，不知四體耗而心腹亦隨之。故營營然而日爭利者⑥，匹夫之事也；恢恢然與天下公其利者⑦，萬乘之分也。何者？以天下固我有也。萬乘而下行匹夫之事，則天下幾何而不至於耗且窮！漢、隋二文，吾不知其他焉，而獨於薄斂厚與，與天下休息，吾甚以爲知天子之大體也。露臺惜百金⑧，御服且三浣⑨，二君自奉何如也！而獨於今年蠲田租也，明年賜田租也，其與天下何厚也！彼其寧以身居天下之薄以養餘力，而不忍斫天下之脉以厚其身。故卒之言漢治者，自紅陳貫朽〔二〕，太倉之粟，陳陳相因⑩。而開皇、仁壽之間，府庫盈溢，更闢左藏，彼其四十年之勤儉，其所休養生息者，蓋非一朝一夕之故矣。漢文一傳而景帝，猶幸能世其業，故富庶之澤終賴之。隋煬驕奢淫逸，無有紀極，龍舟彩花之戲⑪，蓋窮天下之賦，而事其巧以快焉，天下幾何不趨於弊耶？且夫天下之財有數，不在官則在民。在民者常有餘，在官者常不足。文、景留天下之有餘以厚國脉，隋煬竭天下之不足以耗其成績。成敗之效，胡可異也？

今天下之財何如也？司國計者，不憂民生之不充，而以足賦爲上策。愚謂足國家之富，皆貽國家之憂者也。欲富國者，必自富民始。今天下之民何如也？貪吏橫徵竭取之餘，民將不樂其生者矣。而小遇水旱，輒轉溝壑，不能自救，此其雜見於江浙齊魯潁蔡之間者可驗也。朝廷屢有優恤之詔，邇者敕令部臣往賑濟之。然愚謂惠澤之政不敷於平時，而特爲是苟且之政於急危之日，民未見其被澤之日也。《周禮》救荒之政十二⑫，有遺人掌郡縣之委積以待凶荒⑬，有廩人掌九穀之數以治平凶荒[14]，有卿士以歲時因民[15]，有司牧以土政施惠[16]，而又士不下樂，膳夫減膳，馳道不除，祀事不舉，以救凶荒[17]。今縱行此以舒天下，猶未見其可焉，而況其未能若是也？大抵今之害財者多，而以無實之費，蓋之以莫大之名，而不敢去焉者居其最。夫朝廷燕享賜予之節[18]，不可無也；然而後宮之奉，凡有所希求而冗費之者，皆漏巵也[19]。百官府史之祿，誠不可去也；然而侯王之寵，凡有所非時而寬假之者，皆溪壑也。極而言之，冗官不可不汰也，冗兵不可不澄也，冗用不可不去也。凡若此者，皆愚所謂無實之費，而蓋之以莫大之名，而莫敢決去焉者。朝廷須先於此數者節焉。夫然後菲食以風之，惡服以先之，宮室以軌之[20]。然後壞佛氏之宮，損黃冠之奉，弛關市之稅，去賦斂之徵，公鹽茶之利。又未也，擇循良之吏以安之，墾未闢之田以益之，立平糴之法以利之，設均平之倉以預之。又未也，定之世業而口分之，立之農官而勸督之，禁之奢侈而養實之，寬之田租而賜赦之。夫然後民富，民富則國富。施通方之術，立經久之政，其在於斯乎？漢、隋奚足言哉！不然，效桑弘羊致富之術以富國者[21]，吾之恥也。

【校勘記】

〔一〕題目原缺，據目錄補。

〔二〕此句原作“紅陳貫朽”，據文義改。

【注釋】

①見《易·繫辭下傳》，意思是說：靠什麼來聚集人民呢？要靠財富。

②登耗：豐足或消損。

③漢文帝前元二年正月下詔赦免百姓"貸種食未入,入未備者",九月又
詔"賜天下民今年田税之半",以促進農業生產發展。又廢誹謗罪以開
言路,廢肉刑以寬待百姓。見《漢書·文帝紀》。

④《資治通鑑·隋紀二·高祖文皇帝上》記開皇十二年"有司上言:府藏皆
滿,無所容,積於廊廡",於是更關左藏院受之,詔減河北、河南田租三
分一,調役全免,兵役減半。

⑤建儲粟以督史治:《明通鑑》卷五十二載,嘉靖四年,廬州知府龍誥在任
修義倉,置義田,行和糴貸賑之法,並上書條陳積蓄便民八事。明世宗
給予嘉獎,且敕撫按官勘察其便利者通行各府、州、縣,依照龍誥所行,
有成效者同樣給予嘉獎。

⑤以上爲有司策問之辭,以下爲林大欽策對。

⑥營營然:東西奔走,往來周旋。

⑦恢恢然:胸懷寬大弘廓。

⑧露臺惜百金:《史記·孝文本紀》載,漢文帝欲作露臺,召匠計之,值百金。
文帝曰:"百金中民十家之產,吾奉先帝宮室,常恐羞之,何以臺爲?"

⑨御服且三浣:《資治通鑑·隋紀四·高祖文皇帝下》載,隋文帝奉養務爲
儉樸,"乘輿御物,故弊者隨令補用,後宮皆服浣濯之衣"。

⑩紅陳:陳粟變紅腐爛。貫朽:穿錢的繩子爛斷。《漢書·賈捐之傳》稱:
漢武帝元狩六年,"太倉之粟紅腐而不可食,都内之錢貫朽而不可校"。
校:數,查點。

⑪龍舟彩花之戲:《資治通鑑·隋紀四·煬皇帝上》:大業元年,隋煬帝詔
"將巡歷淮海,觀省風俗",徵發民伕百餘萬開運河,又使江南造龍舟及
雜船數萬艘。築西苑,窮極華麗。秋冬宮樹凋落,剪彩爲花葉,綴於枝
條,池沼中也剪彩爲荷芰菱芡。

⑫《周禮》救荒之政十二:《周禮·地官·大司徒》説救荒的政策有十二條,
"一曰散利(貸穀種和糧食給人民),二曰薄征(減輕租税額),三曰緩
刑(寬緩刑罰),四曰弛力(免除勞役),五曰舍禁(去除禁令,開放山澤
關市),六曰去幾(免去市場的稽察和徵税),七曰眚禮(減省吉禮),八
曰殺哀(簡化喪禮),九曰蕃樂(閉藏樂器不奏),十曰多昏(減省婚禮

儀式,使男易得妻,女易出嫁,結婚者多),十有一曰索鬼神(索求舊有
而已廢的鬼神祀典,重行修祭),十有二曰除盜賊(鏟除盜賊)。"

⑬遺人:大司徒屬官。委積,各種税收用於國事後餘下的積蓄。遺人掌
管郡縣儲蓄的餘財,用來應對凶年。以下兩句都引自《周禮·地官·大
司徒》。

⑭廩人:大司徒屬官。廩人掌管九種穀物的收成數量,按年成的豐歉來
施政。

⑮卿士:在朝官吏。卿士逢年節則敬祀祖先神鬼,以親睦宗族人民。歲
時:一年中的節日時令。因:親近。

⑯"司牧"句:司牧以土地徵税之法來施行恩惠。司牧,地方官吏。土政:
土地税政。

⑰此數句當據《周禮·春官·大宗伯》"荒禮"鄭注。注引《曲禮》説,"歲
凶,年穀不登,君膳不祭肺,馬不食穀,馳道不除,祭事不縣,大夫不食
粱,士飲酒不樂"。士不下樂:士行飲酒禮不奏樂。膳夫減膳:膳夫爲
王者減少肉食。馳道不除:不清除道路的雜草,以便百姓採取野菜而
食。祀事不舉:祭祀儀式不懸舉鐘磬。

⑱燕享:宴享。

⑲漏巵:有罅漏的酒杯,指鋪張浪費的漏洞。

⑳軌:以一定法則加以限制。

㉑桑弘羊:見卷一《廷試策》注㉘。

卷三　雜　著

華巖講旨

東莆子久次華巖①，諸生日就文義辨釋，反身而誠之道遠矣。一日，坐諸生於南山松下，春風正和，鳴禽各得，咸有超塵出凡之思。乃進而語之曰：

諸賢進學，先須理會此心。此心不會，空談問學，真是墜妄。今人說道，如夢如幻，原非自心體會。譬如田夫坐隴畝中，談說王公富貴，了不可得。縱有談玄說妙，究貫六經，了無疑義，卻似習熟王公者，時或窺其宗廟器具之盛，金帛財寶之藏，以此稱談，恍似親切，畢竟王公金帛財寶器具，與稱談者何與！諸賢須知，吾道原從自心，實存自得②，非如隴畝田夫談說王公富貴而有也。今人往往空說存心，或便說不須讀書③，又或疾俗非人。若謂讀書爲心累，則必不讀書，便有必不讀書心累。若謂異己者爲非道，則非人已是非道。此皆夢幻，田夫談說王公之類也。諸賢須知，此心廣大虛空，原無取舍愛惡。文字皆吾道之象，四海皆吾道之人。所以攻己過者，奚暇人非？無心累者，安得書累？凡人惡外擾者，內有靜癖④；好非人者，中懷名根⑤。此皆依稀色象⑥，非真反身而學者。

千古聖賢說學，真實平心，原從吾人各足之心。如堯曰

“執中”，文曰“緝熙”，孔曰“一貫”，顔曰“博約”，曾曰“至善”，思曰“明誠”，孟曰“性善”，周曰“無欲”，程曰“性定”⑦，是説孰不聞？又孰不能言？既聞其説，不察其義；既察其義，不會於心。是猶瞑目而辨五色，閉耳而審五音，雖使師曠耳提，離婁面命，不可得矣。諸賢須知，聖賢千言萬旨，皆是形容吾心妙義，乃知至道真從心得，非由擬議。

何謂“執中”？此心虚空，萬應自通，無邊無畔，旁照四方。故中無體，無適無莫，義之與比，是謂時中⑧。若有中體，是謂執一⑨，非執中也。

何謂“緝熙”？此心光明，洞然淵澄，無慮無思，一真自如⑩，存存不舍，動静由之。故熙者光明之名，緝者有常之義⑪。光明有常之體，有常光明之用。若謂反觀虛明，念念接續，是乃虚空閃電，卻謂明障，非緝熙也。

何謂“一貫”？此心生生，了無生體⑫，無意無必，與時偕宜。故殊途而同歸，百慮而一致。所謂“德無常師，主善爲師，善無常主，協於克一”⑬。故一神而無方，善化而無體，斯謂至德。若謂以一心使萬事，心事爲二；以一善爲一心，心爲善縛⑭。兹仲父所欲無言，顔生得諸默識者⑮。

故即此心應象之謂文，即此心條理之謂禮，萬應會轉之謂博，轉萬歸則之謂約。則者，天則也，天然條理之謂則也。故曰：“親親之殺，尊賢之等，禮所生也⑯。”其等與殺，文也；禮，則也。文爲禮象，禮爲文原。文應而不窮稱博，禮恒而不雜稱約。約者不昧，而詳者不亂，兹一貫也。故曰顔生發聖人之蘊⑰。

故即此心純粹精净之謂“至善”，即此心真實明通之謂

“明誠”，天命本體之謂“性善”，不起邪妄之謂“無欲”，静虚動直之謂“性定”。隋文中氏所謂“至靈”，宋象山氏所謂“惺惺”，吾朝白沙氏所謂“至神”⑱，陽明氏所謂“良知”，聖賢百言，異世同符，是皆形容此心妙義。故會道不在多書，得道不在多言。

堯、舜、孔、顏之道，原是愚夫愚婦天然之心。正謂愚人有己心則非禮，有二心則非一，有執心則非中。諸賢須知，此心神妙無二，本自條理，故赤子之心不失，致身黄唐，可一日而至焉⑲。

此心神妙無二，本自條理，爲何有執，有二，有己？己者，形氣之心也⑳。軀殼起念，不由天命曰己。爲人感於物而動，有嗜好意向之欲，此己心應用與無思之性二矣。二則曰妄，又何中焉？

故妄起性迷，妄復無妄。諸賢須知，妄心即正心。心動則妄，不動何妄之有㉑？心本無欲，以妄爲欲；心本無妄，見欲則妄。故曰見可欲而不亂，則性定矣。故曰“艮其背不獲其身，行其庭不見其人”。又何妄焉㉒？

諸賢須知，妄欲之心至微，非必貪聲悦色，嗜名愛利，圖便安逸也。且如耳嗜於聲，目嗜於色，志嗜於名利，體嗜於安逸，是謂從欲妄㉓。必欲耳不嗜聲，目不嗜色，志不嗜名利，體不嗜安逸，於是有漆身削髮，逃遁山林而不顧者，是謂絶欲妄。如心無所宰〔一〕，從欲如流，不務德行，同於風草，是謂負愚妄。必欲硜硜自持，言必行果㉔，索隱爲奇㉕，行異駭俗，於是有忿世疾邪，抱石入海而不悔者，是謂負智妄。且如巧中飾文，狙行橫議，計鉤利害，論冥是非，靡乎與四海爲環而莫非刺㉖,是謂侮道妄。又有遵經服義,左準右規,佩先王之格言,操中庸之至道,擬事以律,不務於時,故冥心而倍俗,伸道而厲衆㉗,故有非禮之禮,非義之義㉘,是謂執道妄。且如内志憧憧㉙,出入無時,流還於喜怒哀樂之門,起滅嗜好、貪嗔、疾嫉、爾我諸種塵勞㉚,是謂放心妄。又有澄然獨净,超脱塵外,百物不思,生體寂滅,以無所念繫爲性静者,故有禪縛之學,有義外之行,是謂净心妄㉛。且如自性不會,動静猶二,故着境生情,物交而引,於是有静寂動擾之相,遂有存察分工之學,是謂昧心妄㉜。又有超然獨悟,内不生情,外不離相,自以爲形色如如,了無内外㉝,灑然無累,以爲作用者,故泛意而齊物,大觀而玩世㉞,是有見緣意了之障,盈然有能以爲物先之根,是謂見心妄㉟。

諸賢須知,聲色名利,耳目形氣,皆是天性㉟。思善思惡,意動不静,意無動静,皆是心妄。何謂聲色形氣皆是天性,意思動静皆是心妄?無染之謂性,見障之謂妄㊱。心本無染無障,故無思無慮,無可無不可。不雜形色而無累,故無取舍。不事智見而神通,故無意緣。故曰:“寂然不動,感而遂通天下之故。”天下何思何慮?天下殊途同歸,百慮一致,心之體也。是以君子擴然大公,物來順應。洋洋優優,與時由由。無爲物居,無爲物初。所惡於智者,爲其鑿乜㊲。諸賢須知,此心原無鑿,妄動妄便發,不動嗜欲絶。有志之士,順性而行,有俯觀萬物、與天地同健之心,天命之體,庶或知之。從兹存存,直抵康衢,不疾而速,不行而至㊳。其機在我,直將不知老之將至云爾㊴,又何功名富貴、聰明知識之爲累也!今日未能發志,浮沉嗜欲,真心沉蔽,譬如太陽在天,光性自如,卻被浮雲蓋覆,未有風吹雲散之期。雖耳聽玄言,只增惋惑,光明之體,終不可見。卻又於言語尋繹,去道益遠。

　　是旨躍然,能者得之。諸賢其以鄙夫之意反思。

【校勘記】

〔一〕依上下文例,疑"如"字前脱"且"字。

【注釋】

①華巖:山名。明嘉靖《潮州府志》説,華巖又叫宗山,在潮州城西南四十里。嘉靖間,薛侃於山麓築宗山書院,祀王守仁。

②道存於心的説法,本來出自朱熹之學。這篇《講旨》論道,明顯采用陽明學説,主張道、心同一,與朱子分道心與人心爲二不同。這裏只是借朱子的説法引入。

③王陽明倡導"良知之學",以爲人人皆有良知,只不過這良知常被私欲蒙蔽,如果能克服私欲,便可以成爲聖人。故此,師從陽明學説者,多有"不須讀書"的誤會;攻擊陽明學説者,則有"廢書"的譏議。可參閲《明儒學案》卷三十薛侃辯陽明"廢書"的論説。

④静癖:喜静厭動的癖病。佛、道兩家都主静,宋明理學家大多講動静合一。王陽明特別注重動,注重"應事接物"、"在事上磨煉"的工夫。

⑤名根:辨别同異是非的根性。

⑥依稀色象:爲事物外在的形相所眩惑而辨别不清。

⑦《論語·堯曰》記堯禪帝位於舜,説:"天之曆數在爾躬,允執其中。"執中,保持中正之道,做事無過不及。《詩·文王》説:"穆穆文王,於緝熙敬止。"緝熙:朱子《詩集傳》解作"繼續光明"。《論語·里仁》記孔子説:"吾道一以貫之。"一貫:曾參以爲即忠恕之道;宋儒以爲"用一理統貫天下萬理"(《論語》邢疏);清儒以爲"一皆以行事爲教"(劉寶楠《論語正義》引王念孫、阮元説);今人錢穆以爲即"一本我心以貫通萬

人之心以至萬世以下之心"(《論語新解》)。諸說不同,惟錢說與明代心學家說法最近似。《論語·子罕》記顏淵贊嘆孔子之教,說:"博我以文,約我以禮。"東漢孔安國注:"以文章開博我,以禮節節約我。"《禮記·大學》首章說:"大學之道,在明明德,在親民,在止於至善。"朱子《四書集注》認爲此章是曾子所述夫子之言。《禮記·中庸》第二十一章說:"自誠明,謂之性;自明誠,謂之教。"朱子《四書集注》認爲此章是子思立言。孟軻主張人性本善,《孟子·告子上》說:"人性之善也,猶水之就下也。人無有不善,水無有不下。"宋周敦頤《通書》認爲學習聖人以"一"爲要領,"一者無欲也"。性定:程灝、程頤以陰陽動靜論人性,說"動靜相因而成變化,順繼此道,則爲善也,成之在人,則謂之性也"(《程氏經說·易說》);在講動靜時,二程又強調"定",說"所謂定者,動亦定,靜亦定,無將迎,無內外"(程頤《答橫渠先生書》)。

⑧時中:《禮記·中庸》"君子之中庸也,君子而時中",《四書集注》解釋說,中庸之道無有定體,隨時而在,君子能够隨時處於中道,這就是時中。

⑨執一:固執一理。《孟子·盡心上》:"執中無權,猶執一也。所惡執一者,爲其賊道也,舉一而廢百也。"《四書集注》認爲,萬事萬物都有自然的中道,但如果拘執某事某物的中道而不知變化,就會只抓住某個具體的特殊的道理,而妨害中道的普遍存在。

⑩一真自如:佛家語,指一切存在同一不二、真實不變的本性。

⑪有常:不生不滅、常住之意。這裏也借用佛家語,但與佛教謂固執實有的"有我有常"義不同。按"緝"字之義,字書訓爲接續,《大學章句》解作繼續。林大欽以爲,若說此心光明念念接續,則是陷於佛家"二無常"之義。以其心學原理講,此心是一切存在的本體,常住不滅不變,所以心的光明也有常。

⑫心學家認爲,心的作用能化生萬物,所以說此心生生;但心本虛空,所以說了無生體。

⑬此數句引自《書·咸有一德》。協於克一:意思是說合協於一以爲常德。《陽明傳信錄》說:"一者,天理。"這裏即用王陽明學說,以"一"爲心、

良知、天理。

⑭陽明學認爲吾心即宇宙，天地萬物只是人心一點靈明。此心既與天地萬物爲一不二，應無善惡之分，若以一時一物的善爲心的良知，則拘執於一偏，也就是心爲善縛。

⑮仲父：孔子。顔生：顔淵。《論語·述而》説"默而知之"，《四書集注》解釋説，默識就是不通過言辭而保存在心中。

⑯數句引自《禮記·中庸》。殺：差別。

⑰這一段釋顔淵"博我以文，約我以禮"，認爲顔子此語，可以闡發孔子"吾道一以貫之"的含義。

⑱文中：隋代大儒王通的謚號。象山：宋代大儒陸九淵的別號。白沙：明代大儒陳獻章的別號。

⑲黄唐：黄帝與唐虞。

⑳形氣之心：即有哀樂喜怒、有計慮的人心、人欲，所以下面説是"軀殼起念"、"感於物而動"，"與無思之性（即道心、良知）二"。但陽明學説認爲，形氣之心與無思之性似是二，卻又是一。《陽明傳信録》便説："心一也，未雜於人謂之道心，雜以人僞謂之人心。人心之得其正者即道心，道心之失其正者即人心，初非有二心也。"故《講旨》又説"此心神妙無二"。

㉑妄心：即人心、人欲。正心：即道心、良知。這裏也本王陽明學説。《陽明傳信録》説："妄心則動也，照心非動也。……照心非動者，以其發於本體明覺之自然，而未嘗有所動也。有所動，則妄矣。妄心亦照者，以其本體明覺之自然者，未嘗不存於其中，但有所動耳。無所動，即照矣。"所謂"照心"，也即本文的"正心"。

㉒"艮其背"句：《易·艮卦》卦辭。陸象山説："'艮其背，不獲其身'，無我；'行其庭，不見其人'，無物。"（《陸九淵集》卷三十六《年譜》）無我無物，妄無從起。

㉓從欲：放縱欲望。

㉔硜硜：冥頑固執。《論語·子路》："言必信，行必果，硜硜然小人哉！"

㉕索隱：探求隱僻之理，如俗語所謂"鑽牛角尖"。

㉖這句的意思是,遍及四海之内,無不加以指謫。

㉗冥:幽深。倍:通"背"。這兩句意思是,用心深卻違背俗情,行道直而殘害衆人。

㉘禮:理。義:宜。這句是説,故此有不顧事理的禮,不合時宜的義。

㉙憧憧:心動不定貌。

㉚起滅塵勞:佛家語。意思是説各種煩惱,生起息滅,此起彼伏。塵:情塵。勞:煩擾。

㉛佛道兩家,以及稍前於王陽明的白沙之學,都極力主静。王陽明卻注重在事上磨煉工夫,《傳習録》説,"人須在事上磨煉做工夫,乃有益。若只好静,遇事便亂,終無長進。那静時工夫,亦差似收斂,而實放溺也"。人在社會生活中,必有種種人際倫理關係,必有種種喜怒哀樂之情,若不求節中而棄之不顧,則是"義外之行"、"禪縛之學"。薛侃的弟子周坦反對瞑目守静的修持方法,説"心體原是活潑流行……局守空寂,則心體日就枯槁,非聖人之學"(《明儒學案》卷三十)。林大欽這段話也是此意。

㉜會:解悟。引:牽繫。存:存養,指存天理工夫。察:省察,指去人欲工夫。陽明學以爲心無動静,君子之學應無間於動静;又以爲去得人欲便識天理,存察工夫只是一個。林大欽在這裏指出,若不解悟此點,分動静爲二,接觸外物必將爲情所迷,爲物所繫。於是静則局守空寂,動則惑亂性情。在學理上也誤分存養與省察爲二事,這就是昧心安。

㉝形色如如:佛家語。形色本指一切事物顯示於外的形相,這裏指外物;如如本指一切事物同一真實的本體,這裏指陽明學的心、良知。形色如如,便是心物爲一,便是無内外。

㉞泛意而齊物:陽明學認爲心是天地萬物之主,意是心與物的聯繫中介,"心之所發便是意,意之所在便是物"。在這一點上,心學的主張同佛家"萬物皆有佛性"説與莊子"道無所不在,覆載萬物"的説法大略相似。但陽明學所講的物也概指人事,如事君事親等等,所以待物必須以禮,必須有差等,因而主張"齊萬物"的莊學和主張"衆生諸相平等不二"的佛理,都在批評之列。大觀而玩世:見解洞徹而游戲人生,如

㉟ 東方曼倩者流，自心學克己居敬的作聖之功觀之，也在批評之列。

㉟ 王陽明説："喜怒哀懼愛惡欲謂之七情，七者俱是人心合有的，但要認得良知明白。……七情順其自然之流行，皆是良知之用。"這裏即搬用王陽明的意思。

㊱ 無染：無不潔净。王陽明説天理"如明鏡然。全體瑩徹，略無纖塵染著"。見障：出現煩惱。

㊲ 這一段也全搬用王陽明的學説，參閱《明儒學案》卷十《姚江學案》論《易·繫辭》"何思何慮"一段。這裏講三層意思：一，心的本體即是天理（良知），天理（良知）原本是"寂然不動，感而遂通"，所以説是無思無慮的。二，無思無慮不是不思不慮，而是所思所慮都在這個天理（良知）上面，所以説是"殊途同歸，百慮一致"。三，學者千思萬慮，只在天理（良知）自然體用上面，便能"擴然大公，物來順應"，如果强用私智去區分善惡動靜等等，便不合自然，便是穿鑿，便是心妄。

㊳ 不疾而速，不行而至：見《易·繫辭上》第十章。這裏借以論心（天理、良知）的神妙。心體寂然不動，卻能感應貫通天下萬事萬物之理。惟其神妙如此，故能不見疾速而得疾速之功，不見行進而達到目的。

㊴ 《論語·述而》記孔子叙説自己的爲人，説"發憤忘食，樂而忘憂，不知老之將至云爾"。

書太安人不事佛語

大江之北男人念佛，而江南女嫗禮佛。焚香布施，求福利益，潮嫗尤甚。巨家慈子，類供具以爲親歡①。蓋其俗更千百年莫之有改也。

一日，安人謂欽曰："佛何爲者？"欽對曰："此古西方清净無欲之人也。其人愛惡無情，恩讎平等②。佛性智慧，能生萬法③。本非欲絶人倫，然清寂無爲，萬應心通，不立儀象④，其流將無差等。東方以爲無父無君之教，言其極也⑤。故用世法度之士，類宗堯舜周孔，而山林枯寂之士，乃究佛氏。周孔之道，亦主'無爲'⑥，故曰'不見而章，不動而變'，又曰'不言而信'、'不顯惟德'⑦。然其法制等列，品節森然，蓋因後世失真之心豫防曲制⑧，使智者安行，愚者企及⑨。此謂變通宜民之道，故周孔之教，世爲倫則，奉行不衰。佛教或廢或興，然欲以太古清净無爲之化，以齊今日機械變詐之俗⑩，亦誠難矣。故其道皆然，明心見性，遠罪安身。此由心無欲惡，隨寓亦樂，乃爲福益。俗人不曉，妄以利害之心希冀佛氏。如梁武之設齋造寺，唐憲之誦經奉骨，本欲徼福，自心未善，何處得益⑪？況今俗嫗區區禮拜之誠⑫，希幸天堂，不已迂乎？"

安人乃喟然嘆曰："佛氏之道，難可以齊理後世民物⑬。然其清净無欲，與吾心安。任誠無欲，此心乃佛⑭。覓佛於佛，佛何可得！佛由心作，非向覓生。自佛自度⑮，覓佛自迷。"

故安人之世，不焚香以徼福，不供養以幸益。敬事祖宗，和惠親族，慈恤卑幼。平心易行，百緣無思，恒自安樂。所謂不希天堂，自性西方者矣⑯。佛言"隨其心净，即佛土净"⑰，又云"見性曰功，平等曰德"⑱。安人有之，是以似之。

安人歿後，又有迷人以佛事言者，乃爲追書其語，且以破俗嫗之惑。凡吾子孫，其敬嗣之。

【注釋】

①大户人家信佛的善男女,大都以果品供奉,來親近佛祖,求其歡心。慈子:佛家對信奉彌勒佛的弟子的稱呼。

②謂佛泯滅愛與惡的情感,將恩與仇無區別地對待。平等:佛家語,無差別地看待萬物衆生叫"平等"。

③佛性智慧,能生萬法:意謂萬事萬物、宇宙萬有都由佛性而生,徹悟佛性,萬事萬物皆即顯現。此句本《壇經曹溪真本·懺悔品第六》:"萬法從自性生……智慧常明。於外着境,妄念浮雲蓋覆,自性不能明。故遇善智識開真法,吹卻迷妄,内外明徹,於自性中,萬法皆見。"佛性:即自性,指人人具有的能成佛的真如本性。智慧:對真如佛性的徹悟。萬法:一切事物,宇宙萬有。

④不立儀象:意謂佛家否定一切世俗法規形式。

⑤"東方"句:謂東方人認爲佛之教,其終極會導致否定君父之尊。東方:指中國。

⑥周孔之道,亦主無爲:周孔之道,周公、孔子的學説,儒家之道。"無爲"是中國哲學史上影響最大的人生觀之一種,主張去掉一切智慧欲望,一任萬物之自然。佛老人生理想,都以"無爲"爲核心。一般来说,周孔儒道以"仁"爲核心的人生觀,是有爲的。但林大欽多次提到儒道也主張無爲的觀點,其依據是《論語·衛靈公》"無爲而治者,其舜也與"一段和《易·繫辭下》"黄帝、堯、舜垂衣裳而天下治"之語。

⑦上面幾句引文,皆引自《禮記·中庸》。"不見而章,不動而變":謂不見所爲而功業章顯,不見動作而萬物改變。"不言而信":謂君子不言而民信之。"不顯惟德"則爲《中庸》引《詩·周頌·烈文》句,贊美周文王德行章顯。

⑧失真之心:謂妄心、邪僻之心。

⑨安行:服從。企及:跟上。《後漢書·陳蕃傳》:"夫聖人之制禮,賢者俯就,不肖企及。"

⑩機械:機巧。

⑪梁武:梁武帝蕭衍。蕭衍信奉佛教,大建寺院,並三次舍身同奉寺爲僧

奴,後因東魏降將侯景謀反,飢病而死。唐憲:唐憲宗李純。憲宗元和
十四年,以鳳翔法門寺藏佛指骨一節,三十年一開則歲豐人安,詔迎入
禁中供奉三日。時舉國若狂,韓愈表諫被貶潮州。憲宗於一年之後被
宦官弑殺。徼福:求福。

⑫區區:小小,一點點。

⑬齊理後世民物:在後世治理萬民,使萬物平等。

⑭“任誠”句:謂聽任真誠,去除物欲,這也就是佛心了。“誠”也屬於中
國哲學的一種人生觀範疇,《中庸》、《大學》對“誠”都有集中論述。
誠,即真實不妄。

⑮自佛自度:意謂認識自心即具佛性,就可以自悟證得佛身。度:通
“渡”。佛教將現世人生譬喻爲苦海,成佛則解脱苦海,所以喻作
“度”。

⑯自性西方:謂於自心求得西方净土。《壇經·疑問品》説:“但心清净,
即是自性西方。”按自“敬事祖宗”到此句,本《壇經·疑問品》中六祖所
作《頌》語。《頌》曰:“心平何勞持戒,行直何用修禪? 恩則孝養父母,
義則上下相憐。讓則尊卑和睦,忍則衆惡無喧。……菩提只向心覓,
何勞向外求玄? 聽説依此修行,天堂只在目前。”

⑰隨其心净,即佛土净:謂隨着人的心清净了,也便是佛土清净。此《壇
經曹溪真本·疑問品》引《維摩經·佛國品》語,《維摩經》説:“若菩薩欲
得净土,當净其心,隨其心净,即佛土净。”

⑱見性曰功,平等曰德:謂徹悟自心佛性即是功,平等待人待物即是德。
此句引《壇經·疑問品》六祖語。

饒平志叙

　吾讀《饒志》,至於“藝文”之卒,其采疇詳矣①。
　夫志,邑史也。闡微徵幽,興絶起廢,將明王道,以備軌
物,非特耀文炫觀爾。故本乎興廢之所由起,吾觀之沿革、

星野焉；察乎陰陽之所由變，吾觀之歲時、氣候焉；原乎得失之所由徵，吾觀之災異、寇變焉。茲則盛衰相錯，顯晦互因，所謂因天之道微矣。圖之封域、山川以固其要會，列之城池、關隘以扼其險塞，陳之水利、墟埠以興其便利，導之坊鄉、物產以蕃其生息。茲謂乘形變方②，度利阜財，相地之宜，疆理是清〔一〕。民資有紀，戶口爲籍〔二〕，田糧爲養，雜賦爲輸，徭役爲庸。職官治之，學校導之，選舉秩之，兵屯衛之，表觀勵之，廟祠儀之。彰於名宦，顯於人物，流於藝文。徵諸風俗，有美惡焉。所爲事得其宜則理，人得其樂則和。度律爲綱，賞罰爲權，美刺爲機，人道於是乎齊矣。

　　林子曰：國之大事，在養與教。養在勸農桑，教在興禮義。衣食蕃殖，信義茲孚。據險以守，度時而動，以居則固，以戰則信〔三〕。故曰天時、地利、人和。饒邊山，其民土著，力農舊矣。而前令翁子五倫治之③，今羅子胤凱討論之〔四〕④，端平法度，顯白章理，既匡殊志，經訓煇達⑤。學諭王子魯徐以禮樂潤飾之⑥，人文於是乎彬彬矣。俗化與人推移，詎不信哉！

　　是志也，陳則以詔，明微而稽，蓋慎矣。司風君子，采事觀變，因時損益，與民終始。其將是徵夫！其將是徵夫！

【校勘記】

〔一〕疆，原刻誤作"彊（强）"，今正。

〔二〕籍，原刻作"藉"。

〔三〕信，疑當作"勝"。二字在今揭陽及潮州金石一帶方音相同，蓋刻書時也因音同而訛。

〔四〕此句光緒本作"今令羅子胤凱封之"，今依康熙本改。

【注釋】

①采疇:搜輯前事。

②乘形燮方:利用山川形勢,治理土地。

③翁五倫:字大經,浙江蕭山人。嘉靖十五年任饒平知縣。

④羅胤凱:字志成,湖南益陽人。嘉靖十七年任饒平知縣。

⑤經訓燀達:常規法度的教誨,如光焰烜赫治内。

⑥王魯:字希曾,浙江雲和人,嘉靖中任饒平教諭。

興寧學記〔一〕

興寧學舊在治東南,成化間業改建之〔二〕。弘治時有黄知縣者增二池。其前者爲大池,稱泮焉,爲學形勝,池道通來往。其左者,業謂動損龍氣,蓋堪輿家云然,卒莫填也。學改建既久,丹青闇霄①,廊廡圮頹。又民居侵,池道且塞〔三〕,潦雨則流污雜淤,有司者卒莫睹之。

丙申歲②,方侯至縣。謁廟〔四〕,喟而嘆曰〔五〕:"廟其蕪哉〔六〕!廟蕪士蕪,士蕪風蕪,吾其不能一日以政。"乃諏日度材徵工③,始復其故道〔七〕,實其左池爲廛,入餘租於學宫。乃作二坊:左"騰蛟",右"起鳳"。乃作啓聖祠,東西作名宦、鄉賢二祠〔八〕。乃學左作探花書院,作崇儒坊〔九〕。於是王宫奕奕,廊廡翼翼,諸坊棘棘〔十〕④,興寧學焕然矣〔十一〕。學經始於丁酉季冬,告成於戊戌仲夏。是舉也〔十二〕,訓導黄輝實襄其終始云〔十三〕。學成,諸生劉承忠、何廣志來徵記〔十四〕。林子曰:

令哉方侯,達理本矣,寧其興乎!〔十五〕夫校,政之大者。

學宮不視，則士氣慢，風俗夷[十六]，事莫耗焉⑤。且夫建國者，未有不崇文者也。是故天子建學，有司修廢，惟士致志。上下相修養於道也，乃能成德厚俗，明則植風。

昔周之興也，學校之制備矣。當是時，父子親，君臣義，夫婦別，長幼序，朋友信，士無有不明於道而比於性者。豈周人之性異耶？教化素明，士知自立故也。故曰："肆成人有德，小子有造。"⑥夫周其盛乎！夫析薪有理[十七]，導士有紀。睹旌旗戈革之色，則軍旅之心興；瞻銘彝鐘鼎之器，則事功之心盛；觀文廟名物之教，則理義之心滋。事在適幾而已。故曰令哉方侯，達理本矣。

然曰惟士致志者，何也？夫道未有不自致而成者。夫建學者，標之師儒，區之齋廟⑦，明之儀物，具之廩既[十八]，制之而已矣，不能使之必由也；修廢者緝其圮頹，新其污漫，給其匱乏，警其怠弛，導之而已矣，不能使之必化也。故有必制而無必由，則制窮；有必導而無必化，則導已。夫反身據德，程教比制⑧，惟士爲能。故所居而安者，仁之宅也；所立而樂者，禮之位也；所行而順者，義之路也。故無偏無陂，無淫於辭，無狃於利，無愒於威。居以事父兄，出以事君長，士之自致也。《詩》曰"濟濟多士，文王以寧"⑨，言多士皆順於道，以媲美君德。

是故學制不章，乃辱有國；修廢不時，乃辱守土；致道無力，乃辱衣冠。夫稽典崇文，國家作賢之制備矣；起頹植程，方侯勞來之力勤矣。諸士有不衮然興化於性道以媲美於時休[十九]⑩，而又有淫於辭、狃於利、愒於威失其所出處者，吾不信也。故曰寧其興乎！侯之力耶非耶？不言科第文學，諸生所兢兢者已無俟也,故特嘉方侯新學,冀諸士駸駸於斯矣⑪。侯名述,江西崇仁人;訓導黃輝,廣昌人云。

【校勘記】

〔一〕嘉靖三十五年《惠州府志》卷十六"詞翰"載此文,題爲《興寧縣儒學修建記》。崇禎十年《興寧縣志》卷五"文紀"也載此文,文字與《文集》基本相同。

〔二〕《修建記》"之"字後有"矣"字。

〔三〕《修建記》"侵"字前有"駸"字。

〔四〕《修建記》作"謁於廟"。

〔五〕《修建記》"喟"字前有"仰觀俯思"句。

〔六〕《修建記》"廟"字前有"嗚嗚"句。

〔七〕《修建記》此句作"儵功始督,前池復其故道"。

〔八〕《修建記》此句作"祠東西作名宦祠、鄉賢祠"。《興寧縣志》句首亦有"祠"字。

〔九〕《修建記》此句後有"又有科貢題名、承流宣化雜坊興焉。飭舊鼎新,築虛起頹,凸凹完矗"數句。

〔十〕《修建記》此句下有"遠而望之,如岐如嶵,如飛如革"數句。

〔十一〕《修建記》此句下有"乃侯日至明倫堂,坐諸生,陳先王,課文義,諸士日聞所未聞,蓋彬彬焉"數句。

〔十二〕舉,原刻與諸後出本皆作"學",據《修建記》改。又,《修建記》此句下有"力不農妨,費不官損,役不年踰"數句。

〔十三〕《修建記》"訓導"上有"蓋方侯措宜而"數字。

〔十四〕《修建記》此句作"學事成,諸士乃撰績,推劉生承忠、何生廣志徵記林子"。

〔十五〕《修建記》自此句下至"是故學制不章"句上,共缺402字。

〔十六〕夷,原刻作"彝",諱字也,今據崇禎《興寧縣志》改。

〔十七〕析,原刻及排印本皆誤作"折",據文義正。析,破木也。《詩·齊風·南山》:"析薪如之何?非斧不克。"

〔十八〕"廩既"二字疑乙。《中庸》:"日省月試,既廩稱事,所以勸百工也。"孔疏:"既廩,謂飲食糧廩也。"

〔十九〕"襃"原刻誤作"衰","化"原刻誤作"比",皆據《修建記》正。

【注釋】

①闇訚:昏暗不明。

②丙申歲:嘉靖十五年(1586)。

③諏日:選擇吉日。

④奕奕:高大美麗。翼翼:莊嚴雄偉。棘棘:整齊筆直。

⑤事莫耗:政事昏暗。"莫"與"耗"皆有"昏暗"義。

⑥這兩句詩引自《詩·大雅·思齊》,意思是士大夫都有德行,其弟子也有所成就。

⑦古制,文廟與學宮同一處,故稱爲齋廟。

⑧程教比制:依程式施教而合乎法則。

⑨這兩句詩引自《詩·大雅·文王》。

⑩襃然:漸進貌。《漢書·董仲舒傳》:"今子大夫襃然爲舉首。"顏注:"襃,進也。"

⑪駸駸:謂諸士勉力學習如馬奔馳。

駁左史書①

左生有言,立德、立言、立功,是謂不朽。天下從而和之,又從而由之。

夫欽明文思莫如堯,濬哲溫恭莫如舜,志氣清明莫如文王,多藝多能莫如周公,溫良恭儉莫如孔子。是數人者,皆古聖人也。然堯曰"蕩蕩"②,舜曰"無爲"③,文王"不識不知"④,周公"無驕無吝"⑤,夫子曰"我有知乎哉?無知也,空空如焉"⑥。蓋聖人率乎所性，和乎自然，澹乎與衆同能，泊乎無爲而應，適機而動，順可而止，烏在其爲立德也！唐虞夏商之《書》，皆君臣儆戒之辭。十三國《風》，皆本性情以咏嘆土俗。《雅》、《頌》憂亂頌德之音，有因而作。文王演《易》，出於羑里。夫子序、删，述而不作。或曰，夫子於《詩》、《書》、《禮》、《樂》，因其舊而修之。至於《春秋》，筆則筆，削則削，游、夏不能贊一詞⑦。不然，孟子曰：其事則齊桓、晋文，其文則史，其義則孔子竊取之矣⑧。蓋群聖淵然，言出爲度，後人之所紀録，遂爲倫則，故曰"天何言哉"。⑨故樂天而無憂，敦土而弗變，樂則行之，憂則違之。堯舜有天下而不與，文王以天下讓，孔子浮雲富貴，曾參不羨晋、楚之富，閔子不貪季氏之禄⑩。其出處也有道，其成功也有時。

夫詭異流遁，飾行動衆。楊氏"爲我"而爲義，墨子"兼愛"而爲仁，陳仲愛廉而蚓節，袁旌好潔而饑死⑪：斯立德之過也。荀子危論有其制而無其本⑫，楊雄修玄有其數而無其義⑬，莊、列言幾乎蕩，申、韓論流於刻⑭：斯立言之異也。至於奔走功名，躋足富貴，黑頭江總⑮，中庸胡公⑯，固無論焉。

林子曰：予生聖明之世，抱樗櫟無能之資，日作日息，而飲而食。予而居居，予而于于⑰，游於太康⑱，不知天地之大，萬物之衆，一身之小，夭壽齊之，窮通一之，抱元守一，歸於無極。而起而卧，暇而鼓腹，乃歌曰："練予心兮亭亭⑲，滌穢濁兮太清⑳，存正靈兮欲平，和氣暢兮神生。乘變化兮孤征，踔宇宙而遺俗兮翩翩。"蓋飛鳥遺蹤，達士脱迹，托志泉石，安命樂天。縱心容冶，逍遥自然。任行休以舒嘯，乘大化而待疆，誠不自知其不可焉。

【注釋】

①《左史書》:即《春秋左氏傳》。《左傳·襄公二十四年》載公孫豹語:"大上有立德,其次有立功,其次有立言,雖久不廢,此之謂不朽。"此語屢爲後世士大夫所稱引,成爲中國封建時代士大夫階層公認的價值標準。林大欽這篇文章公然批駁了這一準則,表現了陽明心學某種叛經離道的思想傾向,是研究這一時期士大夫思想與心態變化的一個可貴材料。

②堯曰"蕩蕩":語出《論語·泰伯》:"巍巍乎! 唯天爲大,唯堯則之。蕩蕩乎! 民無能名焉。"意思是説堯帝的道如天之廣大,浩蕩無邊,自然而然,不是人力所能説明。

③舜曰"無爲":語出《論語·衛靈公》:"無爲而治者,其舜也與? 夫何爲哉? 恭己正南面而已。"意思是説舜爲帝只是以執事恭敬要求自己,並没有其他作爲,卻能使天下大治。

④文王"不識不知":語出《詩·大雅·皇矣》:"帝謂文王,予懷明德。不大聲以色,不大夏以革。不識不知,順帝之則。"意思是説文王道德深微,不露形迹,不作聰明,只循天理。

⑤無驕無吝:不驕縱也没有顧慮。《史記·魯世家》記周公送伯禽到魯國去,告誡他説:"子之魯,慎無以國驕人。"

⑥語出《論語·子罕》。空空如:一無所知貌。

⑦語出《史記·孔子世家》。筆:記載。削:删削。游、夏:子游、子夏,兩人是孔子弟子中擅長文學的高材生。贊一辭:增損一個字。

⑧語出《孟子·離婁下》。其義則孔子竊取之:《春秋》褒正貶邪的微言大義,則由孔子私下擇取。竊:私自,謙辭。

⑨《論語·陽貨》:"子曰:'予欲無言。'子貢曰:'子如無言,則小子何述焉?'子曰:'天何言哉! 四時行焉,百物生焉,天何言哉!'"

⑩閔子:即閔子騫,孔子弟子。《論語·雍也》記季氏欲以閔子騫爲費宰,閔子騫推辭不就。

⑪陳仲:即陳仲子,戰國齊人,出身世卿之家,以爲父兄之禄不義而不食,因有廉士之名。而孟子批評他説,像仲子那樣求廉節,只有把自己變

成蚯蚓才有可能。事見《孟子·滕文公下》。袁旌事未詳。

⑫危論:持論聳人聽聞。荀子學說出自孔門,強調禮以齊民,樂以化衆。但他認定人性本惡,在禮樂本始問題上與孔孟學說歧異,故也強調法律的作用,主張以重刑使世治。因此,林大欽稱他的學說是有其制(禮制與法制)而無其本(良知、心)。

⑬揚雄仿《周易》著《太玄經》。但《周易》通過陰陽象數的推演,闡明的是君臣、父子、夫婦間倫理關係的要義,所以《周易正義》說"作《易》所以垂教者"。而《太玄經》推闡象數,最終是爲了說明作爲宇宙根本的"玄"的哲學意蘊。所以林大欽說揚雄的學說是有其數而無其義。

⑭蕩:放縱荒唐。莊子、列子的學說,蔑視禮教,貶斥賞罰,否認是非毁譽,與當時其他學派學說和民間倫理世俗觀念互相衝突,故被目爲荒唐之言。刻:苛酷嚴厲。申不害、韓非子主張法治,崇嚴威,重刑罰,排仁義,非禮教,流於苛嚴刻薄。

⑮江總(519—594):字總持,南朝濟陽人。少以文才名。仕梁、陳、隋三朝。陳後主時官至尚書令,日與後主宴游後庭,作艷詩,號爲"狎客"。《陳書》卷二十七有傳。黑頭:喻年壯。侯景之亂,江總流離十餘年,至陳天嘉四年復起爲中書侍郎,時年四十五歲。故杜甫有詩云:"遠愧梁江總,還家尚黑頭。"

⑯胡公:指東漢胡廣(91—172),字伯始,南郡華容人。仕安帝至靈帝六朝,歷官至太傅。當時外戚宦官擅權,而胡廣能潔身自保。故時諺云:"萬事不理問伯始,天下中庸有胡公。"《後漢書》卷七十四有傳。

⑰居居:睡卧安靜的樣子。于于:行動舒適的樣子。《莊子·盜跖》:"神農之世,卧則居居,起則于于。"

⑱太康:義同"大寧",指安寂寧静的境界。《莊子·列御寇》:"汝爲知在毫毛,而不知大寧。"

⑲亭亭:峻潔孤高的狀態。

⑳太清:清虚無爲的自然之道。

祭薛東泓先生文①

嘉靖十五年二月二十三日，友弟林大欽謹以羊一豕一，粢盛庶品，悲泣致奠於東泓薛大兄先生之靈曰：

儒者之道，自終食至於造次顛沛，未嘗離於斯也②。是道爲子而孝，爲臣而忠，不爲生榮，不爲死詘。自道學不明，世無真人。得失念重，各務諂循〔一〕。綱常委墜，孰能致身？

吾友東泓，皇皇問學，師資孔孟。共爲心期，直道自勝。方能憤世嫉邪，痛時政之不平，念斯人之失所。每瘝瘝而慨嘆，用扼腕而獨苦。謂宜藏機待時，君不我非，君志益恢。我別南來，久而不聞。吾友諄諄，君學日新。

憸人在位，荼毒生靈。君忍不能，上干天聽。忠言侃侃，奸臣喪膽。天子明聖，與君亮讜③。群言洶洶，君心震動。奸臣落職，君罷死責。君身不支，君心已得。吾道既明，吾黨益孤。君心不尤，吾悲曷訴！

嗟嘆東泓，我復何言！天有星辰，地有河嶽。君神已逝，天地並列。但念吾輩，有善誰遷，有過誰質？喪吾良友，如失手足。君言依依，尚在吾耳。吾不忍忘，中心藏之。

鬼神耿耿，幽明無負。慈母在堂，孤兒雙雙。中離竹居④，撫事將將⑤。亦有令弟，能繼其志。知君不寧，吾言慰誠。有殽在俎，有酒在尊。同心之奠，庶乎有存。嗚呼哀哉！

【校勘記】

〔一〕諂，原刻作"謟"，形訛，據文義正。

【注釋】

① 薛宗鎧(1498—1535)：字子修，號東泓，明揭陽人。嘉靖二年進士，歷官至户科左給事中。時吏部尚書汪鋐擅權，宗鎧上疏彈劾。明世宗罷鋐官，又責薛宗鎧言不早，奪職爲民，廷杖死。事在嘉靖十四年九月。《明史》卷二百九有傳。

② 這一句化用《論語·里仁》"君子無終食之間違仁，造次必於是，顛沛必於是"句，意思是儒者無論何時何地都不背離仁道。終食：一頓飯工夫。造次：匆忙倉猝之間。顛沛：艱難困頓之時。

③ 與：贊許。亮讜：正直。

④ 中離：薛侃(1486—1545)，字尚謙，號中離先生，薛宗鎧叔。正德十二年進士，官至行人司正。嘉靖十年因上疏言建皇儲事，觸怒明世宗被罷官。侃師事王陽明，爲王門粵閩學派主要人物。罷官後講學於潮、惠間，影響甚大。著有《研幾錄》、《圖書質疑》等著作。《明史》卷二百七有傳。竹居：薛僑(1500—1564)，字尚遷，號竹居，薛宗鎧叔，侃弟。嘉靖二年進士，歷官至翰林院左春坊。嘉靖十八年被劾罷官，鄉居。卒年六十五歲。

⑤ 將將：相交集貌。

重修寶雲巖記〔一〕① 二則

其　一

　　環潮諸山，皆嶺嶠別址也。其北峰巒織秀，至南田紆迴曲折，獨得其奇。迆南走海，蜿蜒起伏，至桑浦雄渾峛峛②，獨得其大。桑浦西枕萬山，曼延數十里以傅於海。南帶石澗，蓋總西山之水，于以百折以出而東注者也。或匯而池，或懸而瀑，或爭峽而轟然雷響，或細流而依稀作絲竹音。谷口數石夾水以蹲，人蛇行可通。洞腹寬敞，石若床几之狀，可容坐卧。澗水潺湲，旋繞枕側步履間，寒神凄肌，恍然濯魄冰壺也。澗南一峰聳翠，巨石覆焉，中如夏屋者再③。嶺上白雲英英，巖氣日光，兩相激射，雲色皆成紺碧異彩，是所謂寶雲巖者矣④。

吾潮巖之有名者三。老君盤倚城西⑤，甘露遠跨玉簡⑥。老君茂密，甘露夷曠。寶雲劍負桑浦，石澗縈之，幽峭靜渺，其於二巖稱伯仲間哉！

余四世祖宋秘書潛峰公游而樂之〔二〕⑦，因巖稍立窗櫺壁户，庭前薙蕪闢穢，以供翔步。巖下平延，更置一閣，庖湢附焉⑧。於是坐而望之，四面迴合，為屏為翰，若拱若揖，莫不爭妍效謿，獻技茲巖之下。郡人蔡敏齋、紀淑庵時從先祖講學茲巖⑨。山川佳麗，人文翕聚，是為靈區矣。嗣後干戈繼作，閣燬於兵，惟巖翼然在也。

歲壬寅⑩，余同薛中離、翁東涯修禊於此⑪。山立川流，雲離霧合，真足以玩目暢心，渺然與造化爭驚於埃壒之表。但巖鮮護垣，閣基封草，遊者惜之。二君語余曰："此君家舊物也，且近在几席，可無葺之！"余曰："唯。"乃擇吉鳩工。承巖再拓二楹，下為磴道，磴盡臨之以閣。巖塑西來諸相，閣祀文神及昌黎伯。益置阿田若干畝，以措祠事⑫。是舉也，山僧光惠實董其役，而郭以亨明府亦資協以成⑬。

獨是山巖不改，世代遷矣。俯仰廢興，感慨係之。然香斜馬埒，不復吳家有也〔三〕⑭；金谷銅池，豈復有存乎⑮！即奇章平泉，敕子孫不以一石假人⑯，今其子孫，曾有過而問者？茲巖僻處萬山中，有力者不易負而趨。故雖再易世，後之子孫,猶得按其遺迹,修殘補缺,還於無恙,可不謂幸歟！夫花溪草堂,至今過者猶指爲杜氏家物⑰。兹巖創之者前人,修之者後葉,累世作巖石主人,吾知過者必目爲林氏有也。景仰前修,以貽後之人。因爲記。

【校勘記】

〔一〕《潮州耆舊集》題作《重修寶雲巖後記》。

〔二〕余,原刻無此字,據乾隆二十六年《潮州府志》卷四十一“藝文”所錄《重修寶雲巖記》補。

〔三〕吳家,《潮州耆舊集》作“劉氏”。

【注釋】

①此篇與下篇皆未見於康熙本,且記中都載知府郭春震參與重修寶雲巖事,按郭春震任潮州知府時間在嘉靖二十四年,與記中游山修巖日期不合,疑兩記皆出於僞托,或經改篡。

②桑浦:山名,跨潮州、揭陽兩地。崱屴:高峻貌。

③夏屋:高大寬敞的房間。

④寶雲巖:嘉靖《潮州府志・地理志・揭陽縣》載:“桑浦山,有洞曰桃源,曰小桃源;有巖曰寶雲,曰白雲。”

⑤老君巖:在潮州城西葫蘆山西南端。

⑥甘露巖:在潮州西南五十里獅子山中。嘉靖《潮州府志》説,獅子山來自桑浦,有巖曰甘露,巖前有峰曰玉簡,與邑治相對。

⑦潛峰公:林翼龍,宋理宗開慶元年特奏進士。官秘書正字。

⑧庖湢:廚房和浴室。

⑨蔡敏齋:名渤,潮州人。宋淳祐七年正奏第二甲進士。紀淑庵:名善甫,潮州人。宋淳祐四年正奏第一甲進士。

⑩壬寅:嘉靖二十一年(1542)。

⑪薛中離:詳上篇注④。翁東涯(1498—1552):名萬達,字仁夫,東涯其

號。揭陽鮀江(今汕頭市金平區鮀浦一帶)人,嘉靖五年進士。屢有邊功,累官至左都御史。嘉靖三十年,爲嚴嵩所讒,謫爲民。三十一年冬,復起爲兵部尚書,未聞命,卒。《明史》卷一百九十八有傳。

⑫以措祠事:作爲置辦祭祀的費用。

⑬郭以亨:名春震,萬安人。進士,嘉靖二十四年任潮州刺史。

⑭"香斜馬埒"句,未詳。按《潮州蓍舊集》改"吳家"爲"劉氏",大概以香斜馬埒爲潮州越王走馬埒。走馬埒在潮州城北十里,唐末潮州長史劉安仁所築。安仁孫劉隱僭號大越,追封安仁爲太祖文皇帝。故其地又稱越王走馬埒。

⑮金谷:在洛陽西北,晋石崇曾築園於此,宴游賓客。銅池:未詳,疑爲"銅馳"之誤。馳,"駝"的異體。漢洛陽宮前鑄銅駝,往來人物甚盛。晋時索靖知天下將亂,指銅駝曰:"會見汝在荆棘中耳!"

⑯"奇章平泉"句:《劇談録》云,唐李德裕在洛陽外三十里處修平泉莊,卉木臺榭,若造仙府。《全唐文》卷七百八李德裕《平泉山居戒子孫記》:"鬻吾平泉者,非吾子孫也;以平泉一樹一石與人者,非佳子弟也。"《五代史·張全義傳》載:全義屬下有監軍得李德裕平泉醒酒石,德裕孫托全義求之,監軍説:"自黄巢亂後,洛陽園宅無復能守,豈獨平泉一石哉!"奇章:牛僧孺被封爲奇章郡公,這裏疑是"牛冠李戴",誤將牛僧孺的封號置於李德裕身上。

⑰杜甫入蜀,居成都花溪,築草堂,至今仍爲人瞻仰。

其　二

潮之南,距城四十里西山列嶂中,有巖曰寶雲。巖舊與老君、甘露二巖俱有名。老君盤桓山麓,松木參天,附城西不數武,爲游人所恒登覽者也。甘露巖洞虛敞,可千人坐,跨玉簡峰之勝〔一〕。而寶雲則由桑浦徑口南入,兩山夾道迤邐,紆迴曲折。少折而西,下有鳴泉,蓋諸峰之泉從兹下焉。

其水勢所激,洶涌鼓蕩,石可轉動。遵澗道層折而上,有地寬平延袤,得數十丈,置爲閣。閣後山岡,且夷且峻,洞門岧嶤[一],有天然石室。凡峰巒之疊翠,烟樹之迷離,與夫泉流之瀠洄旋繞,皆得坐斯巖之上一矚目焉。

前有宋時先四世祖秘書潛峰公,嘗與郡人翁慶僎、紀善甫、蔡渤講學於此②。時知軍州事高壽卿題額曰“聚奎閣”③。是其地又以人而增勝也。嗣後兵火繼作,雖深山之寺宇,不爲人世所爭者,亦概灰燼,惟巖之不可磨滅者存焉。

歲壬寅,屆修禊之辰,余偕同人薛中離、翁東涯、謝前山三君入山作踏青游④,會飲斯巖。酒酣,有俯仰古今廢興之感。三君詢及往迹,告余曰:“子可無以修之乎?”遂同質於郡侯郭以亨明府,而後從事。命山僧光惠董其役,因遺址而架木集工。越十月工竣。巖上新彩釋迦、大士、伽藍諸佛象,閣内塑文昌帝君、前賢韓昌黎伯,皆仍舊祀也。

閣既成,郭明府輿駕山中,相與燕落成而覽勝概,屬余作文記之。余思夫一巖一閣之勝,游人登臨之所耳,而先世諸君子講學於此,則又匡廬白鹿遺意⑤,非區區作游觀地也。余異日解綬歸里,獲與數同人朝夕潛息其間,以忘老焉,斯亦余似續姒祖之一事也。爰即事而爲之記。

【校勘記】

〔一〕跨,原刻作“誇”,據《潮州耆舊集》改。

【注釋】

①岧嶤:山高峻貌。

②翁慶僎:疑即翁士龍,潮州人,宋淳祐四年特奏第三甲。紀善甫、蔡渤,

見上篇注⑨。

③高壽卿:名不儔,壽卿其字。宋開慶元年任潮州知州。

④謝前山(？—1559):名君錫,海陽人。能詩,爲諸生時與林大欽相善。嘉靖三十一年歲貢,三十六年授福建福安訓導,三十八年倭寇陷福安,君錫死之。

⑤匡廬白鹿:廬山白鹿洞書院。宋淳熙五年朱熹知南康軍,建白鹿洞書院,培養了大批學生,理學閩派由此形成,對後世產生很大影響。

卷四　書　札

與高公秉年兄①

別我竹所，不覺數月，時因南風，倍增悵望。貴使自揚州來〔一〕，詳悉起居，甚喜。又聞馬中丞蓋通州書院②，將迎竹所視師事，又喜。通州淮海重地，人物淵藪，有賢士大夫可往來朝夕，又令弟在揚州，相去不數里，時得通音問，誠客地天樂③。

竹所自視爲謫仙，恐不能無於邑之懷④。凡富貴貧賤，皆或然無常之遇，非我所得與。君子於富貴貧賤，亦以適然之景視之〔二〕。其視富貴也，猶和風暖日也；其視貧賤也，猶風雨晦冥也，而己不與焉。故無入不自得〔三〕，見大故也⑤。故舜之耕歷山⑥，以至被袗鼓琴而有天下⑦，景也。而不與齊焉，見大故也。夫子之蔬食水飲⑧，以至於墮三都，誅少正卯，爲魯司寇，攝行相事⑨，景也。而樂齊焉，見大故也。然則造次顚沛亦景也，死生亦景也，又何有於富貴貧賤？然則編修亦景也，州判亦景也，又何有於編修州判？

曩相近時，僕苦無知識，草草不能奉正。近來厭飫人情世味，見今之功名富貴，若此而已。人生不聞道，苟卒沉溺於功名富貴，亦若此而已。誠爲醉生夢死，無益於世。而舉世方大醉且卧，且將夢死，且不自知爲醉卧且死，誠可憫痛！

誠欲盡心力救援之，尤恨孤弱未能也。竹所遠去，既無由論其詳悉，恐竹所處困地，亦有所未釋然者，略進愚見，辱相愛，不敢不盡言也。竹所得無以吾爲狂否？

　凡古人處困，類增益其所未能，故困曰德之辨⑩。竹所自驗處困何如？試以吾言思之。

【校勘記】

〔一〕揚，原刻作“楊”，據《潮州耆舊集》改。

〔二〕此書中諸“景”字，《潮州耆舊集》皆作“境”。

〔三〕入，原刻作“日”，《潮州耆舊集》作“入”。“入”、“日”兩字潮語同音易混，因後之《與翁東涯》、《與段午峰同年》兩書亦有“無入不自得”語，故依《潮州耆舊集》。

【注釋】

①高公秉：高節，字公秉，號竹所，四川羅江人。嘉靖十一年進士，廷試第三名，授翰林院編修，旋貶通州判官。

②馬中丞：馬卿（1499—1536），字敬臣，河南林慮人。弘治十八年進士，爲官有直聲。時任漕運御史，巡撫淮、揚、廬、鳳四府。《國朝獻徵録》卷五十九有傳。

③客地天樂：客居他鄉，而有兄弟天倫之樂。

④於邑：同“鬱悒”，悶悶不樂。

⑤“無入”句：意謂眼界開闊，因而無論所處何地，都能適然自得。入，如《老子》“無有入無間”、《莊子·養生主》“以無厚入有間”之義，賅行止進退而言。

⑥歷山：山名，在山西省南部垣曲縣、翼城縣、陽城縣、沁水縣交界處。

⑦被袗：穿着麻葛單衣。《孟子·盡心下》説，舜“爲天子也，被袗衣，鼓琴”。

⑧蔬食水飲：當作“疏食飲水”，吃粗糧，喝冷水。《論語·述而》記孔子説，“飯疏食飲水，曲肱而枕之，樂亦在其中矣”。

⑨"以至于"句：數事皆見《史記·孔子世家》。墮三都：拆除魯國三位大
夫季氏、叔孫氏、孟孫氏封邑的城墻，事在魯定公十四年。少正卯：魯
大夫，以亂政爲孔子所誅殺，事在魯定公十四年。司寇：掌管刑獄的
官。攝行相事：代理宰相事務。孔子由司寇攝相事在魯定公十四年。
⑩《易·繫辭下》"困，德之辯也"，意謂處於困境，能使人明辯德行。

與翁東涯①

沿途得手書，頻悉起居，良慰遠懷。此時計舟當抵江，
去家漸邈，故鄉風景，應與往時無異。

書來，勤勤懇懇勸弟及時崇德、修身、親友爲務，至教至
教。弟不敏，敢不從事。因覺曩相聚時，誠草草不知安身立
命之道。弟實醉夢一切，厭惡世情人事。兄既不然，朝夕所
誨引，又未免於毀譽利害上反持摺襲②。近來因覺學問，大
不然。夫學問之道不明，雖有良質美意，終不能至於道。

學問之道不明也久矣！自孟軻没，世無真儒學。每因
資之所近③，乖隔離異，不合帝王賢聖之宗。激之爲意氣，流
之爲功名，溺之爲富貴。大率上焉者，率氣而不率性；下焉
者，不率氣而率世情④。其原起於不識本性，不知道不遠人，
妄意聖人爲高遠，不與人類，因以世俗聞見詭奇可喜之爲，
求合堯舜孔孟中正之行。此天下有志豪傑之士，所以終身
役役勞苦爲善，自以可幾於道，而卒狃於意象，非特卑污齷
齪無志向者然也。當今豪傑，方於世情之所爭好醜者理會
是非，未有能脫然世情之外，於學問中理會是非，而得吾心
之真是非者。今有不理會是非於世情，而欲理會是非於吾

心者,舉世不以爲狂惑,則以爲大迂闊。雖如吾兄之剛明篤實,恐亦疑以爲孤陋,未能卒然決信,則是天下未有信心之人也。

夫信弗篤則修存弗切,修存弗切則作用弗著⑤。緣是假竊聞見知識,補湊發達之。此後儒之學所以落於隨事窮理,喪失本原⑥,破碎艱辛而不可入。一貫之道⑦,自是滅絕不傳也。凡後儒說是非,皆就規格度數說是非⑧,不就吾心本體說是非,只緣倚賴聞見,不信本心之故。凡今不敢信是非於吾心,而必尋是非於規格度數者,只緣世情見有欲是非之心,不見本體無欲是非之心之故⑨。夫說本體無欲是非之心,則世情之心,度數之學,實不與焉。

夫子曰:"蓋有不知而作之者,我無是也。"⑩孟子曰:"無是非之心,非人也"。⑪此言本體真知之是非。故孔孟之所云是非,謂不學而知,不慮而能,自堯舜以至塗人一也。堯舜不欺此是非,故爲堯舜;塗人欺此是非,卒爲塗人。是欺是非之罪,非是非之心有異也。故孟氏曰:"人能無爲其所不爲,無欲其所不欲,如此而已矣⑫。"蓋言不欺是非之心爲學問焉已矣。故曰"學問之道無他,求其放心而已矣"。

故依此是非之知,謂之致知;正此是非之物,謂之格物;實此是非之意,謂之誠意;復此是非之心,謂之正心。即是而未發焉,謂之中;即是而已發焉,謂之和;即是而存焉,謂之天德;即是而行焉,謂之王道。由是富貴不淫,不淫此也;貧賤不移,不移此也;威武不屈,不屈此也。由是終食不違,不違此也;造次顛沛必於是,必於此也;蔬水簞瓢而樂,樂此也;無入不自得,得此也。若是堯舜之所精所一者,孔顏之所博所約者，曾子之所嚴所慎者，子思之所戒所懼者，夫豈世情毀譽利害之是非，與聞見之知識所能補湊哉！

此學不明，世卻以百工技藝詭奇之事，爲聖賢窮理盡性之學。於是馳心高玄，貪多務博，天文地理，律曆兵刑，詩文卜數之術，悉欲以一人兼之。務知堯舜孔孟之所不能知，能堯舜孔孟之所不必能。謂之多技之人則可，謂之堯舜孔孟恐非也。嗚乎！以此學術無惑乎？天下人心，自私自利，驕矜傲妒，益增五霸功利之藩籬，喪失三代直道之真心，而莫之救也已。

今能不求理會於聞見知識，反觀吾心之是非，則堯舜孔孟格致之學可入，而於道亦過半矣。是說建諸天地不悖，質諸神鬼無疑，百世以俟聖人不惑。吾兄刊落見聞，反復思之，當有豁然貫通，欲罷不能者矣。此事關係頗大，勿自菲薄易視，紛紛然醉夢生死。異時有得有疑處，莫憚往反見教也。臨楮悵然，不盡。

【注釋】

①翁東涯：即翁萬達，見上卷《重修寶雲巖記》注⑪。

②反持摺襲：持着一理，反復論辯折斷。襲，重復。

③資：氣質。

④這句話講到"性"、"氣"、"情"三個概念。所謂性，即下文的"本性"，指天理、天命之性，即仁義禮智；性純然無有不善。所謂氣，則是氣質之性，即天命之性隨氣質的表現；氣有善有不善，有聖賢愚不肖的不同。所謂情，即人欲，即人的喜怒哀樂好惡；氣質之性爲物所感而動，就是情。

⑤修存：修身養性。《孟子·盡心上》："存其心養其性，所以事天也。殀壽不二，修身以俟之，所以立命也。"

⑥隨事窮理,喪失本原:朱子之學認爲心具衆理而不能自明,必須窮盡萬
　事萬物以後方能顯出。王陽明卻認爲心物不二,天理内具於心而不須
　外待。林大欽此處接受陽明學説,認爲如果窮理於事事物物,則是分
　心物爲二,反將喪失本心。

⑦一貫之道:孔子心傳之道統。《論語·里仁》載,子曰:"參乎! 吾道一
　以貫之。"曾子曰:"唯"。宋儒解釋這段話,認爲曾子當時直得孔子
　心傳。

⑧規格度數:指儀禮制度的死教條。

⑨有欲是非之心,即氣質之性。無欲是非之心,即天命之性。

⑩語見《論語·述而》。此處意謂,或有不知是非而妄自作爲的,我則没有
　這樣的事。

⑪語見《孟子·公孫丑上》。意謂没有是非之心,就不是人了。

⑫語見《孟子·盡心上》。意謂不做自己心裏不想做的事,不要自己心裏
　不想要的物,這樣就是了。

復陳碧洋①

　　兩承教言,知學問端的②,喜慰喜慰! 所云"此心不能惕
勵,復爲氣勝習奪",真切今日病源,亦驗吾兄實用克己工夫。

　　方語及此,不可不察。凡氣習奪人,皆緣未識本體,無
緣存熟③。已識本體,不宜有是。已識本體,復爲氣習所奪,
此恐立志不真切,向往不勇猛。如此交持,何由實得④? 凡
本體工夫,是謂天機無息⑤,雖有渣滓,便時覺消融,氣習沾
染不上。凡本體工夫,只有緝熙,不宜斷續。緝熙則生氣充
實,日就光輝。斷續則根理槁絶〔一〕,頓如無源之水,趣盈趣
涸,二者正然相反。既有沾染,便有斷續。如是存修,斷非

集義⑥。

　　所云爲事所困，恐亦非本心應用，氣習奪勝之故。大率超悟之資易得，克勤之功實難。吾人公病，多因虛閑誤爲靜心。惟其無事虛閑，是以有事則困。堯舜兢兢業業，文王翼翼小心。聖人戒愼恐懼工夫，即爲至誠無息本體。是以動靜無端，德性流行⑦。而吾人未免以易慢之心乘之，縱有向往之意，終歸玄想。

　　吾兄悟性絶人，且剛果信篤，居官治民，對境作用，當日就實際。然道無盡藏，誠然不自滿足。知己相儆戒，良不以爲贅也。別久未能促膝，便中幸教，警我悟昧。

【校勘記】
〔一〕槁，原刻誤作“稿”，據《潮州耆舊集》正。

【注釋】
①陳碧洋：陳思謙，字益撝，號碧洋。揭陽鮀江人。嘉靖五年進士，官至戶部主事。聞陽明學說於王畿，後歸潮州，聚友講學，對當時潮州學術有一定影響。
②端的：究竟。
③存熟：保持美質。熟：美善。
④交持：持習。實得：真切識得本體之心。
⑤天機：天性。無息：無生滅。
⑥集義：將人內在固有的善端積聚起來。王陽明在《答倫彥式》書中講到“集義”的方法，說：“君子之學，無間於動靜。其靜也，常覺而未嘗無也，故常應；其動也，常定而未曾有也，故常寂。常應常寂，動靜皆有事焉，是謂集義。”
⑦此段可參閱卷三《華嚴講旨》注㉛。

與孫西村①

辱過愛，奔走迂道，往來已逾春秋矣。此情感激，如何可言！途中得東涯書，知起居納福，喜慰。

隆冬到家，已圖卒歲②。游子遠至，益見父母兄弟夫婦之樂也。故鄉風景，三春熙煦，百物和潤，與江北蕭條景概〔一〕，天然不同。西村南旋，復有北顧之思否？游子頗念吾鄉，不爲一官羈縛。異時買屋山下，正坐虎革③，與吾里子弟作六經事業。當糟糠漢唐以下諸儒幻夢不經之説，直接孟氏正傳，以與古羲皇、堯、舜、文、武、周公、孔子游。豈能以參天地之身，與瓦礫無根富貴浮沉耶？西村力能構齋，擇一勝地以俟我。不能，吾有大齋在二合中，我自成之④。我歸，議置西村于大齋中，不自覺耳。

西村質頗近道，良務成就。近自北地回，自覺與家居時意向何如？人生不須做官，只能孝親、弟長、親賢、愛人，不於富貴貧賤上起分限，則可以寡怨安身，是謂天爵天禄。如是便謂羲皇、堯、舜之民，雖有橫逆之夫，不能相加，是謂之成人⑤，不爲醉生。西村以此語爲何如？試思之行之，不信，請以質諸東涯。

【校勘記】

〔一〕蕭條，原刻作“瀟條”，今正。

【注釋】

①孫西村：潮州人，生平未詳。

②圖：估計。

③正坐虎革：端坐於教師座位。宋梅堯臣《和燕秀才》詩云："循舊臨學宮，虎革被羊質。"

④二合：天地之間。

⑤成人：完人。

與方天池正郎①

往時，天池、一山、東涯諸君，相與追隨於京邸②。三君故相善，而予以聲氣末托於三君之間。三君不以爲愚且陋，辱與之交。此義金石，而予亦自忘其不肖，凝然以良對。

已而一山有廣州之役，奪我良朋去。已而天池有督漕之役，又奪吾良朋去。已而東涯又有梧州之役，復去。前後與三君處不滿一歲，三君相繼棄予。知己聚會之樂，誠不可數數哉！三君在人士中，號爲豪傑。天池剛方正直，又爲二君所許。良友散落，交道孤寡。甚矣，三君之繫吾思也！然予又愧往時見交於三君間，朝夕舉酒聚會，各以意氣相稱引，不能有所出爲三君助。此時反觀諸心，似稍有見，三君又各遠矣！

二君各據名府，宰萬民，親經政事，當因資質所近成就。天池不幸有永淳之謫③，恐意氣不能釋然，且不知所以取咎之由，而徒怨天尤人，益傲故習，自取禍敗莫救。辱在知己，似不可卒諱。試舉天池所自信者，略與天池商量，願天池虛心聽察，如何？

天池所自信者,以爲予剛直正氣人也。二君所許天池者,亦以爲天池剛直正氣人也。然予以氣有辨。氣者,天地之靈也,生人之體也。斯人生生只有此氣。率性而行,是謂正氣;率氣而行,是謂血氣。率性而行,血氣即性也,以無動,故謂之如常;率氣而行,血氣非性矣,以生心,故謂之罔生④。故率性之氣,無有所喜怒也,無有所愛惡也,無有所榮辱也,無有所得喪也,無有所順逆也。順情而應,不留於情,是謂因是因非,不生己心。夫是以行所無事,犯而不較⑤;夫是以鰥寡不侮,强禦不吐⑥。是謂天直天剛,浩然莫之能禦。率氣之氣,時張時斂,時盈時縮,萎然不根於心,憑意起滅,不可執持。是以君子安身於無對之强,不忍沉溺於匹夫之剛。故震撼擊撞,不易吾常;安常平順,不墮吾思;横逆侵加,不決吾和;夷狄相將,不革吾信;鳥獸草木並對,不欺吾誠。是以剛强無息,與天同行,故曰配天。天池自驗剛直與此何如?

吾聞天降於是人也〔一〕,必將勞其筋骨,苦其心志,行拂亂其所爲,所以動心忍性,增益其所不能。天池永淳之謫,天其或有意於斯與?將以挫其輕銳勇敢之氣,以成子深潛敦大之德,是在有志也。昔蘧伯玉行年五十,而知四十九年之非⑦。衛武公年九十有五矣,猶箴儆於國,曰自卿以下,至於司長〔二〕、士,交相戒予⑧。古人進修,老而不倦若是,彼固不虚生虚死也。天池意高而力猶可爲,亦豈忍任滿足,卒憚改遷,誠虚生虚死莫悟?天池勉之勉之! 無曰吾老矣不能。予將以報一山、東涯二君。

【校勘記】

〔一〕此數句節《孟子·告子下》意。然此句不辭,疑"降"字下當有"大任"或"任"字,方通。

〔二〕此句引自《國語·楚語上》,"司長"《國語》作"師長"。

【注釋】

①方天池:方鵬,字其大,號天池先生。懷寧人。嘉靖五年進士,授工部主事。嘉靖十四年謫永淳知縣。

②一山:鄒守愚(?—1556),字君哲,號一山。莆田人。嘉靖五年進士。任廣州知府,主江西學政,擢河南布政使,累官至户部右侍郎。嘉靖三十五年卒。《國朝獻徵録》卷三十有傳。

③永淳:廣西南寧府屬縣。

④此段可參閱卷三《華巖講旨》注㉑。如常,即《講旨》中所謂"正心";罔生,即《講旨》中所謂"妄心"。

⑤犯而不較:受到侵害,也不加計較。

⑥鰥寡不侮,强禦不吐:不欺侮孤弱者,不畏懼横暴者。强禦,横暴有勢力的人。

⑦蘧伯玉:名瑗,春秋衛國大夫,事迹見《左傳》"襄公十四年"、"二十六年",《論語》"憲問篇"、"衛靈公篇"。《淮南子·原道訓》:"蘧伯玉年五十而有四十九年之非。"高誘注釋説,今年所做是對的,回顧則知去年所做不對,年年能悔過,一直到死,故有四十九年的不對。

⑧"衛武公"句:衛武公,名和,春秋衛國君主。《國語·楚語上》載左相倚相説:"昔衛武公年數九十有五矣,猶箴儆於國,曰自卿以下,至於師長、士,苟在朝者,無謂我老耄而舍我,必恭恪於朝,朝夕以交戒我。"箴儆:勸誡警告。師長:指大夫。耄:九十歲。

與羅念庵殿撰^①

縞車南奔，倉卒不及面別②。每向北來人士審問起居，道念庵哀情過苦，泣毀成弱，誠然孝心純篤。天親淪變，哀疚慘傷，實人子不容已至情。然令母在上，又不可不自愛。全生全歸之道，乃吾子事死事生之大者，所宜終身努力也。

到家頗久，卜地舉事③，計有次第。居喪情文，莫非天則。念庵哀苦中，自驗此意何如？果不於情上起情，順行吾心所不容已處，乃率性之孝也。人多於憂患勞苦中，刊落意見④，呈露本真，此與居常説影不同⑤。念庵便中，能復我乎？

往時僕稍信任，不喜朋會，以爲其人皆懷世俗之心，未必可與入堯舜之道；而今而後，乃知吾復坐世俗之見，流於驕矜迫窄之私，而不自覺也。天下之人，固有懷世俗之心，而不可與入堯舜之道者矣；天下之人，固各有堯舜之本體，而不可以世俗之心先誣之者。吾方憂天下之不堯不舜，吾又奚暇以世俗之心逆億之哉⑥！天下之群眾人而俗焉，亦不爲怪，學術不明之故，雖豪傑無以自信。天下有一人而不俗焉，則吾道之幟也。

念庵剛明篤信，向往直任，同志中不數得。聞念庵之風者，尚有所興起，則所以羽翼吾道者，非念庵誰望？吾又恨曩相聚時，誠自惛惑⑦，不善取益於吾念庵也。近來王龍溪、戚南山二君⑧，存修覺密，作用亦閑裕，誠然任道君子。僕不量力，從事於聲氣之末，反求諸心，若有據焉。庶幾兢兢，誠不自知其淺薄愚陋也。又念牽繫京國中，未得質正天下知己,尋常忽憶念庵⑨,便悵然懷望,不知何時復得承教左右。相期遠大,進修當無住足,有自得處,莫吝見示。

【注釋】

①羅念庵:羅洪先(1504—1583),字達夫,號念庵。吉水人。嘉靖八年殿試狀元,授翰林修撰,故稱殿撰。羅洪先於學無所不窺,尤好王陽明學,並對陽明學有所修正發揮。《明史》卷一百七十九有傳。

②嘉靖十二年,羅洪先因父親羅循去世,離京奔喪。

③卜地:選擇墓地。舉事:舉辦喪事葬禮。

④刊落意見:去除主觀想象之見。

⑤説影:爲虛幻不實的論説。

⑥逆億:主觀地推測。億,通“臆”,猜測。

⑦惽惑:神志迷亂不清。

⑧王龍溪:王畿(1498—1583),字汝中,號龍溪。山陰人。嘉靖十一年進士。王畿受業王守仁之門,爲王門浙中學派的代表人物。《明史》卷二百八十三有傳。戚南山:戚賢(1492—1553),字秀夫,號南山,晚年更號南玄。全椒人。嘉靖五年進士,爲官清直有賢聲。師事王守仁,與王畿、羅洪先相善。《明史》卷二百八有傳。

⑨尋常:經常。

與翁思任①

阿孫資質甚利②。近得尊甫書,知阿孫舟中日操筆硯,舉業門路,應有次第。然鄙意卻喜阿孫篤實,此乃任道之器。舉業之事,原不害道,只緣世俗功利太重,卻先藝後德,纔作舉業時,便長許多驕矜傲肆之心,此已失卻大本,更言甚事!

鄙意欲阿孫且爾定志擇交,成就此篤實一段意向。異時生意充實,發爲文辭,當與雕繪者不同。此謂先立乎其大者,賢毋以吾言爲迂也。世間聰明之人不少,只緣不善成就,多少淪没?吾鄉貴介公子,氣習頗不良。阿孫到家後,驗覺何如?果然分曉,則赤子之心不失矣。猶願賢勉之,習氣未易除也[③]。

居家上有父母,中有兄弟,下有僕屬,外有親戚鄉人,莫非一體。分限等級,自有天則,不容己意增減。大率於心所不容已處,順而行之,即是道。孝弟忠信,弟子之職,亦性分固有也。惟賢勉之,惟賢勉之!

往時僕稍任意氣,不拘小節,窮年與阿孫處,竟無相益,是吾之不德也。近來頗覺罪過,翻然向往,彷彿孔孟之堂室可入焉,而阿孫且遠矣!惟賢美質,慎從性分,勉思可爲,勿染世情,以敗壞篤實之資,而重孤吾望也[④]。紙筆不能一一。時有便,復寄示。

【注釋】

①翁思任:揭陽人,翁萬達子。揭陽縣學生,早逝。見《明文海》卷四百四十九薛應旂《翁尚書墓志銘》及《翁氏家譜》。嚴嵩《鈐山堂集》卷三十八《明故資政大夫兵部尚書贈太子少保東涯翁公神道碑銘》記作"思仁",誤。

②阿孫:潮汕方言稱侄子輩爲"阿孫"。

③當時潮州宦仕人家子弟,多仗權勢憑凌鄰里。此處似有規勸翁思任之意。可參閱《翁萬達集》卷十六《告鄉父老書》。

④孤:通"辜",辜負。

復翁東涯 時爲梧守①

京居灑脫，更無煩慮。惟吾子去，時繫人思。近得手書，知吾子梧中舉止有次第，聊茲慰矣。世界風波，長安與梧州應同局面。良務安重，毋落苦海。是殆驅掃緣障、自信直心、不動聲色者能之，非敢以意氣相期許也。

吾子別後，前後書札，有談笑世事之意，靜中沉省，能無獨得？古人五十知非，是真吾師②。吾與足下猶當勉之，未敢狂言也。老母卧病，侵尋已七八月③，此情如何能言！今只待秋，乞歸山中，侍奉慈顏，以畢吾志爾。吾子高才，宜竟智力，以作翰宣④。或出或處，惟求不失所以焉，莫非道也。

高坡新居，南臨王生，東鄰陳子。⑤二賢忘機，堪以對坐，且爾朝夕。薛家郎無恙⑥，勿多念也。會面未期，幸各自愛。

【注釋】

①梧守：廣西梧州知府。嘉靖十二年至十五年，翁萬達出任梧州知府。

②見本卷《與方天池正郎》注⑦。

③侵尋：漸漸。

④謂應該竭盡智力，做國家棟梁之臣。竟：盡。翰，通"幹"，棟梁。《詩·崧高》"周邦咸喜，戎有良翰"，《毛傳》注："翰，幹也"。直，通"垣"，屏障。《詩·崧高》"四方於宣"，馬瑞辰《毛詩傳箋通釋》説："宣，當讀爲'垣'之假借。"

⑤王生、陳子，未詳何人。

⑥薛家郎：指薛宗鎧。參閲卷三《祭薛東泓先生文》注。

與王江南先生①

別左右數日，已在百里之外矣。追憶論思，能無悵惘！秋風鮮爽，江流寒清。扁舟南還，真成遠適。回瞻北闕②，已懸霄漢。誰無人心，能不耿耿！

達人矜節③，志士勵行，而今而後，謹奉出處之教。戰兢夙夜④，無負生平，免貽知己之羞。大道浩蕩，前途悠遠。白日西飛，華不再揚。感傷人生，能復幾何？更期努力，共愛春華。永言配命，自免伊咎⑤。

舟泊河西，烟波滿懷。偶因人便，奉候興居⑥。百凡未悉，惟有心照。時因北風，幸惠德音。

【注釋】

①王江南：疑應作"王南江"，即王慎中，見後《復王石沙侍御》注⑦。

②北闕：北京，帝闕所在。

③達人矜節：通達事理者能操持節守。

④戰兢夙夜：日夜恐懼警戒。

⑤"永言"句：謂長久地使所行合於天理，自然能免除過失。配，合。命，天理。咎，罪過。

⑥興居：起居。

與段午峰同年①

曲阜辱枉迂道，得奉冠裳，朝夕感荷，盛情無量。濟中又蒙教旨，溫循謙下，不自慊足②。午峰之虛懷美意，令人戀思，不能棄置。古謂"溫溫恭人，維德之基"③，午峰實有之。幸自珍重，良端所適④，爲世全人，不可草草，負此良質。

吾人各具是非之性，是以堯舜可爲。所謂是非之性，無與見聞，非關法象⑤，只是吾心。天然獨知，不落世緣⑥，能生分別。古人謂之莫見莫顯，此是天德⑦。今人不能充此是非之心，只世緣不斷，物欲昏心。卻將世緣是非之心，爲天然是非之障。夫能直依本心之是非而動者，謂之中立不倚矣。直依本心之是非而動，不遷不貳⑧，便無入不自得。世人所謂富貴貧賤，毀譽得喪，又何與於我耶？此生人之理，無聖凡之別。蔽有淺深，悟有頓漸⑨，學有遲速，其致一也。

嗟嗟午峰！人生天地，能復幾何？及時不務，老而嗟悲，寧復何及！僕誠不敏，敢忘質正⑩？往日相訂⑪，又愧草草。差人遠回，不覺贅言，臨流增望。

【注釋】

①段午峰：即段承恩，雲南晉寧州人。嘉靖十一年進士。

②慊足：滿足。

③溫溫恭人，維德之基：《詩·大雅·抑》句，意謂爲人寬和恭敬，根基於德性而成行（陳奐《詩毛氏傳疏》説）。

④良端：善端，即《孟子·公孫丑》所説的"四端"："惻隱之心，仁之端也；羞惡之心，義之端也；辭讓之心，禮之端也；是非之心，智之端也。"

⑤法象：天地間一切事物形相。

⑥不落世緣：不與人世間一切事物有所繫聯。落，聯絡。世緣，佛家語，謂人世間事。

⑦莫見莫顯：不表現，不顯耀。天德：天然本質之性。

⑧不遷不貳：專一而不變易。貳，有二心，不專一。

⑨悟有頓漸:覺悟有快慢。佛家稱一聞佛法立即覺悟爲頓悟;稱經過念
　經修持,逐漸覺悟而體認佛性爲漸悟。

⑩質正:就正,請人評定是非。

⑪相訂:互相修正。

與王心齋①

　　世塵悠悠,斯道孤寡。浙中有汝中、洪甫②,江西有洛村、子直③,雖或面或不面,皆海內之知己也。心齋又悠然在山林中,爲泰州師表,幸何可言! 方在京時,從人事應答不已,未嘗具一字通左右,此疏簡之罪也④。然此心於心齋,寧復有間然耶?

　　今僕過揚〔一〕,去心齋不數千里〔二〕,此懷依依,能忍不見? 當詣潛龍之室⑤,聽教几下。第老母恙中,未能遠去。擬走泰州,候教於仰齋之館⑥,暫爲中道雅會。想心齋與人爲善,寧有形迹之嫌耶? 大賢門下,行止有宜。不敢唐突,敬先啓知,伏惟照裁。

【校勘記】

〔一〕揚,原刻誤作"楊",今正。

〔二〕原刻作"數千里",各本同,於事實不合,疑應是"數十里"之誤。

【注釋】

①王心齋:王艮(1483—1540),字汝止,號心齋先生,泰州人。明代思想家。以布衣師事王陽明,深受陽明學説影響,卻能自立門户,開創泰州

學派。《明史》卷二百八十三有傳。

②汝中：王畿字，見本卷《與羅念庵殿撰》注⑧。洪甫：錢德洪（1498—
　1541），本名寬，以字行，改字洪甫，號緒山先生，餘姚人。與王畿同師
　王陽明。舉嘉靖十一年進士，官至刑部郎中。因事罷斥爲民，游學終
　生。《明史》卷二百八十三有傳。

③洛村：黄弘綱（1492—1561），字正之，號洛村。雩都人。由鄉舉官刑部
　主事。學於王陽明，善推演師説。《明史》卷二百八十三有傳。子直：
　徐樾（？—1550），字子直，號波石。貴溪人。初從王陽明游學，後又師
　王艮。嘉靖十一年進士，官至雲南布政司左布政使。沅江土酋亂，樾
　死難。《明史》卷二百八十三有傳。

④疎簡：疎遠，不親密。

⑤潛龍之室：古人喻賢人隱伏不仕者爲潛龍。林大欽因王艮賢而不仕，
　故敬稱其居爲潛龍之室。

⑥仰齋：胡堯時，字子中，號仰齋。泰和人。嘉靖五年進士。授淮安推
　官，後累官至貴州按察使。

與盧文溪編修①

　文溪温醇厚篤，毅然自信，於道不惑，予所企慕。此道
只患人外馳不能自信②，既信則樂之，不患不能守矣。別後
去遠，無因聞文溪動静。想爾存修，寧復有往時起伏之病耶？

　京中良對③，離合不常。可相聚者，猶得東城、南山數
人④。既有定志，又得佳朋，不患其不樂不守矣。詩文不害
事，用意爲之，亦恐奪志。近來文溪想未能屏絶應答，顧亦
辨此意何如，誠無勞於我者，則得矣。

　予實拙之，又不欲以此自徵重輕⑤，稍卻時累。家居日
久，知己離索，責善告過之友如文溪者絶少，以此兢兢，若有

所失。老母病較弱，終歲藥石，北地風高，不可復出矣。只得乞恩侍養，且爾優游也。壽堂、夫人想爾納福⑥。吾兄既省堂上之慮，好事明主。或出或處，莫非道也。相見未期，及時自愛。

【注釋】

①盧文溪：疑即盧淮，浙江慈溪人，嘉靖八年進士。

②外馳：心爲外物所誘而動。

③良對：常見面的好友。

④東城：林春（1498—1541），字子仁，號東城。泰州人。受業於王艮，聞良知之學。嘉靖十一年進士。與王畿、林大欽友善。官至吏部文選郎中。嘉靖二十年卒。《明史》卷二百八十三有傳。南山：即戚賢，見《與羅念庵殿撰》注④。

⑤自微重輕：爲自己求得重名。

⑥壽堂：對別人母親的尊稱。

與李序庵閣老①

夏暑深重，伏惟閣下起居納福。欽有悃誠②，上干臺聽，幸賜察納。

欽自去歲因母病篤，給假還南。爰出都門，沿途就醫，多方調理，冀望瘳疾，即奉欽限③。此其本情。緣母衰弱，病源深篤，今春徂夏，轉見虛怯，湯藥靡效。兼在歲暮④，懷憂百端，北土風高，不可再出矣。

欽少孤子，內無兄弟，爰母在疾，義不可離。用是輒露血誠，上干天聽，如蒙降出⑤，伏望臺慈，即賜開允⑥。欽非敢叨寵而偷安，竊恩而盜名。情事迫切，誠非得已，惟冀軫恤⑦，不勝幸甚。

【注釋】

①李序庵：李時（1471—1538），字宗易，號序庵。任丘人。弘治十五年進士。嘉靖十年九月入閣爲相。李時生性寬平，入相後益安靜忠厚，廷論以爲賢。嘉靖十七年歲末卒。《明史》卷一百九十三有傳。閣老：對內閣大臣的尊稱。

②悃誠：至誠之心。

③奉欽限：執行朝廷對請假的規定。

④歲暮：年歲已高。

⑤降出：出任地方官。明代官僚制度規定，如父母年老，許乞遷便地，即調任利於贍養父母的地方官。

⑥"伏望"句：謂懇望閣臺即予開恩應允。明代閣臣的主要職權，有一項是代皇帝批答奏章，故林大欽上奏章求外放，要懇請李時答應。

⑦軫恤：憐憫。

與曾前川先生①

曩時侍教，每聞憂國之論，令人發憤，別來已一秋矣。此地遠僻，無由聞理亂之詳②，且與親知逍遥物外。時因北風，翹聽德音，若有所思。

近始知春時執事又以建言下獄③，已而得釋。雖不詳所云，要於嚴霜寒凍凜冽時，能長生氣，與隆冬爭輝，是足爲六科鳴鳳矣④。時事多艱，耳目之職不可不揚。

僕在翰林時，以老母顧計念重⑤，每國事入懷，雖憂煩廢寢食,良自苦死,終未能出一言希幸天聽。祇今思之⑥,實國家之罪人也。既已還山,悔復何言!

　近聞南山、石山、東泓諸君,俱落落不負職⑦。諸君同志⑧,能相唱和以鳴國家之盛,又可尚已。出處亦何常哉⑨?唯道是望云爾。見諸君,俱以此勉之。

【注釋】

①曾前川:曾汴,字汝成,號前川。江西泰和人。嘉靖五年進士,官至兵科都給事中。以敢諫稱。

②理亂之詳:朝中政治詳細情況。

③嘉靖十三年(1534)三月,任兵科給事中的曾汴上疏論兵部侍郎劉源清功過,觸怒明世宗,下獄。事見《明史》卷二百《劉源清傳》。建言:陳述意見。

④六科:明代官署名稱。明制依吏禮户刑兵工六部置六科,各科設給事中若干人。六科負責傳遞章奏,並與御史一起稽察六部官員,起着皇帝耳目的作用。鳴鳳:比喻風骨文采兼備的賢才。

⑤以老母顧計念重:因爲深深眷顧牽挂着年老的母親。

⑥祇今:如今。

⑦南山:即戚賢,見《與羅念庵殿撰》注④,當時戚賢任吏科給事中。石山:未詳何人。東泓:即薛宗鎧,見卷三《祭薛東泓先生文》注①,當時薛宗鎧任户科左給事中。落落:風節清高貌。

⑧同志:志向相同。

⑨出處:出,調爲地方官;處,在朝廷任職。

復家東城①

別後三奉教言,知進修次第,益就精密,喜何可言!喜何可言！

　　所云"心不着事,事不入心。蓋緣此心未静,故有事勞;事未順應,故有心勞"。是猶爲二②。惟無心則時動時静皆是廓然,無事則或感或寂皆是順應③。程子意蓋如此④。

　　向時兄有無念無事之説,分明瑩徹。但苦今日染蔽已深⑤,非鞭辟廓清,底性沉定⑥,意見起滅⑦,真體終隔⑧。及得真體固守之,則鳶飛魚躍⑨,不顧檢防矣⑩。坐兹悠悠⑪,良用省懼。何由再奉至論,示我之所不及乎？幸共勉之,以窮其至。

　　向得南山書,知波石所進迴別⑫,兄亦云爾。同志之中,努力如此,何患斯道之不明也？海濱習俗,已非三代之舊,俊特奇偉之士,未有出舊知之上者。離索山中⑬,時懷同德,中宵耿然⑭。老母衰弱,承歡之餘,憂思百集。

　　東城告養⑮,竟當何如？行止有宜,難意必也。諸同志處不一一,同致此意。

【注釋】

①東城:林春號,見《與盧文溪編修》注④。因與林大欽同姓,故昵稱"家東城"。

②是猶爲二:謂這還是分別心與事物爲兩端。林大欽對心物關係的看法,可以參閲《華巖講旨》注⑭。

③無心,是無一己私心而與萬物爲心;無事,是無一己私事而與萬物爲事。可參閲《華巖講旨》注㉗。

④"程子"句:程顥(明道)《答横渠先生書》説:"夫天地之常,以其心普萬物而無心;聖人之常,以其情順萬事而無情。故君子之學,莫若廓然而大公,物來而順應。"大概也是這個意思。

⑤染蔽:指物欲對人的善端的污染蒙蔽。

⑥底性沉定：參看卷三《華巖講旨》注⑦對"性定"的解釋。

⑦意見起滅：各種妄心偏見此起彼伏，生生滅滅。

⑧真體隔隔：本體真心終究被蒙蔽遮隔。真體：即陽明學所講的本體的
　　"心"，指人人具有、合道合理的善心。

⑨鳶飛魚躍：這裏用來比喻真體的活潑流行，應物遇事，自然合道。

⑩不顧檢防：用不着約束限制自己的言行。

⑪坐茲悠悠：因此憂慮。坐，因。悠悠，憂思貌。

⑫波石：徐樾號，見《與王心齋》注③。

⑬離索山中：離開朋友孤獨地住在山裏。

⑭中宵耿然：到半夜還睡不着。耿然：憂煩不眠貌。

⑮告養：告假歸養父母。明代官僚制度規定，官吏父母年老，可以請假或
　　致仕養親。《明史紀事本末》卷十四載，洪武三年，"令群臣親老者，許
　　歸養"。

復陳静庵①

　　昔聞静庵於鄉丈者，云静庵信厚者也，質直者也。僕聞
之，喜不可言，思欲置身於君子之側，以奉訓誨。夫信厚質
直，乃吾人生理②，即此爲赤子之心，存此爲大人③。吾鄉先
達雖多，其能不失信厚質直之性如吾静庵者，豈可多得哉！

　　去冬程生至，辱奉教札，惓惓引誨，獎僕以所不及。蓋
欲同僕歸於聖賢之域，静庵之盛意也。吾於是知静庵愛人
者也，樂善者也。自一體之學不明④，人情離異，成己成物之
意絕滅幾百載⑤，復見静庵如此，則静庵又豈特吾鄉之信厚
質直者哉！當時海內，求如吾静庵之虛懷，尚未多得也。古
人有言："投我以木瓜，報之以瓊瑤。"⑥静庵既示我以瓊瑤

矣,吾將何報? 愛莫爲助,亦欲以靜庵示我者勉靜庵而已。

　　夫道之不明,皆吾人之過。弱者安於流俗,不自拔立;勇者狃於氣質所至,不能反本[7]。小智特節騁於時[8],而大成無爲之學不可期於世矣[9]。夫道至邇至易,不待外求。邇,言夫心也;易,言夫存心也。心之聰明之謂良知,存心之謂良能。良知故易,良能故簡。易簡,天下之理得也[10]。夫學亦何爲哉? 求其放心,不失其易簡而已[11]。故曰學問之道無他。是故君子與俗同行而不失真,與物並比而有恒宰,言夫存心也[12]。故不駭俗徼智[13],不索隱行怪矜名[14];寬綽委蛇[15],無有外慕,日用飲食,履性自得,存心之事也。夫道亦何爲哉? 若斯而已矣。

　　末俗悠悠,世久相欺。將以爲君子之學,默而成之,不言而信,存乎德行,不冗談惑世。辱靜庵啓發,亦欲望靜庵以其大者。草草致鄙誠,便中幸賜教。

【注釋】

①陳靜庵:疑即陳琠。琠揭陽龍溪人,嘉靖中歲貢。事王陽明於虔州,歸以良知之學授徒里中,從游者衆。見乾隆《揭陽縣志》卷六“人物·懿行”。

②生理:養生存性之道。

③大人:君子,德望重道行高者。

④一體之學:即仁學。仁學本基於禮學,《儀禮》便講父子、夫婦、昆弟爲一體。宋儒又擴大其範圍,以百姓、萬物爲一體,如張載《西銘》所講,“民吾同胞,物吾與也”。

⑤成己成物:成己,成就自己,即《大學》所講的格物、致知、修身;成物,成就萬物,即《大學》所謂齊家、治國、平天下。

⑥“古人”句:引自《詩·衛風·木瓜》。

⑦"勇者"句：謂勇於進取者習慣於隨氣質所至行事，不能回復天性。本，天性，天理良知。《朱子語類》："有是理便有是氣，但理是本。"這裏，林大欽仍受程朱學説影響，分氣質與本性爲二元。與王守仁主張的"氣即是性，性即是氣，原無性氣之可分也"（《王文成公全書·答周道通》）性氣一元説不同。

⑧小智特節騖於時：世人都争着施展細瑣的智慧，表現特別的節操。小智特節即《華巖講旨》所批評的"冥心而倍俗，伸道而屬衆"，可參閱該文注㉗。

⑨大成無爲之學：聖賢之道。大成：語出《禮記·學記》"知類通達，强立而不反，謂之大成"（了解事物的義理，並加以貫通，處事有主見，又不違背先師的教導，就可以叫做"大成"）。無爲：語出《論語·衛靈公》"無爲而治者其舜也與？夫何爲哉？恭己正南面而已"（能無爲而治的，是舜吧？他做了什麼呢？使自己恭恭敬敬，端正爲君就是了）。

⑩此數句講求理的方法論問題，明顯受陽明學説的影響。林大欽認爲，天下之理，不外乎良知良能，只要存養得吾心良知在，天下之理已得，這便是求理的易簡方法。

⑪"求其"句：謂找回已經放失的本心，不要喪失良知良能就是了。

⑫此句中的"真"與"恒宰"都指吾心良知。

⑬黴智：抄襲別人的東西而自以爲聰明。

⑭索隱：參見卷三《華巖講旨》注㉕。矜名：以虚名自誇。

⑮寬綽委蛇：心胸開闊，隨順應變。

復東涯　時爲征南副使①

阿三至，示我長札。拳拳眷愛之言，故人情高雲漢。莊讀再三，如奉顔色。中間感念存亡，傷慨今古，悼時俗之既偷，嘆直道之難容，不無煦煦兒女之悲矣。要之，善惡在我，得喪在天,君子行法俟命②,不失所自得耳。區區進退利鈍,何足以係念慮?

出處之道,久矣承命,深慚鹵莽,過謬日深,中夜興思,睠然內訟③。近來構齋山曲,將與魚鳥卜鄰④,從茲脫樊籠,卒吾所好,縱未能言仁聖之理,或可以寡過遠咎矣。

聞主上垂意安南,吾丈專官也。方全盛時,兼勞賢豪,豈以成功爲慮? 顧北邊多故⑤,中原且耗敝矣。又黎實篡陳,先朝失興問罪之師⑥,乃今爲黎討莫,非春秋之法。國家不馳一介之使,令莫自輸⑦,乃動戈戟,此司事者之過也。若欲直取而郡縣之,以廣封域,往事既足徵矣。此非狂悖貪殘之人,決不復造釁於承寧之朝也。臨事慎重,希計萬全。

【注釋】

①征南副使:嘉靖十五年,安南黎朝莊宗黎寧遣使者至明廷,哭訴莫登庸篡位。明世宗詔毛伯溫治兵待命,又擢翁萬達爲廣西副使,專辦安南事。

②行法俟命:行不違道,聽天由命。行法,行道,即上句所謂"善惡在我";俟命,等待天命,即上句所謂"得喪在天"。

③睠然內訟:反復審視內心的是非之爭。睠然,反顧貌。

④卜鄰:做鄰居。

⑤北邊多故:自嘉靖十一年春,蒙古小王子乞通貢未得到明朝應允,遂起西北邊釁。自十二年至十六年,小王子所部吉囊年年犯邊,北方邊境戰火不熄。可參看《明史》卷十七《世宗紀一》、卷三百二十七《外國八·韃靼》。

⑥黎實篡陳,先朝失興問罪之師:洪武二年六月,明太祖以安南入貢,封陳日煃爲安南國王。洪武朝後期,黎季犛把持安南陳朝權柄,多次弒殺廢立,終於在建文元年廢陳自立。永樂五年,明成祖征討黎氏,平定

安南,置交趾三司。不久,安南復亂,明朝興兵征伐,自此戰禍遷延二十餘年。明宣宗宣德六年,允許黎利執安南國事。英宗正統元年,封黎麟爲安南國王。事見《明史》卷三百二十一《外國二·安南》。

⑦自輸:自行貢納。

與陳碧洋

日緣薄營①,久疎質正之私。酬對雜役,舊日厭煩之意,頗見消除。乃知易簡之性,本不落於想象,因事證勘②,方爲實際。

春氣又深,景象熙和,道體凤疾,已平復否? 和心平氣,不動念慮,固以養德,亦以養身。深省吾人罪尤,只緣意念未净,妄以聰明是非之心,認爲所性了了,遂落形器,窒此虛明③。亦緣存積無力,天機未固,乃牽知識。懇志存之,久當廓清也。

自哂孟浪,役役塵寰,何道以同魚鳥④! 今夏齋成,且欲移居,吾將閉門,以從吾好。天下至樂,又豈有出於户庭之外耶? 久不聞動静,正爾相思,率然奉候。不備。

【注釋】

①薄營:小規模營建。林大春《井丹林先生集》卷十四《東莆太史傳》説,林大欽乞歸養母回潮州後,築室東莆山中,聚族以居。薄營或指此事。

②因事證勘:隨事隨物,求證勘核。王陽明《傳習録》説:"人須在事上磨煉做工夫乃有益","若離了事物,卻是著空"。林大欽這句話便是此意。

③"深省"句:意謂深入反省我輩罪過,只由於不能掃清私欲,荒謬地將區

別是非的小聰明,認作心體本性,於是便爲氣習所染,蒙蔽了無是無非的靈明心體。所性、虚明,都指心體良知。了了,聰明洞達。形器,形而下者,在程朱學説中,其義略同於"氣質"。"落形器"即《復陳静庵》書中所説的"狃於氣質所至",可參見該文注⑦。

④魚鳥:指自然適性的隱居生活。《文選》卷二十六陶淵明《始作鎮軍參軍經曲阿作》"望雲慚歸鳥,臨水愧游魚",李善注説:"言魚鳥咸得其所,而己獨違其性。"

與王龍溪年兄

奉教五年,乃不見吾心,豈非悟性影響、聞見障重耶?近來久坐南山,屏絶文字,悠然獨省,生生之體,恍惚見之。庶幾舉止不煩,志慮寧一①,然猶不敢自以爲是也。天真自如,人人各足,海内營營,誠有何事?海隅寥落,益有蕭艾之憂②。綿駒善歌,本非正聲,齊右所學,僅於此耳③,竊又附於黄鐘④,斯爲左謬⑤。

河水洋洋⑥,知音者希。窴寐君子,行雲間之。前來再奉雲札,遼曠不能復。三復來旨,款然爲歡⑦,然亦何敢虚然領受! 呦呦鹿鳴,在野無違。我有良懷,與子同歸。油油者雲,南山之阿。歸飛靡情,子懷如何? 與子相望,聊以代歌。

【注釋】

①志慮寧一:意念思想寧静專一。

②"海隅"句:謂潮州從事陽明學者已稀少零落,更有變爲庸俗小人的憂

慮。海隅:指潮州。蕭艾:賤草,喻庸俗小人。《離騷》:"何昔日之芳
草兮,今直爲此蕭艾也?"

③此句典出《孟子·告子下》:"綿駒處於高唐而齊右善歌。"綿駒,齊國的
善歌者;高唐,齊國西部邊邑;齊右,齊國的西部地區。《孟子》中淳于
髡用"綿駒居住在高唐,而齊國西部的人都善唱歌"這句話詰難孟軻,
説有善行的人一定能改變他周圍的風尚。林大欽化用這個典故,意謂
潮州陽明弟子,本來未得心學正傳,而本地學人所學,也難免不醇正。

④黃鐘:樂律中聲調最宏大響亮者,這裏用以比喻陽明心學正傳。

⑤左謬:錯誤。

⑥河水洋洋:《詩·衛風·碩人》句,意謂黃河之水,浩洋廣大。這裏比喻陽
明學説的流行天下,從學者衆多。

⑦款然:誠懇貌。

與包蒙泉侍御①

甲午過東昌②,不能奉覲光顏;是後相去益遠,無由通書
問。人生聚散,會日苦稀,豈不信然!

世途傾崎,斯道平夷。君子出處,同歸於道。僕自歸
山,學不得力。踐履不及前人,聰明日負初心。用兹業業,
如踐春冰。近因次止華巖,時與同志翻尋故義,悠悠獨省。
正賴恒性不滅③,頗得無生之意④。乃知大界色象⑤,元自天
然,不容私意勞擾。堯舜舞雩,氣象有何差別?究竟斯義,
便得仲尼、顏子樂處。僕舊有孤耿之疾⑦,正賴鞭辟,力爾瑩
然。吾兄之高明灑脱,真體自在,少加反存之力⑧,當取之左
右逢源矣。

野人得芹,以獻鄰翁,鄰翁嘗之而共美,口之於味,有同

好也。方在遠道，未盡就正之情。適因鴻便，聊以奉候，毋惜返教。

【注釋】

①包蒙泉：包節（1506—1556），字元達，號蒙泉。嘉興人。嘉靖十一年進士，授東昌府推官。後遷御史，出按雲南、湖廣。爲宦官所誣陷，謫戍莊浪衛，病死。《明史》卷二百七有傳。

②甲午：嘉靖十三年（1534）。

③恒性：不變的善性。

④無生：語本出《莊子·至樂》"察其始而本無生；非徒無生也，而本無形"，指未有生命。佛家用此語格義談禪，《傳燈錄》說"禪性無住離生，禪寂無生離生，禪想心如空虛亦無空虛之地。"無生指離生滅煩惱，而不生不滅、真實常住的佛性。林大欽這裏又借"無生"指與天地萬物同在、不生不滅的心體。

⑤大界色象：世上一切事物形相。

⑥堯舜舞雩：堯舜，指兼善天下之道。舞雩，指獨善其身之道。《論語·先進》記孔子問志，曾點答以"風乎舞雩，咏而歸"。孔子表示贊許。後儒多把曾點當作樂道獨善的典型。

⑦孤耿之疾：孤高耿直的脾性。

⑧反存：返本存性。

復何古林侍御①

曩承雲札遠錫，三復來義，知吾子古意深至。海隅牢落②，妙義莫宣，欣奉來音，實發蒙慮，景仰何極！

"周道如砥，其直如矢。君子所履，小人所視③。"邇來冗談茲多，獨往誠寡，遂使世士咄咤疑廢④，此非氣數之罪也。

恒性不滅,人人明德,苟有獨適,氣力各全。

鄙夫荒資窮固,山村栖遲,遂爾迂疎,此無知識長短之效也。居在人間,既鮮時營⑤,斯人吾與⑥,舍此奚之?聊又與都人士優游句讀,翻拆疑義,冀有達者,且以起予⑦。蕭江采蘭,時爾弋獲,聊以供行休耳⑧。風光荏苒,河清難俟。中夜耿耿,冥心析合⑨。

古林高操,青蘿逸致,惆悵清芬,千古不群。東廣斯文,當復在兹。將睹羽翼之既成,乘玄化於太虛⑩。昭群陰於向日,障百川而東之。高標特造,迥與時殊,非所期於此也。

川封悠阻⑪,未悉就正之懷,徒勤仰止之心。幽桂芳根,歲暮爲盟,慎自愛擇。外《講旨》一帙附覽⑫,冀以改教。

【注釋】

①何古林:何維柏,字喬仲,號古林。南海人。嘉靖十年與林大欽同舉鄉薦,十四年成進士,由庶吉士授御史。萬曆初官至吏部侍郎,南京禮部尚書。《明史》卷二百十有傳。

②牢落:同"寥落",參見本卷《與王龍溪年兄》注②。

③上四句詩引自《詩·小雅·大東》,此處意謂,大道既平且直,君子躬行而實踐之,百姓則視之爲準則。

④咄咤疑廢:驚嘆疑惑。

⑤時營:時務。

⑥斯人吾與:我當與天下人同群。《論語·微子》記孔子説:"鳥獸不可與同群,吾非斯人之徒與而誰與?"

⑦此句謂姑且同住在京師裏的多識美行之士一起研讀典籍,反復辨析疑義,希望能有見識洞達者,給我以啓發。都人士:語出《詩·小雅·都人士》,鄭箋謂是"都人之有士行者"。林大欽隱居後,與京師學者多信函往返,切磋學問。

⑧行休：指殘生。陶淵明《歸去來辭》："善萬物之得時，感余生之行休。"
⑨"中夜"句：謂半夜裏煩躁不眠，心緒離合不定。耿耿：煩躁不安貌。
⑩乘玄化於太虛：意謂以超卓的德行逢到至道的境界。
⑪川封悠阻：河山遠隔。
⑫講旨：《華巖講旨》。

復王石沙侍御①

天際分飛，已數年矣。追念今昔，空爾嘯嗟，何能具述於君子之側！頃聞飛錫閩南②，相違伊邇③，馳瞻勝顏，恍惚見之。以柏臺森肅④，書不可達。原注：以下疑有脫落。

生死非常，已是太虛劫攘⑤。緣此心生生，不落色氣，聰明睿知，元自天然，所謂好惡意必之私，亦何有於我哉！始信雲行雨施之道，不離日用飲食之常，然猶恐爲誠見也⑥。

南江先生高明瑩徹⑦，正因過慧，久負多聞博物之勞。既已澄然獨悟，反身而誠，樂莫大焉。天下又何思慮？毫釐千里之辨，想不憚與知己往反之。

出處方殊，面訂末由，景仰德華，寤寐西江。幽澗植芝，時有蕭艾之憂。長此芳根，賴茲恒性，幸各毋忘其所已能。

【注釋】
①王石沙：王瑛，字汝玉，號石沙山人。無錫人。嘉靖十一年進士，官至監察御史。《國朝獻徵録》卷六十五有傳。
②飛錫閩南：巡按駐衙於閩南。《國朝獻徵録·王瑛傳》説王瑛嘉靖十九年巡按八閩，多有善舉，爲海邦所頌。

③相違伊邇：相去甚近。

④柏臺：御史臺的別稱，此指王瑛巡按御史衙門。

⑤"生死"句：謂生死不尋常的變故，只是造化劫奪而已。

⑥詖見：偏邪的見解。

⑦南江先生：王慎中（1509—1559），字道思，號南江，晋江人。嘉靖五年進士，授禮部主事。官至河南參政，嘉靖二十年以忤大學士夏言去職。肆力爲古文，與唐順之同爲明代唐宋文派領袖。《明史》卷二百八十七有傳。

與吳默泉督學①

景仰德範，曾具小啓奉候，想徹左右矣。

初夏清和，沿途雲山烟水，應與鳶魚同色。達人神會，何入而不自得？想不爲文案紛糾矣。前來漢官威儀，典則綱紀之中，具《關雎》、《麟趾》之意②。文明柔順之教，徵於是矣。至誠作用，不動聲色，悠然之化，海隅易俗。區區於法象者③，何足言也？近來華論滋多，實德益微。轉移風俗之機，實在學校。非吾默泉操不言無爲之教，坐鎮雅俗，雖使象制紛然，只增繁亂。

野夫薄劣，固陋山谷，時有當世之懷④。顧學不得力，愆謬多方⑤，聊從遺編，優游卒歲。日用飲食之道，原自各足，更有何事？然猶不敢以爲是也，就正之心無窮。正爾相違，末由促席⑥，南風有便，幸惠教言，以破堅鄙。

【注釋】

①吳默泉：吳鵬（1500—1579），字萬里，號默泉。秀水人。嘉靖二年進

士,授工部主事。嘉靖十六年督學廣東。後累官至吏部尚書。

②具《關雎》、《麟趾》之意:謂具有以文德化民的善意。《關雎》、《麟趾》
　都是《詩·周南》中的篇章。朱熹《詩集傳》説,這些詩是周文王時代百
　姓爲文德所化而作。

③法象:外在形相。這裏指轄治百姓的各種法規制度,與下文的"象制"
　同義。

④當世之懷:用世的抱負。

⑤愆謬:錯誤。

⑥促席:移席相近。古人席地而坐,意氣相投則移動座位相靠攏。

與黃月溪先生①

　城中得奉衣冠,抵今又數月矣。思一登堂,尚阻紛垢。
人生世故,佳會苦稀,空自嘯叱。

　我丈閉關城西,伏志玄道末事、餐霞乘風之術②,只此安
閒,已在蓬萊頂門矣。賤子苦不度力③,年來爲合族構度之
圖④,才既不能,遂費支悖⑤,此世俗之務,豪傑所羞,僕親爲
之,更復何言!

　祠堂粗成,以爲崇先不可無額,思得"祠堂"二字,以光
幽明。月溪筆意,在右軍、顔魯之上,如得神灑,以光輪桷⑥,
世澤之資,昕夕慕之⑦,悚然未敢易言。然又自以猥辱眷厚,
豈靳二字之錫⑧,乃過逡巡,斯已謬矣。古之君子,以玉比
德,謂其藏華流潤,光重連城之價也。若吾丈逸興俊發,神
藻生輝,燦然光奪景星⑨,愕神鬼矣,又豈特結綠、和璞之
賜哉⑩!

　敬用白其愚心,外具不腆之帛⑪,以先將命者,希恕其菲

易。文之不備,恃惠子之知予也。

【注釋】

①黄月溪:黄一道,字唯夫,號月溪。揭陽人。正德十五年進士,授户部
　主事。嘉靖初疏議大禮,出知興化府。去官後居潮州郡城。

②"伏志"句:謂黄月溪潛心於道教氣功修煉法。餐霞乘風之術:大概如
　"服紫霄法"之類,《雲笈七籤》記其法説:平坐,集中意念,想象身從房
　頂出,直上天邊,引天上紫雲下入房,自頭頂入腹中。

③賤子:謙稱自己。

④爲合族構度之圖:測量土地,建造房屋,作合族而居的打算。參閲《與
　陳碧洋》注①。

⑤支悖:支離悖謬。

⑥以光輪梲:使門楣生輝。梲:門楣上的短柱。輪:大。因牌匾懸掛於門
　楣之上、兩梲之間,故這樣稱美黄一道的書法。

⑦昕夕:朝夕。

⑧靳:吝惜。錫:通"賜",賜予。

⑨景星:星名。《史記·天官書》:"景星,德星也。其狀無常,常出於有道
　之國。"這裏用來贊美黄一道有道德而不拘形迹,光彩逼人。

⑩結緑、和璞:均爲希世的寶玉。其名見《史記·范睢傳》中范睢《上秦王書》。

⑪不腆之帛:不豐厚的財禮。

與丘秀才①

金山再别②,又經秋冬。長途蕭森,孤征辛苦,游子抵
家,已圖卒歲,得無有《采芑》之悲乎③?

頃來山村,交游益希,翻然從故史中觀古今成敗得失、
動用機略,猛然深省,乃知吾人真不爲言語文字、虚空無用

之學。如卧龍氏常服葛巾,《梁父》獨吟,然至按三分成敗之
形,籌吳魏强弱之勢,洞如燭照。斯真寧靜致遠,聰慧睿知
之用,殆非比量權術、依稀法象者。斯人豈與汲汲於功名顯
晦、聲稱有無者同日語耶!若劉季緒璩珂詆當代文藻④,季
良憂憂樂樂交致名流⑤,斯與子廉、仲蔚之徒⑥,又度越遠
矣⑦。華名少實,古今所同。常恐紕謬,爲世所嗤,良務
重慎。

　前來《荒言》數章⑧,蓋有因而作。已寄人矣,更不留稿。
先秦文字,原是故史中物,僕但修述之爾,於道何益?不足
以瀆清觀。況亦欠工,抄録未完。

　俞守今握方印坐四品堂⑨,斯亦赫顯。若充山人守静之
心,似亦未欲唐突,容再圖之。相期以道,區區於辭章達姓
字,非所望於賢者也。書不盡言。

【注釋】

①丘秀才:未詳何人。

②金山:山名。在潮州郡城東北,明天順間潮州知府陳瑄設書院於此。
　　嘉靖十三年後,楊驥、陳明德、薛侃等心學家講學金山,一時學人翕然
　　宗之。

③《采芑》之悲:指遠行的勞苦。《采芑》,《詩·小雅》篇名,《毛詩序》説:
　　"《采芑》,宣王南征也。"

④此句有脱誤,疑應作"劉季緒璩璩詆訶當代文藻"。《三國志》卷十九
　　《陳思王傳》裴注所引曹植致楊修書説:"劉季緒才不逮於作者,而好
　　詆訶文章。"楊修答書説:"季緒瑣瑣,何足以云。"又裴注所引摯虞《文
　　章志》説:"劉季緒名修,劉表子,官至東安太守,著詩賦頌六篇。"按所
　　引楊修書中"瑣瑣",《文選》卷四十楊修《答臨淄侯箋》作"璩璩"。

⑤許惇字季良,北齊高陽人。歷官清顯,有治才,但無學術,又不解劇談。

與當時名流同座,人或嘻笑嘲戲,或談經説史,或吟咏詩賦,惇獨杜口
而坐,甚至隱几而睡。故爲當時名流所輕。見《北齊書》卷四十三本傳。
⑥子廉:應即後《與謝以忠兄兼簡諸知己》書中提到的黄子廉,古代高士,
其事未詳。仲蔚:張仲蔚,漢平陵人。《高士傳》説他修道德,明天文博
物,善屬文,好詩賦。隱身不仕,閉門養性,不治榮名。
⑦度越:超越。
⑧《荒言》:林大欽所作文章,今已佚。
⑨俞守:未詳何人。

復張教諭①

封域爲限,轍迹不相踐。乃承教音縷縷,沉思高義,益
悼奉會之末因也。昔叔向一言而知然明②,若足下定交於聲
氣之末,僕當爲傾蓋之舊矣。③

辱詩章來示,莊容誦之,鏗然清越,即學高、岑有蹊徑
矣④。如兹冲養神情,將侵尋宋、晋,以繼建安之遺⑤。近代
學士,鏗鏘輕俊之音,往往入古,獨是情興少劣。譬如坐土
骸於神廟中,衣冠仿佛,非不若人,然流動色香則遠矣。此
殆與達者道。聞學範弘敷⑥,多士承式,吾儒成己成物,自有
誠正之學,不遠吾心而自得之。區區吟咏,何足勞賢者心
力也。

承徵見川贈文⑦,昧然弗能宣之榮獎之制,亦不能發足
下懿德美行,聊爲發端耳。羅生回忙,不及詳悉終始。

【注釋】
①張教諭:未詳何人。

②叔向,即羊舌肸,字叔向,春秋晋國人。然明,即鬷蔑,字然明,春秋鄭國人,貌丑而賢。叔向到鄭國去。然明想看他,跟着收拾俎豆者來到堂下,講了一句話,很妙。叔向一聽,説:"一定是然明呀!"事見《左傳》"昭公二十八年"。蘇軾《贈朱遜之引》:"昔叔向聞鬷蔑一言,知其爲人。"

③傾蓋之舊:因爲相知,新交如舊友。古謠諺:"白頭如新,傾蓋如舊。"傾蓋:兩車相遇,車蓋傾側相並。

④高、岑:高適、岑參,唐代著名邊塞詩人。二人都善寫七言歌行,詩風悲壯。

⑤"如兹"句:謂如此涵養精神情趣,則將漸次沿宋、晋而上,而直繼建安遺風。宋、晋:指謝靈運與陶淵明。建安之遺:建安主要詩人代表是曹操、曹丕、曹植父子,他們的詩眞實,清新剛健,慷慨多氣,志深筆長,被稱做"建安風骨",成爲後代詩人所追慕的對象。

⑥學範:學問與風範。

⑦見川:雍瀾,字見川。莆田人。嘉靖十一年進士。時以廣東按察司僉事任嶺東兵備道。

與雍見川論盜賊〔一〕

僕聞山有木,工則度之;民有患,主則革之。今歲候未凶〔二〕,民不乏食,而奸政廢慢,盜賊蜂起。浮洋、上莆、張林橋地方①,連夜流劫,民以身亡,盜以賄免。夫盜自上爲之,何可剪也?僕聞澄風莫善於止賄,安民莫先於去盜。苗莠不能以並生,義賄不容以兩利。今民移財散,寇未可止。漣溪地方〔三〕②,客賊聚者至二百餘人,殺人於江。張林橋、浮洋、上莆三項地方,土賊聚者至百餘人,殺人於鄉。有司寢閣不究③,釋犯者,罪告者,不可曉也。謂之不率民以盜,吾不信也。政之壅也，孰得間之？

　　僕曾悼傷時弊：下官過謀己利，不恤民患；上官過信文書，不責情實。以茲相蒙，政是用鬱④。夫鄉有盜，鄉人知之矣。鄉人覺之⑤，有司從而繩之。令之信矣，民將賴之，何苦留盜以自賊其門戶也？鄉人覺之，有司從而釋之。賊之屬也無日矣，何苦覺盜以自賊其門戶也？僕聞成周覺盜之法，妄覺者反罪⑥，失覺者連罪⑦，當覺者倍賞⑧。故民貪賞之利，不敢失覺容奸；畏妄之罰，不敢畜私害良。彼有里政然也。

　　成周以六德六行正民習⑨，以賞罰誅討糾民奸，故民習教於家，遠罪於鄉，雖在荒疆逖里，趨教猶在輦轂⑩，周之昌也有由矣。國家里甲畫一，統屬各具。近時名賢，因時酌宜，鄉約、保長、十家牌，具有成格⑪，行之善否，存乎人耳。封內之事，一人舉之，百司承之。效時者樹勳，苟免者思罪，胡不效也？

　　凡事苦不能知，知者苦不得言，得言者苦不欲言。仁者不然。疆理之務，豈一二也，盜賊今滋急矣。執事有移風易俗之志，而有司暗昧弗宣。不敢虛下問之辱，敬附愚聞。振興之策，經久之宜，其明圖之。

【校勘記】

〔一〕雍，康熙本作“羅”，形近而訛。後出諸本皆承其誤。按此即上《復張教諭》書中之“見川”，見該文注⑦，又後《復黃野堂年兄》作“雍氏見川”不誤。

〔二〕未，原刻與後出諸本皆作“末”，形近而訛。

〔三〕漣溪，《潮州耆舊集》作“產溪”。

【注釋】

①浮洋:明海陽縣登雲都屬村,南距縣城二十里,有市集,即今潮安區浮
　洋鎮所在地。上莆:明海陽縣屬都,南距縣城四十五里,即今潮安區彩
　塘鎮。張林橋:明海陽縣登雲都屬村,在今潮安區浮洋鎮北五里。

②漣溪:明海陽縣豐政都屬村,在縣城北韓江上游,今屬豐順縣。嘉靖二
　十六年《潮州府志》卷八《雜志·村名》作"産溪"。

③寢閣不究:置之不理。寢閣:擱置。

④政是用鬱:政令因此滯塞不行。《管子·君臣下》"鬱令而不出",注:
　"鬱,塞也。"

⑤覺:告發。

⑥妄覺者反罪:亂告者反坐誣告罪。

⑦失覺者連罪:不告者以連坐治罪。

⑧當覺者倍賞:能恰當告發者加倍獎賞。

⑨"六德六行"句:西周用六德六行匡正人民風習。六德,指知、仁、聖、
　義、忠、和;六行,指孝、友、睦、姻、任、恤。見《周禮·地官·大司徒》。

⑩"雖在"句:即使在僻遠的邊疆鄉村,百姓趨就教化,就像在都城裏
　一般。

⑪"國家"二句:明初,國家爲了保證賦役征使落實,詔編黄册,行里甲法。
　一百一十户爲一里,設里長一名,下每十户爲一甲,設甲首一名,負責
　爲官府催辦錢糧。至明中葉,王守仁把里甲法發展爲鄉村治安自治辦
　法,包括鄉約、十家牌、保長等法,詳見《王陽明全集》卷十七《南贛鄉
　約》、《申諭十家牌法》、《申諭十家牌法增立保長》等篇。

與胡令①

僕聞仁人不遺民而建利,智者不愛巧以立名。今趙氏
居關南,狗鼠竊發。是匠門有遺枉之木,樂厩有蹄嚙之馬
矣②。以足下之明察,必爲趙氏究滅之。昔趙京兆善發伏,

三輔絶奸③。王陽陵行投缿〔一〕,盜辟齊趙之郊④。足下若勤顧盼之慮,四疆之内,皆爲謀證。譬如伏穴搏鼠,必不能逃矣。但恐雞口不足以勞大刀之割。方思後效,而奸不可止。百姓不明以化格⑤,謂無懲矣。竊爲封疆羞之⑥。

【校勘記】

〔一〕缿,原刻誤作"鉔",今正。

【注釋】

①胡令:胡景華,上虞人,舉人。嘉靖十七年至二十年任潮陽縣令。

②"樂廐"句:謂伯樂的馬圈猶有劣馬。樂:伯樂,古代善相馬者。蹄齧之馬:好踢人咬人的劣馬。此處以喻賢如胡令,而治下猶有害群者。

③"趙京兆"句:西漢趙廣漢善於揭發打擊隱藏的罪犯,長安三輔的奸賊遁迹。趙廣漢(?—前65):字子都,西漢涿郡人。漢宣帝時任京兆尹,治事精能,發奸摘伏如神。三輔:指京兆與馮翊、扶風。馮翊、扶風府治都在長安中,常有犯法者逃過京兆界。趙廣漢曾嘆息不能兼治三輔,見《前漢書》卷七十六本傳。這裏説"三輔絶奸",乃是贊詞。

④"王陽陵"句:西漢王溫舒實行告密制度,盜賊都逃出齊趙之郊。王溫舒:陽陵人,故稱王陽陵。《史記·酷吏列傳·王溫舒傳》説他爲廣平都尉,"齊趙之郊,盜賊不敢近廣平"。缿:古代用來接受告密信件的瓦器。

⑤化格:法令。

⑥封疆:守土之臣,指胡景華。

復翁東涯

聞安南降定,喜與吾子慮同①。初時不須煩兵,而上以黎氏之故，持興亡繼絶之義，欲窮詰其事。此蠻夷之俗，本不可以冠帶之國法度理之。黎氏業已在赦外矣[2]，而廷臣無能推明其意。向非吾子於中計事，幾使江南父子不得安枕也[一]。

若陸賈入越，尉佗去帝[二]，漢文先見，古今所韙[3]。其後唐蒙以枸醬問蜀[4]，張騫以竹杖通身毒國[5]，戍轉相餉[6]，蜀道數歲不通，士罷饑[7]，離暑濕[8]，死者甚衆。西南夷又數反，發兵興擊，耗費無功。得失之效，胡相越也[9]？

今朝無好大喜功之臣，莫氏請罪，委質爲藩，世供貢職，主上必牧畜之，不復徇漢武之失計矣。賢者能爲國定大議，斷大患，約垂成之禍，取無名之功，他日高官，真無愧色。

不才雲游之人，日望羽衣來歸[10]，倘徉於雲林烟圃也[三]。所言降王定國，不欲列功，吾子明之，此甚達見。君子過則歸己，功則歸人。又《軍志》有之，大捷不賞，上下皆不伐善[11]，斯讓之至也。夫上不伐善，必忘等矣，此處功名、遠罪謗之道也。王事告成，幸以餘智養性攝形，種子自愛[12]。

【校勘記】
〔一〕江南，《潮州耆舊集》作“安南”。
〔二〕佗，諸本皆作“陀”，形訛，今正。
〔三〕雲林，光緒本作“雲材”，據康熙本改。

【注釋】
①討伐莫登庸一役中，翁萬達獻三策：以遣使招撫爲上策，以用兵威懾伏爲中策，以戰爭解決問題爲下策。見《東涯集》卷十五《上東塘毛尚書書》其五。他的主張爲此役統帥毛伯溫贊賞采納。嘉靖十九年末，莫登庸在明朝德化與兵威雙重脅逼下來降。故林大欽有此語。

②敕外：同"服外"，天子聲威教化之外。

③秦末，龍川令趙佗據南越稱王。漢高祖統一中國後，因百姓疲於兵事，使陸賈入南越封佗爲王，使向漢稱臣。呂后時，漢禁止南越向中原購買鐵器，趙佗怒，自稱南越武帝。漢文帝立，對趙佗采取攏絡手段，又派陸賈入越責問，趙佗因自去帝號，稱臣於漢。事見《史記‧陸賈傳》及《南越尉佗傳》。韙：贊同。

④唐蒙以枸醬問蜀：漢武帝建元六年，唐蒙使南越，食蜀產枸醬。問從何來，因知牂柯江（今貴州北盤江）可通西蜀與南越。故上書言開闢蜀地之利。事見《史記‧西南夷傳》。枸醬：以枸實製成的果醬，味甜美。

⑤張騫以竹杖通身毒國：漢武帝元狩元年，張騫出使大夏國（今阿富汗北部），見蜀產邛竹杖，知自蜀地通身毒（今印度）可至大夏，於是上書請通身毒道。事見《史記‧西南夷傳》。

⑥戍轉相餉：戍守的士卒和轉運軍糧的役徒都要花耗糧餉。此下數句言漢武帝開西南邊地的失誤，引《史記‧西南夷傳》語。

⑦罷饑：疲勞饑餓。罷：通"疲"。

⑧離：通"罹"，遭受。

⑨胡相越也：爲何差距那麼大呢？

⑩羽衣來歸：有仙人來接引。

⑪伐善：夸耀自己的功勞。

⑫種子自愛：愛惜珍攝吾心良知。種子：佛家語。佛教法相宗的唯識論，把第八識（藏識）所含藏的，能生一切事物一切道理的功用，稱作"種子"。心學家借此語指心體良知。

復劉晴川部郎①

別後再承雲札，沉吟今昔，實增慷慨。使至又蒙佳什，重以諸賢出處之喻，裁判允宜。又見至人順時達變，與物無忤。如是進退行藏，始可言命，殆然虛舟游於世矣②，尚何云哉！

君子内不失真，外不殊俗，龐乎與時偕行，泊乎無爲而應。故進不苟禄，慮無越職，無素餐之毁，絶希名之誚。此與忿世疾邪，抱石入海③，殆間然矣。然以今因緣勢寵、患得患失之徒觀之，較量諸君之奮發激烈、高蹈遠逝〔一〕，又胡相度越哉！故至人安行達俗，豪士矯節勵時。此以原諸賢之心，或庶幾之。

新命方渥④，北上有期，此地已成甘棠之思矣⑤。郎官非小，慎節之外，固無他也。且爾優游，慎資蘭麗⑥。心乎思之，愛莫宣之。幽桂芳根，歲暮期之。

【校勘記】

〔一〕蹈，原刻作"陷"，排印本作"陷"，誤，今據文義正。

【注釋】

①劉晴川：劉魁，字焕吾，號晴川。泰和人。正德二年舉人。受業王守仁之門。嘉靖十四年任潮州同知，對潮州王門學派的發展有推動作用。嘉靖十九年遷升工部員外郎。

②"殆然"句：差不多可以無牽無挂遨游於世上。虚舟：輕便的小船，喻人的無牽挂。陶淵明《五月旦作和戴主簿》："虚舟縱逸棹，回復遂無窮。"

③抱石入海：指忿世疾俗者之所爲。《文選》卷三十九鄒陽《獄中上書自明》："申徒狄蹈雍之河，徐衍負石入海"。注云："申徒狄，殷末人。徐衍，周末人。"另有申徒狄抱石沉河之説，見《韓詩外傳》。

④新命方渥：新的恩命剛剛頒下。此指劉魁由潮州同知遷升工部員外郎的任命。渥：沾潤，此喻皇恩如雨露沾潤臣僚。

⑤甘棠之恩：指百姓對劉魁政績的追念。《詩·召南》有《甘棠》一詩，朱熹《集傳》説："召伯循行南國，以布文王之政，或舍甘棠之下。其後人

思其德,故愛其樹而不忍傷。"

⑥蘭麗:與下文的"幽桂芳根",都喻美質,即人的善性、良知。

與翁東涯

前聞孟浪,此心翻疑不定,久之乃知有心煩之疾①。嘆子辛楚,孤征奔瘁,爲國賢勞,忘身忘家之義,足下有之矣。

欽罪愆重深,先慈弃養,追念鞠育,恫焉痛悼②。哀毀之餘,五情崩潰,形神凋喪,殆不欲生,從兹爲廢人矣。尋常不知過咎,祇此悲悔,更又何言?

金石善地,吾子已全得之③。誠即拂衣來結東鄰之光,僕且效執鞭之役。洗疴滌慮,共致心期。優哉游哉,聊以永年。此生未忘之樂,又何以易兹也?壯志蹉跎,日月不居,撫心惕泪④,潸然增嘆。荒昧之中,又以奉候。

【注釋】

①心煩之疾:因思慮煩悶引起的心病。

②恫焉:哀痛貌。

③金石:海陽縣東莆都屬村。與林大欽故里山兜村相鄰。嘉靖二十年後,翁萬達因厭倦官場,與好友鄒守愚相約,在金石購地二三十畝卜居,欲退隱於此。見《東涯集》卷十六《寄鄒一山兄》其一。

④惕泪:戒懼號哭。

與王汝中兄①

累承規切之論,良悉趣義。豈非顧係情隆,誠心念之不解耶？至感至感！然斯心愚蒙，無由徵詰，別後奧義，又不欲口舌辨明之。此時身在重罪憂迷之中②，神情凋落，百緣不思。只餘未亡之軀，尚爾應酬紛隆，奇慧之慮，益與此心遠矣。

　　人各有見，真難強同。愚者苦於心昏，智者過於性慧。過昏則絕，過慧則奪③。斯道不然，自照自施，無牽無繫④。行於所不容不行，止於所不容不止。善惡同於幻化⑤，思慮等於冥蒙⑥，清净均於大道⑦，滅絕齊於生發⑧。故混於物而不垢，離於物而不净⑨，不以華名易真，不以玄能奪性⑩，知是知非，因是因非，幾希之別，即同凡心。此又非可以口舌辨明之也。

　　人無賢凡，見有明暗。自見則是，覓見則惡⑪。故常敬慎於人之所不睹，改過於人之所不知。特恐世緣昏心，誤落塵勞，咀嚼仁義之華，逍遥道德之趣，則與斯道遠矣。凡人見人則明，自見則昏；自見則是，見人則非。明者自見，愚者自昧。然既自昧，安能見人？多億起於聰慧，華論生於想象，終身由之而不知者衆矣。百見總非，斯心獨是。一是萬是，一非萬非；知是是之，知非非之⑫。此又非可以口舌辨明之也。

　　吾與龍溪生死之交，不敢爲影響聲氣之談，直出肝膽，以相質正。缺然久不報⑬，誠以真修力行，不在言語往反之間。然兹又恐落於言筌矣⑭。幸慎勉旃⑮，未敢多云。

　　外《貞庵手卷》⑯，年因無事，遇興輒書，遂爾滿軸。然厄言參差⑰，恐終非定論也。因便附質。

【注釋】

①王汝中:見上《與羅念庵殿撰》注⑧。

②身在重罪憂迷之中:指母親逝世後心情的痛苦不可解除。

③"過昏"句:意謂過於昏聵,則塞絕難明其心體;過於聰慧,則雜偽易奪其性真。

④斯道:心學之道。陽明學認爲,萬事萬物之理不外於吾心良知。良知生發心體明覺之自然,而未有所動,所以説是"自照自施"。因其不爲萬事萬物所動,所以又説是"無牽無繫"。參閱卷三《華巖講旨》注㉑。

⑤善惡同於幻化:即"無善無惡"之意。王畿同錢德洪討論陽明"四句教"所言的"無善無惡心之體,有善有惡意之動,知善知惡是良知,爲善去惡是格物"時,認爲這並不是陽明學的最終原則,而只是一時從權之説。王畿解釋説:"心知意物,只是一事。若悟得心是無善無惡之心,則意知物,俱是無善無惡。"林大欽這裏顯然認同王畿的觀點。

⑥思慮等於冥蒙:即"無思無慮"之意。參閱《華巖講旨》注㊲。

⑦清净均於大道:即《華巖講旨》中"無染之謂性"之意,參閱該文注㊱。

⑧滅絕齊於生發:即"不生不滅"之意。心學家認爲,心是一切存在的本體,故常住不滅;心之作用能化生萬物,而心體虛空與萬物爲一,故又無生。參閱《華巖講旨》注⑪⑫。

⑨"混於物"句:謂與萬物相混不污垢,與萬物相離也不清净。垢即惡,净即善。心物皆無善無惡,故相離不净,相混不垢。

⑩玄能:潛在的智能,與上下文的"慧"、"聰慧"同義。

⑪自見則是,覓見則非:陽明之學認爲,"心"是宇宙萬物的本源,"位天地,育萬物,未有出於吾心之外也",仁義禮智也只是吾心良知"發見於外"。故心學之道,在於使吾心良知"發見",這便是"自見"。若由經典師説覓道,不能把吾心良知放在第一位,則是"覓見"。故上文強調棄置智慧,抉剔浮華,下文強調"咀嚼仁義之華,逍遥道德之趣,則與斯道遠矣"。這種見解,與《華巖講旨》已有所不同。參閱該文注③。

⑫"一是"句:意謂吾心良知便是判斷是非的標準,吾心所肯定的便是"是",便要肯定它,吾心所否定的便是"非",便要否定它。一:即吾心

良知。知：吾心良知所見。

⑬缺然久不報：隔了好長一段時間不復信。

⑭落於言筌：停留在言辭的表面意義上。

⑮旃：語氣助詞。

⑯《貞庵手卷》：據下文看，當是林大欽的另一種著作。此書恐已佚。

⑰厄言：支離破碎之言。

再與王汝中

《華巖講旨》重蒙發疑，愛我良多。悟道之難，古今同之。況僕踐履疎脫①，豈敢於此謂是？然亦聊與吾人發明斯意，以俟他日之自得爾。近有友人刻傳，偶取一帙讀之，舊日字義有未融處②，略加删定。然其發明人心自然之宗，議量俗學支離之失，稍見端緒，似不大越③。因而聞之，亦若醒然有所興起。顧僕反求諸心，猶多增減生滅，未能盡如吾之所云。貧子説金，乃可愧也。今附一帙再觀，若兄真見所以不可處，毋惜逐一批示。蓋道自在而悟各別，磋切講究，無厭頻煩，不有益於兄，必有益於我也。

【注釋】

①踐履疎脫：未曾仔細實踐。

②未融：未能貼合本意。

③大越：太離譜。越：遠。

復家子仁①

王典史至②,拜辱教札,知東城已登要司③。進退人才,實陰陽消長之寄,使行究其懷④,不可謂道之不行矣。

此心分明,是非難昧。果不以毀譽利害動心,轇轕紛擾之中⑤,正見無情順應之用。至行有不得處,又當隨事反觀,實致克復之力,求自快足。斯乃吾人思誠有事之學,不須別求靜景得之⑥。

所云李白入山,詩趣乃成。蓋白天聰,自不勞於究索。若世之誦記畜育,沿襲仿模,則亦以充求工求勝之心。如只辭欲達意,正不必爾。若我心生生,何時非應,何應非事,何事非學⑦?別求靜學,是以己性爲有內外矣⑧。東城之見,想不如此。此亦虛懷謙下,恒見不足之心。然只隨緣猛省,即時豁然,似又不必過於尋求也。

鄙人修爲弗力,祇作口耳,慚愧奈何!雖已懲創反思,恐終野狐外道也⑨。重罪之中,百情割裂,未能一一。聊以還獻,以解所疑。

【注釋】

①家子仁:即林春,號東城,見《與盧文溪編修》注④。

②王典史:嘉靖《潮州府志》卷五《官師志》載,揭陽縣有典史王世臣,嘉靖十五年任,泰州人,與林春同鄉,疑是此人。

③登要司:林春以司封員外郎丁母憂,守制家居三年,起補吏部文選司郎中。文選司掌官吏遷升、調任、改職,職責相當重要。

④使行究其懷:假如將盡其心志。

⑤輶輵:交錯糾纏貌。

⑥陽明之學,強調動靜無間,有事之時,則思誠敬克己,去欲存理,不須另求寧靜的時空,去體悟天理良知。《傳習錄》載王陽明答學生問"靜時亦覺意思好,才遇事便不同,如何"時,説:"是徒知養靜,而不用克己工夫也。如此臨事,便要傾倒。人須在事上磨,方立得住,方能靜亦定,動亦定。"此處本陽明之意。

⑦"若我心"句:心學家認爲,吾心本來即是宇宙,宇宙萬事萬物皆是心體良知的作用化生,心物時時相應不離,故良知之學,可於事事物物上求。

⑧"別求靜學"句:程明道《答張橫渠書》説,"所謂定者,動亦定,靜亦定,無將迎,無內外。苟以外物爲外,牽己而從之,是以己性爲有內外也"。王陽明也説,"動靜只是一個。那夜氣空空靜靜,天理在中,即是應事接物之心。應事接物之心,亦是循天理,便是夜氣空空靜靜的心"。此句即用二先生意,謂性具動靜無內外,在內如夜氣空空靜靜的心,也就是在外應事接物的心。如果只求習靜之學,便是不知動靜只是一個,便是以爲性有內外。

⑨野狐外道:即野狐禪,禪宗對一些妄稱開悟而流入邪僻者的譏刺語。典出《五燈會元》卷三《百丈懷海禪師》條。

與戚南山黃門①

三年不相聞,非不爾思,實因山中孤遠,漸成疎僻,於諸知處,俱不及時常通問。又於王龍溪簡中,稍悉別後修進,想志同道同,文言虛札,亦有所不屑也。

邇聞吾兄已補藩幕②,而僕又在哀疚之中。世事之難測,光景之不常,追思仿佛,能不傷嗟!乃知此生迅速,人益

不可不務也。邇來益覺此心分明和悦，不少牽係。如使意
見之思不起，嗜欲之好永斷，真如馳騁康莊，縱意所如，永無
顛蹶之患。顧苦習障已深，方又勞於鞭辟③，恐終非實有爾。
吾兄英勇超時，吾所敬讓④，志真道真，邁往何極！果能慮不
越乎其心，行各順乎其志，浩然之樂，當與天地同之。世間
景色⑤，尚何與於斯耶！

　　爲學有三難⑥：名利不滅，此一難；喜怒不際⑦，此二難；
神慮轉發，此三難。二難乃世俗庸下之病，其一難乃聰慧英
達有志之士⑧，然其戕賊自然之性一也。故曰道以無爲爲
妙，學以無欲爲要⑨；又曰誠者自成，道者自道⑩。言非人力
爲之。吾兄此處，久已知明守篤，而僕所云乃世俗通病，亦
求諸心之未能盡信者，聊以助知己之警發，其求實反諸己也。

【注釋】

①戚南山黃門：即戚賢，見《與羅念庵殿撰》注⑧。黃門：古有給事黃門之
　官，戚賢原官吏科給事中，故以"黃門"稱之。

②補藩府：嘉靖二十年四月，太廟災，戚賢因而彈劾大臣郭勳等，觸怒明
　世宗，被貶爲山東布政司都事。

③勞於鞭辟：用力督促自己去體認吾心。

④此句指戚賢屢不避權勢，勇於諍諫。可參閱《明史》卷二百八《戚賢
　傳》。

⑤景色：同"形色"，指萬事萬物。

⑥難：禍害。

⑦喜怒不際：喜怒無常。不際：不適時。

⑧其一難：指"神慮轉發"之難。意謂聰慧英達、志向遠大之士，爲學容易
　旁騖，逐奇好異，心神散發，不能握持吾心良知。

⑨大道以順其自然爲至境，爲學以不受物欲所擾爲要旨。

⑩誠則自然而有成,道則自然而能行。此句出《中庸》"誠者自成也,道者自道也"。

與王汝中

此心和明,百順百通。吾近於此,實有用力處。夫明則無昧,通則無滯。吾非敢云爾也,庶幾乎因其所滯,知其所昧;治其所昧,順其所滯。故有不順,未嘗不知其因,又未嘗不循其因懲創而消化之,以求終自順樂。然既知道之無險①,而又未能雲行雨施之常②,區區遷覺③,祇爲危爾。

自碧洋没後,吾黨益孤。東涯在仕途中,雖時意興相及,難得磋切之益。中離相去伊邇④,亦各因緣家事,未能時常合併。思此又增慚愧。然既不能實體諸己,而乃區區致望於師友之助⑤,亦已疎矣。

吾兄久別,近況何如? 烈爐之中,不容點雪。想恒德日新⑥,決不復落於口耳矣。外附《無懷章》⑦,雖若寓言不莊,然真欲獻疑於兄,以求反啓於我也。閒中試一誦之。

【注釋】

①道之無險:大道坦平。

②雲行雨施:這裏用《孟子·梁惠王上》"天油然作雲,沛然下雨,則苗浡然興之矣"的典故,比喻對心體的沾溉育養。

③區區遷覺:自得於變動不居的知覺。區區:同"姁姁",自得貌。

④中離相去伊邇:當時薛侃在海陽城西南四十里宗山中辦書院講學,與山兜村只隔數里,故説相離甚近。邇:近。

⑤區區:愚笨貌。

⑥恒德:恒久不變的德性,與上文"遷覺"相對。

⑦《無懷章》:應是林大欽的另一著作,疑也已佚。

復王汝中

作室之諭①,重勞拳拳,愛我深矣。蓋吾人自有廣居,土木之華,豪傑所耻。僕之愛名,豈與人殊?初抵家時,遷借無常,亦謂欣然可以終身②。後念老母垂暮之年,真欲勉成此事,以爲桑榆之歡,遂爾爲之,不復顧忌。其遲遲則固力之不逮,又不欲速之,而今已爲廢物矣③。至於族人無居,既欲自營,安能莫然?乃又強力先爲營度④。此於一體次第之心,真若有不容已者。然兄視我於居食之心何如耶?

自成斯過⑤,知已時相責及,終無一言論明,亦信此心無他。而諸君之所叨叨,又恐眩於名實,然亦不可謂之不愛我矣。若兄之心心相照,當默知之。便中偶發,非復爲文過之言,以深其罪也。

【注釋】

①作室之諭:有關建造府第的教喻。此書信當是答復王畿對營造府第的問難。

②此句謂初到家鄉之時,借居他人宅屋,不時搬遷,也認爲可欣然度此一生。林大欽出身貧寒,十八歲喪父,攻讀之餘,爲人抄寫以養母。故告養初歸時未曾有居室,只有借居於他人。

③而今已成廢物:林大欽爲養母故營造府第,今母已逝,宅第即成也無法實現初衷,故有此説。

④"至於族人"句:可參閱《與陳碧洋》注①。

⑤自成斯過:自從鑄成此錯。斯過:指營造宅第事。

與王汝中爲太安人請墓志銘

　　老母德性冲純，和樂莊敬，一生無喜怒愛惡之私，可謂
至矣。欽離索多愆①，每仰德範，輒消浮躁。蓋數年逡巡②，
免墮惡道，實師依焉。哲人長冥③，孤子失恃。終天之慕，每
不欲生。又念遺體所繫之重，聊復自遺。至德心藏，難爲口
舌。外傳所書④，乃其影子。若欲表而出之，以貽典則，非至
知愛如兄者，殆不能也。恃在猶母之儀⑤，敢以銘請，將刻諸
石，以永觀慕焉。興言中愴，輒又漣洏⑥。

【注釋】
①離索多愆：離群索居，多有過失。指歸養後少與舊友交往。
②逡巡：指學問道德倒退不進。
③哲人：敬稱其母。
④外傳：古人請友朋名家爲亡者作墓志銘，必先草列其行迹，供撰銘者參
　考，所謂"外傳"即指此。
⑤猶母之儀：林大欽與王畿同年，義同兄弟，故大欽之母，於王畿猶母。
⑥"興言"句：講起這件事，心中很悲哀，立刻又眼泪漣漣。漣洏：垂泪貌。

與王汝中論東廓①

　　東廓已爲國師②，必能羽翼善類，成就末學。道之充
也〔一〕，喜何可言！前時有柬相及，其意氣崚嶒③，直欲以斯道
爲己任者，又所敬服悚嘆。

其言絕學千載，容易失真，至引程子"定性"之説④，直欲以大公順應，學天地聖人之常。在東廓之意，故也無病。然尋考意旨，不知在何處而以大公順應希聖希天？文義亦似支離⑤。若人心之真，萬古不磨，原自廓然，非由聖傳而有，則斯道何時不明，而學亦何嘗喪⑥？若程子"廓然順應"之説，蓋揭人心自然之體⑦，只此爲聖人天地之常，只此爲君子善之學，非欲以廓然順應爲希聖希天之功也。故曰反觀吾心之是非，於道過半矣。

今人説道，多從道象比擬粧綴，心體之妙，祇見迥難⑧。亦緣未嘗實剝染習，獨見天真。若天德流行，原無可説。心是象，道是名，此間着一字不得也⑨。聖賢於此，直斷性善⑩，直言簡易⑪，蓋謂天能非人能，故聖凡無別。又直提出克念二字⑫，爲存心養性之功。若不言克念而徑言無欲，亦突然無下手處。故欽嘗謂今之所稱無欲者，寡欲而已矣。蓋不知天然之體，而欲修無欲之功，不亦起滅多方也哉！

東廓處久欲修復，輒復止之，亦以交淺言深，君子所戒。近於東廓集中，偶見前書，朗誦一遍，則見東廓之所以愛我者良不淺。而私心所懷，終欲效之⑬。此亦是非之見，未忘吾言非中用也。以爲芹曝之誠，不敢自外於同志之歡，則庶乎得爾。書不盡言，見時聊以商及。

【校勘記】

〔一〕充，《潮州耆舊集》作"光"。

【注釋】

①東廓：鄒守益（1491—1562），字謙之，號東廓。安福人。正德六年進

士,授翰林編修。翌年稱疾歸里,開門講學,從學者衆。正德十四年赴
贛州從王守仁學,爲王守仁著名學生之一。見《明史》卷二百八十三
本傳。

②國師:嘉靖初,鄒守益入京復職,後累官至南京國子監祭酒,故稱之爲
"國師"。

③峻嶒:山高峻重疊貌,這裏喻意氣的高亮峻直。

④程子"定性"之説:見《復家子仁》注⑧。

⑤鄒守益闡發陽明"致良知"學説,認爲"良知之本體,本自廓然大公,亦
自物來順應",但要致此良知,則須"戒慎恐懼",自强不息,才能使良
知本體"常精常明",這便是學者希聖希天工夫。而王畿不滿意"致良
知"的説法,將它改造爲"良知致",强調本體即工夫,説"致良知原爲
未悟者設。信得良知過時,獨往獨來,如珠走盤,不待拘管,而自不過
其則也。以篤信謹守,一切矜名飾行之事,皆是獨手做作,林大欽這裏
批評鄒守益"以大公順應希聖希天"是文義支離,顯然也主張本體即
工夫。

⑥"若人"句:鄒守益闡發"致良知"説時,强調爲學的作用,説"學以存此
心之天理而無人欲也",並認爲"學之病莫大乎息,息則物欲行而天理
泯矣"。林大欽對此也提出批評,他認爲人心之真(良知)是凡聖不
二,萬古不磨的,故所謂學之息(喪),天理之泯(道之不明),都是支離
之説。

⑦人心自然之體:即下文所謂"天然之體",指本體良知。林大欽認爲良
知是"誠者自成,道者自道,非人力爲之",故謂之"自然之體"、"天然
之體"。這與王畿説"良知是天然之靈機,時時從天機運轉變化,無爲
自見天則"相同。

⑧意謂今世人説心談性,只是停留在形色比擬,語言粧綴上面,難以體會
心體良知的妙理。

⑨"心是象"句:意謂良知可用心體稱名,卻不能用言語分析解説。象:形
象。名:名稱。

⑩性善:這是一種先驗的人性論,認爲人的本性是善良的。孟軻主張性

善說，《孟子·盡心上》說："君子所性，仁義禮智根於心。"

⑪簡易：王陽明以良知本體是人人所同具者，故在方法論上主張"求理於吾心"，立"簡易"之教，他說："吾輩用功，只求日減，不求日增。減得一分人欲，便是復得一分天理，何等輕快脫灑，何等簡易！"（《傳習錄》）

⑫克念：克服私欲。王陽明與學生談存養工夫，說："如猫之捕鼠，一眼看着，一耳聽着，才有一念萌動，即與克去，斬釘截鐵，不可姑容與他方便，不可窩藏，不可放他出路，方是真實用功，方能掃除廓清。"（《傳習錄》）

⑬我心中所想的，始終想效獻於鄒先生。效：呈獻。

復鄒東廓國師

己亥歲曾辱手札①，援引拳拳，蓋欲同歸聖人之域。君子愛人無己之心也，敢不銘刻銘刻！所云"絕學千載，苟非真傳，似是而非"，又見自信之篤，任道之勇。希想丰概，足發懦風，又興慨慕②。顧僕疏愚，何敢與於斯道之妙？過承訓誨，祇增懼悚。

蓋鄙心愚蒙，實不希聖，亦不望道，聊從心之所知，敬慎弗懈。故知過則改，知善則遷③，改過必循其源，遷善必復其故④。又每竊省，此心生生，何緣有此過咎？蓋因妄起過生，妄滅善復，恒志不剛，遷覺多悔。私心憂愧，恐終無所成爾。夫生心之謂妄，自心之謂善。生人之體不殊，凡聖之心無貳。即妄曰邪，即善曰真。不止其妄而求其善，不去其邪而希其真，是猶眛目而求明，塞耳而求聰，殆失師曠、離婁之能矣⑤。故自心不已則久，久則徵⑥。生心不已，多慮多惑。從惑喪真,從真恒德。此乃子貢失諸多億,顏生得之默識⑦。幾希之別,殆非可以口舌争明之也。故欽嘗謂堯舜孔顏之道,即愚夫愚婦天然之心。不傳而自明,不求而自至,無染則真在,無慮則性慧⑧。優而游之,聊自由之。兢之業之,永自守之。若作真邪思議,無真不邪⑨。聖人簡易之旨,終落於後世煩難之論矣。

辱盛愛,無以爲報。恃在同德之好,終不敢拘於形迹新舊之常,而隱芹曝之私。然貧子説金,祇又增愧慚爾。幸有道者矜其不能⑩,而賜教正,以破惑迷。

【注釋】

①己亥歲:嘉靖十八年(1539)。

②意想先生充實的風範,足以啓發怯弱的習俗,又引起我仰慕之心。

③知道是錯的就改正,知道是好的轉移過去。

④改過一定是遵循良知,從善也一定要復歸良知。其源、其故,都者人的本體良知。

⑤自"夫生心之謂妄"至此數句,可以參閱卷三《華巖講旨》。

⑥久:存留。徵:明。

⑦子貢多臆想而喪本心,顏回因默識蓄德而得真性,這就是子貢比不上顏回的原因。子貢:孔子的弟子端木賜。顏生:孔子的弟子顏回。多億:多臆想猜測,《論語·先進》載孔子論子貢説,"賜不受命,而貨殖焉,億則屢中(子貢不安於讀書人的本份,經營商業,卻總被他猜中行情)"。默識:默記在心。錢穆《論語新解》解《述而》篇"默而識之",説:"異乎口耳之學,乃所以蓄德。"

⑧無染則真在,無慮則性慧:參見《華巖講旨》注㊱㊲。

⑨無真不邪:此句即《華巖講旨》"妄心即正心"之意,參見該文注㉑。真:正心。邪:妄心。

⑩矜:憐憫。

復羅念庵殿撰〔一〕

向承二札，能督責於道。其後楊武岡至①，又得一札，拳拳自咎，且以咎予。念庵愛己愛人之誠，於斯至矣，不覺軒然鼓舞。世衰俗降，友朋中素稱有意氣者，亦多隨俗苟容，不肯出其懇惻，此亦自信之不篤。既以自恕，且以恕人。若有性分道義之愛，於此亦何忍安！乃今知念庵真篤信君子，不惑不回者矣。既多念庵之愛②，且以瞿然自訟③，恐辱厚言。

近來憂苦之中④，真見吾人學問，直從精神隱微處着力。有過不可不改，有善不可不遷，自然篤實光輝，恒德日固。所謂循理則樂，不循理不樂，非反躬而實踐之，未覺其意味深長也。若就形色比擬，語言粧綴，則雖見解通徹，意氣崚嶒，不覺私意已潛藏於中矣⑤。所謂學問思辨者，祇爲飾非文過之具，亦何益於我哉！

來示閒散燕僻之疾⑥，皆由苟安世景，未嘗實致其志。若果於性命上安身，終日對越在天⑦，何處生閒生僻？然非向内潛究，則又將不知鴻鵠之至於是爲幾多矣⑧。僕出入口耳，於身無所受用，每自私省，輒用愧汗。然今亦不欲空悔前過，又生後惡。直從自心無瑕障處，警覺弗懈，求自安詳，永斷矯詭之罪，登快樂之天。

念庵真志不息，亦當自披雲霧而睹青天，區區浮游之障，真不足以虧損陽光之體也。僂佝淪俗之徒，既不足語矣。而有志者多因意見自盡⑨，好事難成，實切憂傷。非弘毅强忍如吾念庵者,卓然先登道岸,爲俗前驅,其孰與究竟於斯也!楊子端静⑩,敝郡賴之。然既有案牘之煩,而僕抱苦絶不出門,亦無因相質正,於斯尚嗣圖之。

【校勘記】

〔一〕"殿撰"二字據原刻目録補。

【注釋】

①楊武岡,即楊載鳴(1514—1563),字虚卿。泰和人。嘉靖十七年進士。嘉靖二十年任潮州府推官。

②多:贊許。

③瞿然:警戒貌。自訟:自責。

④憂苦:指丁母憂的悲痛。

⑤"若就"句:見《與王汝中論東廓》注⑧。

⑥閒散燕僻:安閒散漫,不近人情。燕,安閒。僻:孤僻,不近人情。

⑦對越在天:語出《詩·周頌·清廟》。這裏用其辭,意謂合於天理良知。對,合。

⑧"若果"句:意謂若不從内心深加探究,則容易爲外物所誘而心意渙散。"鴻鵠之至於是"用《孟子·告子上》"奕秋誨奕"故事,批評用心不專,容易旁鶩於外物者。

⑨因意見自盡:謂爲自己的主張而竭盡心力。

⑩楊子:對楊載鳴的敬稱。

復劉弦齋同年①

奉別十秋,無因得叙契闊。邇來德星駐節嶺南②,德聞日昭,傾向敬慕之思,固已千里如面矣。

頹風荏苒，直道難明。如兄居風憲之位③，負易俗之思，果能崇敦大易簡之教，啓發人心直道之真，則所以爲一方司命者，決不落於簿書期會之瑣矣④。

欽過咎重深，先慈棄養。辱承年義，過施猶母之貺⑤，展奉無由，祇令人涕泣欲絕爾。差人回，因風稽顙⑥。荒迷之中，絕未能裁，幸照諒之。

【注釋】

①劉弦齋，即劉天授，字可金。萬安人。嘉靖十一年進士，官至廣西布政使。

②駐節嶺南：嶺南，五嶺之南，泛指兩廣。其時劉天授出任廣西布政使，故云。

③居風憲之位：風憲，原指御史臺。按《明史·職官志》載，"藩司與六部均重，布政使入爲尚書，侍郎、副都御史出爲布政使"。故劉天授得稱爲"風憲"。

④謂決不纏絡於文書記錄、定期集會的瑣事。簿書，官府的文書記錄；期會，約期的集會。《漢書》卷七十二《王吉傳》："其務在期會簿書，斷獄聽訟而已。"

⑤過施猶母之貺：意謂劉天授對林母喪事所贈賻儀過於重厚。貺：賜與。

⑥稽顙：叩頭道謝。顙：額頭。

復楊方洲兄①

頹風沉溺，直道難行。方洲負屈②，已十年於兹矣。然在君子，惟憂吾直之未至，吾行之未成。身屈道直，視死如歸；身隱道彰，没齒無怨。此可與役役者語耶？故子文無榮卿相之位③,柳季不避三黜之辱④。輕重之審,古今所同。若使方洲操僂佝之行,而追逐於趙孟之季,心覥然不樂矣⑤。

　　僕固陋山隅,問學鹵疎,每思古人,恒見不逮。邇因罪愆深積,熒然在疚。意見既除,天真自在,真見好善如好色,惡惡如惡臭,實是生人之體。從前漫口説過,猶爲夢寐爾。世人每於此處,不甚痛切,則所謂爲善去惡者,衹亦意見名目之私。欲真去雲霧,游太清,與古人並駕,不亦遠哉!

　　方洲遠去,末由叩其新得,想所汲汲,同有此爾。所言家累,此憂食之心。偃鼠飲河,所須幾何⑥?若果有性分之樂,則簞瓢陋巷⑦,真可逍遥,是非高明之所慮也。若謂不以世事亂心,庶乎得之。然人生何時無事?何事非心?則亦何時何事非學?此處幸細詳之。相期遠大,不敢以世之賢者望兄也。

【注釋】

①楊方州:楊名(1505—1559),字實卿,號方洲。遂寧人。嘉靖八年進士,授翰林編修。嘉靖十一年十月,彗星見。楊名應詔上書,批評世宗喜怒無常,用人不當。世宗怒,謫名瞿塘衛所。隔年獲釋歸。家居養親,屢薦不召者二十餘年。五十五歲卒。《明史》卷二百七有傳。

②負屈:指楊名奉詔上書觸怒世宗而被貶一事。

③子文無榮卿相之位:子文,即鬥縠於菟,春秋楚大夫。《論語·公冶長》説,子文三仕爲令尹(楚稱宰相爲令尹),無喜色。

④柳季不避三黜之辱:柳季,即柳下惠,春秋魯大夫。《論語·微子》説,柳下惠爲士師(法官),三黜,有人勸他離開魯國,他説:"以直道事人,到何處不被貶黜?以枉道事人,又何必離開祖國?"

⑤"若使"句:意謂若讓楊名委曲逢迎以事君,他心中將慚愧不快。操僂佝之行:做出委曲逢迎的行爲。僂佝,彎曲不直貌。趙孟之季:春秋時趙氏世代執掌晉國朝政,貴顯無比。楊伯峻《孟子》注云:"晉國正卿趙盾字孟,因而其子孫都稱'趙孟'。"覥然:慚愧貌。

⑥語出《莊子·逍遥游》:“偃鼠飲河,不過滿腹。”偃鼠:田鼠。

⑦簞瓢陋巷:《論語·雍也》記孔子説:“賢哉回也!一簞食,一瓢飲,在陋巷,人不堪其憂,回也不改其樂。賢哉回也!”

復侯三峰[①]

承雲札來錫[②],又領楊方洲書,雖未奉覿德顔,已欲神交於千里矣。况辱在提封[③],且有私淑之日乎?德望崇隆,山岳顧瞻,誠輝人心直道之化,以還三代之淳,嶺表流光,於兹望矣。荒迷割裂之中〔一〕,未能裁叙。吏回,因風伸謝,殊切傾企[④]。方復方洲札子,萬里遠音,想爲留情。

【校勘記】

〔一〕迷,原刻字形稍訛,排印本誤作“述”,今正。

【注釋】

①侯三峰,即侯械,浙江臨海人。正德十六年進士。嘉靖二十年任廣東按察使。

②錫:賜予。

③提封:管轄的區域。

④傾企:欽仰。

與諸理齋論盜賊〔一〕

頃來諸君當軸[①],雞犬不鳴,閭閻載清,班白垂乳,咸誦清聞。所謂悃樸寧一之化[②],復見於今矣。

　　惟是竊鼠貪狼，與人殊心，尚梗德意。草室烟村，連夜烽火，垂傷倒懸之民③，足繫慈父之思者④，良在茲爾。此亦從諸君撫字心多⑤，關格政弛⑥，愚民無知，遂犯格令⑦。日長月并，漸成無忌，怙恩負政，莫大於此。勢極則變，改革之宜，正在今日。

　　今歲候未凶，民不乏食，而奸宄連蔓⑧，豈皆饑寒無聊之為，實玩法跳梁之心⑨。若不嚴究撲滅，雖有智者，難善其後矣。僕嘗讀趙京兆、王陽陵傳⑩，怪其慘刻少恩，不任仁恕，雖才技動公卿，較與召父杜母⑪，優柔民戀，何可同日語？惟是發奸摘伏，犬鼠不興，齊趙之郊，外戶不閉，至今縉紳猶喜言之。此亦非他，耳目習察之便，智者之餘事爾。若勤顧盼之慮，古今安在其不同揆也？⑫夫政猛則民殘，殘則糾之以寬；政寬則民慢，慢則糾之以猛。又曰，惡莠恐其亂苗，除奸所以長善。故德恕行於良純，法格繩於宄奸。此在諸君之度內爾。

　　辛楚罪昧之中，禮不聞外事。目擊之患，有類見羊⑬，因便僭及。

【校勘記】

〔一〕刻本作"朱理齋"，《潮州耆舊集》與排印本作"諸理齋"，今從之。

【注釋】

①諸君當軸：諸君，即諸燮，字子相，浙江餘姚人。嘉靖二十年以兵部主事謫任潮州府通判，主持本府刑政防禦。當軸，主持政務。

②悃樸寧一：誠懇樸實，寧靜專一。

③倒懸：比喻處境痛苦危急。

④慈父：對地方官的敬稱。

⑤撫字：安撫養育。

⑥關格：阻塞不通。

⑦格令：法令。

⑧奸宄：作亂的寇盜。

⑨玩法跳梁：強橫而玩忽法令。

⑩趙京兆、王陽陵：參見《與胡令》注③④。

⑪召父杜母：西漢召信臣、東漢杜詩，皆曾爲南陽太守而有善政，故當時南陽有"前有召父，後有杜母"的俗諺。

⑫此句意謂，若多替百姓思前想後，古昔與今日哪裏存在不同的法令標準呢？揆：準則；道理。

⑬見羊：未詳，疑是用《戰國策》所引俚諺"見兔顧犬，未爲晚也；亡羊補牢，未爲遲也"之意。

與龔少東明府① 二則〔一〕

其　一

聞閉關養疴，此省事之思，古所謂吏隱也③。而斯民遑遑如戀慈父，以爲明府有飄然出俗之思。僕意君子行藏，付之自然，未必以逃人絶世爲貴，遠去蒼生而樂就豐草也。

春事方和，勾萌盡達③，而斯民賢愚不一，或有因緣輕罪，薄繫囹圄者。以身痛瘝當周苦樂一體之義，如尊體和復，無大辛楚，還須登堂，釋罪施恩，以應時令，而對民士之仰。

僕頃得奇疢④，幾負壯心。亦因將攝失宜，志意先病，乃移形體。今思所以洗滌之，然憂昧罪罟之人，既未隕滅，沉疾苦死，又其所也。幽居少事，眷然興懷，因以爲候。餘况又具續簡。

其　二

頃聞省農息訟，禱雨祈穀，農人贍口，以爲便利。此先哲之政，俗吏迁之。《春秋》無麥則書，不雨則書，所以順時令、重民事、觀政得失也。故游觀省助⑤，雨旱則禱。田畯審端徑術，相丘陵原隰土地五産之宜⑥，以道率民，歲爲常務。民食既治，乃親教事。申孝弟，崇節義，等章服⑦，省器用，吉凶之禮有常品，所以約民純正而止其邪心。乃秋行不恪之刑⑧，飭奸宄之禁。冬恤孤寡，循死事⑨，修城郭，治溝渠，緝關梁，以畢民便，以預來歲之宜。其餘乃修傳舍，治道木，清徑路。故入境觀政，入野觀俗，虞夏以來，莫之有改也。

潮自國初，守者數十人矣。思惟白守爲最近民⑩，彰善革奸，黃童白叟，至今口誦。其餘坐玩歲月、蕪穢江山者，皆已風消雪没。公論在人，未嘗一日不明也。又有歲斂急於私囊，徵科煩於草室，爪牙爲殃，訟事如麻，乃至父子同獄，主僕均囚，斯民攘攘，如失故居，往事如夢，言之於邑⑪。

明府厲冰霜之操，持不擾之化，净俗期於無訟，息紛止於廉平，載以仁祥而恕行之⑫，間以古政而時發之⑬。所以斯民樂業，間閻載清，雉鹿馴於桑間，雞犬卧於松下，蕩滌數年之愁氣，蘇息江山之餘春矣。然廢典先規，實屬賢者；興革廢置，宜更詳力。即今農事方殷，狼鼠少息，入秋之後，恐防不虞。此亦已前慢弛縱恣之患,遺在今日。會須責成當司之官,預申保約之法⑭,以成休隆之治。他日韓橋遺碑,當有紀績不磨者。

揚大夫之美近於諛,傷往事之失近於薄,斯皆非僕之所敢也。以爲蘭澤意氣之懷,且欲明府究竟所爲,而同斯民欣游泰階也⑮,因陳今昔。

【校勘記】
〔一〕原刻題目無“二則”兩小字,正文前後兩書間空一格,今依《潮州耆舊集》補。

【注釋】
①龔少東:龔湜,字茂陽,號少東。湖廣崇陽人。嘉靖八年進士。嘉靖二十年任潮州知府。
②吏隱:隱居於官位,居禄位而不理事的遁詞。
③勾萌盡達:各種植物都萌芽出土。《禮記·月令》説,季春三月,“生氣方盛,陽氣發泄,句者畢出,萌者盡達”。勾:植物曲屈而生者,如麻豆之類。萌:植物芒芽直出者,如穀麥蘆芽之類。達:幼苗初出。
④奇疢:怪病。
⑤游觀省助:巡視察看春秋農事,補助貧困農户。《晏子春秋·問下》:“春省耕而補不足謂之游,秋省實而助不給謂之豫。”
⑥“田畯”句:意謂農官測定修直大小道路,察看各類不同土地,確定所適宜種植的穀物。田畯:勸農之官。術:大道通衢。
⑦等章服:確定禮服的等級。章服:以圖文爲等級標志的服飾。明代對各式人等服飾圖文有嚴格規定,可參閲《明史》卷六十七《輿服志》三。
⑧不恪之刑:懲罰不敬者的刑法。恪:恭敬。
⑨循死事:安撫爲國事而死者。循:安撫。《禮記·月令》:孟冬之月“賞死事,恤孤寡”。

⑩白守：白叔敏，洪武十八年潮州知府。嘉靖《潮州府志》卷五《官師志》説，白氏守潮，"興學校，課農桑。持身清白，人不敢干以私。時潮多絶户荒田，税糧令民賍納，至鬻子女不能給，奏除之。至今人懷其德"。

⑪於邑：憂傷貌。

⑫載：開始。

⑬間：近日。

⑭保約之法：見《與雍見川論盜賊》注⑪。

⑮同斯民欣游泰階：意謂與百姓一起嬉游於太平之世。泰階：星座名，又稱"三台"，上、中、下台各兩星並排斜上，如階梯狀，故名。《文選》卷六左思《魏都賦》"故令斯民睹泰階之平"句，李善注："泰階者，天之三階也。……三階平則陰陽和，風雨時，歲大登，民人息，天下平，是謂太平。"

答諸友問疾

僕將攝失宜，一疾沉頓，漫侵時日，不德之占也①。乃辱存問②，多見厚愛，又增愧慚。

僕思心和氣和形和，常以此道，可以養德，可以養身。弱質凡心，未能究竟，亦因立志不剛，語嬰樊籠③，時損真性，言之愧怍④。頃因痀疾，搜尋病源，洗滌凡心，稍見天真，不動色象。而斯人茫茫⑤，役外以損中，舍我而存物，真不知輕重之審矣。懺悔昔愆，服膺今是。惟恬惟淡，可以孤征⑥；不垢不净，可以混時。優之游之，當自得之。誠拂袖低昂，不覺疾疴之去體也。

美道如飴，同德斯好。願發弘願於三省，登玄軌於九思⑦。體信達順之道，長生不死之業，非但還精駐顔，羽化登天,縹渺有無,可議而不可爲也。臥病旬日,而東園桃李芳菲,春氣襲人,如醉初醒,因嘆化工之自然,自是可欲之體,又傷日月之既速,人事之參差也。良時不再,勖之而已⑧。

【注釋】

①不德之占:德行不純的徵兆。

②存問:慰問。

③語嬰樊籠:意謂爲言語所羈絆束縛。在嘉靖二十年以後,林大欽開始反對由經典文字去探尋"良知"本體,本句即此意。上面《復羅念庵殿撰》《與王汝中論東廓》等書信,可互參。

④愧怍:慚愧。

⑤茫茫:迷惘不明。

⑥孤征:獨來獨往。

⑦發弘願:佛家語,指立下弘大志願。三省:反復自省。《論語·學而》記曾子説:"吾日三省吾心"。登玄軌:謂升騰仙界。九思:反復思考。《論語·季氏》:"君子有九思:視思明,聽思聰,色思溫,貌思恭,言思忠,事思敬,疑思問,忿思難,見得思義。"

⑧勖:勉勵。

復翁東涯

遞讀還札,又增悲心,不覺欷歔涕下。失怙之恨,昔人攸悲①。況欽少遭漂零之運,艱虞之門②,賴先慈勤辛顧育,衣我食我,拊我畜我③,出入導我。昊天之恩,空自依依。自失承歡,憂病漂泊,杜鵑之愁④,日夜轉深。望雲興悲,對鳥淚下,居則若有所亡,出則侗然不知所往⑤。如使憂能損人,於今病矣。從前驅馳雄心,凌騁今昔,於兹銷落殆盡。只餘長林豐草之思，尚入夢寐，或可與麋鹿忘機，鷗鳥共語也。

　　世運無心，出處順時，此未易言，惟賢者爲能自知。若僕比志度力，形神衰少，不堪世變，且欲卜築以從吾好，豈復能與兢兢者論較長短是非耶⑥？臥龍躍馬，終歸塵土！聊還吾初，以俟天命。吾子滄浪之興⑦，時多起予，如能定歲暮之盟，南山白雲之麓，尚能爲君結茅茨也。抱疾沉冥，臨楮悵然，又興遠思。

【注釋】

①昔人攸悲：前人所悲傷的。

②遭飄零之運，艱虞之門：謂遭遇意想不到的喪父之悲。艱虞：艱難憂患。

③拊我畜我：《詩·小雅·蓼莪》語，謂撫愛我養育我。

④"杜鵑之愁"句：相傳杜鵑啼聲淒苦。因多用以形容人的思念之苦或悲怨之深。

⑤侗然：無知無覺的樣子。

⑥兢兢者：小心謹慎的人。

⑦滄浪之興：隱居的意願。

復黃野塘年兄①

　　嘉禾倉卒提攜②，於今未忘。嗣後海隅牢落，鴻音曠疎。然星天夜望，風神意概，未嘗不在目中也。往會雍氏見川，因詢動履，又知仙鳥還山③，日月始長。從兹脱樊累，究竟所性之樂。便老山中，與漁樵同體，雄才意氣，猶與古人軒輊④，而俯視軒冕也⑤。

　　古今高明，類能浮雲富貴，起脱塵出俗之思。然或倚賴於詩文術數之好,逃托於神仙山水之樂,乃能洸洋縱恣⑥,以理自勝。及至情隨景變,意與時遷,好惡改操,憂樂殊形,遲速迴復,往往有之。乃惟超然於形色之外,不垢不淨,不生不滅,可以處達,可以處窮,得亦得,失亦得,斯則所謂真自得也。

故君子得時則駕,不得時則蓬累而行⑦。堯、舜垂衣裳⑧,孔、顏蔬食瓢飲,顯晦殊倫,而揆一也⑨,所樂非窮通焉。故曰"如不可求,從吾所好"。君子不以無常易其固有⑩,故樂天而無憂,遁世而不悔。

富者贈人以財,仁者贈人以言,予斯未能焉。高山仰止,竊欲同德,慎求諸端⑪,而其慰茲歲月也。書不盡言,詳附葉生口及⑫。

【注釋】

①黃野塘,即黃大廉,字潔甫。莆田人。嘉靖十一年進士,授長洲知縣。抵任即以均徭徭爲首務,爲世家所撼,罷去。後復起,累官貴州參議,以忤嚴嵩,六年不調,乞歸卒。《國朝獻徵錄》卷一百三有傳。

②嘉禾:地名,今江蘇嘉興市。

③仙舃還山:回鄉隱居。仙舃:猶仙蹤。

④軒輊:相比高低。

⑤軒冕:指官位爵祿。

⑥洸洋縱恣:喻言語行爲恣肆不可束縛。洸洋:猶汪洋,水浩蕩無邊際貌。

⑦謂君子遇時則出仕,不遇時則如蓬草隨遇而安。駕:坐車,指出仕做官。蓬纍:同"蓬累",蓬草隨風而飄轉。

⑧垂衣裳:謂無爲而治天下。《易·繫辭下》:"黃帝、堯、舜垂衣裳而天下治。"

⑨顯晦殊倫,而揆一也:顯赫隱晦,爲類不同,而準則一致。顯:顯赫,指得行其志而兼善天下。晦:隱晦,指不行其志而獨善其身。

⑩無常:謂出處之事。固有:謂心性之真。

⑪諸端:各種善端。即《孟子·公孫丑上》所説的惻隱之心、羞惡之心、辭讓之心、是非之心。

⑫葉生:未詳何人。

復鄒一山①

奉違光霽,忽焉十載,景念之私②,惟寐忘之。夫三年不見,《東山》猶嘆其遠③,況乃過之,寧不動《蒹葭》之悲哉④!

昔年與君並馬金門⑤,解鞍論心,謂意氣可賴,蘭澤可常⑥。旋即分攜,子宰名郡⑦,予歸故里。出處殊途,王程曠隔。鳳城再別⑧,各愴於懷,謂歡會之難常矣。何期數年之間,事益參差。君遭重艱,不能生芻之奠⑨。而僕又以過積,貽割先慈,號毀未滅,徒然視息⑩,忽又三年。既嗟遭遇,又自悲矣。

自爾失恃,憂病漂泊,耳目聰明,凋落殆盡,不復有人世之思。時讀漢張、黃傳⑪,慨然慕之。謂富貴無恒,人壽幾何?即能輔世長民,擬迹伊、姬⑫,斯亦達士之奇勳也。如非其能,高車駟馬,其憂甚大,固有汶上之蹤矣⑬。自古得志時少,故有栖遲巖谷不入朝市之論。若僕粗疎潦倒,不諳物情,兼成憂疾,方將去榮華滋味,畜雞種黍,伊優典籍〔一〕⑬,消遥無營,以全餘生,幸少過愆,免貽知己之累耳。翻思曩日,與君鷹揚虎視,叱咤古今,顧盼無人,此懷可復道耶!年逾行立⑮,出處無成,每念古人,嗟其弗逮。竊附樗櫟之義⑯,以循所安。

　　知兄負振俗之資,際風雲之會,濯翼洪波,羽儀天衢。便當垂名竹帛,勒績鐘彝,然後拂衣,搖曳滄喬,斯則出處之揆矣。羲和弗留,朱明又至⑰。頃在兩江,何所撰置⑱?近日士流,類馳翰墨之技,薄金石之勳。斯卉服之能⑲,非當官之理,壯夫必不爲也。方辱教札,愈嘆參商⑳,何以解慮!臨楮遷答,未能悉其固陋,時又相聞。

【校勘記】
〔一〕伊優,《潮州耆舊集》作“咿嚘”。

【注釋】
①鄒一山:見《與方天池正郎》注②。
②景念:仰慕思念。
③《東山》:《詩·豳風》篇名。《毛詩序》:“《東山》,周公東征也。周公東征,三年而歸。”詩中有“自我不見,於今三年”之句。
④《蒹葭》:《詩·秦風》篇名,詩的內容,寫對“伊人”企慕追求而終不可見之悲。鄭玄《毛詩傳箋》說,“伊人”是“知周禮之賢人”。
⑤金門:即金馬門,西漢官署之門。漢制,天下被徵召之士,最優異者,待詔金馬門,以備顧問。此處擬翰林院。
⑥蘭澤:謂芳香明潔的本質。《離騷》:“芳與澤其雜糅兮,唯昭質其猶未虧。”王逸《章句》:“芳,德之臭也。《易》曰‘其臭如蘭’。澤,質之潤也。”
⑦子宰名郡:嘉靖十二年,鄒守愚出任廣州知府。
⑧鳳城:潮州郡城的別稱。
⑨生芻之奠:送上吊喪禮物去祭奠。
⑩徒然視息:空有視覺和呼吸,言悲苦至極,生而猶死。

⑪漢張、黃傳：西漢張良與黃石公的傳記，指《史記·留侯世家》或《漢書·張良傳》。張良，字子房，韓人。以謀刺秦始王未遂，匿於下邳，遇一老人，自稱“黃石”，傳以兵法。後張良佐劉邦滅秦、楚，多奇勳。漢興，封留侯。張良功成身退，自稱“欲從赤松子游”，學導引之術。卒後與黃石同葬並祠。

⑫伊、姬：伊尹與姬旦。伊尹：商湯之相，佐湯滅夏桀。湯嫡孫太甲初立，無道，伊尹放逐之，自攝政三年。太甲悔過。伊尹才還政於太甲。見《史記·商本紀》。姬旦：即周公，武王弟，佐武王滅商紂。武王崩，成王少，周公攝政，平叛安周。及成王長，周公還政而輔佐。見《史記·魯周公世家》。

⑬汶上之蹤：指逃遁不願爲官。《論語·雍也》載季氏請閔子騫做費宰，閔子騫對使者説：“善爲我辭焉！如有復我者，則吾必在汶上矣。”

⑭伊優：同“咿嚘”，象聲詞，吟哦聲。

⑮年逾行立：年紀已經過了三十歲。

⑯樗櫟之義：樗櫟，《莊子》寓言中的兩種樹，不可取材，毫無用途，卻因而免去刀斧砍伐的殘害，長得極高大。此處林大欽自比樗櫟，謂雖在仕途一事無成，卻能因而避開禍害。

⑰“羲和”句：日子飛逝不留，夏天又來了。羲和：傳説中爲太陽駕車的御者。曹植《贈王粲》詩：“悲風鳴我側，羲和逝不留。”朱明：夏季。《爾雅·釋天》：“夏爲朱明。”

⑱兩江：指江西。時鄒守愚主江西學政。

⑲卉服：草織的衣服。此處指隱居山野者。

⑳參商：參宿在西，辰星在東，二星此出彼没，永不相逢。比喻雙方的隔絕，難以聚首。

復王巖潭同年①

言別十秋，相思發於夢寐，各以曠阻，不能相聞。邇奉雲札，方知仙蹤滯留江郡②。既嗟契闊，又悲沉淪。鸞鳳卑栖,當使鶩鷃有愧顔矣③。高才左抑,何代無之？賴能自好,不與俗同。

　　夫天台雁蕩,名勝山經④,誠達士之所希蹤,真人之所息足。乃吾子仙游斯鄉,寄懷登涉,載酒談經,湖山嘯謔,足繼宣城之芳蹤矣⑤。新詩鏗鏘,酬唱款然,瀟灑花月之思,有浮雲富貴之志,斯又齊窮通得失,度越吊屈遠矣⑥。古今通侯徹爵,滅沒者何限？惟倜儻傲達、不受世污之人,乃能策志遠道,樹名千秋⑦。若子之懷,則當孕靈蛻凡,構精玄慮,溯洙泗之源流⑧,軼沂優之高軌⑨,曠然鳶魚同體⑩,俯仰古今,不特張主風雅,高翔藝林爾。

　　欽自失恃,憂病纏縛,雲泉懶性,已不可言。即欲秉耒山陽,投餌潁濱〔一〕,追芬丈人⑪,墳籍自娛。便與麋鹿和春,木石共老,不自知其荒迷矣。山中離索,知音者希。安得聰慧如君者,相與破堅祛鄙⑫,濯翼洪流,共嘯塵埃之表,與古賢才並駕哉！日月弗居,慎矣努力。臨風祇增惓戀,外《咏懷詩》附質⑬,亦以見鄙思也。

【校勘記】

〔一〕潁,原刻誤作"穎",依文義正。

【注釋】

①王巖潭:王廷幹,字維楨,號巖潭。涇縣人。嘉靖十一年進士,授行人,歷九江知府。能詩,有《巖潭集》。

②江郡:九江府。

③"鶩鳳"句:意謂高才特立者反居下位,當令平庸在上者有愧色。鶩鳳:喻王巖潭之高才特立。鶩鷃:喻才能平凡者。

④天台山與雁蕩山,都是山經所記載的名勝。

⑤宣城:謝朓,字玄暉,陳郡陽夏人。南齊著名山水詩人。曾任宣城太守,世稱"謝宣城",有《謝宣城集》五卷。

⑥"斯又"句:這樣平心看待窮通得失,又與賈誼的作賦吊屈原相距很遠了。吊屈:指西漢賈誼的《吊屈原賦》。賈誼年二十餘被召爲博士,爲漢文帝所賞識,破格遷升太中大夫。後被讒,謫長沙王太傅。過湘江,作賦吊屈原,刺世疾邪,抒發不平之志。見《史記·屈賈列傳》。

⑦這兩句化用司馬遷《報任安書》"古者富貴而名摩滅,不可勝記,唯俶儻非常之人稱也"之說。倜儻俶達:卓異不凡,豪放通達。

⑧溯洙泗之源流:追溯儒學的源流。洙、泗,均爲水名。二水繞曲阜而流。春秋時孔子教弟子於二水間,故後人以"洙泗"指代儒學。

⑨軼沂優之高軌:超越曾點的軌範。沂優:沂水邊的優游。《論語·先進》記四子侍坐,孔子問志,曾點答以"浴乎沂,風於舞雩,咏而歸",引起孔子贊許的慨嘆。

⑩曠然鳶魚同體:與鳶鷹游魚一體,任性自適。曠然:曠達貌,放任本性,不加檢束。鳶魚:出《詩·大雅·旱麓》"鳶飛戾天,魚躍於淵"句。朱子《集傳》説,"鳶之飛全不用力,亦如魚躍,怡然自得而不知其所以然也"。

⑪丈人:即《論語·微子》的"荷蓧丈人",隱者。

⑫破堅祛鄙:破掉固陋,除去鄙俗。

⑬《咏懷詩》:林大欽詩作,見卷五。附質:隨信附去,請爲評定。

與謝以忠兄兼簡諸知己①

欽再罹於疾,幾於不生,賴有天幸,得延餘息。計須周年調攝,始獲苟完。累遭轗軻②,知命分之薄,從此功名之心益消,任放之情轉篤。蓋肌膚羸弱,精神蹇澀,胸中雖有伎倆,難於酬世矣。

常言宦家趑趄畏途③,顧躬形勢,心倦神勞,而有高車駟馬之樂;潛夫藜食卉衣④,採山釣水,饑劬農圃,而餘泉林風月之興。道不同不相爲謀,亦各適其志云爾。欽之筋骨簡傲舊矣。伊優典籍,忘情是非,久欲入巢由之室⑤,追荷蕢之蹤⑥,游心空寞,栖志無爲。今又益以新疾,將餌精术⑦,治氣養生,攝形種子⑧,愈戀茂林而志豐草矣。夙負雄心,今乖所期,人生出處,誠難自測。

昔仲理歸大澤⑨,黃子廉黃冠高致⑩,吾常慕之。黔婁衣食不足而有餘康⑪,陶潛不爲五斗折腰而甘躬耕自給⑫。斯人皆充然於内而無羨於外,蓋龐乎不可加損寵辱⑬,斯真富貴者。欽賢弗逮,附志古人,將依《考槃》⑭,歌於十畝⑮。著書咏懷,邀故叙心,樂以忘憂。以此自永,誠不知其爲左云。

【注釋】

①謝以忠(?—1559):名君錫,號前山。海陽人。能詩,自少與林大欽友善。大欽卒,謝氏力存其後。嘉靖三十三年,謝氏以鄉貢授福安訓導。三十八年,倭犯福安,城陷,觸柱自殺。

②轗軻:同"坎坷",境遇不順利。

③趑趄:且進且退,徘徊不前。

④潛夫:隱士。

⑤巢由:巢父與許由,堯時隱士。《高士傳》説,堯讓天下於許由,許由告訴巢父,巢父認爲受到污辱,不願與許由爲友。許由悵然自失,以清冷之水洗耳,遁耕於穎水之北。

⑥荷蕢:擔着草筐。《論語·憲問》説孔子在衛,有荷蕢者批評他太鄙狹,説:"莫己知也,斯己而已矣"。朱熹《四書集注》説,"荷蕢者亦隱士也。"

⑦餌精术:服食黃精、白术。這是行氣功辟穀術。《修真精義雜論》中載

有辟穀食氣時服用的"理潤氣液膏"，以黃精、白朮、天冬、地黃四味主
　藥製成。

⑧攝形種子：參見《復翁東涯》注⑫，此處意謂珍攝生命之源。

⑨仲理：見卷五《遣興十二首》注⑦。

⑩"黃子廉"句：意謂黃子廉躬耕隴畝而情興高卓。黃冠：農夫之冠。

⑪黔婁：戰國齊國隱士。《高士傳》說，魯恭公聞其賢，派人贈粟三千鍾，
　欲用爲相，黔婁不受。齊威王又用黃金百斤，欲聘爲卿，黔婁也不受。
　著道家書四篇，名《黔婁子》。

⑫陶潛：見卷五《懷古三首》注⑨。

⑬厖乎：醇厚樸實貌。

⑭考槃：《詩·衛風》篇名。朱熹《集傳》說此詩是"詩人美賢者隱處澗谷
　之間，而碩大寬廣，無戚戚之意"。

⑮歌於十畝：見卷五《春園言懷五首》注②。

復薛中離

僕聞改過在於自修，止謗在於無辯〔一〕。蓋自治重而毀
譽輕，是以兢業於内，不暇於外。故善我者，從而善之，其思
也執焉〔二〕①；不善我者，從而不善之，其省也俔焉②。蓋善惡
在我，毀譽在彼，省念克察，莫非我師。顏子卓爾，三月不
違③；曾參弘毅，死而後已④。奚暇顧人言之是非哉！

近蒙寄《惠聲八問錄》⑤，雖辨問周明，莫非實事，然覺毀
譽之心未忘，而精察之功少慢。若顧形迹聲色之末，非吾廓
然無情之體，勢將治己約而望人周矣。夫人各有見，是非豈
能同？君子尊德性，道問學，非必人人之信己也。同我者
欣，異我者矜⑥，故曰"以善養人"。伊尹以天下爲己任，一夫

不獲,時予之辜⑦。古人至誠懇怛,以萬物爲一體如此。此乃生人之根,從此養習充達,方爲無上實際。故不見人非,不見己是,物我無間,廓然同春。此吾儕平昔講究之旨,造次顛沛必於是者也。

夫匡章,孟氏與游,而通國以爲不孝⑧;尹伯奇至順,而其父以爲不義⑨。人心不同,至親尚隔,況人人乎？夫子溫良和易,至爲無忤,而之陳之楚,每至不容⑩。或謂德修謗興,名高毀來,此猶常談。夫子曰:"丘也幸,苟有過,人必知之⑪。"聖人之忘於内外如此。故樂天而無憂,聖人之事也;希聖而敦仁,學者之職也。今不孜孜於道之所當務,而徇衆人之所知見,則慢易鄙吝之心易生,而精微神化之體難入。此吾與丈之所共憂也,幸相與戮力勉之。同心肝膈之言,萬毋以爲狂躁。

【校勘記】

〔一〕辯,原刻誤作"辨",據文義正。

〔二〕埶,原刻、排印本皆同此,字書無此字。《潮州耆舊集》作"勃"。

【注釋】

①此句中"埶"字顯然是誤字,作"勃"字也不可解,疑字本作"紴",因形近而訛。紴,古文"純"字,專一不雜之義。則此句意謂,人認爲我善處,順其意以善視之,則我心之思也純一不雜。

②此句意謂人認爲我不善處,順其意以不善視之,則自我省察也勤勉不懈。俛,勤勉。

③"顏子"句:謂顏回卓爾不凡,能三月不違離於仁德。《論語·雍也》記孔子説:"回也,其心三月不違仁。"

④"曾參"句:謂曾參有弘大强毅之德,以仁道自任,至死不懈。《論語·

泰伯》記曾子説：“士不可以不弘毅，任重而道遠。仁以爲己任，不亦重乎？死而後已，不亦遠乎？”

⑤《惠聲八問録》：應是薛侃講學惠州所作之語録，但今傳本《薛中離先生全書》未見此語録。

⑥異我者矜：意謂對見解與我不同的，則采取憐惜的態度。矜：憐憫。

⑦一夫不獲，時予之辜：此引《書·説命下》所載伊尹語。意謂，有一個人不能得其所，就是我的罪過。獲：得。時：是。

⑧孟子與匡章交游，整個國家的人卻都認爲匡章不孝。《孟子·離婁下》載子都責備孟子説：“匡章，通國皆稱不孝，夫子與之游。”

⑨尹伯奇爲人婉順，而其父尹吉甫仍認爲他不義。蔡邕《琴操》記此事，説，周上卿尹吉甫子伯奇仁孝。伯奇母死，吉甫娶後妻。後妻陷害伯奇，取毒蜂綴衣領，使伯奇撲驅。吉甫遥望見，以爲伯奇戲後母，怒而放逐之。後伯奇操琴作歌，自訴無罪，吉甫方感悟。

⑩之陳之楚，每至不容：謂孔子往陳國、楚國，每每弄到爲人所不容。《史記·孔子世家》載，孔子居陳、蔡間，楚國將聘之。陳、蔡大夫聞知，發家兵圍孔子於野。孔子不得行，絶糧，從者病，弟子慍怒。

⑪“夫子曰”句：引自《論語·述而》。

⑫徇：曲從。

復東涯　時爲陝西右使

　　征軍未息，聞又入陝①，遠道奔馳，饑劬辛楚。兼聞渝水覆舟之險，雖壯志不驚，賴有天幸，於心憫然。度棧入潼，眺秦漢之舊墟，察山川之險厄。智慮起於形勢，權謀生於故蹤。行望三秦，思淮陰之奇勳②；西懷劍關，想諸葛之遺略③。班超負封侯之思④，傅子懷斬夷之勇〔一〕⑤，古今豪傑，安知其不同揆也？北賊睊目，聞望素重，專閫之托⑥，恐在眼前。智者不避勞以立勳,勇者不愛身而辭難,自古未有借才於異代者。

蓋國家之法久廢,而司閫之恩甚薄⑦。恩威失宜,邊政弛慢,殺官叛國〔二〕,有所由來。李牧治邊,使士醉飽⑧;吳起吮卒,甘苦同等⑨。所謂我愛其生,故人得與之同死;我憂其患,故人得與之同難。穰苴斬莊賈於軍中,遂霸齊國⑩;孫子斬美人於堂上,用振吳兵⑪。所謂政弛則慢,威之而後知懲;兵惰則廢,震之而後趨敵。故曰死威死愛。

晁錯有言,兵不用命,與無兵同⑫。此今日之大患也。夫兵由中制者敗,令無定謀者危。今承平之餘,法令相沿,雖有逸驥,未能展足。若當專城之寄⑬,則必充國之請,回宣帝之聰⑭。任專而事便宜,信重而令必趨。然後徐察地利,迅用不測,古略新謀,參伍以變。必獲機宜而邀奇勳,走狂虜而封燕然〔三〕⑮。果信致命效籌,爲國樹功,不在甲冑,而在我儒生也。慎好爲之,毋讓。

【校勘記】

〔一〕夷,原刻空格避諱,據《潮州耆舊集》補。

〔二〕叛,原刻及排印本皆作“判”,據《潮州耆舊集》改。

〔三〕虜,原刻空格避諱,據《潮州耆舊集》補。

【注釋】

①征軍未息,又聞入陝:嘉靖二十年起,蒙古俺答侵掠明北部邊境,北邊連年戰火不息。嘉靖二十二年末,翁萬達由四川按察使調任陝西右布政使,赴西北前綫。

②淮陰:西漢淮陰侯韓信。劉邦被困於漢中,拜韓信爲大將。韓信以計定三秦,東向與項羽爭天下。

③劍關:即劍閣,關中通蜀主要通道,相傳爲諸葛亮所修築。自劍閣進可取關中,退可守西蜀。

④班超(32—102),字仲升,東漢扶風人。抄書養母久勞苦,投筆嘆息,説:"大丈夫無他志略,猶當效傅介子、張騫立功異域,以取封侯,安能久事筆硯間乎?"後使西域,立奇勳,封定遠侯。《後漢書》卷七十七有傳。

⑤傅子:傅介子(? —前65),西漢北地人。漢昭帝元鳳年間,樓蘭王斬漢使,介子出使西域,定計斬樓蘭王,持其首歸關,以功封義陽侯。《漢書》卷七十有傳。

⑥專閫:統帥重兵於外。從此句看林大欽已預料到翁萬達將被任命爲北邊對俺答作戰的最高統帥。嘉靖二十三年底,翁萬達果然被任命爲總督宣大山西軍事兼理糧餉。

⑦司閫之恩甚薄:朝廷對在外主掌兵政的將帥刻薄少恩。嘉靖二十年以後,宣大山西防區前兩任總督,皆因無力阻止俺答入侵而被下獄治罪。

⑧李牧:戰國趙國良將。守代郡、雁門以拒匈奴,厚待戰士,每天殺牛數頭以犒勞。見《史記·廉頗藺相如列傳》附傳。

⑨吳起:戰國名將。能與士卒同甘苦,卒有生癰疽者,吳起爲之吸吮排膿。見《史記·孫子吳起列傳》。

⑩穰苴:司馬穰苴,戰國時齊國名將。治軍嚴明,齊景公派寵臣莊賈監軍,莊賈未能如約按時至軍中,穰苴斬之以明軍法。後齊威王用穰苴兵法,稱霸諸侯。見《史記·司馬穰苴傳》。

⑪孫子:孫武,戰國軍事家。曾爲吳王用宮女試兵法,以王二寵姬爲隊長。明號令,衆宮女嬉笑不聽,孫武斬二姬。再操練,衆宮女皆受約束。吳王用孫子爲將,破楚國,威齊晋。見《史記·孫子吳起列傳》。

⑫晁錯(前200—前154),西漢潁川人。景帝時爲御史大夫,以請削藩激反吳楚,被誅於東市。《漢書》卷四十九有傳。本句所引,不知出自何處。其《言兵事書》有"卒不可用,以其將予敵"句,疑即所本。

⑬專城:主宰一郡的令守,此處應指統帥一方的將領。

⑭充國:趙充國(前137—前52),字翁孫,西漢隴西人。漢宣帝神爵元

年,西羌反,趙充國已七十餘歲,自請爲將,宣帝笑而應諾。見《漢書》
卷六十九本傳。

⑮走狂虜而封燕然:意謂擊退俺答而建大功。東漢永元元年,竇憲大破
北單于,登燕然山,刻石紀功,班固爲作《封燕然山銘》。事見《漢書》
卷五十三《竇憲傳》。

卷五　詩

自　叙

　　欽病體羸弱,流落豐草①,忘情窮通,永矢弗諼②。蓋懷古問經③,畜雞種黍,親學老圃,以供朝飧,聊追丈人之蹤矣④。

　　逸興時生,率爾成咏,散人多訛,言無詮次⑤。夫藜藿之詞,不足以語甘肥之旨⑥。傳曰:"詩言志。"⑦故本乎性情之謂天音,豈論工拙耶!

　　今閱亂帙中,得五言古八十六首,五言律一百一十七首,七言律十六首,七言絕句五十三首,五言絕句七十七首,六言絕句六首。稍類四時⑧,以見懷焉。

　　嘉靖甲辰仲春,東莆居士書於草堂⑨。

【注釋】

①流落豐草:指自己離開朝廷,隱居鄉間。豐草:義同"草野"、"草莽",與"市朝"相對。

②永矢弗諼:語出《詩·考槃》。矢:誓;諼:忘記。朱熹《詩集傳》解:"詩人美賢者隱處澗谷之間……自誓其不忘此樂也。"

③問經:學習儒家經典。

④丈人:指荷蓧丈人。孔子稱他是自耕自食的隱士,見《論語·微子》。

⑤無詮次:無倫次,不加選擇排比。陶淵明《飲酒詩序》:"既醉之後,輒自題數句自娛,紙墨遂多,辭無詮次,聊命故人書之,以為歡笑爾。"

⑥意思說自己的詩作野鄙粗劣,不足以顯示美好敦厚的旨趣。

⑦傳:書傳,典籍。"詩言志"語見《書·舜典》。這裏說"傳曰",當是
泛指。

⑧稍類四時:略按四季分類。

⑨東莆居士:林大欽號。嘉靖甲辰:公元 1544 年。

五言古詩八十六首

田園雜咏八首

綺麗存亡門,安可再重之①。黃雀挂青矰②,禍釁人所悲③。不見雲中鳳,揮翰振羽儀④。朝食琅玕實⑤,夕宿扶桑枝⑥。飄飄遠羅雲,飛鳴自天涯。

【注釋】

①存亡門:語出《史記·袁盎晁錯列傳》:"且緩急人所有,夫一旦有急叩門,不以親爲解,不以存亡爲辭,天下所望者,獨季心、劇孟耳。"此兩句意謂富貴之家,或存或亡,都不可能再回復原來景況了。

②黃雀:喻俗士,見《文選》劉楨《贈從弟三首》李善注。青矰:古代射鳥用的一種繫着青色生絲繩的箭。

③禍釁:禍患的前兆。

④揮翰振羽儀:舉翼展翅。嵇康《兄秀才公穆入軍贈詩》有"晞陽振羽儀"句。

⑤琅玕實:《藝文類聚》卷九十引《莊子》:"南方有鳥,其名爲鳳,所居積石千里。天爲生食,其樹名瓊枝,高百仞,以璆琳琅玕爲實。"

⑥扶桑:神木名,傳説日出其下。晋潘尼《桑樹賦》:"匪衆鳥之攸萃,相鳳鸞之羽儀。"

其　二

人事多舛錯,百年會多憂。知止乃不辱⑦,安命故無愁。投冠旋舊廬⑧,學圃度清秋。忘我千年思⑨,慶此孤生幽。衣食聊自須,沌然無外謀^⑩。長與仁義生,夕死復何求^⑪。

【注釋】

⑦知止:適可而止。《漢書·疏廣傳》記疏廣當了五年太子太傅,説:"知足不辱,知止不殆。今仕宦至二千石,名位如此,不去懼有後悔。"即日上疏辭官。

⑧投冠:辭官。陶淵明《辛丑歲七月赴假還江陵夜行塗口》:"投冠旋舊廬,不爲好爵縈。"

⑨千年思:對身後事的種種考慮。這句詩反用古詩"人生不滿百,常懷千歲憂"之意。

⑩沌然:不用心機貌。《莊子·在宥》:"慎汝内,閉汝外。"

⑪陶淵明《咏貧士》:"朝與仁義生,夕死復何求。"用《論語·里仁》"朝聞道,夕死可矣"語意。

其　三

伊昔有佳士,恬然志安貧。羞逐三春華,長與烟霞親。披褐咏南風^⑫,非禮不肯循。季葉輕風雅,斯道屬何人！朱門矜是非^⑬,白日紛垢塵。俯仰分榮枯,夸忮相嗤嗔^⑭。咄咄俗中事,去來非吾真^⑮。聊以觀所尚,逍遥撰良辰^⑯。

【注釋】

⑫南風:古歌謡名,傳爲帝舜所作。《禮記正義》説《南風》是孝子之歌。

⑬矜:競争。

⑭榮枯:喻人生的得志與失意。忮:嫉妒。這兩句詩説,得志與失意,在一俯一仰的瞬間已自不同,而世人仍以尊榮自夸,因失意忌妒,互相嗤笑嗔怒。

⑮真:自然天性。

⑯撰:選擇。漢班昭《東征賦》:"時孟春之吉日兮,撰良辰而將行。"

其　四

丈人有素業,乃在南山陲。尺籍觀元化^⑰,荒田解歲饑。良辰入奇懷,杖策攜親知^⑱。開酌話唐虞,緬然起深思。去運不復還,尼父空棲棲^⑲。商歌非吾事^⑳,行雲聊在斯。舉觴酬巢由,千載何巍巍^㉑。

【注釋】

⑰尺籍:指子、史類圖書。漢制,律令與儒家經典用二尺四寸的簡策書寫,其他雜書用尺二寸的簡策書寫,故稱後者爲尺籍。元化:自然變化的道理。

⑱陶淵明《和劉柴桑》:“良辰入奇懷,挈杖還西廬。”

⑲去運:逝去的時光。尼父:孔子。棲棲:急遽不安。《論語·子罕》:“子在川上曰:逝者如斯夫!不舍晝夜。”這兩句詩用此語之意。

⑳商歌:指干求官祿。《淮南子》載甯戚聞齊桓公興霸業,以商歌感之,爲齊桓公所知,舉爲相。這一句也用陶詩原辭。

㉑巢由:巢父與許由,傳說是帝堯時隱士。巍巍:形容品德高尚。

其　五

智巧雖萬端,孰知非與是?大道不易方^㉒,自然有成理。登高思振衣,臨流思洗耳^㉓。毀譽誰能知?栖遲遽非美^㉔?一上西山巔,半餐傲萬祀^㉕。

【注釋】

㉒大道:天道,自然規律。方:道理。這句詩說,天道不改變它的道理。與下句同義。

㉓臨流句:用郭璞《游仙詩》原辭。傳說許由隱居潁陽,堯帝派人請他當

九州長,許由不願聽,忙跑到潁水邊洗耳朵。

㉔栖遲:游息,指隱居生活。遽:同"詎",難道。

㉕西山:首陽山。周武王滅商,伯夷、叔齊隱居於此,義不食周粟,采薇蕨而食。

其　六

遺棄夸與名㉖,游晏在清都㉗。一撫天地悠,萬障屬虛無㉘。婉孌在須臾,高標不足沽㉙。浮雲行止意,白日自迂睢㉚。撫心得自然,時爲達者模。

【注釋】

㉖夸與名:又作"夸譽名",猶浮名、虛名。阮籍《咏懷》:"征行安所如?背棄夸與名。"又:"豈爲夸譽名,憔悴使心悲。"

㉗清都:天帝居住的仙宫。《列子》:"清都、紫微、鈞天、廣樂,帝之居所。"

㉘萬障:一切煩惱。

㉙婉孌:年輕貌美。高標:清名高風。

㉚迂睢:疑同"睢盱",樸質自然的狀態。兩句詩意思説,俗士行止守持不定,就如烟雲過眼,只有君子能保持質樸自然的本性如白日光明。浮雲喻俗士,白日喻君子。

其　七

世路難與期㉛,逍遥可終生。臨流濯長纓㉜,永我遺世情。衆芳委時化,幽獨媚孤清㉝。慨然歌白雲,天地爲清輕。湘水有清源,首陽有遺英。悵望懷昔蹤,聊以翳吾形㉞。

【注釋】

㉛這句詩意思是,這世道使人難以再抱希望。

㉜《楚辭·漁父》:"滄浪之水清兮,可以濯我纓;滄浪之水濁兮,可以濯我足。"

㉝委時化:隨着季節變化。幽獨:指蘭、梅一類幽花。媚,愛好。這兩句詩中,衆芳喻用世之士,幽獨是詩人自喻。

㉞翳:隱没。

其 八

傲然遂獨往,長嘯開雲扉。詩書敦夙好㉟,花鳥契初衣㊱。嘉木漸成林,芝蘭復菲菲。眷然媚幽獨㊲,行歌冥是非。栖栖故園春,歲月共相依。衣食節吾用,俯仰奚所希㊳?已矣歸去來,聊以觀化機㊴。

【注釋】

㉟敦:加厚。此句用陶潛《辛丑歲七月赴假還江陵夜行塗口》詩原詞。

㊱契:契合。初衣:喻隱逸的初衷。

㊲眷然:留戀貌。李白詩有"静坐觀衆妙,浩然媚幽獨"句。

㊳奚所希:有什麼可希冀的。

㊴化機:萬物變化的幽妙。

田園閒居四首

閒門寡塵鞅①,時讀几上書。書中有遺烈②,往往能起予。有時忽惆悵,起游步荒墟。丘墓在山岡,萬代同虛蕪。人生終幻化,榮名安所須③。已矣齊去來,吾道光如如④。

【注釋】

①塵鞅：凡俗煩雜的事務。白居易《登香爐峰》："紛吾何屑屑，未能脫塵鞅。"

②遺烈：前賢功業。

③榮名：榮祿與聲名。這四句化用阮籍《咏懷詩》："丘墓蔽山岡，萬代同一時。千秋萬歲後，榮名安所之。"

④吾道：心學之道。如如：佛家語，指宇宙間一切事物及法則，自身都具有不二平等，真實不妄，常住不變的共性。這裏借以稱贊心學之道光輝常在，萬古不滅。

其　二

少年負逸志，厲翮思遠戾⑤。西薄昆侖巔，東搏扶桑裔。曠野何芒芒，飛鳥相叫嘒⑥。眷然懷鴻荒⑦，斯理莽蕪翳。夸人矜垢馳⑧，賢者役智慧。損益在須臾，變故誰能繫？綸沉魚淵潛，矰設鶴雲逝⑨。吾其睨林丘，高舉尋吾契。

【注釋】

⑤厲：磨練。翮：羽翼。戾：至。這兩句化用陶淵明《雜詩八首》其五"憶我少年時，無樂自欣預。猛志逸四海，騫翮思遠翥。"

⑥叫嘒：鳴叫。

⑦眷然：回顧貌。

⑧夸人：追逐浮華者。垢馳：爲俗務馳騖。

⑨綸：釣絲。矰：以絲繩繫住用來射飛鳥的短箭。《莊子·應帝王》："鳥高飛以避矰弋之害。"陶淵明《感士不遇賦》："密網裁而魚駭，宏羅制而鳥驚。"詩用此意，綸、矰比喻各種世俗的法度準則。

其　三

吾居常闃寂，有鳥鳴前林。眷然往聽之，鳥聲何欽欽⑩。

睍睆悉天機⑪，餘韻空人心。吾願結此鳥，永以托浮沉。一洗氛垢浸，再清天地襟⑫。行行聊自由，苟營非所歆⑬。

【注釋】

⑩欽欽：鐘聲，此處用以形容鳥鳴聲響亮。

⑪睍睆：鳥鳴聲清和圓轉。天機：這裏指人的靈性。這兩句詩說，林鳥似乎能通曉人的靈性，清和圓轉的鳴聲，使人聽了百慮俱息。

⑫氛垢浸：塵俗囂喧的習氣。天地襟：天地般廣闊的胸懷。

⑬苟營：以不正當的手段謀取利祿。歆：羨慕。

其　四

白雲今出沒，山川復間之。芳樹垂綠葉，流鶯正在茲。晚色足幽光，蕩揚千古思。我生何依依，修短齊所之⑮。一歌回白日，天地曠襟期⑯。

【注釋】

⑮依依：戀戀不舍。修短：這裏指生命的長短。所之：所止，盡頭。這兩句用王羲之《蘭亭集序》"修短隨化，終期於盡"之意，說，我們對生命何必去依戀？人壽的長短到頭來還不是一樣同歸於盡。

⑯襟期：胸襟，抱負。

懷古三首

西望首陽山①，鬱哉何崔嵬。荒途橫今古，遺芝亦已微。白雲起高岡，丹木餘清暉。飄飄風吹衣，塵冠多是非②。谷口富松蘿，滄浪足釣磯③。千秋一灑淚④，吾與爾同歸⑤。

【注釋】

①首陽山:一在山西永濟市,一在河南偃師市,都流傳伯夷、叔齊故事。
　伯夷、叔齊是商孤竹君之子,武王滅商,二人義不食周粟,隱居首陽山,
　采薇蕨而食。事見《史記·伯夷列傳》。

②塵冠:指官場俗務。

③滄浪:水色青碧。

④杜甫《咏懷古迹》其二:"悵望千秋一灑淚,蕭條異代不同時。"

⑤伯夷、叔齊隱居首陽山時,作歌道:"神農虞夏忽焉没兮,我安適歸。"

其　二

仲蔚居大澤⑥,原生隱蒿蓬⑦。至德重當時,清真起頹
風⑧。斯人久寂寞,餘韻尚云空。白雲安可忘,世路曠蒙蒙。
覺悟當念還,精神千載通。

【注釋】

⑥仲蔚:張仲蔚,東漢扶風人,學問弘博,好作詩賦,隱居不仕。

⑦原生:名憲,字子思,孔子弟子。《韓詩外傳》説,原憲隱居魯國,用蒿草
　蓋屋頂,用蓬草做門户,甘於貧賤。

⑧清真:高潔純樸。

其　三

陶公在園田⑨,而無人世喧。時賴好事者,載酒相與還。
有時發清興,高歌黃唐言⑩。身名渺不營,好爵何足論⑪。世
事亂如麻,結綬生煩冤⑫。逍遥觀所尚,庶令古道存。

【注釋】

⑨陶公:陶淵明(？—427),名潛,字元亮,晋人。少年有高趣,任真自得。

做過小官,不堪官場應酬,解綬歸隱於廬山下。江州刺史王弘想結識
他,讓人準備好酒具,請他喝酒。陶淵明也欣然同他交往。因世亂,不
肯再出仕。《晋書》卷九十四有傳。

⑩黃唐:黃帝與唐堯。陶淵明《時運詩》:"清琴橫床,濁酒半壺。黃唐莫
逮,慨獨在余。"

⑪營:謀求。好爵:高官厚祿。這兩句詩説,把自身名聲都看得很輕,不
去謀取,高官厚祿就更不在話下。

⑫結綬:出仕當官。

咏史六首

瞻依昔賢,實獲我心。景望弗逮,徒增高山之仰。眷焉興思,聊以
永言①。

郢人歌白雪,巴徒豈卷舌。當時高深意,舉國莫能徹②。
此士何獨然,聊以慰所悦。迂衢何足由③,高調見餘烈。一
蒙登徒讒④,千載爲悲切。

【注釋】

①這組詩借咏史以抒懷。實獲我心:語出《詩·綠衣》,意思説,實在能得
到我心中所追求的東西。景望:敬慕仰望。

②這首詩咏宋玉事。宋玉,戰國楚人,屈原弟子。曾任楚大夫,政治上不
得志,善文賦,對後世影響很大。宋玉《對楚王問》:"客有歌於郢中
者,其始曰'下里巴人',國中屬而和者數千人。……其爲'陽春白
雪',國中屬而和者不過數十人。"林大欽廷對五千言,一心耿耿爲國,
而皇帝宰臣不能采用,故借宋玉事自嘆。

③迂衢:歪門邪道,與"直道"相對。

④登徒:楚大夫。《文選》卷十九《登徒子好色賦》:"大夫登徒子侍於楚

王,短宋玉曰:'玉爲人體貌閑麗,口多微辭,又性好色。'"短:談論別人的罪過、缺點。閑麗:嫻静美麗。微辭:隱含諷諭的言辭。

其 二

陶朱雖相越,本有五湖心。一乘鴟夷舟,永釣滄江潯⑤。當時何磊落,灑㩳净吴氛[一]⑥。功成不就賞,高節迥不群。世路有昏惑,白日生玄陰⑦。他人方寸間,山海嗟浮沉。振翼凌雲漢,羅者安所尋。⑧冲静得自然,榮華何足歆。

【校勘記】

〔一〕㩳,原刻誤作"㪍",據文義改。

【注釋】

⑤這首詩咏范蠡事。范蠡號陶朱公,戰國楚人,仕越爲大夫。吴滅越,范蠡輔佐勾踐,卧薪嘗膽,終於滅吴復國。後因勾踐不可同安樂,便乘皮船離開越國。事見《史記·越王勾踐世家》。鴟夷舟:皮船。

⑥灑㩳:同"灑落",指當時越國君臣坦誠融洽。杜甫《公安縣懷古》:"灑落君臣契。"

⑦玄陰:昏暗之氣。白日被昏暗之氣所蔽,喻君王爲邪僻之言所惑。

⑧羅者:用羅網捕鳥的人。冲静:淡泊寧静。

其 三

功名不可爲,虚恬聊自得。伊昔商山人,偃卧逐雲匿⑨。豈無濟世心,唐虞今安極。紫芝行當采,駟馬方束逼⑩。蠕蝀入紫薇⑪,前星夷光輝⑫。一行生羽翼,復向白雲歸⑬。睿然何微冥⑭,卷舒達化機。斯人今逝矣,爽氣尚依依⑮。

【注釋】

⑨商山人:指商山四皓東園公、綺里季、夏黃公、甪里先生。這首詩咏四皓事。秦漢間世亂,四皓隱居商山,漢高祖邀求不至。後來高祖欲廢太子,呂后用張良計,卑詞厚禮,迎四人輔助太子。高祖因而不敢廢太子。事見《史記·留侯世家》及《高士傳》。

⑩束逼:不自由。《高士傳》記四皓逃入藍田山隱居,作歌:"莫莫高山,深谷逶迤。曄曄紫芝,可以療饑。唐虞世遠,吾將安歸! 駟馬高蓋,其憂甚大。富貴之畏人兮,不如貧賤之肆志。"上面四句詩用此意。

⑪螮蝀:虹蜺的別稱。古人將虹蜺的出現,看作夫妻男女間關係異常的凶兆。《後漢書·五行志》:"蜺之比,無德,以色親也。"紫薇:同"紫微"。古人以北極星爲中心,將北天上空各星合爲一區,稱紫微垣。紫微象征帝王宮闈。螮蝀入紫微,暗喻宮中男女關係失序,這裏指漢高祖寵愛戚夫人,因欲廢太子而立趙王如意。事見《史記·留侯世家》。

⑫前星:指太子。《漢書·五行傳》説心宿的大星象天王,前星象太子,後星象庶子。

⑬這兩句指四皓輔助太子鞏固地位之後,重新歸隱。《史記·留侯世家》記漢高祖見四皓輔太子,説:"我欲易之,彼四人輔之,羽翼已成,難動矣。"

⑭宵然:深藏貌。

⑮依依:同"依稀"。

其　四

張良初報韓,椎秦博浪沙⑯。一朝遇英主,勳庸在漢家⑰。晚節滋所尚,雲泉契初償。赤松與翺翔,萬户奚足羨⑱。骯髒凌雲烟⑲,英風千古懸。斯人不可致,江海餘凄然。

【注釋】

⑯這首詩咏張良事。張良欲爲韓國報仇，與力士在博浪沙用鐵椎擊秦王車。後歸漢，屢出奇謀，漢高祖稱贊他"運籌策帷帳中，決勝千里外"，以功封留侯。事見《史記·留侯世家》。

⑰勳庸：功勞。

⑱《留侯世家》記天下安定之後，張良説："今以三寸舌爲帝者師，封萬户，爲列侯，此布衣之極，於良足矣。願棄人間事，欲從赤松子游耳。"因閉門學道。上四句詩即叙此事。赤松子：傳説中的仙人。

⑲骯髒：同"抗髒"，剛直倔强貌。

其　五

諸葛大名馳，雄心尚可知⑳。南陽三顧合，風雲四海垂。當其躬耕時，菽水歡自貽㉑。何意出雲蘿，驅征在漢陲。辛勤定荆益，涕淚六出師㉒。勳庸雖未竟，天地爲辛悲。凛凛英風逝，悠悠百代思。悵望遥相接，長歌梁甫詞㉓。

【注釋】

⑳這首詩咏諸葛亮事。大名：崇高美好的名聲。杜甫《咏懷古迹》其五："諸葛大名垂宇宙。"

㉑菽水：指粗飯淡飲。《禮記·檀弓下》："啜菽飲水盡其歡。"

㉒諸葛亮《出師表》："臨表涕零，不知所言。"

㉓梁甫詞：即《梁父吟》，相傳爲諸葛亮所作。《三國志·諸葛亮傳》："亮躬耕隴畝，好爲《梁父吟》。"

其　六

安石在山中，無心濟天下㉔。時值天地愁，棋樽洗氛野。一嘯辭成功，高步復蘿峰。卷舒無心雲，豈與沮溺同㉕。吾來尋英契㉖,青山莽冥翳。運闊達賢稀㉗,丹心期昔袂。

【注釋】

㉔這首詩咏謝安事。謝安(320—385),字安石,東晉人。少有重名,累辟不起。四十歲後方出仕。後秦符堅伐晉,謝安爲晉主帥,派遣弟侄率兵破秦於淝水。捷報至,安方與人飲酒下棋。功成之後,寓居會稽東山,弋釣吟咏。見《晉書·謝安傳》。

㉕卷舒無心雲:喻出仕退隱都出於自然。此句化用陶淵明《歸去來辭》"雲無心以出岫"句意。沮溺:長沮與桀溺,春秋隱士,曾嘲諷孔子,自稱"避世之士",見《論語·微子》。謝安出處無心的態度與沮溺消極避世顯然不同。

㉖英契:意氣相投的豪杰。

㉗運闊:世代相隔遼遠。運:時序移轉。

感興十七首

少年弗獲意,所困在群書。鑽仰疲今古,窮思涉幻虛。中靈忽予會①,掩卷三嘆吁。昭昭天所基,萬化孰不俱②。矜識道愈昏,順性理無餘③。賴此方寸心,永我萬里途。百家多怪迂,至德諒自須④。

【注釋】

①中靈:即陽明學說的心。中是心;靈是靈明,也是心,王陽明與學生問答,說這心只是一個靈明(《傳習錄》下)。會:領悟。這句詩說,我忽然間領會到心的妙道。

②天所基:也指心體。王陽明說,"心者,天地萬物之主也"(《王文成公全書·答季明德》)。萬化:萬物。陽明學說主張心物是一,心外無物,

"萬化根緣總在心"(《全書·咏良知四首示諸生》),所以這兩句詩説昭昭靈明之心,萬物俱在。

③矜:把持。識:聞見知識。性:心體本性。理:天理。這兩句詩説,如果矜持拘囿於聞見知識,對心學之道的體認會更模糊;只要任心體本性縱横自在,便能體認天理。這顯然同陽學正統"讀書明道"的修持方法不同,而明顯受王龍溪學説影響。

④百家:指各種各樣學派學説。至德:指心學最高道體,即心。諒:確實。自須:這裏有自待自足之意。須,待。在林大欽看來,各學派學説各是其是,各非其非,未免迂怪,只要體認得此心,便能自待自足。

這組詩題爲《感興》,實際上卻是以詩歌形式闡述自己的心學觀點,可與《華嚴講旨》合讀。

其　二

恒彝終不滅,斯道人共爲。舜顏乃何人,寤寐或見之⑤。克己誦四勿⑥,文明睿哲垂。神德本自然,豈爲知識迷?嗟予向成立,言爲尚自疑。懺悔傷頻復,一德何由追⑦。思索苦多昏,風塵不可緇⑧。開顏仰遺帙,茫然失所宜。息機絶馳役,慎獨乃吾師⑨。

【注釋】

⑤恒彝:永恒的法則,這裏也指心體良知,故第四首有"恒彝道之根"句。舜顏:帝舜與顏淵。林大欽《復鄒東廓國師》説"堯舜孔顏之道,即愚夫愚婦天然之心,不傳而自明,不求而自至",即此四句詩意。

⑥四勿:即孔子所説的"非禮勿視,非禮勿聽,非禮勿言,非禮勿動"(《論語·顏淵》)。

⑦一德:即恒德、恒彝,永恒的最根本的道德法則。

⑧緇:黑色;這裏用作動詞,染黑。這句詩用《論語·陽貨》"不曰白乎?涅而不緇"意。

⑨慎獨：獨處時能敬慎不苟。《中庸》：“莫見乎隱，莫顯於微，故君子慎
　　其獨也。”

其　三

達德無賢愚⑩，斯人共載之。衆欲紛然垢，中靈忽以虧。
君子重慎獨，恒德終不移。一心貫金石，動靜齊所宜。考索
非吾訓，率性非吾欺⑪。伊游慎所事，永超無欲期⑫。

【注釋】

⑩達德：《中庸》：“智、仁、勇，三者天下之達德也。”這裏義同“恒德”、“一
　　德”，指心體良知。這兩句意謂人不分賢愚，都具心體良知，即《華巖講
　　旨》所講的“堯舜孔顔之道，原是愚夫愚婦天然之心。”

⑪考索：考微索隱，指在經典學問上鑽牛角尖。率性：順性，任心而爲。

⑫伊游：同“優游”，寬閒和適貌。《詩·白駒》：“慎爾優游。”超：登。無
　　欲：沒有欲求。《禮記·表記》：“無欲而好仁者。”《正義》解說，一般好
　　仁道者都有所欲求，只有孔子沒有欲求而好仁道。詩用此意。

其　四

一元渾無象⑬，衆識妙中虛。斯理苟能明，何必讀多書。
生生自净寂，化化杳不居⑭。澄然絶物役，窅與天地俱。恒
彝道之根，雜學信迂蕪。君子通大道，無願爲世儒。

【注釋】

⑬一元：事物的本根，既是事物的起始，又是事物的總攝。象：各種事物
　　事理表現於外的形相。王龍溪論良知，説“終必進於無心、無意、無知、
　　無物而後元”，詩意正同。

⑭生生：性命的本體。化化：性命自然的變化。二者都指心學之道，即

"心"而言。陽明學説認爲"心"有寂然感通的性質,其本體寂然不動,卻能感應而化生事事物物。

其 五

喜怒道之門,安可差訛之^⑮? 喜以乖吾好,怒以戾吾思。至人秉元化,靈閒净素期^⑯。衆惑自流形^⑰,貞心永若斯。静德固天衷,中和安可爲^⑱。

【注釋】

⑮差訛:錯舛、背離。這兩句詩説,不能因喜怒等各種情感而背離道體。

⑯至人:道德修養到達最高境界的人。元化:自然變化的規律,即道體。靈閒:此心無事。期:待,得到。這兩句詩説:聖人能把握自然變化之道,其心無事而得以清净素樸。

⑰衆惑:指喜怒等各種情感。流形:變動不定形相。

⑱静德、中和,都指心體寂然和適的本質。天衷:天然的善。這兩句詩説:心體寂然,本來是天則,是善的自然表現,不可依靠人力獲得。

其 六

恒德永不迷,生心乃爲妄^⑲。趨舍一以偏,較然昧所向^⑳。慎獨唱真宗,立誠慰素仰^㉑。斷除嗜欲思,永徹天機障。

【注釋】

⑲此心有感而動,化生不息,則稱"生心"。陽明學説認爲心體本不動,"有所動,則妄矣"(《陽明傳信録》)。

⑳趨舍:趨附與舍棄。較然:顯明貌。昧:昏惑。良知之學本來顯明簡易,但一有愛惡趨舍,便會昏惑不知所向。

㉑立誠:《周易》説"修辭立其誠",意思是言語修辭,以心中誠信爲本。
　真宗、素仰都指良知之學。

其　七

　元神乃吾宅,灝氣固當持㉒。神乃道之門,氣乃道之
資㉓。存神氣斯充,養氣神不虧㉔。浩然塞天地,質聖當何
疑㉕。雜學信多歧,要德諒在斯。

【注釋】

㉒王陽明及其弟子輩,極少談到氣與道的關係,至於神與道的關係,則幾
　乎不談。林大欽這首詩則大談神氣與道的關係,認爲全神養氣是持道
　要義,似受當時道教思想影響。元神:這一術語常見於道教内丹學著
　作,指先天之神即人塵念未生時虛静飽滿的精神狀態。道教也稱元神
　爲性。灝氣:即内丹學所謂元氣(元陽真氣),指人生命的本始,全身氣
　血精津的源泉。元氣不虧,則周身水液充滿,故稱灝氣;灝:水勢大。
　道教也稱元氣爲命。這兩句詩,仿孫思邈《存神煉氣銘》所説"夫身爲
　神氣之窟宅,神氣若存,身康力健,神氣若散,身乃死焉"之意。

㉓門:門徑。資:依托,依憑。道教的道,是性命的至理,是元氣元神的本
　原。道以虛、無爲特徵,對人來説,則通過人的元神元氣來體現。所以
　説,元神是道得以體現的路徑,元氣是道借以體現的憑依。詩後一句,
　也與當時心學名家"氣之條理即是理"的看法相近。

㉔這兩句詩意與元末明初著名道士張三丰《大道論》"氣脉静而内藴元
　神,則曰真性;神思静而中長元氣,則曰真命"説法相似。

㉕孟子説浩然之氣至大至剛,如果能加以保養,不傷害它,它就會充塞於
　天地間。

其　八

　沌然者愚蒙,任性時能通㉖。是非竟多歧,吾以反吾躬。
心在萬物外,身在萬物中。對景思不起,流形意融融㉗。持

此謝宇宙,賢人或可同。

【注釋】

㉖沌然者:保持眞樸自然之性的人。能通:能通於道。

㉗景:景象,形相。融融:和樂貌。

其　九

　　沉幽使心迷,多慮令志散。一乘無極舟㉘,永離生滅絆。生生獲靈符,寂寂啓中燦㉙。萬障屬空虛,百理由一貫。成湯敬日躋㉚,周公待夜旦㉛。吾其秉先登,毋令歲月晏。

【注釋】

㉘中國古典哲學稱宇宙的本原爲無極。無極舟:喻良知心體。

㉙生生是心的作用,寂寂是心的本體。靈符:神靈的符信。這兩句詩的
　意思説,心的作用與自然契合,心的本體廓然光明。《華嚴講旨》説
　“此心虛空,萬應自通,無邊無畔,旁照四方”,即此意。

㉚《詩·長發》:“湯降不遲,聖敬日躋。”(成湯應時降生,通達道理,謹慎
　從事,天天向上。)

㉛《孟子·離婁下》:“周公思兼三王,以施四事;其有不合者,仰而思之,
　夜以繼日;幸而得之,坐以待旦。”(周公想兼學三代君子,施行禹、湯、
　文、武的事業;如有不合當時情況的,便抬頭沉思,夜以繼日;幸而弄通
　那道理,便坐以待旦,急忙施行。)

其　十

　　正心不可爲,優游得所思。是非有眞性,何用自遲疑。永徹安排障,長與大道期。寂處固洞然,有感應斯隨。道心信微漠,人欲戒惟危。大哉精一言,悠悠獲我師。

【注釋】

㉜道心即本體無欲是非之心。微漠:玄妙難見。人欲:生於形氣之私欲。

惟危:危險不安。《書·大誥》説:"人心惟危,道心惟微。"林大欽膺服

陽明學説,認爲"此心精妙無二"(《華巖講旨》),所以易"人心"爲"人

欲",以完善其説。

其十一

道心長寂寞,知識故多違。自得無生理㉝,因知元化機。

昭昭非吾象,默默著先幾。恒德靜素思,冥然離是非。賜也

不受命,多億將安歸㉞。

【注釋】

㉝無生:指本來寂然不動的心體。無生理即心學之道。

㉞賜:端木賜,字子貢,孔子弟子。命:天命。億:同"臆",猜測。《論語·

先進》:"賜不受命,而貨殖焉,億則屢中。"《四書集注》引范氏解説:

"貧富在天,而子貢以貨殖爲心,則是不能安受天命矣。其言而多中

者,億而已,非窮理樂天者。"詩即用此意。

其十二

日月坐超忽,吾生豈無涯?雞鳴懷明德,日夕永持之。

操舍有存亡,起滅安可爲㉟。緝熙賴恒性,感寂應自知。道

慧自閒靈,多欲使心馳。秉我弘毅志,貞我玄素思。浩然達

天衷,信與造化期。

【注釋】

㉟操:把持。存亡:得失。起滅:發生與寂滅。這兩句詩的意思是,對萬

物事理有所取舍,則必有所得失,事物的發生與寂滅皆任自然,不可用
人力去改變。

其十三

此心從太古,百年我何求。德由天性合,道以形化流。
虛無求神仙,削迹違人謀㊱。生死道自然,夭壽何足憂。敦
土心不變,安仁意無愁。長與道義生,天地可自由。

【注釋】
㊱削迹:匿迹,隱居。違:避開。

其十四

自然有成德,人爲何足誇。是非固天性,思議乃爲邪。
一思即念妄,再思絶道華。沌然渾無思,百慮永不差。

其十五

知爲傷陵遲㊳,一德可終生。逍遥隨大化,順應故無情。
達觀齊萬物,撫己何獨清。冥然絶所慮,斯理日明明。知德
形乃實,虛通道之平。鼎鼎百年內,持此慰吾誠㊴。

【注釋】
㊳陵遲:衰落。這句詩意思是:認識與行動都會損傷人的形神精氣,使之
變衰。
㊴鼎鼎:蹉跎。陶淵明《飲酒》詩:"鼎鼎百年內,持此欲何成。"

其十六

一身自瀟灑,萬物何囂喧。端拱謝時好㊵,優游獲性原。

十年希成立,三省持話言④。言爲懲昔悔,一德賴自敦。玄機信微漠④,雜學竟多門。吾志在擇善,毋然枝葉繁。

【注釋】

④端拱:正身拱手。謝:辭別。

④三省:多次反省自己。《論語·學而》:"曾子曰:'吾日三省吾身。'"持:矜持、約束。這句詩的意思是説:常常自我反省,約束話語,不使言語妨害自己對道的領悟。林大欽的這種看法,也見上卷《復羅念庵殿撰》、《與王汝中論東廓》、《答諸友問疾》等篇,可參閱。

④信:確實。

其十七

上帝惠靈懿④,永此仁義心。世欲互遷幻,虛寂湛孤襟④。知識何必多,善端聊可尋。不賴方寸真④,絕學當誰任。

【注釋】

④靈懿:美善的靈性。

④湛:澄清。孤襟:孤高的胸懷。

④方寸真:指人心之真。

春游篇

白日照園林,春芳傷人心。及辰諧兹游①,水石共追尋。和風澄喧景,鮮雲垂薄陰。游魚在清波,好鳥鳴高岑。眷是幽素愜,緬然睇層嶔②。提壺接佳賓,引滿滌疴沉。揮觴縱遥情,頓忘中所歆。吾志在玄初,窮通只自任。

【注釋】

①及辰:趁着好時光。諧:和樂。

②眷:反顧。幽素:指寂静素樸之心。愜,稱意。緬然:遠遠的。層嶔:重疊高峻的山峰。

田家即事二首

方塘躍潛魚,春鳩鳴桑枝。遠烟紛漠漠,綠疇生華滋①。農人荷鋤歸,稚子候荆扉。春醪與園蔬,綣然慰式微②。世事難與期,寸心寧自知。明晨有幽興,持竿看浴鷗。

其　二

麥候始清和③,春田飛鳥過。樵夫睍林木,稚子看新禾。負薪時復望,白雲行且歌。人生隨出處,不樂復如何!

【注釋】

①華滋:指植物生機盎然。《古詩十九首·中庭有奇樹》:"綠葉發華滋。"

②綣然:情意密合,難分難舍之貌。式微:歸隱之意,這裏是作者自指。

③麥候:麥收季節,夏曆四月。謝朓《出下館》詩:"麥候始清和,涼雨消炎燠。"

春興三首

綠蘿搖烟空,山色有無中。孤英生華滋,隙日上中峰①。

我有芳春思,興來愁獨語。塵迹滯人寰,未能凌風舉。悠悠
復悠悠,村水還東流。人生何繫住^②,歲暮聊自由。

其　二

飛蝶不知愁,花花自追啄。時值秋風起,零落傷踞蹜^③。
我有冰壺心^④,時以永馨馥。不愛芳草根,而從幽竹卜^⑤。

其　三

起行散沉寂,村村花柳飛。鳩鳴枝上日,魚蕩新荷衣^⑥。
良木來遠風,新苗復菲菲^⑦。怡然眷閒逸,浩歌乘月歸。

【注釋】
①隙日:迅速升起的太陽。《莊子·知北游》:"人生天地之間,若白駒之
　過隙,忽然而已。"《釋文》説:"白駒,或云日也。"
②繫住:束縛,羈絆。
③踞蹜:拘束,敬畏。
④冰壺心:光明澄徹之心。王昌齡《芙蓉樓送辛漸》:"一片冰心在玉壺。"
⑤卜:卜居。這句詩意思説,選擇幽竹成林的地方來定居。
⑥荷衣:荷葉。
⑦這兩句參用陶淵明《癸卯歲始春懷古田舍二首》:"平疇交遠風,良苗
　亦懷新。"

田　父

春田夕離離^①,水漫苗葉菲。暮烟紛已藹,農父月中歸。
辛勤何足道,所喜願無違^②。

【注釋】

①離離:禾稼繁茂貌。

②"所喜"句:所欣慰的是沒有違背自己的意願。此句化用陶淵明《歸園田居》其三"但使願無違"句。

野　曳

野曳無心想,茫然歌白雲。清音薄太虛,餘韻振俗氛。試問塵外事,悠悠迥不聞。

芝　蘭

芝蘭值幽谷,而無媚世姿。介然清風至,時見芳菲爲。桃李非無顏,陽艷迷人間。春光掃地盡,零落委秋山。吾願植芝蘭,慎勿樹桃李。歲寒不改操,然後見君子。

青　榕①

青榕在東園,超然出雲姿。嚴霜殄異類②,高蔭正不衰。吾愛此幽質,端貞道所宜。時來弄清陰,千載結幽期。春風桃李花,芳菲亦何爲。

【注釋】

①此詩用陶淵明《飲酒詩》其七("青松在東園")意。榕,常綠喬木,南方

常見。潮汕方言"松"與"榕"同音。陶氏以青松自況,而林大欽引青
榕爲相知。

②這句套用陶詩。殄:滅絶。異類:指往時繁盛的草木。

蒿　雀

蒿雀難爲用,空聒吾廬幽。安得如雲鳳,長鳴向康州①。
鳳來自有時,雀飛盈道歧。靈鳳在高岡,百鳥不敢嘻。吾願
見此鳥,一洗蒼生悲。紅塵蔽天地,白日何離離②。

【注釋】

①康州:大野。《楚辭·惜誓》:"獨不見夫鸞鳳之高翔兮,乃集大皇之
　野。"王逸注釋説:"言鸞鳥鳳凰乃高飛於大荒之野……以言賢者亦宜
　處山澤之中。"詩正用此意。

②離離:明亮貌。《玉篇》:"離,明也。"

久旱傷稼歲事在夏一雨滂沱遂滿皋落農
人締歡予亦喜萬物之得所也用感行休
緬然長謡不記賡韻〔一〕①

二儀來和澤②,百谷騰陽春。綠疇紛華滋,吾圃亦懷新。
欣欣木向榮,交交鳥鳴春。登臺矖流雲,臨流浣衣巾。徙倚
咏南風〔二〕③,飄飄款芳辰④。得己聊一歡,豈憂賤與貧。大
運自還復,群動悲興淪。耕種移白日,怡然丘園春。俯仰奚
所希,存亡任大鈞⑤。

【校勘記】

〔一〕賡,刻本字誤,據排印本改。

〔二〕徙,原刻誤作"陡"。"陡倚"不詞,據文義改。

【注釋】

①皋落:湖沼。締歡:相聚在一起慶賀。行休:將要衰老。陶淵明《歸去來辭》:"善萬物之得時,感吾生之行休。"賡韻:依韻相和。

②二儀:陰陽。澤,雨露。陰陽相和則風調雨順。

③徙倚:徘徊留連。南風:古詩名,《禮記·樂記》"正義"引《南風》歌辭:"南風之薰兮,可以解吾民之慍兮。南風之時兮,可以阜吾民之財兮。"

④飄颾:舉止輕快。款:逗留。

⑤大鈞:自然的運數。

端午拜瞻先慈遺像

吾親此世隔,過位恍然疑①。生時蒙訓育,沒後空餘思。蕭條堂几在,冥漠丹青垂②。典型歸何處,游魂或在斯。蘋藻申時章〔一〕③,歲月共辛悲。悠悠大地幽,神德終不虧。軒車乘雲螭④,永與造化期。

【校勘記】

〔一〕時章,疑應作"時享",形近致誤。時享,指對先人的四時祭祀。《國語·楚語》:"百姓夫婦,帥其子女,從其時享,虔其宗祝,道其順詞,以昭祀其先祖。"

【注釋】

①位:靈位。

②冥漠:静默無聲。丹青:指畫像。這句詩的意思是,母親的音聲雖已消
　逝,而母親的容貌卻在畫像中長留。

③蘋藻:古人用蘋藻做祭祀的供品,這裏泛指祭品。申:申述,就是《楚
　語》所講的"道其順詞"。這句詩説,逢年過節都備好祭品祭祀母親,
　並陳述思念之情。

④雲螭:傳説中駕車的無角神龍。

五月樓中雨後夕望

　　五月忽風雨,池閣凝清香。瀟騷平野望①,躑躅北窗涼。
幽徑少行迹,列樹儼成行。游雲向何處,飛鳥度前塘。晚色
足幽思,水花搖素光。性建形迹曠,意寂是非忘。朱李堪時
實,藜蔬幸可嘗②。永滌煩痾慮,應游無懷鄉③。逍遥百年
春,出處道吾常。

【注釋】

①瀟騷:同"蕭騷"、"瀟瀟",風雨迅猛貌。

②時實:應時的果子。藜蔬:粗劣的菜蔬。藜,野菜。

③無懷鄉:無懷氏的鄉土。無懷氏是傳説中上古帝王。《路史·禪通記》
　説無懷氏民風淳樸,百姓老死不相往來。陶淵明《五柳先生傳》自比爲
　無懷氏之民。

飛蛾嘆

　　飛蛾失明哲,冒犯燈燭光。轉覺飛凑密,羽翼須臾戕。
我讀高士傳①,蒼茫夜未央。感兹傷化理,緬然情凄涼。舉

世好近熱,我獨游大荒。蔬食未爲惡,獨處聊安詳。良玉藏瑤櫃⑥,靈鳳自雲翔。商於何足貴,黃犬空悲傷③。動息揆道軌④,逍遥順年芳。栖遲故山暮,百年何可量。

【注釋】

①《高士傳》,晋皇甫謐撰,載古代隱士事迹。又有三國魏嵇康撰《高士傳》一種,已佚,《藝文類聚》等書有節録。這裏應指前一種。

②《論語·子罕》記子貢問孔子:"有美玉於斯,韞櫝而藏諸?求善賈而沽諸?"後以"玉藏於櫝"喻高人隱逸不出。

③"商於"句用商鞅故事。商於:古地名。商鞅輔助秦孝公變法,秦孝公封商於十五邑給他做封地。孝公死後,商鞅被車裂。"黃犬"句用李斯故事。李斯輔助秦始皇統一中國。後爲趙高所讒,腰斬於咸陽市。臨刑前,他對兒子説:"吾欲與若復牽黃犬俱出上蔡東門逐狡兔,豈可得乎?"

④揆:揣度。這句的意思是:或出仕,或隱處,都應揆度自然法則。

晨　樓

高樓聊一望,列木自清森。天光悦鳥性,初日照陽林。予本烟蘿客,投足净悠襟。真趣非外借,佳賞偶登臨。蜩鳴知節易,時往傷歲陰。進德若不速,仰古意難任。遲遲白日晚,裊裊秋風深。終然謝疴慮,而與静者尋。

夏日吟

天地何太鬱,永日毒人腸。予懷良不惡,瀟灑順時芳。

好鳥鳴深枝,茂林延疎光。薰風來平陸^①,杳然虛懷涼。静裏乾坤勝,壺中日月長。卧龍終寂寞,躍馬空騰驤。流連風景換,淹泊獲吾常^②。世路今炎熱,故山安可忘。

【注釋】
①平陸:平坦的原野。
②淹泊:流連。風景換:景物變易改換,喻時光流逝。這兩句詩説,滯留在隱逸生活裏,看韶光暗度,卻獲得生命的樂趣。

秋田篇

新苗今復緑,白水明田疇。相對松筠長,時忘歲運周^①。金風吹巾衣,白雲南山幽。鄰翁載酒來,檐下就予謀。一尊齊生死,萬事隨行休。人生會有適,吾志亦何求^②。鳥愛碧山遠,魚游滄海悠。縱謔憑遷化^③,撫己得所由。勝日攜童弱,歡然聊遠游^④。

【注釋】
①歲運周:又過了一年。歲運,指四時運轉。
②這兩句詩意思説:人生自有順情適志的悦樂,又何必有其他的追求呢?適,悦樂、歡快。
③縱謔:恣意戲謔,指行爲言笑不拘束。憑遷化:依順自然變化。
④勝日:風和日麗的好日子。

日夕吟

長空飛鳥没,孤雲日暮還。流水本無意,秋容自遠山。我懷歲序感①,散帙開心顏。覽古意彌遠,徘徊孤竹間。勿問明日事,且逐今朝閒。向晚丘園寂,沉吟復閉關。

【注釋】

①歲序感:對四時更迭的感慨。這句詩含意與陶淵明《歸去來辭》"感吾生之行休"相同。

鳳　謠

惡木安可栖,逍遥聊自怡。饑餐秋竹實,暮宿梧桐枝。涼風吹蕭蕭,微霜下庭逵①。時往歲載陰②,日夕抱孤悲。所重王者瑞③,所思翔雲期。良辰曠不接,羽翼空葳蕤。長嘯出風烟,高鳴天漢涯。

【注釋】

①庭逵:院子裏的通道。

②歲載陰:歲又暮,一年又到年底。

③瑞:吉祥的徵兆。古人認爲君王聖明,天下太平,便會有鳳凰來儀。《藝文類聚》引《禮·斗威儀》說:"君乘土而王,其政太平,鳳皇集於苑林。"又引《書·考靈耀》說:"明王之治,鳳皇下之。"

秋　夕

蔓草夕靡靡,風庭霜露交。慨焉傷日月,代謝何其勞^①。盛衰各有時,人無金石資^②。苦隨萬化遷,奄忽誰能持^③。聊當憑天命,委志順虛無。得失非所知,撫己自迂睢^④。

【注釋】

①代謝:更迭。這兩句詩説:日月更迭,春去秋來,何其匆忙,真使人感慨傷心。

②金石資:金石堅固的資質。

③奄忽:急遽貌。這兩句詩説:人的生命隨着萬物的變化而變化,匆匆逝去誰能掌握得了。

④迂睢:見《田園雜咏》注㉝。

端居謡

端居念物化,慨焉傷朵頤^①。夷齊是何人,獨守西山陲。光風吹蘭蕙,庭露復在斯。眷彼日月周,我車不載脂^②。藜藿充饑刕,静德惠素思。俯仰白日光,洗心千載期。常恐失路歧,謾爲時所欺。

【注釋】

①端居:獨處,隱居。物化:萬物的更易變化。朵頤:指對功名的向往。《全唐文》卷二百十四陳子昂《唐故朝議大夫梓州長史楊府君碑》:"於

是觀寶龜之象，心滅朵頤；探金虎之爻，志存幽履。遂去家遁於嵩山。"
這兩句詩意思是説：隱居鄉間，感念萬物變化，時光流逝，慨然心傷於
建功立名理想的幻滅。

②載脂：給車軸塗上脂油，指駕車出行。杜甫《赤谷》詩："亂石無改轍，
我車已載脂。"這裏反其意，喻自己已經無心行道於世。

北齋行

伊予遣浮尚①，矢志在山栖。開窗臨北斗，種竹繞迴
蹊②。長林競豐列③，幽徑使人迷。行雲窺鳥路，芳草薄階
萋。靜裏離生滅，出處理亦齊④。守道心難貳，冥居意不
攜⑤。安常以終順，長得和天倪⑥。

【注釋】

①伊：發語詞。浮尚：華而不實的風尚。

②迴蹊：曲折的小徑。

③豐列：繁密陳布。這句詩意思是，樹林裏萬條爭發，長得茂茂密密。

④生滅：佛家語。依因緣和合而有，叫做生；依因緣分散而無，叫做滅。
有生有滅，是有為法；不生不滅，是無為法。根據佛教的中道思想來
説，一切有為法的生滅，都是假生假滅，不是實生實滅；若是實生實滅，
便是無生無滅，也便離生滅。這兩句詩的意思是説：在靜修中體認得
無生無滅的境界，領悟到用世與隱居都是同樣的道理。

⑤難貳，不攜：都是不叛離的意思。這兩句詩是説：盡管隱居不出，守道
之心依然不變。

⑥天倪：自然的分際。《莊子·齊物論》説："和之以天倪。"意思是：用自
然的分際來調和一切人為的差別。

故園行

　　雲園開臥席,居然古人情。拙訥刊時好①,伊游獲此身。浮生速流電,日月忽多更。澤世功弗及,虛名難爲榮。杳杳秋雲静,綿綿幽思清。冥心對蘿月②,孤潔勵精誠。所貴山岳重,所賤微埃輕③。高餐明霞光,俯采芳菊英。散帙娱春冬,行歌迷所營。息駕歸閒業④,栖遲慰百齡。

【注釋】

①拙訥:行動笨拙,言語遲鈍。刊:砍削,去掉。時好:世俗所好,指名位利碌。謝靈運《初去郡》:“伊余秉微尚,拙訥謝浮名。”

②冥心:幽隱合於自然的道心。

③所貴:指對生命的愛惜。所賤:指對名利的唾棄。

④閒業:指養雞種黍的田園生活。封建時代讀書人以做官行道爲正業,故稱此爲閒業。

塘上行

　　冥心遺氛業①,結思在雲歧。水色澹容與②,天光霽素期。蘭芳苦不宣,岸草迷人思。徘徊空林響,隱憂日月馳。甘是藜藿食,永斷區中思③。流觀魚鳥變④,淹泊天地私。緬想采芝歌⑤,綣然慰渴饑。

【注釋】

①氛業:指追名逐利的俗事。

②澹容與:水波蕩漾貌。

③區中思:塵世之思,指建功立名的理想。

④流觀:泛覽,不經意地看。魚鳥變:魚鳥變換種類,指時節的更迭。如謝靈運《登池上樓》詩所云"園柳變鳴禽"。

⑤采芝歌:參閱《咏史六首》注⑨商山四皓的故事。

讀司馬季主傳①

伊昔楚高人,逃名在東市②。筮卜留行春,達觀何侈瀰③。談笑羲皇前,著論窮人天④。道悠喧莫染,迹杳意彌綿。二賢何規規,玉顔空磷緇⑤。塵海烟波闊,坐令蛟龍悲⑥。涉江采芳蘭,摘菊時爲歡。雅志辭煩力,幽居意漫漫。

【注釋】

①司馬季主,漢初楚人。《史記·日者列傳》説他通《易經》,習黃老之術,博聞遠見,而隱居賣卜於長安市。宋忠、賈誼游於卜肆,與季主論尊卑賢不肖之理。季主引古明王聖人折之,宋、賈悵然噤口不能言。隔三天才自嘆説:"道高益安,勢高益危。居赫赫之勢,失身且有日矣。"

②逃名:逃避高名。《史記》載司馬季主言:"君子處卑隱以避衆,自匿以避倫,微見德順以除群害,以明天性。助上養下,多其功利,不求尊譽。"

③行春:本指太守巡視轄地、勘督農桑,這裏應指宋忠、賈誼二人巡游長安東市。達觀:通徹的見解。侈瀰:既廣且深,縱恣汪洋。

④《史記》載司馬季主與弟子講學,"分別天地之終始,日月星辰之紀,差次仁義之際,列吉凶之符,語數千言,莫不順理",即這句詩所本。

⑤二賢:指宋忠、賈誼。規規:淺陋拘泥於世俗之見。"玉顏"句喻美好的
　本質空被世俗名利所磨損染污。磷:磨薄;緇:染黑。

⑥坐:因而。

讀東方朔傳①

　達人無不可,於世若游雲。能與塵俗並,而不攖垢氛②。
昂藏入君門,浪謔金馬春③。要君輸玉帛,醉酒若爲倫④。縱
橫直瑣瑣,剖心何如我⑤。得意傲堯天,微言寄青鎖⑥。予無
混世姿,行止尚規規。相期在何處,石室紫芝涯。

【注釋】

①東方朔(前154—前93):字曼倩,漢武帝時上書爲侍郎,官至太中大
　夫。爲人詼諧滑稽,常以調笑取樂接近武帝,觀言察色,伺機直言切
　諫。事迹見《史記·滑稽列傳》、《漢書·東方朔傳》。

②攖:接觸、觸犯。

③昂藏:氣宇軒昂。金馬:西漢宦者署門之名,東方朔曾侍詔於此。《史
　記·滑稽列傳》載東方朔飲酒放歌,曰:"陸沉於俗,避世金馬門。宮殿
　中可以避世全身,何必深山之中,蒿廬之下?"

④要君:取得君王的信任。倫:同類。這句説東方朔常飲酒武帝前,醉則
　幾乎不顧君臣之分。

⑤《史記·滑稽列傳》記諸博士以蘇秦、張儀難東方朔,東方朔以時異則事
　異,苟能修身,何患不榮爲對。這兩句詩應指此事。

⑥青鎖:疑應作"青瑣"。青瑣,宮門上的裝飾。《漢官儀》説郎官給事黃
　門,日暮入對青瑣門。

讀山海經

　　二儀信寥廓,九域安能詳①。東懷君子國,西望昆侖方②。扶桑何修疎,青鳥三危傍③。帝江識歌舞,王母獨靈長④。予亦乘文螭,戴勝觀四荒⑤。開明恣幽陟,平圃縱翱翔⑥。赤水足吾飲,祝餘供吾糧⑦。逍遥八百春,壽考豈渠央⑧。

【注釋】

①二儀:天地。九域:這裏指包括中國在内的大九州。詳:盡知。

②君子國:《山海經·海外東經》載有君子國,"其人好讓不爭"。昆侖方:《山海經·海内西經》説"昆侖之墟,在西北,帝之下都……方八百里,高萬仞"。

③扶桑:《山海經·海外東經》説:"湯谷上有扶桑,十日所浴。"修疎:高大而枝葉紛披。"青鳥"句:《山海經·西山經》説:"三危之山有三青鳥居之。"

④帝江:神名。《山海經·西山經》説"其狀若黄囊,赤如丹火,六足四翼,渾沌無面目,是識歌舞"。王母:西王母。靈長:長壽。陶淵明《讀山海經》其二説西王母"天地共俱生,不知幾何年"。

⑤文螭:無角而身有花紋的龍。戴勝:戴着首飾。

⑥開明:神獸。《山海經·海内西經》説"開明獸身大類虎而九首,皆人面,東向立昆侖上"。平圃:天地的園圃。《山海經·西山經》説槐江山"實惟帝之平圃,神英招司之。"

⑦赤水:神話中水名,出昆侖山東南,流經山東北,見《山海經·海内西經》。祝餘:神草名,《山海經·南山經》説"其狀如韭而青花,食之不饑"。

⑧渠央:很快到了盡頭。此句襲用陶淵明《讀山海經》其八原辭。

林塘歌

愛此林塘静,伊游獲吾初。壯心逐風景,遂與功名疎。蘭幽人不鋤,雲閒空卷舒。日出林鳥鳴,東軒恣睢徐①。繞然陶一觴,摘此園中蔬。世味非所希②,我懷日悠虚。緬想采芝翁,時以慰居諸③。

【注釋】

①睢徐:義同“迂睢”,質樸安詳不與俗合之貌。参見《田園雜咏》注㉚。

②世味:人情世態。希:希求。

③居諸:日月、光陰。《詩·邶風·柏舟》:“日居月諸,胡迭而微。”居諸兩字,本爲助詞,後人借代爲日月、光陰,如韓愈《符讀書城南》詩:“豈不旦夕念,爲爾惜居諸。”

對酒歌

今日曷不樂,幸時猶清平。酌此一杯酒,永我千古情。蘭芳何菲菲,秋露泛其英。眷彼日月周,我生不再榮。杳此林下意,永辭區中名。夭壽非所知,得失何足縈。浩歌白日動,徙倚黄雲生〔一〕。坐嘯碧山春,頹然恣吾行。

【校勘記】

〔一〕徙,原刻誤作“陡”。

月下吟

　　明月度中天,流光在東戶。借問謫仙人①,呼月何如予?月明澄雲霞,月色令人嗟。今人照古月,今月尚流華。古今月如此,人事空流水。長願當尊歌,向月問終始。

【注釋】
①謫仙人:李白別號。這首詩多化用李白《把酒問月》句。

懷　友

　　平生寡所歡,與子終邂逅。①悠悠五湖春,雲山阻歡覯②。目斷南來鴻,心攢天邊岫③。始願今難從,相期在玄守④。

【注釋】
①邂逅:不期而相遇。
②覯:會面。
③攢:聚集。這句詩意思是,心中百感交集,如天邊簇聚的群山。
④玄守:自甘於幽昧寂寞的節操。

嘯歌二首

　　山高不可登,河深豈可屬①! 平原九萬里,翺翔足游曳②。白龍在深淵,海水揚其波。誤落湘江蹊③,泥沙奈爾何？白玉一杯酒,青雲在軒牖。笑拉洪涯肩,軒榮復何有④？

其　二

山中白雲歌,天上彩雲緩。時乘明玕車⑤,笑接淵明盞。我生欲何爲？軒裳空依依。時增陵谷思,羲皇胡不歸⑥？青陽動芳草⑦,白日嗟淪老。卓犖觀前進⑧,曠然清懷抱。

【注釋】

①厲:不脫衣服渡河。這兩句詩,以山高河深,喻世道的險惡。

②游曳:雲霞飄動貌。酈道元《水經注·江水二》:"西望很山諸嶺,重峰疊秀,青翠相臨,時有丹霞白雲,游曳其上。"這兩句詩喻隱逸生活的自由逍遙。

③蹊:小徑,這裏指狹淺的小溪。《列神傳》、《一統志》都有白龍化魚,游小溪中爲人所釣的神話。

④洪涯:又作"洪崖",傳說中的仙人,堯時已三千歲。郭璞《游仙詩》:"左挹浮丘袖,右拍洪崖肩。"軒榮:高官美譽。

⑤明玕:即"琅玕",石美似玉者。陶淵明《讀山海經》其三:"亭亭琅玕照。"後也指綠竹。明玕車即竹轎。

⑥陵谷思:世道變易,小人當道,君子貶斥之感。《詩·小雅·十月之交》:"高岸爲谷,深谷爲陵。"毛傳:"言易位也。"鄭箋:"易位者,君子居下,小人處上之謂也。"羲皇:即伏羲氏,古史傳說中的太平盛世。這兩句詩流露出林大欽對當時朝政的不滿,和對清平政治的渴望。

⑦青陽:春天。

⑧卓犖:卓越出衆。前進:猶"先進",前輩、前賢。

望月歌

歸來白雲眠,對月時翩躚①。撫己事並拙,樂天心悠然。身在羲皇後,心在無懷先。履運增慨歌,俯仰復何言。

【注釋】

①翩躚:起舞貌。

白雲謠

烟波不可涉,且向白雲歸。好鳥人共語,懸蘿春拂衣。高山增仰望,塵想日初稀①。吾愛茹芝老,時清猶息機②。

【注釋】

①高山:喻前賢。《詩·小雅·車轄》:"高山仰止。"鄭箋:"古人有高德者則慕仰之。"塵想:世俗的願望,指追求建功立名。

②茹芝:服食靈芝,指隱逸的高人。茹,食蔬。息機:息滅機巧功利之心。宋王禹偁《前普州刺史康公預撰神道碑》:"君子知命,達人息機。"

歸來謠二首

歸來物外情,日與園林親。耕鑿安時化①,衣冠隨世春。前途當不惑,遠志期所遵。已矣歌采芝,聊與靜者倫②。

其　二

田園今臥穩，悠然生事稀。源水看花入，春園羨鳥飛。壺觴時獨進，耕鑿復忘機。靄靄浮烟外，樵歌慰式微。

【注釋】

①時化：時尚風俗。

②静者：息心世務、沉静緘默的隱士。倫：相倫比。

醒來謡

頹然臥前楹，日覺天地清①。秉拙捐時好，因書見古情。鳥雀花留語，芝蘭夕流榮②。栖遲衡宇下③，庶以善自名。

【注釋】

①日覺：白天睡醒。

②流榮：花香四溢。

③栖遲：游息。衡宇：同"衡門"，指居處的淺陋。《詩·陳風·衡門》："衡門之下，可以栖遲。"朱子認爲這是"隱居自樂而無求者之詞。"

齋　居

窈窕青雲宇①，流連滄海思。帝鄉不可願②，芳草共相期。清陰盈徑户，好鳥戀幽枝。何事楊朱子，臨塗泣路歧③。

【注釋】

①窈窕:幽深貌。

②帝鄉:天帝居住的處所,神仙境界。陶淵明《歸去來辭》:"富貴非我願,帝鄉不可期。"

③《淮南子》載,楊朱見歧路而泣,因其可以向南,可以向北。臨塗:在路邊。

達人吟

達人能解俗,處世貴藏暉①。而我屏心想,頹然任冥微。新沐莫彈冠,新浴莫振衣②。污泥出紅蓮,斯道可同歸③。

【注釋】

①藏暉:收斂光芒。

②《楚辭·漁父》:"新沐者必彈冠,新浴者必震衣。"喻保持高潔節操,不爲塵俗污染。這兩句詩反其意,以爲只要節操高潔,不怕混同於流俗。

③周敦頤《愛蓮説》:"蓮出於污泥而不染。"

淺水吟

淺水堪濯足〔一〕,卑枝可結巢。水淺波浪少,枝卑風不高。魯連辭齊組,東海何囂囂①。商鞅傾秦寵,法令自煎熬②。

【校勘記】

〔一〕濯,原刻誤作"躍",今正。

【注釋】

①魯連：魯仲連，戰國時期齊國高士。齊組：齊國的官職；組，繫印用的絲帶，指代官印或官職。《史記·魯仲連列傳》説魯仲連能出奇謀偉策，但好持高節，不肯出仕。曾爲趙國解難，田單言於齊王，欲給他官爵。魯仲連逃隱於東海之上。囂囂：自得無欲貌。《孟子·盡心上》："尊德樂義，則可以囂囂矣。"

②商鞅：參見《飛蛾嘆》注③。秦惠王欲加害於商鞅，商鞅出逃，因旅舍主人嚴守保甲新法而被捕。"法令自煎熬"即指此。

田園幽興六首

青山容我放①，水竹静幽居。樹囀簷間鳥，花閒几上書。役役誠何事②，悠悠心自虚。年來游冶意，天地一蕭疎③。

其　二

净心遺紛業④，悠志在無爲。坐愛窗間草，閒吟梁甫詞。萬事嗟牢落⑤，一丘已定居。滄浪濯清足，在昔皆余師。

其　三

所居在人境，心遠迹無喧。佳辰攜良朋，樽酌開話言。軒華何足貴，清真道在敦⑥。無然隨物化⑦，幽桂足芳根。

其　四

寸心不爲薄，斗酒樂親知⑧。列席無雜語，相慰在道歧⑨。出處何必同，清修方自兹。冉冉風塵間，無然日磷緇⑩。

其　五

黃鶴不可招,蓬海事多遙⑪。青門聊種樹⑫,白日結雲謠。道悠心莫染,迹杳意彌超。千秋風雅意,兹以永今朝。

其　六

頹然白雲間,漁樵人事稀。松風解吹帶,潭水照行衣。良辰暢幽愜[一],沆瀣安是非⑬。朝陽從變化⑭,吾生本息機。

【校勘記】

〔一〕刻本如此。排印本作"良人易幽愜",恐是蟲蛀字殘致誤。

【注釋】

①放:解脱羈縛,放縱性情。

②役役:忙忙碌碌。

③蕭疎:清寂閒散。

④紛業:紛雜的俗務。

⑤牢落:荒廢。

⑥軒華:軒達奢華,官高禄厚。清真:純樸自然。這兩句詩的意思是説,官高禄厚皆不足貴,純樸自然才是大道所在。

⑦無然:不可如此。

⑧這一首似是餞别詩。樂親知:化用《楚辭·九歌·大司命》"悲莫悲兮生别離,樂莫樂兮新相知"句。

⑨道歧:叉路;分手處。

⑩清修:操行潔美。冉冉:迷離貌。磷緇:美質被磨損染黑。這四句説,出仕隱居雖不必相同,而操行潔美從此更須保持,不可讓它在紛華的塵世裏受到損害。

⑪黃鶴:傳説中仙人多乘鶴;《述異記》載仙人荀瑰招道友飲酒,賓客自雲

中騎黃鶴降,飲畢騎黃鶴歸。蓬海:東海中的蓬萊仙山。這兩句意思
是説神仙之事不可期待。

⑫青門:漢長安城東南門。召平隱居青門外,種瓜爲生,瓜甚美,俗稱青
門瓜。這句詩因聲律關係,易瓜爲樹。

⑬沆瀁:風波浩蕩貌。《文選》卷三十一江淹《雜體詩三十首·阮步兵》:
"飄颻可終年,沆瀁安是非。"李善注:"《莊子》曰:彼一是非也,此一是
非也。飄颻蒿下,沆瀁海上,逍遥一也。"這句詩的意思説,且自逍遥於
田園幽居,對世俗的是非安然待之。

⑭朝陽:阮籍《咏懷》其二有"其雨怨朝陽"句,用《詩·伯兮》"其雨其雨,
杲杲日出"典,這裏喻世事變化莫測。從:任其自然。

五言律詩一百一十七首

草亭檢書遣懷二首

　　朝來梳櫛罷,獨坐草玄亭。花齊千谷秀,春送萬峰青。引玩書連屋,縱橫樹拂庭。餐霞吾不忝①,真此慰幽惺②。

其　　二

　　細草迷通岸,懸崖氣色新。幽齋花競早,勝日柳爭春。習定今忘我,希空不繫塵③。多將琴史意,遮莫采芳辰④。

【注釋】

①餐霞:日出時服食霞氣,道家氣功的一種。不忝:不慚愧。

②幽惺:幽靜光明之心。

③習定:通過靜坐排除雜念,養心修性;明代學者常采用這種源於佛道的
　　修持方法來參驗心學之道。希空:追求空寂境界。塵:俗務。

④琴史:琴與書。孟浩然《秋登張明府海亭》:"予亦將琴史,栖遲共取
　　閒"。遮莫:任憑。

春園對酒

　　勝夕依繁圃,花晴更屬春。重開今日酒,不見古時人。風景依稀在,乾坤去住身。且隨人意得,披豁晤情真①。

【注釋】

①披豁：剖露胸懷。

病　隱

病隱真無事，幽栖偏自怡。還尋高士傳，更讀考槃詩。
野蝶穿花落，春風語鳥遲。未須滄海去，即此羨閒居。

遣　興

雲餘開臥席①，可以娛終生。嘯謔乾坤大，優游古今情。
蘿盤千谷秀，花發一園清。吾志烟霄外，勳名何足營。

【注釋】

①雲餘：雲外，遠離俗塵處。

卧　起

雲眠不覺曉，旭日已盈林。不習丘中趣，安知靜者心。
衆芳足幽氣，佳樓來幻音。撫景懷三益①，栖遲時一吟。

【注釋】

①三益：三種有益的朋友。《論語·季氏》説："友直、友諒、友多聞，
　益矣。"

柴門遣興四首

柴扉依畎畝,幽事正相關。源水看魚躍,花林羨鳥閒。
堯樽歌聖代,漢蕨足春山。誰能共冥漠,來往烟蘿間。

其　二

軒榮非所便,曠略反予真①。耕鑿人間世,蘿苔物外倫。
商歌非有待,濁酒豈無春。生茲年華轉,林塘花色新。

其　三

卜宅青山近,臨門水色新。林花春滋碧,巢燕語隨人。
漫興難和侶,投冠差獨真②。棲遲琴史意,幸得過芳辰。

其　四

頗怪生涯懶,應耽野興長。暮春高雲日,詩酒恣清狂。
種竹幽堪玩,爲農道益臧。何妨與點也③,吾意自堂堂。

【注釋】

①曠略:胸懷闊大,守持簡約。

②投冠:棄官。差:稍近。

③與:贊同。點:曾點,孔子的學生。《論語·先進》"子路、曾皙、冉有、公
西華侍坐"章說,曾皙(曾點)言志,孔子聽後,喟然長嘆,說:"吾與
點也。"

遣 意

今古殘春地,乾坤一布衣。清溪吟落日[一],芳草惜幽
扉。漸與人俗遠,難教鷗鷺違。東風吹几杖①,應采北山薇。

【校勘記】

〔一〕日,原刻誤作"口",排印本襲之,今據文義正。

【注釋】

①几杖:几案與手杖。

春原行樂

悠然物外情,況值園林清。春泉採芝去,苔堰聽鶯行①。
雲與山扉静,花漾池塘生。即事已幽愜,身世兩無營。

【注釋】

①堰:截河攔水的低壩。

三日遣興①

沙喧風野潤,日色上松枝。閒聽鶯聲囀,長吟被褉詩。
江山如有意,花木更無私。興與芳春會,重烟起夕思。

【注釋】

①三日:三月初三,傳統節日。古代民俗,這一天要到水邊洗濯,除去宿垢,稱爲祓禊。當時潮州,有在這一天踏青春游的風俗。

齋　居

高齋春寂寞,步履意迴遲。獨酌深林晚,難酬支遁思①。風喧低彩蝶,日寂縈芳枝。聊屏交游會②,幽拙謝當時③。

【注釋】

①支遁,字道林,東晋有名的僧人與詩人,與王羲之等名士交往密切,有名士風範,故後人將他看作隱者。
②屏:棄絶。
③幽拙:指寂静樸質的本性。

客　至

寂寞郊扉地①,晴光瀰望辰。門從花勝竹②,客到酒當春。牢落看鶯晚,流連發興頻。殘暉與幽色,披豁共吾真。

【注釋】

①郊扉:這裏指城外的住處。
②門從:院門坐北朝南。

自　嘲

楊子談經處,柴門春草暄①。風光驚節換,幽興與誰言。
牢落蓼花酒,支離苦柏餐②。圖書餘萬卷,吟誦自朝昏。

【注釋】

①楊子:楊雄,即揚雄,西漢末有名的經學家,曾仿《易經》、《論語》而著
《太玄經》、《法言》。王維有"楊子談經處,淮王載酒過"詩句。暄:溫
暖。春暖而柴門草長,是門前冷落車馬稀的緣故。這與上引王維詩,
是一鮮明對比。

②牢落:心志孤寂。支離:形體衰殘。

有　客

風烟還梓里,山水仲長園①。有客過茅宇,呼童具醆
尊②。清歌宜白日,粗糲足寒溫。興闌栖鳥散,相將到
石門③。

【注釋】

①仲長園:仲長子光,初唐隱士,居北渚,自食其力。守令到任都親去拜
見仲長,仲長卻以喉病爲辭未曾與交談。只與王績相善。盧照鄰有
"風烟彭澤里,山水仲長園"之咏。

②醆:美酒。

③石門:地名,或説是魯國都門。《論語·憲問》記子路宿於石門,被賢而
隱的守門人所詰難。後人以"石門"爲高人隱處的代稱。

謾　成

獨有江海情,偏隨物候新。雲烟餘潦倒,麋鹿共和春。日月高歌遍,乾坤酌酒頻。只今農卧穩,披豁露吾真。

齋　夜

草蟲鳴前除,中宵步綺虚①。月明侵卧内,花馥襲吾裾。時序催歸疾,塵心向晚疎。故園瀟湘意,應擬邵平居②。

【注釋】

①除:臺階。綺虚:有雕飾的窗户。

②瀟湘意:隱逸之情;《楚辭》説屈原放逐,逢漁父於瀟湘。邵平:即召平,見《田園幽興六首》注⑫。

聞　蛙

蛙聲悲永夜,感激入天真①。咿喔如求侣,喧呼不避人。藏身似未捷②,伏草已餘春。念爾嗟時化,凄凄愴吾神。

【注釋】

①這句詩的意思是説,自己純真的本性被蛙聲所感發。天真:本性真心。

②未捷:不靈敏。

觀雲起雨至

雲氣生層嶽,溶溶滿太虛。因風過越隽[一]①,灑雨到階除。潤圃花初馥,净心塵逾疎②。乾坤增氣象,披豁看林廬。

【校勘記】

〔一〕越隽,排印本逕改爲"越巂",不知何據。今從原刻本。

【注釋】

①越隽:義未詳。

②逾:通"愈",更加。

雨　餘

雨餘烟景緑,花夕池塘春。游雲增曠望,白日静幽淪①。撫景羞玄髪,遺時欣獨新②。衡門今古意③,蕭散采芳辰。

【注釋】

①幽淪:漸漸沉没在昏暗的天色中。

②撫景:對景、覽景。遺時:失去機會。獨新:猶"自新",雖獨處而能滌去舊垢,日增新德。這兩句詩的意思是説:對着眼前大好春光,未免爲自己黑髪賦閒感到羞愧;雖然失去進取機會,卻又爲自己道德日新而欣悦。詩句中流露出林大欽徘徊於仕隱間的兩難心理。

③衡門:横木爲門,指居處的簡陋。参見《醒來謡》注③。

霽

夙雨霽氛埃[①],南山佳色來。思隨飛鳥逸,興與浮雲開。漂泊成何事,乾坤付酒杯。蕪然春欲暮[②],空悲蕙草摧。

【注釋】
①夙雨:晨雨。
②蕪然:草木豐茂貌。

雨中新竹

細雨稍欲過,新竹自欣欣。微根初出地,高勢欲凌雲。孤直自天性,清蒼映夕曛。春深花更落,賴此掃塵氛。

草 室

草室連村水,幽林一徑微。雲從花上度,客到蓽中稀[①]。聽鳥人共得,捫蘿心弗違[②]。晴春歸臥處,衰劣定吾依。

【注釋】
①蓽:用荊竹編成的簡陋的門墙。
②捫蘿:拉着蘿藤,指優游山水的隱逸生活。

予　園

予園幽寂寞,妙思齊虚無。草徑斷來往,佳辰賴濁酤。
山林彈琴盡,烟花入望迂。慷慨傷時暮,漁樵乃吾徒。

卧起即事三首

雨意雲垂白,榴青花欲燃。殘春静散地,飛鳥夕陽天。
道羡塵機滅,幽稱樹裏眠①。風光共流换,何處問安禪②？

其　二

雲光互明滅,燕雀暫飛沉。風景每如此,瀟騷樂在今③。
試索花間卧,羞從澤畔吟④。塵機兹已矣,空有紫霞心⑤。

其　三

飯草心猶樂⑥,雲眠道益安。烟花從節换,風雨恣春殘。
杜甫慚真隱,陶潛已挂冠。他時論出處,江海意漫漫。

【注釋】
①稱:合當。這句詩説,在林子裏午睡正好適合幽隱情懷。
②安禪:佛家語,指打坐入静,停止一切行動、語言、思維。
③瀟騷:同"瀟灑",灑脱不拘貌。後面《步月二首》"直欲舞瀟騷"句,義
　同此。
④索:選擇。澤畔吟:《楚辭·漁父》説,屈原被黜,心憂國事,"行吟澤畔,

　顏色憔悴,形容枯槁。"

⑤紫霞心:出世登仙之心。

⑥飯草:拿野草當飯,喻生活的困頓。

閒　門

　閒門芳草寂,坐令青春深。考索非吾事,栖遲聊獨吟。松風吹帶袖,山月净悠襟。於茲謝煩力,永得静者心。

予樓諸山環立時寄栖遲願言攸居謾成四韻四首

　桑莆名自昔①,蒼翠復若茲。高峰拂天漢②,秀色併吾居。窗開青嶂入,簾卷白雲滋。更有烟霞想,冥然定爾期。

其　二

　南山饒古意,石壁自傾崎。苔蘚烟雲濕,蒼松春色垂。開窗挹秀氣,隱几照清姿③。素是烟霞客,時增寥廓思。

其　三

　鳳凰何代有?回薄萬古心④。天空時一望,復見此山岑。連峰雲出没,挂漢月清深。登陟憐幽絶,冥心可脱簪⑤。

其　四

　青嶂環碧空,吾廬山色中。三峰横秀氣,五嶺鬱穹窿。

野色搖春日,秋雲度晚風。平生饒幽意,於此慰窮通。

【注釋】

①桑莆:山名,在潮州城南四十里。林大欽退隱後卜居此山中。

②天漢:銀河。

③隱几:伏在小几上。

④這首詩以瞻望鳳凰山感興。鳳凰山,在潮州城北,綿亘百餘里。回薄:
　　轉近。古人以爲天下大治則鳳凰見,故孔子有"鳳鳥不至"之嘆。詩開
　　頭兩句説,鳳凰在哪個年代曾經出現呢? 望着鳳凰山,我的情懷轉與
　　古人接近。

⑤脱簪:古人爲官,插簪於冠。故仕官稱簪冕、簪組、簪笏,顯貴稱簪軒、
　　簪纓。脱簪,此處指舍棄官場富貴。

畎　畝

　畎畝荆桑外,孤亭草霧中。青莎晴白日,黄鳥舞春風。
花下琴書並,人間巾履同。尚思高臥穩,因此擬華嵩①。

【注釋】

①華嵩:華山與嵩山,都是高人隱居的所在。

一　室

　一室喧紛遠,幽林臥起遲。游絲飛白日,晴鳥度芳思。
黄綺終辭漢①,箕陽卜此居②。栖遲琴史意,幸得過明時[一]。

【校勘記】

〔一〕過,疑應作"遇",形近而訛。

【注釋】

①黃綺:夏黃公與綺里季,指商山四皓。參見《咏史六首》注⑨。

②箕陽:箕山之南。皇甫謐《高士傳》説:堯欲讓帝位於許由,許由不受,便隱居於潁水之陽,箕山之下。

草堂遣興

日月浮生易,乾坤一室餘。高山頻悵望,流水助蕭疎。道迥堪藜藿,情玄歸素初①。年來渾無事,猶得寄耕漁。

【注釋】

①迥:卓越。玄:幽遠。素初:樸質的本性,指心學之道。這兩句詩的意思是説:持道卓越,安於貧賤的生活;情懷幽遠,回返樸質的初心。

幽　栖

幽栖卻得性,永與白雲歸。聽鳥思輕舉,看山憶采薇。樗櫟誰堪並①,琴樽趣不稀。烟花彭澤里,出處幸無違。

【注釋】

①樗櫟:樗,臭椿;櫟,麻櫪。《莊子》説這兩種樹是不材之木,無所可用,卻因此而不夭斤斧,能終其天年,見《逍遥游》、《人間世》篇。這句詩用《莊子》意,説:像這種樗櫟之材又有誰能比並呢?

野　情

世事風波遠,悠悠荔薜春。乾坤未老日,烟洞獨歸人[①]。
小屋閒堪賦,雲泉意不貧。翻隨魚鳥會,飛興灑衣巾。

【注釋】

①烟洞:雲烟彌漫的巖穴,指隱士居住處。張籍《送越客》:“謝家曾住
　處,烟洞入應迷。”

中夏即事

凱風回前林[①],中夏餘清陰。百卉開和澤,晴蟬悲夕吟。
屛交事絕帙[②],懷古悵予襟。緬然思八極[③],永清塵外心。

【注釋】

①凱風:南風。
②事絕帙:指讀些無人繼承的圖書。
③八極:八方最遠之地,塵世之外。

乍　雨

乍雨消炎燠[①],蓮塘春色生。青開平野望,香送百花清。
乳雀頻將子,山蜂遠趁晴[②]。故園風景在,瀟灑欲忘名。

【注釋】

①炎燠:炎熱。謝朓《出下館》詩:"麥候始清和,涼雨銷炎燠。"

②乳雀:哺子的母雀。頻:近,與下句"遠"相對。將:帶。這兩句詩説,趁着天晴,帶子的母雀,采蜜的山蜂,遠遠近近,到處飛翔。

林下獨酌

日明鳥自散,而我卧空林。獨對山中酒,時超物外心。青蘿乘野徑①,芳草滄幽襟。若問窮通理,應依楚鳳吟②。

【注釋】

①乘:爬上。這句詩意思是,小路少有人來往,翠緑的蘿蔓爬上路來。

②楚鳳吟:指楚狂接輿所唱的歌。《論語·微子》説,楚狂接輿歌而過孔子曰:"鳳兮鳳兮,何德之衰?往者不可諫,來者猶可追。已而已而!今之從政者殆而!"

桑麻遣興二首

上天垂雨露,何物不生春。甘苦齊結實,麻桑更拂人。樂幽心愈淡,敦土道爲鄰。滿眼緣生事,離披渾性真①。

其　二

世路懶搏扶②,山林只自迂。卧幽千古迥,披豁一虚無。點咏隨歌鳥,陶尊賴濁酤③。行歡終宇宙,意緒不荒蕪。

【注釋】

①緣生事:指眼前萬物。離披:枝葉茂盛貌。王陽明認爲心物爲一,萬物皆由心生,心發爲意,意所在之事,就是物。林大欽接受陽明學説,所以説這眼前離披的草木,都自然體現出心性的本真。

②搏扶:猶"搏風",喻攀躋高位。《莊子·逍遥游》:"搏扶摇而上者九萬里。"

③點咏:曾點的咏歌,參見《柴門遣興四首》注③。陶尊:陶淵明的酒壺。濁酤:濁酒;陶淵明《飲酒詩》有"濁酒聊可恃"句。

晴　軒

蓬門今卧穩,野草思氤氲。軒嶽來清氣,晴窗檢白雲①。漸與人俗遠,轉於鷗鷺群。東風吹几杖,不歉北山文②。

【注釋】

①檢白雲:點數白雲。

②歉:不安。北山文:孔稚珪作《北山移文》,諷刺貪圖官禄的假隱士。詩意思説,我真心歸隱,讀了《北山移文》也用不着不安。

蔓　草

蔓草傷極目,芳辰誰爲攜?蟬鳴風樹杪,雨過草堂西。物候清神寂,虚懷迥不迷。只應存吾道,出處問葵藜。

榕間即事

高榕長寂寞,幽竹自青青。閒卧觀物化,冥思會性靈。浮光速流電①,身世一浮萍。悠然清軒暮,步履出林坰②。

【注釋】

①"浮光"句:時光如閃電一般迅速逝去。浮:流動不居。

②林坰:郊野。

貧　居

貧居依谷口,灌木賴幽清。欲往風雲會,其如泉石情。日明花自媚,山寂鳥還鳴。寥寥烟波外,悠然慰此生。

吾　門

吾門客不到,永日坐蕭疎。花拂琴書色,風清枕簟餘〔一〕。觀心知世妄,省樸解予初。蕪蔓從榛草,幽偏炯自如①。

【校勘記】

〔一〕簟,原刻作"箪",形訛。今據文義改。

【注釋】

①這兩句詩説,雖然身隨草木自生自蕪,心體卻仍如向原來一般光明。

　幽,心體。

幽　情

白日卧憺穩,幽人自有群。從容問魚鶴,灑豁觀圖文。
木食隨仙子①,霓衣駕五雲。坐觀城市者,車馬滋紛紛。

【注釋】

①木食:以樹木果實爲食,指隱逸之士。葛洪《抱朴子·逸民》:"然時移
　俗異,世務不拘,故木食山栖、外物遺累者,古之清高,今之逋逃也。"

雨

高堂風雨過,五月疑清秋。獨坐清塵垢,冥心散遠愁。
利名今寂寞,出處若虛舟。杳然迷所慮,天地一雲浮。

積　雨

積雨昏林畔,庭前咫尺迷。葉心愁朱實,佳賞嘆摽攜。
羽雀追飛盡,迴烟拂樹低。何當凌白日,杖履過東畦。

幽　意

五月荷花雨,陰晴屢不分。苔容常帶潤,山意欲垂雲。日滉樓臺側[①],風蒸草木薰。幽情戀蘿石,鷗鳥可爲群。

【注釋】

①滉:光影摇動貌。

高樓乍晴

風吹浮雲流,雨晴荷花秋。烟容開野望,佳氣繞臺浮。翠柏涼可食,閒情迥不愁。明發懷幽興,還爲招隱游。

觀　荷

愛爾炎陽日,偏開爛熳花。通枝扶水蕚,翠蓋駐流霞。净拂丹心破,清添松子家[①]。臨風泛薰酌,暫此惜留華。

【注釋】

①這兩句詩的大意是説:剛剛綻開的紅蓮,爲隱居處平添了一種清氣。
丹心:喻紅蓮的花蕾。松子家:指隱者的居處。松子,即赤松子。

夏日雷雨

　　白日輕雷迥,風林當晝吹。二儀消炎伏^①,一雨到雲涯。水色光虛漲,烟堂花暮思。净心澄物役,聊此寄卑栖。

【注釋】

①二儀:天地。

避　暑

　　避暑仍兹地,薰風吹我襟^①。和光隨鳥性,蕭寂曠雲林。道慮謝欣戚^②,達思齊古今。逍遥對蘿薜,永矣解余簪。

【注釋】

①薰風:東南風。

②道慮:通達道心的思想。這句詩意思是,我已經領悟心學之道,也就不再以悲歡爲意。

堂上見流雲鬱兀峰巒特絶自昔奇觀也

　　流雲今出没,緑浦動清歌。秀色連天表,清暉奈若何。南薰吹短袖,白水增瀾波。向夕嵐烟起,連山鬱嵯峨。

夏園對月

　　白露團新月，清暉照北林。檢詩宜寂静①，在野興蕭森。入蔓光難整，移雲影未侵。籬芳兼瑟歷②，徙履更追尋。

【主釋】
①檢詩：翻閱詩篇。
②兼：倍見。瑟歷：稀疎分明。

夏園即事四首

　　兹辰苦煩燠，復此款芳園。翠竹通雲過，朱枝落果繁。静偏堪避俗，疎爽未聞喧。繞屋畦蔬滿，栖遲慰夕餐。

其　二

　　荒園帶喬木，疎籬古蔓懸。地幽忘客會，興遠步炎天。散業琴書偃①，裁酒竹葉傳〔一〕②。不妨人意迫，隨處到真玄。

其　三

　　吾生何倚着，雅欲逃自然③。況此炎陽會，蕭疎水木天。步草風吹面，抛書竹共眠。未應頻悔吝④，早已慰幽全。

其　四

　　炎暑惟兹夏，三旬將欲移。芳樹射明滅，青雲静逶迤。

晴光遲夕照,風鳥會清思。慷慨傷神寂,泉林慰渴饑。

【校勘記】

〔一〕裁酒,疑應作"載酒"。

【注釋】

①散業:閒閒散散過日子。偃:止息。陶淵明《和郭主簿》:"息交游閒業,卧起弄琴書。"這裏更進一層,説連琴書都不去翻弄。

②竹葉:酒名。《文選》卷三十五張協《七命》:"乃有荆南烏程,豫北竹葉。"李賢注引張華詩《輕薄篇》:"蒼梧竹葉清,宜城九醖酒。"

③雅:平素,向來。逃自然:逃避於自然之中。

④悔吝:悔恨。

見　螢

草根明不定,星夕故飛飛。乍點琴書色,時傍草木微。匡帷傳勝事①,吾幌賴多輝。可憐清霜夜,飄零何處歸。

【注釋】

①匡帷:未詳。疑"匡"應爲"車",蚀蝕致訛。《續晋陽秋》載,車胤學而不倦,家貧,夏日以練囊盛螢火照明,以夜繼日。

聞　蟬

晴蟬號玄葉①,已動涼秋悲。響入雲俱迥,風迴聲故遲。抱貞依露食,遠害卜高枝②。羨爾孤清意,夷猶空暮思③。

【注釋】

①玄葉:枯葉;玄,赤黑色。

②抱貞:持守貞潔。蕭統《蟬贊》:"茲蟲清絜,唯露是餐。"卜:居。

③夷猶:逗留不行。

閒　適

多病慚冠紱①,歸休步紫苔。野堂人事少,秋色雁邊迴。
采藥情偏逸,吟詩興未摧。卻戀雲蘿月②,清夕照徘徊。

【注釋】

①冠紱:冠,禮帽。紱,繫印紐的絲繩。冠紱猶言加冠掌印,指仕宦生涯。

②雲蘿月:雲蘿藤葉間的月色。

夜　雨

夜雨鳴不止,端居苦沉沉。風寂秋燈静,氣溟烟堂深。
天地思寥落,詩書静可尋。飄零隨生理,無悶到於今①。

【注釋】

①無悶:没有苦惱煩悶。《易·乾·文言》載孔子語:"龍,德而隱者也。不
　易乎世,不成乎名。遯世而無悶,不見是而無悶。樂則行之,憂則違
　之。確乎其不可拔,潛龍也。"

新　霽

原野新晴緑,乾坤一望遥。斷烟依碧水,列岫上青霄。
魚鳥從相得,濠梁誰見招①。平生懷幽興,臨眺獨長謡。

【注釋】

①濠梁:濠水上的橋。《莊子·秋水》記莊子與惠施游於濠梁觀魚,這裏指
　逍遥閒游之處。

夕　懷

白日原上没,芳草夕離離。惜此浮雲滋①,空餘千古思。
冥心托松石,幻迹謝人爲②。未因飛錫去,長與鹿門期③。

【注釋】

①滋:通"兹",黑色。

②謝人爲:謝,辭。人爲,以人力所爲,與"自然"相對。"謝人爲"義同
　"返自然"。

③飛錫:指登仙雲游。鹿門:山名。《漢書·逸民傳》記襄陽高士龐德公攜
　妻子上鹿門山采藥不返。這兩句套用杜甫《冬日懷李白》"未因乘興
　去,空有鹿門期"句。

咏懷二首

勳庸乖昔願,飛錫邈難期。偃臥青山晚,沉吟白雪詞。
人事嗟淪易,雄圖空爾爲①。還將遲暮意,聊自慰興衰。

其　二

世事轉漂泊,吾道自蕭疎。長揖車馬會,來與烟蘿居。
賞心散逸帙,玄識迥清虛②。因得無生趣,長以慰舒徐③。

【注釋】

①淪易:沉淪變化。空爾爲:皆成空言。

②玄識:對道妙的體認。

③無生趣:同"無生理",參閱《感興十七首》注㉝。舒徐:從容散漫。

秋　霖

幽霖苦不徹,杲日蒼雲愁。積水迷寒草,殘烟帶夕流。
游魚翻底浪,征鶴度莎洲①。悵望虛齋裏②,閒謳惜素秋。

【注釋】

①征鶴:從遠方飛來的白鶴。

②虛齋:空曠的房舍。杜甫《惡樹》詩:"獨繞虛齋徑,常持小斧柯。"

園　居

　　林園滋幽獨,横經幸不違①。碧草憐秋萎,青山尚鳥歸。景寂絕繁亂,人閒無是非。吾志在寥廓,於此聊忘機。

【注釋】
①横經:指翻閱典籍。

秋齋閒眺

　　碧草清秋麗,齋居思渺然。遠山催落日,白水净寒天。故國風烟滿,荒原獨鶴還。何當凌倒影①,飛錫問真玄。

【注釋】
①凌倒影:升騰到日月之上的高空。沈約《郊居賦》:"始餐霞而吞霧,終凌虚而倒影。"

釣歌二首

　　壯心久零落,捆屨傲江津①。丘壑攖懷抱,乾坤獨眼真。垂綸消白日,倚杖看風晨。不阻蓬蓽興,時從畎畝民。

其　二

　　散地宜高枕,生涯又素秋。高情屬雲日,浪迹輕王侯。

徒履堪人並,餐霞只自由。絺衣挂蘿薜^②,還釣水西頭。

【注釋】

①捆屨:打草鞋;《孟子·滕文公上》說許行門徒數十人,"捆屨織席以爲
　食"。江津:江邊渡口;《論語·微子》說隱者沮、溺耦耕,孔子使子路問
　津,被他倆嘲弄了一番。這句詩意思是說自耕自食,傲然隱逸於山林。
②絺衣:用細葛布裁成的夏衣。

塘上二首

　古木蕭疎地,蒼黄日霧時^①。秋風吹錦水,可以蕩人
思^②。遠看飛雲勢,低吟組織詩^③。素心固如此,吾道竟
何之。

其　二

　青田望不極,野水夕離離^④。落日諸山暮,歸禽獨樹枝。
高吟宜野静,杖履失秋悲。自覺塵機少^⑤,幽行步每遲。

【注釋】

①蒼黄:青色與黄色,這裏指雲霞光色的變化。
②錦水:指水面漣漪似織綿紋。
③組織詩:文辭華美、安排巧妙的詩歌。組織:經緯交錯,織成布帛;喻構
　辭造句,寫成文章。
④離離:分明貌。
⑤塵機:塵俗事務。

秋　望

清秋時極目,世情今已閒。海闊浮雲遠,天空獨鳥還。寒流明野際①,落日半幽山。於茲任吾愜,蕭散風烟間。

【注釋】

①寒流:清冷的溪流。《文選》卷三十謝朓《始出尚書省》:"邑里向疎蕪,寒流自清泚。"

樓中夕思

避俗時觀眺,登高復此樓。山連越巂盡〔一〕,海接風雲秋。石室留丹訣,仙槎泛碧流①。童顔如可駐,應與葛公游②。

【校勘記】

〔一〕巂,排印本作"嶲"。

【注釋】

①丹訣:仙家練丹的秘訣。仙槎:可通仙境的木筏。《博物志》記海濱有人乘槎出游,至一處見有女機上織,而一男牽牛飲水,回來問嚴君平,方知已到銀河,遇牛郎織女。

②葛公:東晉葛洪,字稚川,號抱朴子。好神仙導養之術,隱居廣東羅浮山,煉丹著述。

不　寐

中宵思寂寞,苦被秋蚤鳴。星臨萬户動,月傍九霄清。天地容吾拙,雲山此夜情。松筠歸臥處^①,蕭瑟養殘生。

【注釋】
①筠:竹子。

夜　思

涼園依蔓草,零露惜秋情。行藏千古思,天地一身輕。月出雲間靜,風來松上清。虛懷澄物滓,於此正無營。

步月二首

今夜清秋月,分明照羽毫。曠野憐人少,列宿共天高。影落風枝亂,光飄星海濤。瞻依倚北斗,直欲舞瀟騷。

其　二

夜氣泛虛爽,中天月自遲。雲巖風桂落,林表露華滋。獨賞通玄理,高歌慰素思。本無身外慮,清夕每相隨。

中秋夜月

明月度中天,流光正迴縈。可憐一片影,共此萬方情。
隨風吹永夜,並露滴孤清。牛女雲河外,何曾波浪生。

樓中對月

中夜虛天靜,巍栖月迴明①。乾坤獨老眼②,時序故山
情。度漢光難滅,兼星照愈清③。萬方分氣象,伏枕看流螢。

【注釋】

①巍栖:住在高樓上。

②老眼:老到的眼光。杜甫詩:《聞惠二過東溪特一送》:"皇天無老眼。"
此句以老眼喻月。

③度漢:越過銀河。兼星:吞並星光;月明則星輝微弱,所以説是"兼星"。

有　思

河清不可俟①,天命信難期。不涉滄江路,空吟采蕨
詩②。白露依時落,兼葭仍在斯。秋水依稀在,茫然有
所思③。

【注釋】

①河清:喻明時。《拾遺記》:"黄河千年一清,至聖之君以爲大瑞。"俟:等待。這句詩用張衡《歸田賦》"俟河清乎未期"意。

②滄江:即滄浪之水。陳子昂《群公集畢氏林亭》詩:"子牟戀魏闕,漁父愛滄江。"漁父,隱者,參閱《田園雜咏八首》注㉜。采蕨詩:即《采薇歌》。《史記·伯夷列傳》:周代殷有天下,伯夷、叔齊隱於首陽山,采薇蕨而食,及饑且死,作《采薇歌》曰:"登彼西山兮,采其薇兮。以暴易暴兮,不知其非兮。神農虞夏忽焉没兮,我安適歸兮?於嗟徂兮,命之衰兮。"這兩句詩意思是説,我實在不願走漁父棄世之路,怕空吟了伯夷《采薇》之詩。

③詩後四句用《詩·蒹葭》毛傳意。毛傳説,蒹葭之盛,必待露降爲霜而後成,比喻國家必待禮樂而後興;秋水則喻禮樂求材之道。這首詩前四句對時政已經喪失信心,但又不甘歸隱終老;故後半截還企望國家能興禮樂、求賢材,但對此又毫無信心。

除　棘

怪爾何延蔓①,高秋未覺衰。自施鋤艾力②,會見根株移。寧使芝蘭長,毋令荆棘滋。剪棘如弗力③,芝蘭常爲欺。

【注釋】

①爾:指荆棘。

②艾:通"乂",治理。

③剪:剪除。

夜

　　寥落寒空暮,凄其嘆索居①。銀漢光脩草②,星辰動夜虛。螢輝明水次,秋唧薄階除③。多少殘生思,空催清夜徂。

【注釋】
①凄其:凄涼貌。索居:獨居。
②脩草:枯草。脩,干枯。《詩·王風·中谷有蓷》:"嘆其脩矣。"毛傳:
　"脩,且干也。"
③秋唧:秋蟲的鳴聲。薄:靠近。

園居遣懷三首

　　野外遂生理,支離準自休①。三時長病懶②,一月鮮梳頭〔一〕。把釣供幽事,看花復素秋。杖藜從白首,身世兩無尤③。

其　二

　　短景難幽卧④,秋風差自強。村幽宜杖履,歲暮識行藏。農父秫粱秀〔二〕,園家橘柚香。蹉跎依物色⑤,縱謔向窮荒。

其　三

　　久愛吾廬好,柴門少樹遮。浮雲悲世事,流水惜生涯。

有興尋親侶,嘗新剥棗瓜。静喧翻自樂⑥,衰劣豈吾嗟。

【校勘記】

〔一〕鮮,原刻作"解",形訛,今依文義改。

〔二〕梁,原刻誤作"粱",今正。

【注釋】

①支離:病體衰弱。準:測斷。

②三時:春、夏、秋三個務農的季節。《左傳·桓公六年》:"三時不害,民和年豐也。"疏:"春、夏、秋三時,農之要節。"

③無尤:無有過失。

④短景:短促的白天;景,日光。杜甫《從驛次草堂復至東屯茅屋》其二有"短景難高卧"句。

⑤物色:自然景色。

⑥静喧:幽静與喧鬧。翻:反復變化。這兩句詩説,門庭雖由喧鬧變爲寂寞,而怡然自樂;身體雖然衰病,也不用嗟嘆。

披　籍

蘿苔協素尚①,雲籍展清幽②。激發興亡事,蕭條古今愁。華名終寂寞,出處任虚舟③。信步生涯晚,吾行何所求。

【注釋】

①協:合。素尚:樸質高潔的情懷。

②雲籍:喻圖書的衆多。

③虚舟:空船。《莊子·列禦寇》説聖人淡泊無心,逍遥自然,"泛若不繫之舟,虚而遨游"。陶淵明《五月旦作和戴主簿》"虚舟縱逸棹,回復遂

無窮"用其意。這句詩又化用陶詩，說自己出處隨意自然，如虛舟泛逸。

晚望二首

白屋臨秋水①，幽期可奈何！坐觀鳧鴨亂，遠眺風雲多。荒樹連斜日，寒烟落晚波。於兹傷寥寂，浩蕩一高歌②。

其　二

極目杳無際，連山接素秋。雲迷粵嶺樹，日涌大荒流。饑雀喧枯木，寒烏薄晚樓。仍餘今古思，蕭索增暮愁。

【注釋】
①白屋：簡樸的房屋。
②浩蕩：恣縱放逸。

對菊二首

秋菊有佳色，盤根手自栽。興與佳賓發，尊對艷花開。天地生奇質，山林老此才。九月清霜下，中逵蕙草摧①。

其　二

種菊黃花滿，縱橫野興多。生涯隨杯酒，風景自山河。靜後天機透②，吟餘秋色過。衣冠慚世會③，清寂慰蹉跎。

【注釋】

①中逵:道路交會的地方。

②這句詩説,隱居的静寂使我洞徹造化的奧妙。

③衣冠:指宦仕生涯。世會:遇時際合。

九　日①

今日雲景好②,高齋空復情。開尊延夕景③,搴菊泛流英。地與陶潛迥,思同謝朓清④。長歌待松月,曲盡亦何營。

【注釋】

①九日:九月九日,即重陽節。

②雲景:雲氣風景。韓愈詩《送劉師服》:"淅然雲景秋"。

③延:邀引。夕景:落日的餘暉。

④謝朓(464—499),字玄暉,南齊詩人。後世與謝靈運並稱;靈運稱"大謝",朓稱"小謝"。《南齊書》説他少有美名,文章清麗。

宴　集

沉冥俗所捐①,歲月寄秋山。親侶時萍集,壺觴引興閒。看雲未礙遠,看月不須攀②。擾擾風塵際③,誰開芳夕顏。

【注釋】

①沉冥:隱晦行藏。捐:抛棄。這句詩意思説自己隱居不仕,爲世俗所棄。

②李白《把酒問月》:"人攀明月不可得。"

③擾擾:紛亂貌。

寒　雲

　　搖落秋將晚①,寒園菊尚花。天風吹斷柳,旭日霽清沙。故國高雲氣,烟堂暮景斜②。誰能更拘束,嘯豁是真涯。

【注釋】

①搖落:草木隕落。宋玉《九辯》:"悲哉秋之爲氣也,蕭瑟兮草木搖落而
　變衰。"

②暮景:傍晚的陽光。

秋暮書懷四首

　　秋風吹古道,行旅漸疎稀。天地故人少,江山獨鳥歸。清同滄海客①,静傍竹林微。吾愛茹芝老②,時清猶息機。

其　二

　　清溪修竹裹,隱者自盤還③。鬚髮明雲日,衣裳照薜山。地幽人眺静,天杳鷺飛閒。早晚相將意,乾坤一寄間。

其　三

　　白露滴秋月,壯心悲暮年。思深雲没地,醉舞菊花天。短鬢吹霜入,寒軒索霧眠。蹉跎聊自哂,容易歲時遷。

其 四

搖落殘秋地，乾坤一散人。蓬門稀過客，勝日謾垂綸。尊酒琴書並，弦歌卜築真。浩思齊雲月，嘯謔羲皇春④。

【注釋】

①滄海客：仙人；滄海，神話中的仙山。《海內十洲記》："滄海島在此海中……水色皆蒼，仙人謂之蒼海也。"

②茹芝老：即商山四皓。

③盤還：盤桓，徘徊。

④嘯謔：嘯歌浪謔，指自由不羈的生活。

嘯 歌

青山誰與語，白雲空婆娑①。壯心徒激烈，歲暮將若何？三杯起高咏，一嘯净秋波。縱橫何足道，意氣鬱嵯峨②。

【注釋】

①婆娑：白雲舒卷貌。

②縱橫：指經營天下。鬱：氣盛貌。嵯峨：山高峻貌。這兩句詩説，汲汲以天下事爲務又何足挂齒，保持着浩然意氣自可與高山比肩。

暮齋獨步

山軒來晚照，落葉益紛紛。古徑行人少，荒齋歸鳥聞。

寒雲依渚静,緑水向田分。獨步兹何緩,蕭騷意不群。

冬原眺望

極目清煩垢,荒原古迹餘。地形連海盡,天影落江虚。
舊賞人頻隔,新游樂未疎。良辰多感慨,臨眺一躊躇。

月　庭

虚庭紛涼白,中天夜寂寥。星河高不動,風月自清宵。
天地豈予獨,知音誰見招。冥心祈有合,悵望空雲霄。

暮

撫几千山暮,涼軒獨夜情①。净心澄物役,了性到無
生②。寂寂林雲滿,悠悠花露清。平生用幽意,非愛百
年名③。

【注釋】

①獨夜情:夜間寂然安卧的心境。《文選》卷二十五謝瞻《答靈運》詩:
　　"獨夜無物役,寢者亦云寧"。

②澄:安定。物役:外物的困擾。了性:了悟本性。無生:不生不滅。佛
　　學認爲萬物生生滅滅的種種形相都是虚假的,唯有佛性才是萬物的實
　　體。這真如佛性爲萬物所具備,所以能不生不滅。明代心學家便襲用

了佛學理論來闡述心性學說。參見《感興十七首》注㉝。

③百年名：一世的好名聲。這句詩用陶潛《和劉柴桑》"去去百年外，身
　名同翳如"，《雜詩》"百年歸丘壟，用此空名道"等句意。

冬齋遣興四首

雪苑開三徑①，閒情構一居。地幽人臥穩，天迥月明疏。
種讀移生紀②，樵歌會起予。時聞好事者，載酒及吾廬。

其　二

絕迹幽栖境，南涯水氣中。松蘿蟠日月，花鳥雜春冬。
道爲今名隱，情應古者同。蒿蓬何必問，於此擬仙蹤。

其　三

自厭塵囂雜，悠然坐碧林。談玄歸造化，守黑慰初襟③。
日月飄零疾，雲山蕪没深。知音倘有會，應許撫瑤琴④。

其　四

幽居雖寂寞，浩思動乾坤。日月風烟積，山林典象存⑤。
冥搜窮物極，達識探天根⑥。慷慨高歌裏，誰能測至言⑦。

【注釋】

①雪苑：冬天的庭園。三徑：西漢末王莽專權，兗州刺史蔣詡辭官隱居，
　在庭中竹下開三徑，只與賢者求仲、羊仲兩人交往。

②生紀：年壽。移：變遷。這句詩意思説，用耕田讀書來打發歲月。

③守黑：默守不顯露智慧的意思。《老子》説：“知其白，守其黑，爲天下
　　式。”初襟：初心、本性。
④會：會心，領悟其意。許：贊許。撫：摩挲。《晋書·陶淵明傳》：“淵明
　　不解音律，而蓄無弦琴一張，每酒適，輒撫弄以寄其意。”這兩句詩説，
　　知己者如果能領悟，應該贊許我像陶淵明一般高遠自得的情懷。
⑤典象：典型、榜樣。
⑥物極：萬物的準則。天根：人的本性。陽明學説以爲人心與天地萬物
　　同體，這裏的“物極”、“天根”皆指心學之道。
⑦至言：表達最根本的道理所用的言語。《莊子·知北游》：“至言去言。”
　　因爲用來表達至理的言語已經離開一般的話語，難以用世俗知識來測
　　度，所以説“誰能測至言”。

生　日

　　經濟慚長策①，歸山有敝廬。思隨魚鳥幻，道想羲唐初。
身世同漂泊，漁耕慰寂居。桃源如可問，於此定何如？

【注釋】

　　①經濟：經世濟人。長策：指律令經典。參見上《田園雜咏八首》注⑰。
這句詩的意思説，我因爲没有治國安民的良謀而慚愧。

放　歌

　　道人顔色好，稱是漢時民。不逐龍虎門，空隨麋鹿春。
浩歌移嵩嶽，意氣凌衣巾。軒榮何足語，高節滋嶙峋①。

【注釋】

①嶙峋:這裏形容節操峻峭超群。

<h1 style="text-align:center">白　雲</h1>

白雲南山來,天際自卷舒。寥落今何事,對此心益虛。浪迹羲皇後,縱意無懷初①。惟應洗心者②,絶迹會真予③。

【注釋】

①無懷:即無懷氏,參見《五月樓中雨後夕望》注③。

②洗心:去除心中邪念。王陽明認爲"破山中賊易,破心中賊難",故提倡"致良知"之教,這裏的"洗心者"指接受陽明學説的人。

③絶迹:滅絶形迹,脱去外相。真予:呈露本性的"我"。

<h1 style="text-align:center">好　古</h1>

好古甘寥落,嗜静無冬春。詩書侵雪幌①,霄漢灑風神②。白髮催年老,青陽革歲新。從今幽卧穩,天地惜烟塵。

【注釋】

①雪幌:潔白的窗帷。

②灑:高峻貌。這句詩説,神采品格高峻凌霄漢。

七言律詩十七首

草堂遣興二首

寥落生涯一草堂,草衣木食恣安詳^①。烟花已許瀛洲並^②,日月偏隨野興長^③。漸止黃鸝將數侶,重來紫燕語青陽。從容久擬陶潛宅,懶懈無心學楚狂。

其　二

臥病青山空復春,每依杖履惜芳辰。異世繁華那在眼,故園風景正相親。穿花蛺蝶元相並,點水蜻蜓故傍人。傳語風光共流轉,百年清賞併吾真^④。

【注釋】

①草衣木食:編草爲衣,采果爲食。指隱逸高士。宋趙與時《賓退録》卷二十三:"梅聖俞如深山道人,草衣木食。王公大人見之,不覺屈膝。"

②烟花:春天的美景。瀛洲:傳説中海裏的仙山。這句詩的意思是説,春堂的景致已經可同仙境相比。

③野興:郊居野游的興致。

④併:相合。

林亭書懷三首

林下春晴生事微^①,芳亭野色静年暉。桃花照日傷心麗②,鶴鷺和風傍晚歸。浪迹只今頻自得,甘情太古寂忘機。臥龍躍馬終何事,故傍青門曳薜衣③。

其　二

百歲生華轉眼中,四時清興與人同。漸將詩律酬杯酒,故着雲衣舞碧空〔一〕。僻地每宜開尺籍④,幽禽長自語花叢。風清最愛春光好,直道無憂任轉蓬⑤。

其　三

木欄亭子併清幽,浪迹雲餘迥不愁。謾把釣竿從許子,羞將服食擬浮丘⑥。卉巾葛服春相問,碧水丹山時獨游。看玩晴光移白日,好將吾道付滄洲⑦。

【校勘記】

〔一〕碧,原刻作"薜"。按"薜空"文義不通,恐是音同兼承上"薜衣"字而訛,故改。排印本後三字作"蕪薜空",則又因"薜空"不可解而易"舞"爲"蕪",不可從。

【注釋】

①生事:猶言世事。韋應物《寓居澧上精舍寄于張二舍人》詩:"道心淡泊對流水,生事蕭疏空掩門。"生事微,世事少。

②傷心:耗損神志。這句詩意思説,艷麗的桃花照映在燦爛的陽光下,使人心搖神蕩。

③青門:長安城東南門,召平隱居處。參見《田園幽興六首》注⑫。薜衣:薜蘿衣,指隱者的衣服。

④尺籍:同"尺書",指儒家經典以外的雜書。漢制,經書與律令用二尺四寸簡書寫,其餘書籍用尺二寸簡,故稱"尺書"。

⑤轉蓬:隨風飄轉的蓬草,這裏比喻世事的變化反覆不定。

⑥許子:即許由。浮丘:即浮丘公,道教傳説中黃帝時仙人,曾接王子喬
　　上嵩山修道。服食:道教方術的一種,通過吞服丹藥來求得長生不老。

⑦滄洲:隱者所居之處。《文選》卷二十七謝朓《之宣城郡出新林浦向板
　　橋》詩:"既歡懷祿情,復協滄洲趣。"李善注:"揚雄《橄靈賦》曰:世有
　　黃公者,起於滄洲。精神養性,與道浮游。"

春　晴

　　花發烟晴春事宜,風和日暖迥春姿。百年事業惟杯酒,
四海烟塵何所之?簾户静應通乳燕,幽懷不負采芳期。白
沙翠竹青蓑裏,一曲滄浪有所思。

蓬門二首

　　蓬門闃寂稀來往①,日日幽懷對薜蘿。静檢雲篇抽遠
思②,閒看鳥翼一相過。江湖荏苒風烟迥,日月逶迤春色和。
定與鹿門同出處,不妨杯酒付清歌。

其　二

　　吾生自謂巢居子③,絕迹丘園澄物牽。杖履春風禽對
語,逍遥日月花晴眠。繁華過眼須臾事,木石無心百歲緣。
只此清閒超世網④,何須閬苑訪神仙⑤。

【注釋】

①蓬門:編蓬草爲門,指貧寒窮居之處。闃寂:寧静寂寞。

②抽遠思:引發懷古的情思。

③巢居子:築巢而居者,即上古之民。《莊子·盜跖》:"古者禽獸多而人 民少,於是民皆巢居以避之。"

④世網:世俗羅網。網,喻世俗雜務的束縛。

⑤閬苑:傳説中昆侖山上神仙居處。

永　夏

荆扉俗遠憐幽僻,永夏無心只晝眠。桃李不言通鳥 道①,鶯花寥落自風烟。側身天地更懷古,回首雲泉甘寂然。 塵世漫留風格在②,逍遥擬賦卜居篇③

【注釋】

①鳥道:《庾子山集》卷十二《秦州天水郡麥積崖佛龕銘》:"鳥道乍窮,羊 腸或斷。"鳥道、羊腸皆指山中小路,鳥道言其險,羊腸喻其曲。此句中 鳥道指小蹊徑。《史記·李將軍傳贊》引俗諺云:"桃李不言,下自成蹊。"

②風格:風神品格。

③《卜居》乃楚辭篇名,傳爲屈原所作。

吾　鄉

吾鄉風俗自淳古,直道時存畎畝民。衣服不殊天樸在, 藩籬剖折話情親①。粤歌魯酒春相問②,雲榻烟蓑老傍人。 故憑童冠將桑梓,浴水風雩語性真③。

【注釋】

①藩籬剖折：比喻心中無隔閡。

②魯酒：薄酒。《莊子·胠篋》："魯酒薄而邯鄲圍。"陸德明《經典釋文》
　說，楚宣王會合諸侯，魯恭公後到，所獻的酒也淡薄。見《莊子集釋》卷
　四中《胠篋第十》注。故後世以魯酒爲薄酒的代稱。

③浴水風雩：指逍遥自在的生活。參見《柴門遣興四首》注③。

衡　門

　　投老衡門不用名，此身長與一鷗輕。浮生擾擾非吾意，
底事悠悠空世營。混迹漁樵頻自得，憑誰風月競多清。雲
白山青共予好，百年懷土迥深情①。

【注釋】

①懷土：依戀故鄉。《論語·里仁》："君子懷德，小人懷土。"

甘　雨

　　六月六日苦炎熱，翻然一雨疑清秋。田雞水鶴歡並
得①，對酒狂歌可自由。浮生不問黄金産，塵世惟應囊藥
謀②。便與漁樵同出處，九天雲路泛虛舟。

【注釋】

①田雞：潮俗稱白胸秧雞爲田雞。白胸秧雞，不善飛，能游泳，走時前後
　低昂不已，常活動於沼澤田野間。水鶴：鶴的一種。

②黄金産：財帛家産。囊藥：囊中藥。《神仙傳》説漢程偉喜煉丹術，其妻

得道,出囊中藥少許,合水銀煎之,須臾成銀。囊藥謀,喻千方百計追逐錢財。

秋　懷

　　幽栖日覺喧紛遠,獨坐隨忘世上名。把酒看山了何事,芄蘭叢菊時爭清。乾坤宿業詩書在②,日月無心節序更。萬事蹉跎塵霧裏,百年杖錫慰深情③。

【注釋】

①芄蘭:又名蘿藦。多年生蔓草。《詩·衛風·芄蘭》:“芄蘭之支,童子佩觽。”

②宿業:舊業。

③杖錫:僧人持錫杖雲游,這裏指放浪山水。

高樓對月

　　高樓夜寂涼風發,獨對南屏看月明。萬里星河光不動,百年清景慰吾生。天空過雁聞秋信,露重垂珠滴葉鳴。暫學楚狂歌彩鳳,五陵衣馬自肥輕①。

【注釋】

①五陵:漢朝五代帝王陵墓,在長安近郊,後泛指豪門聚居地。衣馬自肥輕:本《論語·雍也》“乘肥馬,衣輕裘”,指生活安適豪華。這句詩襲用杜甫《秋興八首》其三“五陵衣馬自輕肥”句。

齋居二首

清齋獨坐思閒閒①,孤松幽竹長相關。長空飛鳥向何處,霽日孤雲時往還。杖履久牽滄海夢,風流擬住紫霞間。飄零生業餘多少②,靜倚青門笑碧山。

其　二

斗室行藏臥起徐,飄颻久矣白雲居。世遠桑麻喬木裹,情閒風月短簑餘。謝安不倦登臨興,阮籍真忘禮法疎③。惆悵哲人今寂寞④,孤吟搔首思躊躇。

【注釋】
①閒閒:瑣碎精細貌。《莊子·齊物論》:"大知閑閑,小知閒閒。"
②生業:賴以爲生的産業。
③阮籍(210—263),字嗣宗,三國魏陳留人。竹林七賢之一。《晉書·阮籍傳》説他"不拘禮數","禮法之士疾之如仇"。這句詩説,阮籍言行皆出自天性,而忘卻世俗禮數。
④哲人:指謝安、阮籍。

游陰那　有序

潮有陰那,末唐法界也①。時欲謁未遑。兹承恩歸②,乘便一覽,大是嶺東奇觀。朝來僧請一字以爲那記,予亦奚慳,書此以證。

遥看名勝起巃嵸③,束膝徐徐謁鏡空④。五玉峰前鋪玉埒⑤,二珠樹裏蕊珠宮⑥。有因特叩關中偈⑦,無盡誰傳燈下紅⑧。石上精魂今在否⑨？令人惆悵有無中。

【注釋】

①陰那:山名,在今廣東梅州、大埔交界處,明時隸潮州府程鄉縣。陰那山景物奇異。唐時有僧人了拳修煉於此,後人建寺祀之,香火頗盛。爲游覽勝地,歷代文士吟咏極多。法界:佛家語,泛指宇宙間一切存在,這裏指佛寺所在。

②茲承恩歸:嘉靖十三年,林大欽以母病乞歸養,獲準。詩當作於此年。

③龍嵸:山勢險峻貌。

④束膝:縮腳,因山路險峻而步履拘縮。鏡空:《異聞録》記"齊君房遇胡僧,與棗如拳,食之知過去未來事,乃至靈隱寺,遂削髮,法名鏡空。"這裏泛指得道高僧。

⑤五玉峰:陰那寺前五峰聳立,青碧如玉,故稱。埒:山上的泉流。《列子·湯問》:"一源分爲四埒,注於山下。"張湛注:"山上水流曰埒。"這句詩描寫的景色,與王陽明《游陰那山》"路入叢林境,盤旋五指巔。奇峰青卓玉,古石碧鋪泉"正相同。

⑥珠樹:菩提樹果實圓而質堅,可作念珠,故又稱珠樹。蕊珠宮:道教傳説中神仙所居宮殿,這裏指佛殿。這句詩説,佛殿掩映在兩株菩提樹繁枝茂葉之中。

⑦叩:詢問。關中偈:東晉時,西域高僧鳩摩羅什入長安,關中法集甚盛。吉藏《中論疏》説羅什有"門徒三千,入室唯八。"八個入室弟子中,僧叡、道融、道生、僧肇尤爲後人所稱,名"關中四子"。慧皎《高僧傳》卷二《羅什傳》載,什在關中,"嘗作頌贈沙門法和云:'心山育明德,流薰萬由延。哀鸞孤桐上,清音徹九天。'凡爲十偈辭喻皆爾。"鄭昌時《韓江聞見録》卷五説了拳幼年出家被推爲道長,嘆曰:"聞道太早,得道轉遲;見道太易,行道轉難。"按此語與林大欽際遇若合符節,疑本句關中偈即指此。

⑧無盡句:佛教稱佛像前所供長明燈爲傳燈。《大智度論》以此爲辭喻,

説:"汝當教誨弟子,弟子復教誨餘人,輾轉相教,譬如一燈復燃餘燈,其明轉多。"故又稱佛弟子代代相傳爲"無盡傳燈"。

⑨石上精魂:見唐代袁郊《甘澤謠·圓觀》條。謂僧圓觀與李源友善。歿前,與李源約十二年後中秋夜,相會於杭州天竺寺外。及期,李源赴約,逢一牧童歌《竹枝》:"三生石上舊精魂,賞月吟風不要論。慚愧情人遠相訪,此身雖異性長存。"李源因知牧童爲圓觀後身。揣摸林大欽此詩,句中似有自擬爲了拳後身之意。

七言絕句五十三首

遣興十二首

他日事主曾無賴,欲寫狂言獻至尊①。而今籬落緣生事②,渾卻悲歡到我門③。

其　二

流落生涯李杜憐,狂童車馬正翩躚④。即教富貴從人得,何事滄洲泛蠡船⑤。

其　三

陶潛曾作歸來人,臥穩柴桑太古春〔一〕。卻遺秀句存青史,未絕風流漉酒巾。

其　四

長公直道嗟難同⑥,仲理風高起澤中⑦。虛疑富貴由來事,熟記當年失馬翁⑧。

其　五

最傳秀發王維詞,竊信風流亦我師。行到水窮渾自事,坐看雲起更相宜⑨。

其　六

吟詩豈必耽佳句,飲酒應須會性真。好記襄陽龐處士⑩,閒過江湖一百春。

其　七

極目青濛鳥道天,飛沉今古誰差賢。柴門勝事花如錦,我自吟詩看月眠。

其　八

已見繁華悲眼前,又聞陵谷變桑田。南州野士居鄭谷⑪,不喫魚粱喫紫烟〔二〕⑫。

其　九

南州花竹暮春光,聽鳥問花幽事長。誰將造次嗤榮辱⑬,吾欲此地老行藏。

其　十

青榴丹橘春冬天,課酒行歌意醒然⑭。薄俗謾通人意過,冥將物理信流年⑮。

其十一

茅堂竹徑來人稀,鳥鵲行雲他自歸。南畦少摘葵花菜,北牖開尊問翠微。

其十二

翠屏幽竹静相親,白眼科頭酒後春⑯。病我迂疎慵世會,不是東西南北人。

【校勘記】

〔一〕太古,光緒本作"大古",據康熙本改。

〔二〕梁,原刻誤作"梁",今正。

【注釋】

①無賴:没有才能而强爲之。這兩句詩指殿試對策五千言一揮而就事。

②籬落:指隱居之所。緣生事:順應養生之道。

③渾:幾乎。卻:推拒。

④狂童:輕薄少年。

⑤蠡船:即鴟夷舟,參見《咏史六首》注⑤。

⑥長公:張摯,字長公,西漢南陽人,張釋之之子。仕朝爲大夫,因不能取容當世,遂終身不仕。見《漢書》卷五十《張釋之傳》附傳。

⑦仲理:楊倫,字仲理,東漢陳留人。爲郡文學掾,因與世不合,去職講學於大澤之中,弟子千餘人。安帝、順帝時三次徵辟爲朝官,皆因直諫見罪。遂歸里閉門講學,不再出仕。見《後漢書》卷一百九《儒林傳·楊倫傳》。

⑧失馬翁:《淮南子·人間》載塞翁失馬故事,以爲禍福的變化不可測知。

⑨王維《終南別業》詩有"行到水窮處,坐看雲起時"句,飽含順遂自然,逍遥悠適的意興。

⑩龐處士:即龐德公,南郡襄陽人,漢末高士。以世亂,隱居自保。劉表數延請,皆不出。劉表問:"先生善居畎畝,不肯官禄,後世何以遺子孫?"答曰:"世人皆遺之以危,今獨遺之以安。雖所遺不同,未爲無所遺也。"後攜妻子登鹿門山采藥不返。見《後漢書》卷一百十三《逸民

傳·龐公傳》。

⑪南州野士:林大欽自稱。南州:指潮州。野士:山野隱居之士。鄭谷:
漢成帝時,鄭樸隱居於雲陽谷口,不屈其志而耕乎巖石之下,名動京
師。後人就以"鄭谷"稱隱者居處。

⑫喫紫烟:道教服氣餐露一類修煉方術。

⑬造次:倉卒之間。《論語·里仁》:"君子無終食之間違仁,造次必於是,
顛沛必於是。"嗤:譏笑鄙視。這句詩意思是說,誰能頃刻不離仁德而
置榮辱於不屑一顧。

⑭課酒:試酒。

⑮謾:聊且。信:隨意。這兩句詩意思是,聊且通達人情世俗,默默隨自
然變化打發時光。

⑯白眼:眼珠上翻只露眼白。《晋書·阮籍傳》説阮籍"見禮俗之士,以白
眼對之"。科頭:束着頭髮而不帶帽,裝束不拘禮節。《三國志·王粲
傳》注,説曹植"科頭拍袒,胡舞"。

草堂看花十二首

手栽數種細青青,忽蔓堂階刺眼明。東風不費吹嘘力,
好向春時卻盡生。

其　二

初覺花開三兩枝,便看爛熳更相宜。從今難卻春風意,
日日花前醉酒巵。

其　三

無賴春色太增情,枝枝葉葉向人傾。每愁風雨殊煩惱,
卻怪雨中花迴明。

其　四

最喜一庭開九里^①，可憐夭棘蔓青絲。閒英細擷渾無數，開合紛紛只自宜。

其　五

芙榴株槿漫從遮^②，細認紅花間白花。蕩跌幽人無限意^③，春風美酒送生涯。

其　六

且從諸種問風流，休怪紫荊最後抽^④。試看紅艷傾陽日，亂蕊繁英何處求？

其　七

縱然花發春將遍，蘭子叢萱各擅芳^⑤。一夜小塘深雨露，蓮枝又放數根香。

其　八

凌霄繡蕊蔓青空^⑥，未若東堂一丈紅^⑦。卻憐夜合矜幽色^⑧，獨縱艷香度晚風。

其　九

枝英秀發亦擅場，銀白金黃細細香^⑨。一種幽情吹不盡，世人虛重百花王^⑩。

其　十

桂枝不作艷陽色,留與黃英殿歲華⑪。青青露葉從渠得,嫋嫋繁香自一家。

其十一

種花不必尋絕品,開落紛紛總向人。可怪陶門渾種柳⑫,吾堂兼有武陵春⑬。

其十二

莫怪花前笑語便,人間何事苦凄然。從今掃卻樊籠障,我在桃源深處眠。

【注釋】

①九里:九里香,芸香科常綠灌木。秋日開花,花白而小,極香,潮汕庭園多栽培供觀賞。

②榴:石榴,安石榴科灌木。仲夏開花,凝紅如火欲燃,點綴於綠葉間,十分動人。槿:木槿,錦葵科灌木。夏秋開花,花白色或淡紫色。

③蕩跌:同"跌蕩",行爲放縱、無拘無束。

④紫荊:蘇木科觀賞喬木。深秋冬日葉落後方開花,花紫紅色,開時繁英滿樹,故又名滿條紅。

⑤萱:萱草,百合科草本植物。潮汕庭園多栽培於階前籬邊隙地以供觀賞。夏秋開花,色橙黃。

⑥凌霄:紫葳科藤本植物。以氣根攀援老樹、墻垣、籬落而長,夏日開花,花大紅色。

⑦一丈紅:錦葵科蜀葵,潮汕庭園常見觀賞植物。株型高大,品類繁多,夏秋開花,有紅、紫、黃、白等色,以紅色最常見。

⑧夜合:木蘭科常綠灌木。初夏開花,花白色,香氣濃郁。曉開夜合,故
　　名夜合花。

⑨這首詩咏忍冬,常綠藤本植物,潮汕庭園多栽培。夏日開花不絕,幽香
　　襲人。花初開白色,後則變黃,滿叢黃白相間,故又名金銀花。

⑩百花王:指牡丹。

⑪黃英:指菊花。桂與菊都在深秋開花,所以説是"殿歲華"。

⑫陶淵明宅前植五株柳樹,因作《五柳先生傳》以自況。

⑬武陵春:指桃花。

春日遣興四首

烟晴花發春菁葱,鳥語蟲聲幽事同。看待筍根供飽
飯①,青鞋又過竹蘿中。

其　二

鬪草移花任所爲,交加花竹最參差。虛傳稼穡分詩興,
卻笑柴荊學士宜②。

其　三

桃李無言花自穠,娟娟蜂蝶恁相從③。只因爛熳關幽
興,遮莫交游卻太慵。

其　四

百花叢裏結幽亭,萬草青青照獨惺④。墻外誰知有世
事,人間休説太玄經⑤。

【注釋】

①看待：看顧，照料。

②分：與，給予。柴荆：指鄉間簡陋的居舍。學士：林大欽官翰林院修撰，故自稱學士。這兩句詩的意思是説，從事農業勞動能給人以作詩的興致只是虛傳，簡陋的村舍也適合我這翰林學士居住卻堪一笑。

③娟娟：輕盈嫵媚貌。

④惺：通"醒"。獨醒，喻異乎流俗。《楚辭·漁父》："衆人皆醉而我獨醒。"這裏爲作者自指。

⑤太玄經：西漢揚雄摹仿《周易》所撰之書。

春園醉歌

　　東風吹緑南洲草，翠巘名園相對好。人生得意能幾何？斗酒相逢傾懷抱。

春日言懷

　　疎籬野蔓藏居鳥，繞屋閒芳舞蝶蜂。主人卧起開雲籍，春風並坐笑從容。

秋夕遣興四首

　　秋日園林千橘香，柴門几席秋風涼。我寄冥心與蘿月①，閒傾尊酌問羲皇。

其　二

秋風瑟瑟吹寒草,萬事推移那可保。山中野父本無愁,白日相看霽懷抱②。

其　三

欲訪喬松絕世名③,人寰親侶不勝情。婆娑素卻是非障,宛在蓬瀛頂上行。

其　四

往有高人李謫仙,停杯向月問秋天。即今汗漫清狂賞④,又見風流期昔賢。

【注釋】

①冥心:自然玄遠之心。

②霽懷抱:喻懷抱光明坦蕩。

③喬松:傳說中的仙人王子喬與赤松子。

④汗漫:廣大,漫無邊際。清狂:放蕩不羈。

偶然吟

聞笑白雲晴出岫,靜教明月印秋潭。長空任看歸飛鳥,背屋柴桑隱客簪。

園果六首

桃

渾愛爾紅生勝錦，卻留青子綴枝新。三花少室憑誰見[①]，會傍武陵深處春。

李

朱英自作千珠實，不減葡萄萬顆勻[一]。虛想蟠桃天上見，人間那有此園春。

【校勘記】
〔一〕葡萄，康熙本作"蔔萄"。

龍　眼

青葱龍眼亦堪憐，細子黃英結炎天。南州自有如瓜果[②]，異味何須玉醴泉[③]。

荔　枝

朱櫻松蜜真饒你[④]，玉蕊金芝未可餐。服食會於人世見，荔枝當作萍實看[⑤]。

梨

欲落未落愁葉黃，離離金子鬱金香。會取殊甘供美酒，定標真品入仙堂。

柑

黃柑甘橘鬱薰芬，翠葉妍條細細勻。不爲陳皮開膈冷⑥，卻留霜子到青春。

【注釋】

①三花少室：少室，嵩山；《齊民要求》引《嵩山記》説嵩山寺中有貝多樹，一年開三次花。

②如瓜果：《史記·封禪書》載李少君説，安期生食棗大如瓜。這裏是説龍眼果形如棗。

③玉醴泉：《十洲記》説瀛洲有泉出千丈玉石下，味如酒甘美，名玉醴泉。這句詩説龍眼味道甘美異常勝過玉醴泉。

④朱櫻：櫻桃。松蜜：松脂。

⑤萍實：萍蓬草的果實。《説苑·辨物》説，楚昭王渡江得萍實，食之甜如蜜。

⑥潮州柑果皮入藥，名陳皮或廣皮。陳皮性溫，有理氣開膈、化痰止咳的作用。

招隱詞二首

只此非榮亦非辱，且向桑田開杜曲①。高眠一笑天地幽，勝似狂兒争局促。

其　二

幽瑟花榻雲間静②，濁酒春風物外情。最是繁華俱泯滅,飄颻贏得一身輕〔一〕。

【校勘記】

〔一〕贏,原刻作“嬴”。

【注釋】

①桑田:韓江三角洲原來是淺海灘,戰國以後漸淤爲衝積平原,故以“滄海桑田”典故稱之。杜曲:地名,在唐長安東南。杜甫住在杜曲,作《杜陵叟》詩,有“杜陵叟,杜陵居,歲種薄田一頃餘”句,故後稱薄田爲杜曲田。這句詩是説,聊且在三角洲上開些薄田耕種。

②幽瑟:幽遠深沉的琴瑟聲。

漫　成

世事渾如流水過,百年生業寄耕漁。興來獨咏羲皇曲,愧似相如賦子虛①。

【注釋】

①子虛:司馬相如作《子虛賦》,托楚使子虛與烏有先生的問答,稱説楚國之美。《史記·司馬相如列傳》説:“子虛,虛言也。”“烏有先生者,烏有此事也。”故後人稱虛言不實之事爲“子虛烏有”。這兩句詩意謂,有時也趁興咏唱社會的太平和生活的閒適,但慚愧的是,這些詩歌就如同司馬相如的《子虛賦》一般虛言不實。

寤　歌

眼前今古興亡事,寂寞圖書後代思①。盡向東流傷泯滅,英雄休説跨當時。

【注釋】

①這兩句詩的意思是説,古往今來多少壯烈哀怨的興亡事實,到後代都同歸寂寞,只保留在圖書裏面,有時也引人思索。

陵谷歌

陵谷依然世自移,逍遥霽日白雲思。五陵事業餘秋草①,一曲清詞異代悲。

【注釋】

①五陵:漢代高、惠、景、武、昭五代帝王陵墓。這句詩意思是,古來帝王業績都成爲過去,空餘高墳秋草在風中瑟索。

卜　築

卜築茅堂堪避人,雲泉蘿月不勝春。武陵浪説桃花水,一曲滄浪底性真①。

【注釋】

①底:如許,多麽。

九日與客對菊

濁尊泛菊他年事①,落帽風流萬古情②。取醉不辭留夜月,相逢又得此生清。

【注釋】

① 濁尊泛菊:指飲菊花酒。漢唐時重陽日有登高、佩茱萸、飲菊酒的風俗,以爲可以弭灾。

② 落帽:《晋書·孟嘉傳》載,孟嘉有才名,嗜酒而多飲不亂。曾於重陽隨桓温游龍山,風吹帽落而不覺。温令人爲文嘲之,嘉請筆作答,文辭超絶,四座驚嘆。

田園詞四首

物外田園堪寂寞①,雲中雞犬稱人閒②。蓬萊深淺何須問③,笑指乾坤闔闢間④。

其　二

誰信人寰別有天,青蘿白石思綿綿⑤。細掃落花吟白日,更邀長老話桑田。

其　三

休向菩提學問禪⑥,林泉風月自娟娟⑦。但喫筍根清五蘊⑧,不知何處是真玄。

其　四

卉巾薜服遂初衣⑨,饑食倦眠冥是非。身到羲唐渾不改,時憑真宰度稀微⑩。

【注釋】

①物外:世外,與塵俗不相往來的處所。

②雲中雞犬:指仙境。《論衡·道虛》說淮南王得道,舉家升天,畜牲皆仙,"犬吠於天上,雞鳴於雲中"。

③深淺:猶言遠近。

④乾坤闔闢:天地萬物變化無窮。《易·繫辭上》:"闔戶謂之坤,闢戶謂之乾。一闔一闢謂之變,往來不窮謂之通。"

⑤青蘿白石:指隱居仙境。《列仙傳》說,白石先生居白石山,煮白石而食。陸龜蒙《郊居十首》有"白石堪爲飯,青蘿好作冠"句。

⑥菩提:指佛陀。梵語"菩提"義爲"覺悟","佛陀"義爲"覺悟者"。

⑦娟娟:美好貌。

⑧五蘊:佛家語,指構成人的五種要素:色、受、想、行、識。大乘佛教認爲人的身心,由五蘊假和合成。五蘊成壞無常,虛幻不實,人的本質也便是"空"。而世俗把人執着爲實我,於是就有種種苦厄。清五蘊,即《波羅密多心經》所謂"照見五蘊皆空,度一切苦厄",去除對"我"的執着,悟空離苦。

⑨卉巾薜服:以花草爲頭巾,以薜荔爲衣服,指山居野處的隱者的服飾。初衣:喻清潔的本質。李白《送賀監歸四明應制》詩有"久辭榮禄遂初衣"句。

⑩真宰:指陽明學之"心"。王陽明說"心者,天地萬物之主"。這句詩意思是,時時憑着我心靈明,去測究幽眇的真義。

齋　夜

　　掃葉烹茶坐復行，孤吟照月又三更。城中車馬如流水，不及秋齋一夜情。

五言絶句七十七首

齋　居

齋居意轉暝，幽懷不可道。風吹枝上花，日照滿庭草。

春　園

人閒花自落，春静鳥還鳴。不覺傷時暮，空似漆園清①。

【注釋】

①漆園：莊子曾隱居漆園，爲小吏。這兩句詩意思是，自己雖有莊子隱居之迹，但仍不免有時暮而壯志蒿莱的傷感之情，未能完全和莊子一樣忘情於世。

花下對酒

春事何太急，落花盈我衣。爲是傷春思，深尊坐不歸①。

【注釋】

①深尊：指飲酒。唐段成式《柔卿解籍戲呈飛卿三首》詩："金牙新醖盈深尊。"

散　步

　　桃紅含宿雨，柳綠更朝風。青鞋了窮達[一]①，時過芳草中。

【校勘記】
〔一〕達，刻本作"達"，排印本作"達"，音義皆長，今依排印本。

【注釋】
①了窮達：語意雙關，説走盡了可通與不可通的路徑，又含有曉悟了人生窮通之理的意思。

閒　適

　　我懷竟何事，春風日正遲。蒼鳩自有伴，時時語花枝。

春園言懷五首

　　吾謀適不愜①，雲山道欲安。春風催鳥唤，遲日上闌干。

其　二

　　人事紛不極，青山即吾涯。無心邀酒伴，白日臥山家。

其　三

物外江山近，芳林景色新。相逢如弗樂，花鳥自輕人。

其　四

素是獨往客，花時情更真。三杯酬雲月，一曲太平春。

其　五

十畝幽栖地②，乾坤一息閒。身從花鳥幻，道在羲唐間。

【注釋】
①不愜：不合心意。
②十畝：指賢者隱居之處。《詩·魏風·十畝之間》，朱熹《集傳》説是“政亂國危，賢者不樂仕於其朝，而思與其友歸農圃”之辭。此句用朱子《集傳》之意。

春　游

藹藹青莎道，荔園三月開。陶然采芳去，春風暮徘徊。

聞　蛙

鳴蛙渾亂聒，誰謂春宵幽？幸有雲間月，婆娑數解愁。

惜春詞

山園晴眺望,風花日暮稀。遲此花間飲,猶得送春歸。

月　園

盈盈春園月,風動百花香。不見花開處,蒼雲蔽月光。

遣　懷

荒階惟鳥迹,白石亦青苔。起撥雲書亂,春風陶一杯。

春園雨後二首

日月坐超忽,烟花風雨稀。鷽斯無世恨[1],飲啄幾沉飛。

其　二

人事有代謝,風光無改時。今日花開落,他年烟雨思。

【注釋】

①鷽斯:鳥名。烏鴉的一種,又名鸑鷜、鴉烏等。《詩·小雅·小弁》:"弁彼鷽斯,歸飛提提。"

獨　酌

光風如昨日，綠樹囀黃鸝。醉來花裏臥，花鳥會吾私。

春園屋壁八首

獨有青山思，不隨芳草移。今日東風至，花開仍故枝。

其　二

閒花忽開落，尊酒謾相親。素抱如弗樂①，青山不是春。

其　三

如今花色濃，吾屋自幽僻。已忘窮與通，時復開雲席。

其　四

門巷隨村落，柴荆低拂人②。靜軒無世味，盞酒是青春。

其　五

已見花開盈，復聞鳥語淺。誰能並雲軒，醉月辭軒冕。

其　六

春深草木長，地幽苔路滑。中有玄真翁，披衣臥蘿月。

其　七

藥徑深紅緑,山窗繞翠微。時來花下臥,蝴蝶夢中飛③。

其　八

世故中年淺,烟花春事悠。只令臥花月,今古嗟雲浮。

【注釋】

①素抱:清净未受塵俗沾染的胸懷。

②柴荆:以小木條編成的簡陋的門户。杜甫《羌村三首》:“驅雞上樹木,始聞叩柴荆。”

③蝴蝶句:《莊子·齊物論》説:“昔者莊周夢爲蝴蝶,栩栩然蝴蝶也,自喻適志與,不知周也。”這裏用《莊子》夢蝶之典寫悠然自得、物我兩忘的心境。

檻　竹

青青檻外竹,永日坐清幽。晴風渾不亂,時有翠雲流。

塘　上

白水明崖草,青雲起暮山。春風涼不絶,歸鳥恣閒閒。

晴　望

芳原晴睇望,隱隱見荒林。鳥向青田去,雲還碧澗陰。

卧　起

蟬聲悲古樹,鳥語度薰風[一]。雲移日影過,人卧青蘿中。

【校勘記】

〔一〕鳥,光緒本誤作"烏",據康熙本改。

幽　懷

悠悠雲蘿裏,獨繫青山客。不見往來人,時有鳥行迹。

予園夏日四首

天地何大鬱①,此園賴幽清。脱巾卧松下,起聽風蟬鳴。

其　二

露頂依華樹②,薰風冷宿襟。他方異炎熱③,何似故山岑。

其 三

解衣不覺暝,風枝聞鳩鳥。坐移白日光,雲思方浩渺。

其 四

芳草連日色,古木多清風。挂衣叢薜上,時臥青蘿中。

【注釋】

①大鬱:太悶熱。

②露頂:同"脱巾",脱去頭上的巾帽。

③異:特別。

六月觀穫

暑穫豈不勞? 稱心固自好。何如青雲人,冰炭滿懷抱①。

【注釋】

①這兩句詩襲用陶淵明《雜詩》:"孰若當世士,冰炭滿懷抱"。青雲人:指得志而處高位者。"冰炭"句用《淮南子·齊俗訓》"貪禄者見利不顧身,而好名者非義不苟得,此相爲論,譬若冰炭鈎繩也,何時而合"語意,説得志當朝者貪利與求名兩種思想,常常交戰於胸中,不能相合;好像冰與炭不能同器一樣,不勝其苦。(王瑶説)

農 情

稻色滿平畦①,侵辰穫東菑〔一〕。今年春穗熟②,幸免寒與饑。

【校勘記】

〔一〕辰,疑應作"晨"。侵晨,拂曉也。

【注釋】

①畬:已耕三年的熟田。菑:耕種一年的始耕田。

②春穗熟:早稻豐收。

登　樓

憑高試一望,歷歷見分野。斯人各有營,誰是悠悠者?

寓　言

曾讀巫女賦①,更聞河上公②。神仙自有友,不與世人同。

【注釋】

①巫女賦:指宋玉《高唐賦》與《神女賦》,記楚懷王、楚襄王與巫山神女
　遇合的故事。

②河上公:葛洪《神仙傳》中人物。傳説河上公通《老子》,漢文帝時結廬
　黄河邊。文帝讀《老子》有不解處,親臨草廬請教。河上公給他二卷素
　書,説:"余注此凡傳三人,連子四矣。"就不知去向。

榮華如轉夢

榮華如轉夢,落花覆芳草。我來臥山中,歲月不知老。

把酒對秋山

世人共鹵莽①,誰將一日閒？予懷渾脱略②,把酒對秋山。

【注釋】
①世人句:用杜甫《空囊》詩原詞。《莊子·則陽》説:"鹵莽其性者,欲惡之孽,爲性萑葦蒹葭。"這句詩用《莊子》意,説世人都不知修持自己的本性,以致本性爲愛欲憎惡所蔽塞。
②脱略:無拘無束。

風　　庭

風吹庭葉響,日夕涼秋思。卻望江山道,不似陽艷時。

窮　　巷

窮巷隔紛轍,端居對碧林。落日寒原暮,悠然松桂心。

出　門

秋色無遠近，出門見寒山。卻羨雙飛鳥，天空任往還。

秋日黃花酒六首

世路關山險，閒門秋霧深。如何一杯酒，不與古人斟？

其　二

沉吟昔人詩，斟酌黃花酒。如在武陵春，軒榮復何有？

其　三

白日青山去，風塵知已稀。只應戀花月，醉舞自光輝。

其　四

石道黃花細，柴荊白酒香。此尊齊天壽①，何止傲侯王。

其　五

行雲自去來，孤英欲開歌。且盡良辰歡，青歌彌突兀②。

其　六

日日黃花下，年年秋興多。欲舍此尊酒，其如新月何？

【注釋】
①齊:等同。這句詩説,飲酒能使人忘掉生死大限。
②突兀:高亢。

中　林

日寂秋容暮,天寒野色悲。林中無偶坐,獨製武陵詞。

對　月

秋空無片雲,萬里照清徹。河漢自依依①,諸星向明滅。

【注釋】
①依依:依稀,隱約。

月　席

夜久露華白,天清月近人。寒尊不可醉,綺席暫相親。

塘上月二首

秋月本自佳,况復秋水映。蕩漾成綺章①,一塘開懸鏡。

其　二

圓魄徑中天,沉吟夜自久。到處成輝光,掬水月在手。

【注釋】

①綺章:織錦似的文彩。

月游三首

月色涼於水,高游人未眠。攬衣欲乘月〔一〕,白雲遥在天。

其　二

秋風涼夜静,秋月照空明。獨往意未極,時聞零露聲①。

其　三

夜久塵慮息,冷冷寒風生。長嘯望山月,頹然與道行②。

【校勘記】

〔一〕攬,刻本、排印本皆作"攪",形近而訛,今據文義改。

【注釋】

①零露聲:露水滴落的聲響。

②頹然:放鬆無拘禁,多用來形容酒醉貌。

野　望

水與晴光净，天連野霧長。吟詩秋葉落，眺遠惜年芳。

一　笑

出門忽一笑，天地亦風塵。正好移雲谷，攜書曳角巾。

遣　興

醒時白雲歌①，醉作青海舞②。笑迎圯上翁③，竟與麋鹿聚。

【注釋】

①白雲歌：李白《五松山送殷淑》詩：“載酒五松山，頹然白雲歌。”王琦注引《拾遺記》西王母所歌詞：“白雲在天，道里悠遠。”

②青海舞：李白《東山吟》：“酣來自作青海舞，秋風吹落紫綺冠。”

③圯上翁：《史記·留侯世家》載張良居下邳，在圯上逢一老者，授以《太公兵法》，並對張良說：“讀此則爲王者師矣！”後不復見。後人以圯上老翁爲神仙。

雲松歌

雲松空莫莫,幽人久不來。今朝乘雲去,青山爲我開。

白石詞

予歌白石爛,天地杲雲愁①。欲別青門去②,歸與老妻謀。

【注釋】

①白石爛:齊桓公聞甯戚歌"南山粲,白石爛,生不逢堯與舜禪……",知
　爲賢人,舉以爲相。後人用這典故指聖主賢臣的遇合。杲雲:白雲。
②青門:參見《田園幽興》注⑫。這句詩是說,將欲離開繁華之地。

雲石歌

暮臥松間雲,朝食石中髓①。塵世自紛紛,我懷無非是。

【注釋】

①石中髓:石鐘乳。道教傳說服此可以成仙。

寒　原

寒光清邑里,夕望杳川原。左右雲林曠,惟聞歸雀喧。

冬齋書興十二首

枕席琴書滿，褰帷見遠峰①。山人自幽寂，雲鶴來相從。

其　二

雲霞成侶伴，虛白侍衣巾②。卻語桃源客，如今出處真。

其　三

寒光動墟落，禾黍依時繁③。無心閒世界，寂寞白雲軒。

其　四

檐外青山思，人間出世心。塵機自泯滅，雲月暫相尋。

其　五

有欲情俱幻，無爲道始尊。雲眠散幽帙，青山月照門。

其　六

飛鳥去不窮，白雲霽空色。眷然懷古今，惆悵情何極。

其　七

山橫平野靜，月照青林圓。褰裳拾明月，吾懷亦冷然。

其　八

靜似桃源裏，清稱松子家。自然幽意愜，何必擬丹砂④。

其　九

百年常得意,四海一身輕。詩酒頻堪使,茅齋歲暮情。

其　十

杖藜霜華白,青山亦可憐。歸來荊扉下,蕭瑟撥書眠。

其十一

明月照柴門,寒風吹修竹。寥寥清夜思⑤,幽人每獨宿。

其十二

靜處歲時晏,荒齋人迹稀。獨有雲園月,夜夜伴清輝。

【注釋】

①褰帷:撩起窗帷。

②虛白:同"虛齋"、"虛室"。《老子》:"虛室生白。"

③禾黍:小米、黃米一類旱耕作物。潮汕地區氣候溫暖,耕地一年除種植
　兩季水稻外,農曆十月晚稻收割後,還可種一茬旱作。

④擬丹砂:仿效道士們煉丹服藥。

⑤寥寥:曠遠貌。

六言絕句六首

田園樂詞四首

檐外桃花流水,尊前綠柳薰風。鳥雀自喧村巷,耕桑幾處人同?

其　二

園松莫莫雲長,北窗落落風涼①。五柳先生獨臥,一瓢陋巷羲皇②。

其　三

柴門錫杖伊微③,黃花宿露沾衣。釣水採山何處,荒村夜月人歸。

其　四

霜空歸鳥斷續,霽日孤雲往還。短髮醉歌舜代,生涯遲暮青山。

【注釋】
①莫莫:茂盛貌。落落:風聲。
②《論語·雍也》記孔子贊顏淵説:"賢哉回也! 一簞食,一瓢飲,在陋巷,人不堪其憂,回也不改其樂。"

③錫杖：僧人方游所持之杖，這裏作閒游解。伊微：同"式微"，日暮；伊，助詞，無義。

春原樂詞

烟際孤村人語，天邊對樹斜陽。水繞青山自去，風來緑野生香。

春原行歌

山色出門遠近，芳園獨步遲迴。樂意幽關禽語，會心古樹花開。

附録一　詩文補遺

問潮州八賢事迹

山川毓靈，而人才降生，歷代可數。蓋人才在天地間也，天以生之，地以成之。非地靈何以鍾人傑，非人傑何以鍾地靈哉！是故人才輩出，實是關於氣運盛衰，繫於山川靈秀也，豈偶然哉！

執事發策，而以吾潮之鴻儒碩彥爲問，蓋非教諸生以方人之事，而實進稽古之學也。愚生居是邦，敢不舉其姓名以對？

吾潮乃《禹貢》揚州之域，古爲閩粵之區。當時南蠻鴃舌，故趙天水以道德名者，承昌黎之命，設庠序，建學校，誘掖而獎勵之。於是自國都以至間閻，人人通《孝經》之文；由市井以達海濱，家家傳孔孟之書。機杼連連，女無失德之誼；冠裳濟濟，男有周召之風。天水道德之賢，於斯見矣。林巽以文學名者，際聖人之世，致知而格物，誠意而正心。其行己也，卓卓而可觀；其使民也，循循而善誘。春秋則教民以禮樂，冬夏則教民以《詩》、《書》。林巽之文學，於斯見矣。許申出自潮州，爲朝廷守邊，實爲國家柱石。能使北狄感化，西戎悦服，秉玉帛以來朝，執方物以畢貢。至於盧侗，居衡門，飽飫經史，樂道安貧，偉然物表，翱翔於千仞之上。

韓公惜其貧乏，賜之柴米之需。是達則兼善天下，窮則獨善其身，許申、盧侗之賢，良可羨也。劉允官居龍圖，爵享京國，貴亞朝廷。能使邪媚潛消，奸宄不作。當時敬之如神明，潮人思之如父母。至於吳復古居海濱，世遭兵亂，母失遠方，尋至梅州，得母。母年八十餘矣，旦夕維持，冬溫夏清。及至母歿，三年不齒。見義而不後其君，見仁而不遺其親，劉允、復古之賢，良可稱也。張夔亦以文名著者，七步而成八句詩，日記聖賢千萬言。冠婚喪祭，一依文公之《家禮》；動作語默，不遺聖賢之成規。惜乎天命靳其年，不祈於壽，後世聞焉。王大寶亦以威名垂者，信義行於州里，奏免朝廷貢賦。當時之民，莫不思之爲父母；後世之民，莫不念之而不忘。宜乎建祠奉祀，血食有餼，無敢慢焉。

是故君子或窮或達，固不能以合一；或隱或顯，亦不能以皆同。要之行志卓越，執守堅定，見禮明，信道篤，而易道則皆然。愚生於斯，長於斯，日稽古文中之姓名，筆染史傳中之實迹；抱清風以起敬，仰遺韻以新懷。蓋將神游於千古之上，若與之相爲擬議；志交於百世之下，若與之相爲感通。

謹對。

（錄自陳香白藏抄本《東莆先生文集》）

東湖勝概集序

余自弱冠拜晚丹先生爲師。先生，金紫裔也。今南平修《宗祠錄》[一]，請太史舒君芬爲序。仁孝之心，油然可見。

一經教子，不負科名。肯齋乃先生侄也，歌《鹿鳴》而佐黄堂，其本於伯兄之教有日矣。余每入郡，主宋養泉家。來謁於余，攜來諸公詩章、桃坑八景、先朝制誥，囑余爲序。余非能文也，然此盛舉也，不得已而爲之辭也。

詳考中舍少集公譜引，乃漢中山靖王之後。歷歲延遠，有諱嵩公，仕唐昭宗爲大理卿，領兵部事，分據廣東，未繼爲厥所圖。其子諱穎公，潔身遁姓，因婚於潮，遂構廬於水東之桃坑。而孫謂表公，任宋爲大理寺評事。繼而推官〔二〕、朝請、金紫，兼以龍圖、銀青，諸公輩出。龍圖、銀青共子十三人，俱以科顯名。而龍圖孫曰少集者，亦由進士而官至大夫、太子中舍也。其餘州、郡典教，不可勝記。由唐而宋，由元而明，代不乏人。金紫公德行文章，八賢推重，其有功斯民甚大，良由德厚於流光，源深澤長而致然也。

先日，畏齋始祖之議，晚丹《祠録》之修，肯齋《族譜》之傳，此三人者，異世而同心也。今日，肯齋汲汲於詩序之請，恐世遠人湮，久而失其傳。夫固仁人孝子之用心，可謂至且盡矣。其爲後世慮至深遠也矣。芳聲馳譽，令聞遠播，他日仰公者不猶如宋諸先公乎！乃僭書於簡首。

時嘉靖乙未年五月望日。

【校勘記】

〔一〕南平，原抄本作"平南"。按《宗祠録》爲晚丹劉繼善所修，繼善曾官南平知縣，故別稱南平。知"平南"二字乙，今正。

〔二〕推官，原抄本作"推公"。按此句以官名爲別稱，劉允祖父劉默曾任化州推官，故以"推官"爲稱。又抄本中有周成撰《東湖勝概詩序》，也以推官、朝請、金紫聯稱。故改"推公"爲"推官"。

（録自民國二十二年抄本《東津劉氏族譜》）

春夏秋冬賦

春光易過，春色易過，兔走烏飛迅似梭。堅閉户，莫蹉跎，學業千條萬緒多。此際若不勤着力，明朝光景過將何？早自勞心，早自琢磨。

夏日臨期，夏月臨期，乍覺韶光非早時。窗下苦，皺雙眉，記得囊螢喜便宜。莫道青春還自在，白首方悔讀書遲。急向書館，急向雲梯。

秋風乍生，秋露乍生。時令到，葉初零。耳塞耳，戰兢兢，聖賢經史且談評。文章星斗寒冰落，燈火搖紅到五更。篤志窮經，篤志求名。

冬節相催，冬雪相催，一身休怨羅衣菲。勉學問，功名隨，嫦娥剪送綠袍歸。今朝悒怏寒窗下，且暫埋頭半掩扉。不管閑是，不管閑非。

（録自王琳乾校本陳天資《東里志》卷五《藝文》）

户部主事陳思謙銘

矯矯陳子，維勢不倚。亦既有位，不究其施。殀壽不貳，銘以永之。

（録自乾隆四十四年修《揭陽縣志》卷八《藝文下》）

孤忠祠

孤忠祠下拜冠裳,北望春雲幾夕陽。廟食不慚尊俎豆,路碑留得好文章。江山有色長靈秀,草木無知也感傷。百十年前雙眼孔,幾人生死爲綱常?

(録自光緒十七年《惠州府志》卷二十五《藝文》)

犯夜口供

舟泊臨江淺水栖,良朋邀我酌金巵。吟成赤壁兩篇賦,不覺黃昏半夜時。堂上將軍原有令,江南才子本無知。賢侯若問名和姓,金榜初題鳳凰池。

(録自王琳乾校本陳天資《東里志》卷五《藝文》)

附録二　制　義

學庸八首

身修而後　下平

由身修而遞推之,止得矣。

夫身者,國家天下之所率從也。由身修而後推之,新民之止,不已得哉!

聖經意謂:古大人以一身而立天下國家之上,明德之事盡,而新民之事亦於是全焉。

蓋德之無不明者,聖躬既有日純之功;而民之無不新者,王事自昭丕應之量。則爲之因類以求,而後事之可遞推,愈以徵先事之不容已耳。如格致誠正,而身修矣。吾思身也者,宮幃之化所由隆也,幾甸之風所由懋也,薄海之俗所由端也。一人建極,舉世之尊親係焉。斯亦何難於齊,何難於治與平哉!

然而猶有序焉,故古大人第患身未修耳。誠身修矣,而家有未齊乎?使身修而家猶未齊,則向之言齊家必先修身焉,夫何故也?惟齊家必先修身,乃知肅雍之示範,始足爲門内之儀型。身未修不遽言家齊也,身修而後家齊。

古大人第患家未齊耳。誠身修而家齊矣,而國有未治

乎？使家齊而國猶未治，則向之言治國必先齊家焉，又何故
也？惟治國必先齊家，乃知一堂之聚順，始足爲郊邑之承
流。家未齊不遽言國治也，家齊而後國治。

古大人第患國未治耳。誠身修家齊而國治矣，而天下
有未平乎？使國治而天下猶未平，則向之言平天下必先治
國焉，又何故也？惟平天下必先治國，乃知一隅之向化，始
足爲萬邦之作乎。國未治不遽言天下平也，國治而後天
下平。

如是以隆宮幃之化，而宮幃之化隆焉；以懋畿甸之風，
而畿甸之風懋焉；以端薄海之俗，而薄海之俗端焉。則所爲
本者可悟也。所爲由本統末者，正可決也。

子曰聽訟　一節

聖人志大道之公，而傳者詳之，昭治本也。

夫無訟者，大道之公。而所以無訟者，德之盛也。傳聖
經者詳之，爲治之本昭矣哉！

且夫天下之至速者，莫如機；人心之至神者，莫如化。
化者民也，而所以神其化之機者我也，民不得而與也。

不聞之孔子乎？其曰：“聽訟，吾猶人也，必也使無訟
乎！”夫訟者民也，聽之者亦辨之而已，吾固猶夫人也。然與
其有訟而待聽，孰若相忘而化之？丘竊有志也，而未逮也。
若是者，非大無是理〔一〕，而夫子固爲是以欺天下也。

蓋民無訟心，斯無訟辭。辭之無者，非以驅之也。君德
明而天下乎，無詞之可盡矣。民無訟辭，猶無訟心。心之無

者,非以迫之也。軌物彰而天下化,無訟之可聽矣。

由是而推,夫子之治天下也,吾知其昭德以立本,而非所以強天下之從;建極以宣化,而非所以要天下之治。先其所先而急夫自治之學,非天下之至精,其孰能與於此?後其所後而握夫崇本之機,非天下之至要,其孰能與於此?

是知非立本無以化天下之訟,存天德也;非無訟無以徵吾德之明,達王道也。

存之則明德矣,達之則民新矣。傳者之意其昭乎?

【校勘記】

〔一〕大,疑應作"天"。

堯舜帥天　從之

觀聖人有本之仁,見"一人定國"之徵。

夫仁,人心之同然也。聖人以此化天下,而天下化之,固其所哉!

曾子釋《大學》"齊家治國",至此,以爲"一人定國",古有明徵。

觀堯舜之治天下,豈無所用其心哉?惟欲天下之興夫仁耳。豈不知本諸身哉?惟欲吾身之極夫仁耳。蓋其視天下之人猶己,而視己猶天下之人。己之仁,亦民之仁也。

故不求仁於天下,而惟囿天下於一身,極建而大本已立矣。不徒以心愛天下,而必以一身先天下,道彰而大化自行焉。何也?上者下之趨,而仁者民之性。仁出於堯舜,既足以爲化觀之原;則風動於唐虞,自足以致大順之治。是以民見其仁而仁心自興,無不心堯舜之心者;民從其仁而仁俗自成,無不行堯舜之行者。

　　比屋可封,人見堯民之仁耳,不知其從堯之仁;四方風動,人見舜民之仁耳,不知其從舜之仁。蓋堯舜以身感天下,而天下以心應堯舜,其機自如此耳。否則,無本之治,民且玩之,欲其從也得乎?

　　抑論堯舜者以仁化天下,而不能化其子之不肖;能致天下之歸吾仁,而不能致苗民之不頑。豈仁亦有未至耶?蓋堯舜之所可能者,人也;其不能者,天也。雖於化天下,夫亦盡其仁之在我者而已,天曷與焉?既而有苗來格,而朱、均不能爲天下病,益於是而見堯舜之仁之大。

修道之謂　一句

　　聖人循所性而立人極,則教之義著矣。

　　夫道原於性,聖人固不容增益之也。因而修之,以範天下,顧非所以立命耶?《中庸》爲世之昧道,教而釋之也。

　　且夫自“童蒙求我”垂於《易》,“皇建有極”載於《書》,則人咸曰聖人有教矣,而未知聖人之所以爲教也。

　　蓋人物之生,其始也氣凝而理具,其究也氣異而理同。夫惟聖人天聰之盡者,蓋不忍人之終淪於異。於是因其所固有者,經綸而明察之,以立夫民綱;從其所甚異者,而品節防範之,以樹夫民軌。

　　如道莫大於五常,五常天所性也。吾固慎之以立中,迪之以達德，固非分吾所有也。道莫大於五典，五典天所叙也。吾固敕之以能惇，趨之以達道，亦非强彼所無也。

良知之裁，範圍天地而不過。過與不及，咸用中矣。無心而成教，顧非俟諸百世而不惑者乎？良能之釐，曲成萬物而不遺。賢與不肖，咸協極矣。循性而裁成，顧非建諸天地而不悖者乎？

故"天命之謂性"，聖人之教，所以性天下之未性，而贊相天下之不及者乎？"率性之謂道"，聖人之教，所以道天下之未道，而知運道體之無爲者乎？

吾於是見至教不離我而存，聖人不强人已甚。彼外道言教者，皆所以鑿性也。雖然，是非教之罪也，教之不明之罪也。自夫教之不明也，而權謀功利之説興焉，虛無寂滅之論勝焉，而性始鑿矣。則適足以賊人心、害正教。此《中庸》所以釋修道也，此子思所以有功於後世也。

明乎郊社　掌乎

《中庸》著達禮者易治，見聖人制作之深也。

夫禮者，聖人之精也；政者，吾心之推也。達精而推則順信。夫治國何有？《中庸》有言，明達孝也。

且夫神人不同，其理一也；禮政不同，其究一也。達夫天人之故者，善自會通云爾。

是故郊社以饗帝，孰不知之？顧以儀不以情，則尚未知郊社之爲何如也，而況於治乎！禘嘗以饗親，孰不知之？顧以文不以情，則尚未知禘嘗之爲何如也，又況於治乎！

夫惟不以儀也，不以文也，自吾昭德報本之心，而達聖人所以事天之故，則意將契之。而所以饗帝者，吾且得焉，殆會禮之衷矣。本吾追始重初之念，而達聖人所以格廟之由，則誠將通之。而所以饗親者，吾且昭焉，殆泄禮之秘矣。

由是考諸二聖，謂我參諸武王、周公而不謬可也，謂武王、周公先得我之所同然可也。由是推諸天下，謂我能以一人之心爲千萬人之心可也，謂千萬人之心即我之心可也。故能裁成天地之化，輔相民物之宜也。故能推之無不準，動之無不化也。

蓋自其不一者而觀之，則神道遠、人道近，天人之分限若異；自其至一者而觀之，則仁孝流、變化順，吾心之精神流通不殊也。

故曰："明乎郊社之禮，禘嘗之義，治國其如示諸掌乎？"噫！此武、周所以爲達孝也。雖然，饗帝匪襲也，饗親匪外也，此吾心所以有武、周也。故知無體之禮者，可以語禮矣。不有吾心之武、周，而徒曰"吾能達武、周而可以易治"者，吾未之見也。《禮》曰："惟仁人爲能饗帝，惟孝子爲能饗親。"噫！荒也久矣！安得有若人者興，而與之稽古焉？吾曰："有周制在。"

文武之政　政舉

聖人責成魯君之意，舉治法而屬之治人也。

夫治法無爲，而顯之者人也。人存則政舉矣。人君可不修身以豫爲之所哉！此固夫子責成魯君意也。

　　且哀公固非知政者，夫子蓋重望夫魯也，故以文武之政告之。意謂言治必稽諸政，言政必稽諸古。古者先王之所行，後世之所遵也。吾何所見於先王哉？古之人有文武者焉，其人善治人也，彼其損益乎二代，斟酌乎百王，後世言政者必稽之矣。

　　故當時汝墳江漢之風，平寧永清之績，莫非此政之效法也。生於文武之時，何幸見而知之，而獲蒙其休於躬承者。茲者文武雖云往矣，然而《周官》、《周禮》之書，《關雎》、《麟趾》之載，其遺迹之可見者，猶夫舊也。生於文武之後，何幸聞而知之，而獲沐其休於未已也。

　　然而文武能寓精神心術於方策，而不能必後世之推行者，猶夫方策能繼文武蹤迹於不墜，而不能使後世之君臣之爲文武也。蓋方策無覺，人有顯能，布此政於方策者文武也，推此方策於天下者，亦惟文武也。

　　故必君其文武爲之張皇焉，臣其文武爲之畫一焉。則本之於身、達之於人民者，莫非當世之顯設也；作之於朝廷、達之於天下者，莫非當時之紀綱也。

　　蓋明良胥慶而萬化生，不必求文於文，而自得吾心之文矣，又況以文爲之先乎？君臣際會而庶務成，不必求武於武，而自得吾心之武矣，又況以武爲之前乎？

　　不然，則政不徒行，而方策之載虛矣。幾何不孤吾民之望乎？是則治不難乎法舊政，惟存於推行。修身以得人，得人以立政，魯其爲東周矣。

性之德也　宜也

《中庸》原所性之實理,而明盡性之能事也。

蓋理之實者,所以爲性也。能盡其性,又何所不宜哉?

《中庸》之意若曰,誠之自成者,通乎己與物而言之也。何也?蓋視己與物,雖若内外之分;而成己與物,則爲仁知之實。

仁得於所性之初,而至公無私,則性之統體也;知得於所性之初,而神明不滯,則性之妙用也。體存於内,而常涵其用,固不容私己以遺物;用發於外,而常本諸體,亦不容徇物而忘己。此性之德而内外之道也。

故誠盡其性,則仁知兼得;性合其德,則事爲咸宜。循乎時之所遭,制以實心之精藴,吾見細微曲折,天理流行,初無一息之或間也;通乎時之所窮,裁以實心之權度,吾見擬議變化,天理從容,初無一毫之或悖也。

知時措之宜[一],則知誠之所成,非所以成己,所以成物者,無不該矣。君子誠之爲貴,不其然乎!

【校勘記】

〔一〕時措,原刻及排印本皆作"時出",據《中庸》文改。

行而世爲　二句

君子能以言行取信於後世者,亦以制作乎於人心也。

　　夫人心可以理而通也,而古今不能二焉。君子備六善以成三重,制作之理妙矣。是故世爲法則固也。

　　且夫天下至不一者,人也;所恃以至一者,理也。人至不一,故制作難乎取齊;理至一,故異世可以旁孚。是故制之不衷,民無信焉,而欲法則於天下後世,吾見其難矣。惟夫君子知天知人之制作有徵,而天地鬼神後世不能外焉,故天下不能異之也,萬世不容易之也。

　　禮義之制者,人心之節文也;軌度之立者,人心之法象也;書文之考者,人心之點劃也。以故動而樹之風聲,立之儀則,而軌物彰焉。達人情而會通之,如此而天下,如此而後世,其所以承式而駿惠之者,未有艾也。蓋吾行爲天下之法行,而凡欲行其行者,咸於是取衷云耳。動而垂諸訓誥,徵諸典謨,則章程立焉。群物論而一之趨,如此而天下,如此而後世,雖有作,未之改也。蓋吾言爲天下之法言,而凡欲言其言者,咸於是用裁焉耳。

　　行爲世法,何心也?百世之上聖人出焉,此心此理同也;百世之下聖人出焉,此心此理同也。君子其達人心天理之衷乎?後世適與之遭云耳。言爲世則,何心也?先天地之始而始焉,其人情物理可知也;後天地之終而終焉,其人情物理可知也。三重其極人情物理之會乎?後世適凝其精云爾。

　　是知君子之心,無所私於天下後世也,而欲逃天下後世之法且則而不可得;天下後世,無所私於君子也,而欲舍君子之法且則亦不可得。故曰理一也。

兩論十三首

多聞闕疑　二段

聖人示賢者以內修之學,所以定其心也。

夫慎言以遠尤,飭躬以免悔,此內修者之所以自盡也。子張志於外,故夫子以是示之歟?

意謂祿不勝道,而謀於外者失之;道非謀祿,而豫於內者基之。所貴乎君子者,亦惟豫養以自盡耳,外此未之或知也。

是故修辭以飭躬,君子所以自立於世如此也。然裁節之道,疎則多尤,自我招之矣。其必多聞以博之,闕疑以精之,慎言以終之。吾見多聞以達聰,智慧明也;闕疑以審問,參考定也;慎言以豫順,是非審也。則天下之法,言在我矣。由是吾之所言,乃天下之公言也;我之所非,乃天下之公非也。人日敬而信之矣,奚有外尤乎? 蓋人心之同乎在善,則吾之言固天下之所必與也。否則,亦修詞之功未至耳。然則寡尤其可以考言矣,吾子其惟慎言乎? 外此則固待於勢之所必至,非吾之所敢豫矣。

修行以育德,君子之所以厚望其身者如此也。然檢制之未固則多悔,自我基之矣。其必多見以資之,闕殆以審之,慎行以終之。吾見多見以致擇,取裁豫也;闕殆以審是,權度精也;慎行以稽弊,取舍達也。則天下之法,行在我矣。

由是迹諸施，可以無惡於天下也；運諸思，可以無愧於屋漏也。行其順而適之矣，奚有內悔乎？蓋我心之自信惟是，則吾之行固內省者之所必慊也。否則，亦修行之功未完耳。然則寡悔其可以考行矣，吾子其惟力行乎？外此則固聽於天之所命，非子之所當謀矣。

吁！盡爲己之實學，不以利祿動其心者，可以學矣。子張聞言之後，其知善變之術哉！

三仕爲令　二句

賢者著子文就三而不與者，其嘉取之意深矣。

夫仕而令尹，人所幸也。子文就三而色不喜焉，則亦爲難人矣。子張好難者，故於此重有取焉，將欲許仁於聖人。

意謂富貴之動人也久矣，而有恬然於富貴之外而不爲之動者，吾獨於子文見焉。

觀其居於楚而久宦當朝，始而位之者，令尹也；中而位之者，令尹也；終而位之者，令尹也。令尹之位，不爲小矣；三仕之遇，不爲倖矣。以此居子文者居天下，則喜子文之喜者，夫豈少哉？

夫惟子文靜以鎮物，處之至榮而不爲榮，故令尹能爲子文所遇，而不能爲子文所喜；定性以安遇，享之至樂而不爲樂，故令尹能榮子文之身，而不能喜子文之色。始而居之者，歉如也；中而居之者，晏如也；終而居之者，囂囂然自定也。三仕變於前，而子文之色不變也，是豈矯情哉？蓋惟安夫其所自得，故不羨乎其所適至。不然，則物將蕩之，而不爲富貴所顛倒者幾希矣。

云何以鎮且靜哉？問其官則執政也，問其秩則上卿也，問子文之處此，則怡然其寂如也。令尹猶故，而子文之色亦猶故也，是豈干譽哉？蓋惟有見於內之爲大，故無見於富貴之爲榮。不然，則欲且蕩之，而不爲紛華所震蕩者少矣。

云何以歉且戚哉？是則不以得令尹爲喜，故不以失令尹爲慍。不喜者若素有之也，不慍者若素無之也。得與失之氣無與於己，而若素有若素無之喜怒不及其身。斯人可謂善處顯晦者矣。

不知夫子何以處之，子張好難於此見矣。

老者安之　三句

觀聖人與門人示志，在合同其化也。

夫老友少，天序也；安信懷，大道也。合而化之，聖人所以無我也。門人有問焉，故夫子以是進之矣。

且夫志也者，聖賢自期待之素也；辯志也者，聖賢相進成之具也。由、回有志焉，夫子既已誘之矣。故子路從而請焉，蓋諒聖人尤有大者。然而夫子亦幸二子之可與而利進之也。

遂言曰：至足無虧者，萬物之分也；因物付物者，吾志所安也。今夫天下固有老者焉，有朋友者焉，有少者焉，序之不容已者也。於是有安之理焉，有信之理焉，有懷之理焉，道之不容易者也。故夫安高年，所以尊吾父兄也；信朋友，所以厚吾兄弟也；懷少者，所以慈吾卑幼也。是還天下之分願而已,吾何容心哉!若夫棄其老,則仁道廢矣;詐其友,則義道廢矣;遺其卑幼,則慈道廢矣。是待天下於無徒而已,吾何忍焉!因天下而利施,不費己而多恩,是吾素也。由、回可以進矣。

噫!此天道也。聖同天,大哉!雖然,天以無心而成化,而四時作焉,聖人以無心化成天下,而卒莫徵焉者,何也?蓋老安少懷而朋友信者,聖人之心也。不能必然者,聖人之分也。然自六經定[一],而天下後世老少朋友各得其所,則其成物之迹,尤有甚於無心之天者。

故曰:四時顯天心之用,六經發聖人之蘊。

【校勘記】

〔一〕六經,原刻及排印本作"大經",據文義正。

賢哉回也　一節

觀聖人深嘉取乎大賢,以其樂於貧也。

夫貧賤非可樂,蓋自有其樂耳。此固顏子學力之到,而聖人樂取之,意不淺矣。

且聖門之教,以安貧爲先,以樂道爲至。而當時未有符聖教者,夫惟顏子自博學而三月不違,已庶乎屢空之地矣。夫子蓋罕見而深嘉之也。

故特稱之曰,賢哉回乎,不可及也!迹其所守可稽矣。夫人孰不切於口體之奉?貧賤之累,世思去之矣。彼其給朝夕者,一簞瓢耳,薄哉養也!寄身迹者,一陋巷耳,窮哉居也！以此居回者居天下，則憂。回之憂者，其可堪哉！然而回之所以處此者，固非眾人之所能與也。眾人之所同以爲患者，乃回之所幸以爲無累也。蓋其優游自得者，至足在我，貧富何損夫其真？充然內裕者，真樂在我，外物何與於吾性？

故迹有順逆，道無盈歉；身有利鈍，心無困興。隨地而適之簞瓢，此樂也。蓋迹其簞食瓢飲，而忘其簞食瓢飲者矣，夫何易其素乎！偕立而行之陋巷，此樂也。蓋寓於陋巷，而忘其爲陋巷者矣，夫何易其節乎！是蓋見大而心泰，完其守而中無欲；得深而誘淺，素其位而物不分者，真可謂自樂其樂，而非貨殖人也。則其所養，從可知矣。故曰賢哉回也！

是則顏子之樂，固以道不以貧；聖人之許，亦不以貧而以道。顏子之樂，聖人之許，非由博約之盡者，孰知之？然則顏子有苦乎？曰有，顏子苦聖人之卓爾也。苦者樂之基，樂者苦之驗。始以道苦之，終以道樂之，此顏子所以亞聖歟？

或言孔子鑄顏淵，吾於此見顏淵鑄孔子。

飯蔬食飲　一節

樂貧賤而忘富貴，聖人之天也。

夫貧賤非可樂，蓋自有真樂耳。彼不義之富貴，於聖人夫何心哉！

昔聖人之意，謂夫世之人固役役焉，惟以得富貴爲圖矣。抑孰知我之所以爲至足者，蓋有出於富貴之外乎？

今夫貧賤之來，是人不幸以爲憂者。吾則蔬水曲肱，居養薄且陋矣。然身在是則道在是，道在是則樂在是。是故所飲樂飲，所食樂食，所枕樂枕，蓋有忘其爲蔬，忘其爲水，忘其爲曲肱矣。是何也？飲食能薄乎口腹，而不能薄乎德性。而吾心之至甘，用之不竭者，自足以爲朝夕之樂。曲肱能陋乎吾體，而不能陋乎吾心。而吾道之至便，處之而安者，自足以爲廣居之慶。是非有心於貧賤而樂之也，素位而行，不願乎外，吾之所志在是矣。

至若僥倖富貴，是人所倖以爲華者。世之禄食萬鍾、仕宦千乘者何限也，然富於其身而蕩於其心，貴於其名而賤於其義。是故世雖爵禄於軒冕，吾則爵禄於浮雲。不富其富，而富吾心之富，萬鍾弗足以攖情；不貴其貴，而貴吾心之貴，千乘弗足以動心。蔬食飲水，居珍自如。在天之富貴，其得也何喜，其失也何悲？曲肱而枕，所得恒真。倘來之外物，聽其自至，信其自去，於我何與？是非惡富貴而逃之也，命係於天，不係於己，吾之所性在是矣。

由是觀之，可見夫子雖貧賤而有不貧賤者存，雖不富貴而自有至富至貴者寓。故曰：至貧不貧，至賤不賤；至富不富，至貴不貴。異哉，吾夫子自有其真樂也！天下後世之所謂富貴貧賤，聞夫子之風，可以自愧矣。

大哉堯之　全章

聖人贊堯之所以大，於德業焉見之矣。

夫德不可名，大無方也；業不可掩，化其迹也。於此見堯之大。夫子以"大哉"贊之,蓋善言堯者。

且夫中天下而君者何限也,然或德而卑,或業而陋,吾未見其大矣。夫惟堯厚德而博化,先後莫及之焉。夫子蓋有以信其然矣。故特贊之曰:大哉,堯之爲君乎!不可及也!稽諸德業,實足徵矣。

夫至大者,莫天若也,盡天下而覆之不能外也;夫惟堯之德,允能準焉,極天下而丕冒之不能遺也。夫是之謂與天同。蓋天不可名,以其大也,而人安其中矣;堯亦不可名,以其同天也,而民忘其德矣。吾於是信堯之爲大也。

然則言大者孰徵之?至德之精不可名者,夫人固不能顯之;而顯然之迹不容掩者,在堯亦不能自晦之。是故吾觀之當時治功焉,民其熙和也,俗其風動也,成功巍然大者,固堯之德之大也;吾觀之當時文章焉,禮樂其大成也,制度其聿修也,文章焕然著者,固堯之德著之也。故成功可以考治矣,文章可以驗化矣。

於其同諸天而不可名者,見堯之大焉;於其顯諸化而不容掩者,見堯之著焉。吾於是信堯之大而不可及也。

沽之哉沽　者也〔一〕

聖人固不果於懷寶,亦無樂於自售也。

夫懷寶則迷邦,君子不忍也;自售則枉道,君子不敢也。聖人以此示門人,出處之道見矣。

意謂行道濟時,君子利物之分也;守道待時,君子立己之義也。分之所在,固不容韞玉,而以一人忘天下;義之所在，亦不敢求售，而以天下徇其身。

今夫玉者，天之精，地之粹也，天下咸以奇貨居之也。櫝而不市，是私天地之寶，我固欲其沽之，不終自含其美而已；斂而不售，是懸天下之望，我固欲其沽之，不竟自秘其華而已。沛溫潤之澤，以光天之下，此固玉之不虛美也；昭縝栗之德，爲邦家之光，此固我之所以利同人也。夫不沽者，是棄寶也，吾固不爲；強沽者，是褻寶也，則吾豈敢。

蓋貴重華美，玉之體也；求售自褻，吾之罪也。故寧深藏以待價於將來，毋寧速於必售以自炫於世也。所以然者，非故爲是自尊大也，席珍待聘，自爲千金地也。若夫物色之未至，則亦安於際會之未遇耳。其爲美固自若也，又何事於必沽哉？亦非爲是貴重也[二]，遵養時晦，自爲萬鎰寶也。若夫物訪之未就，則亦安於機會之未投耳。其用世固有日也，吾又何憂於不沽哉？

是則惟不以櫝玉爲高也，故雖在春秋衰世之季，而不忘爲東周；惟不以求售爲通也，故雖欲得君行道之急，而卒老於行。蓋必沽者，夫子所以厚仁於天下也；待價者，夫子所以嚴於守己也。

仁存則不爲我矣，守定則不枉道矣。此夫子所以道中庸，而出處行藏毋意、必、固、我也。

【校勘記】
〔一〕"者也"原作"二句"，據原刻目録改。
〔二〕"爲是"之後，疑脱"自"字。

加之以師　二句

兵荒交至,國事急矣。

夫足食足兵,政之經也。不幸而兩當其變,何以應之?

子路曰,國家太平無事,雖中才亦可自見。惟禍生不測,難起倉促,斯英雄用武之地,大才展布之秋。

以千乘而介大國,勢危矣。然使師旅不加,則疆場晏息〔一〕,大司馬又可召募以濟四境之急;抑使饑饉不至,則國富民安,大司農又可調度以備三軍之供。乃若人害興於下,天變作於上,外寇與内患而俱侵;敵臨陣於前,民待哺於後,兵戎與國事而兩困。進赤子於孤城,强弱非相亞,勝勢已在人矣。矧年歲不登,則糧食何所出? 縱士卒有折衝之志,其如持饑而力不能奮也! 驅生靈於鋒鏑,衆寡非相偶,敗形已在己矣。矧天災復行,則軍費何所供? 縱士卒有效死之心,其如枵腹而氣不能振也! 將欲斬將搴旗,以振國家之形勢,則練兵方急〔二〕,而何暇理財? 將欲家給人足,以培蒼生之原命,則救荒方切,而何暇布武? 蓋干戈謀動,而大軍之後有凶年,何以保金湯之固? 倉廩空虚,則艱食之民苦兵革,何以彰殺伐之威? 斯時也,人人自危,人人異志,豈抱片長者所能一時備辦也哉!

遇國難而思治賦之才,由是以身先之。

【校勘記】

〔一〕場,原刻及排印本皆誤作"塲",今正。

〔二〕練,原刻及排印本皆誤作"鍊",今正。

既庶矣又　二段

聖人有感於衛民之衆,因示賢者以立衆之道也。

夫教養,民之所由立,王政先之也。衛其庶矣,非此何以終之哉？聖賢以此問答,則治道可識矣。

且夫生聚繁息,霸王之資。衛地濱河,人民繁殖舊矣。夫子適衛,重有感焉,故有"庶哉"之嘆也。然而冉有蓋疑徒庶無以寧國也,故曰民爲邦本,衛其庶矣,於是又何加焉？夫子以爲庶而不富,則民生不遂,多庶吾見其多乏也。其必制田里,薄稅斂,使既庶既繁之民,飽暖於衣食之天焉。則豐亨豫大之休,有以振立夫式微之運者矣。厚生之政,衛其可緩矣乎！

然而冉有又有疑徒富無以善後也,故曰食爲民天,富其足矣,於是又何加焉？夫子以爲富而不教,則民性不復,多富吾見其多亂也。其必立學校,明禮義,使飽食暖衣之衆,相先於彛倫之地焉。則孝弟廉恥之俗,有以潤成於文明之邦者矣。正德之政,衛其可少矣乎！

是則國有人民,隆大本也;政具教養,備王道也。使冉有能究王道之用,則其志固不止於宰季氏;而衛能夫子授政焉,亦不爲春秋弱國矣。衛固不足道也。軍旅一問,蓋速聖人明日之行,而期月之嘆興。是固衛民之不幸,亦天未欲衛民受教養之賜歟？

然吾固不重責於衛靈也。聖訓昭矣,而漢、唐、宋之英君誼辟亦不世出，顧無有舉天下於三代之隆者。而或歸之漢文、明，唐太宗。噫！文、明、太宗豈三代教養之君乎！

不得中行 全節

聖人不幸不遇乎中道而絕望之[一]，因幸遇乎近道者而深取之也。

夫不幸不遇乎中道者，聖人限於時也；而幸取乎近道者，聖人與其進也。然則仲尼之志，非狂狷其孰成之？

且夫子之始也，固欲以天下付諸吾身。及其不果也，乃欲以萬世屬諸吾人。顧時且中道絕望焉，而思狂狷者，又其次也。

其心蓋曰：吾道者，天下之統也；中行者，吾道之寄也。傳後之中有若人焉，吾心之願也。顧不得斯人而與之焉，吾其如限於時何哉！顧又不可以無斯人，而果於弗與之焉，吾其能無屬意於狂狷乎哉！

是故狂狷何如？蓋非敢曰狂狷天下之中正也，亦曰狂狷志節之可與也。蓋志以氣勝知於太過焉，而易於俯就。狂者進取，見其大焉，規模宏闊，優於是矣。吾其有取於是焉，蓋冀其不終於太過也。節以行勝勢於不及焉，而利於激進。狷者有所不爲，執其固焉，德性堅定乃若人矣。吾其有取於是焉，蓋冀其不終於不及也。狂不終於太過，則狂固不果於狂，然則進取者，固進中之漸矣，吾何吝吾陶熔化裁耶？狷不終於不及，則狷固不果於狷，然則有所不爲者，固爲中之地矣，吾何幸吾門有若人焉。

是則狂狷志節之可與者，天分之高也；太過不及之失中者，學力之未至也。天分可與，故夫子幸有英才；學力未至，故門人賴有聖教。然而賴聖教者，所以賴我道也；幸英才者，所以幸天下也。是知狂狷，其繼成聖志者歟？失其所繼成，固不可也；失其所憑依，吾亦何取於狂狷爲哉？其所繼成者，乃憑依者自爲之也。然則道統之不果於狂狷終歸者何？曰：是非不善憑依者之罪也，不善繼成者之罪也。

【校勘記】

〔一〕原刻作"聖人不幸遇乎中道"，排印本同。據下文知"幸"字下脱"不"字，故補。

某在斯某　二句

歷名位以詔瞽，聖人得輔相之宜者也。

甚矣，聖人以覺天下爲心也！不舉名位以詔之，昧者弗睹矣。有相之道，其見聖心之仁乎？

且夫天地間有廢人焉，師冕是也。其於就位之時，長幼弗別矣，卑高弗陳矣，内外賓主之辨，舉倀倀莫知所之也。夫子處之何如哉？吾知師冕設位，聖人成能矜不成人之厚者〔一〕，必有以通其豐蔀之蔽而已也。

贊造化之所不及者，得不求其人以實之耶？於是謂之某者，詔其名也；謂之在斯者，詔其位也；謂之某在斯者，詔其詳也。名之詔者，欲師冕知所問而言通也；位之詔者，欲師冕知所向而禮恭也；言之詳者，欲師冕知忧恂以合敬而盡人也。言以通問，庶幾尊卑秩矣，故名之告非輕也；禮以達施，庶幾貴賤位矣，故位之告非泥也。盡言盡禮，合敬合人，庶幾既盲之視者也。言之詳者，豈瀆耶！蓋至是，則師冕固得聖人而作哲，聖人亦因師冕而曲成。相瞽之道，贊天下者可知也。否則，瞽者不得其所，聖人之心寧恝然乎？

雖然，瞽特盲乎目者也。世之盲乎心者，尚多瞀昧名位[四]，猶當告也。春秋之紊名位而瞀者，豈特一師冕耶！使夫子有相之道，以仁瞽者而仁天下，則某爲出震繼離，君臣在於斯，某爲秉乾正坤，父子夫婦在於斯，某爲長幼而居坎，某爲朋友而居兌，天下之位分既定。庶幾天子得以視遠惟明，宰相得以明目成化，庶人得以仰大明之化，亦奚有不可者？奈之何窮其身焉，而春秋尚晦冥也！

噫！私幸麟經孔昭，炳如日星者也。夫子相萬世之瞽爲何如！

【校勘記】

〔一〕此句難通，疑上"成"字當作"誠"。

夫顓臾昔　一節

聖人有見魯臣之不宜伐國者三，重爲其徒罪之也。

夫兵貴以義動。顓臾之不宜伐者有三，而季氏犯不韙以取人國，是亦不可已乎[一]？必不已，罪固有所歸矣。

昔者先王封建天下，大爲之防，民弗喻之。而今之君子，莫爲之犯也。求得當欲，不以其所，是故季氏而有事顓臾，吾不知其師興何名也。彼豈以顓臾者，漫無統守之國，而曰多設何爲也，故欲一舉而有之？是不然。祀典之意，凡山川能出雲雨、見怪物者則祀之。先王所以錫之土田，建爾附庸，而開茲土宇，立厥東蒙。豈肇彼一方，略無意氣，而曾不爲重且慮者？抑或者謂其非我統屬之地，而曰彼交匪紓也，故欲一戰而盡之？又不然。先王封國，必先之大小相維，故令顓臾之封疆我域中者如此，民人我域中者如此；豈封建國之大典，至使蕞爾小國，而不歸我大國之範圍中者？抑或者謂其竊據一方之險，而非臣妾屬也，故欲一伐而滅之？又不然。先王制典，使天下一家，故令顓臾之名號我公家也如此，臣妾我公家也如此。豈周天子在上，忍使一附庸也，竟爲一家之私物者？

　然則季氏之於顓臾，獨不念及東蒙之一大祀典，而敢爲一伐，使神失其依哉！決不可矣。獨不念及邦域中之保無他虞，而敢爲一伐，使困此一方哉！亦不必矣。獨不念及社稷之臣大一統，而敢爲一伐，乃取不臣哉！甚不韙矣。汝弗能諫，罪有所歸。然則子諫之乎！否則子其行之矣乎！

【校勘記】

〔一〕“不可”二字疑倒乙。

夫子之不　斯和

賢者居聖於天而徵諸用，所以釋子禽之眛也。

夫聖準乎天則，人不可及也。徵諸用焉，子貢之言爲不誣矣。子禽識未及此,故以是警之。

意謂言聖者必稽諸天,而淺以陋聖者,吾不諒其知之爲何如也。以吾觀夫子,神天德,化天道,無方而不可致思也,無迹而不可勉及也。是猶天之隤然形,蒼然色,人但見其高不可窮也,明不可盡也,孰從而階升之?不可階而升者,天之所以爲天也。聖同天者,夫子之所以爲夫子也。然厚於德也,而得與天地同體;薄於勢也,而不得與天地同用。昧聖者始以病聖矣。

使得邦家而施爲之,則功用之盛爲何如哉?吾見自其不忍斯民之失於教養也,封植而利導之。導之而生養遂,教之而倫理明,立立而道行矣。曰立曰道,政之施也無心;斯立斯行,民之應也若神。同夫人而出治,異乎人而收功。是蓋人見其化也,而莫測其機也,夫孰從而及之?自夫不忍斯民之狃於小康也,和輯而鼓舞之。柔之而萬姓迓休,振之而黎民敏德,綏來而動和矣。曰綏曰動,政令不勞而運;斯來斯和,民心不戒而孚。同夫人而施政,異夫人而奏績。是非惟天下莫之知,聖人亦不自知也,夫孰從而喻之?

所以然者,夫子體同天道,則其用同天功。天有不見之章,聖有不動之變。吾故曰:夫子之不可及也,猶天之不可階而升也。

兩孟十一首

謹庠序之　二句

立教而重其大，王道終矣。

夫養而弗教，則王道無終，非政之備也。庠序謹而孝弟申〔一〕，可以學校矣。梁非此何以率之哉？孟子以是策梁惠王，責之以其大也。

意謂先王之政，教養具焉。弗養而教之者，非王道之所敢知也；養而弗教之者，吾又懼夫人之將近於禽獸也。然則其何以爲之所哉？

蓋先王念民逸而無以自立，渙而無以成德，於是有庠序之設焉，所以廣教育才，以爲禮義之所自出也。故里遂有成教，時其習也；四時不易業，專其功也。則漸染涵育之化行，民於是乎有興行者矣。是故先王無不教之民，以庠序謹也。王其謹之，則梁民之知教者，行有驗矣。未有民知教而忘其上者，王何利而不爲之乎？

先王懼民之逐藝而遺其真，棄本而專乎末也，於是惟孝弟之申焉，所以崇本固要，以爲教化之所由厚也。故示之以經秩，迪其天也；道之以親愛，循其故也。則良知良能之性一，民於是乎有仁親者矣。是故先王無不愛之民，以孝弟申也。王其申之，則梁民之興愛者，行有徵矣。未有民親愛而忘其君者，王又何利而不爲乎？

　　是則政具教養，備制也；教重人倫，重本也。本重而風厚矣，制備而民安矣。是王道之所以爲大也，小惠奚足云乎！梁王能以此力焉，可以得志於天下矣，惜乎其卒莫之能也！哀哉，梁民未蒙教養之賜乎！雖然，非獨梁也在論，反本之論，拳拳焉亦責成梁之意也〔二〕，而卒不悟。噫！窮矣！有天資樸實如齊宣，猶不足以興焉，然則教養之未易舉乎！

　　是故論王道者，毋以孟氏爲遠所慕；原治要者，毋以齊宣爲善守常。

【校勘記】
〔一〕申，原刻誤作“中”，據排印本改。
〔二〕梁，疑當作“齊”，蒙上誤。

猶緣木而　一句〔一〕

　　大賢於齊王之欲，必喻其無可得之理也。

　　蓋緣木而可以得魚，此天下必無之事也。齊王之欲，何以異於是哉！孟子言此，所以解其惑也。

　　意謂天下有不同之事，而無不同之理。以理論事，則事爲甚明；以事觀理，則理爲易見。王之所欲，臣請例以事乎？

　　今夫木也者，鳥之所依也；水也者，魚之所依也。是魚之生也，見之於水而未嘗見之於木；則人取之也，不當求之於木而當求之於水。苟好利之心勝，而昧乎取物之智；徇利之情溺，而眩乎慮事之明。魚本在水也，而反求之於木；木本無魚也，而不求之於水。責所有於所無，昏而弗覺；求至易於至難，昧而弗知。則木雖可求也，而魚終不可得也；木雖可緣也，而魚竟不可求也。非魚之不可求也，求之而非其地耳；非魚之不可得也，得之不以其道耳。

故雖大鉤已具而釣，無以收取物之功；縱欲大繩屬網而網，無以奏得魚之頌〔二〕。是何也？孰植非木，而木未嘗有魚；孰潛非魚，而魚未嘗在木。木而無魚，則欲求魚於木者，非惟愚者不可漁而取之也，雖智者亦不可漁而取也；魚不在木，則緣木求魚者，非惟拙者不能求而得之也，雖巧者亦不能求而得也。然則何取於釣？何取於網？又何益於緣木哉？

王之所欲，何以異於是！蓋水猶仁也，木猶力也。即水而求魚，猶行仁而求王；假力而求王，猶即木而求魚。其事雖殊，其理則一也。爲齊王者，宜亦可以反觀矣。

【校勘記】

〔一〕原刻正文題目爲“猶緣木而求魚也”，與原刻目録不協，今依目録改。

〔二〕以，原刻所無，依上文例補。

其詩曰畜　君也

大賢即樂詩而釋之，所以悟齊王也深矣。

夫晏子厚愛其君，固以閉邪爲己責也。樂詩以愛君歸晏子，則孟子之愛君，從可知矣。安得不釋之以爲齊王悟哉！

意謂君臣相遇，自古爲難，而相知之深、相愛以道者，吾獨於晏子見之矣。方出郊，興發之政既行，而君臣相説之樂

遂作。當時徵諸詩詞、被諸管弦者,其詩有曰,晏子之强其
君所難而非過也,畜其君所欲而非尤也。

　　是蓋明良胥慶,有以輸其逆耳之忠;君臣際會,有以發
其誠款之素。蓋人臣納諫以便君者,似乎愛君矣,然而長君
之惡,則不忠之罪莫大,夫奚愛?安君所能而不戾者,似乎
好君矣,然而遂君之非,則匡救之道已虛,夫奚好?夫惟晏
子責君之所難,而不順君之所欲,則有以裁其過而進其不
及,是蓋不以小成期之也。天性之忠切,於是乎露其真矣。
禁君之所便,而道以所必從,斯有以成其美而補其缺,是蓋
欲以遠大責之也。愛君之誠懇,於是乎泄其悃矣[7]。道之以
先王之道者,非故以古難之也,是欲以先王責之也。責之以
爲先王者,其好孰加焉?成以今時之樂者,非故以今病之
也,是欲不以同俗好之也。好之以不同俗者,其好孰大焉?
吾於是見責成其君者必有忠誨,而從諫者乃所以賊其君也。

　　然則晏子乃景公之愛臣也,而孟氏亦齊宣王之晏子也。
惜夫晏遇而孟子不遇耳!惟其遇也,於是相悦之樂作,而齊
以霸;惟其不遇也,則去齊之志決,而齊以墟矣。吁乎!孟
子固不愧於晏子也,曾謂齊宣不愧於景公耶?

尺地莫非　二句

大賢言土地人民皆屬之商,見文王之所以不王也。

　　甚矣!土地人民,王業之資也,而皆屬之商焉,則商猶
夫一統矣。此文王之所以難也。

　　意謂子即文王以疑王齊之論,是徒見於積久致王之迹,

而無見於時勢之難易耳。吾觀文王值商家遺賢遺澤之運，其時固難矣，然其勢亦有不易者。

是故土地廣闊，則澤可遠施，興王業者大有賴於此也。文王之德，固足以奄有四方矣。然而天下猶商家之天下也，故不特百里七十里爲商之有也，自尺地而上，以至舟車所至，人力所通，凡夫當時之域中，莫非商家之土地。雖岐山之下，亦商家之統屬也。文王特居商土耳，安得而有之也？故曰“尺地莫非其有”，曰“尺地”則有盡天下矣。

人民衆聚，則仁可大行，興王業者實有利於此也。文王之德，固足以奄奠萬姓矣。然而天之曆數猶在乎商也，故不特千乘百乘爲商家之臣也，自一民而上，以至混然而處，群然而居，凡夫當時之黎民，莫非商家之民庶。雖岐下之民，亦商家之宰馭也。文王特治商民耳，安得而臣之耶？故曰“一民莫非其臣”，曰“一民”則臣盡天下矣。

夫地盡天下則文王無土，臣盡天下則文王無民。無民無土，其何以王天下？吾謂王齊反手，蓋有資於時勢之易耳。爲公孫丑者，可不自悟乎！

愛人不親　歸之

大賢極言自反之效大，感應之理見矣。

夫感應不誣，而善反者得之也。端身之道，其可緩乎！孟子以是爲言，蓋欲立治之準也。

意謂治天下有本，身之謂也；端身有則，自反之謂也。自反可以動天下，君子可不豫爲之所耶？

是故愛人、禮人、治人,孰非君子分内事也? 然或不親、不治、不答,則吾仁、吾智、吾禮之未至耳。不思自反,人其謂我何? 其必不親,反仁以敦愛也;不治,反智以貞智也;不答,反敬以崇禮也。則其責己也重以周,而身度不愧於先施矣。由是達之庶務,而凡行有不得者,不親、不治、不答之類也。皆反求諸己,不敢以自恕焉,反仁、反智、反禮之推也。則其責己也詳以悉[一],而修身不歉於物望矣。

夫然,吾見其身既正,天下孰敢倍之? 蓋至仁所推,而天下父母之;至智所推,而天下神明之;至禮所推,而天下挫服之。不必賞之,而言自莫不信也;不必怒之,而行自莫不敬也;不必求之,而四海自莫不尊親也。是其始也,德修一人,固吾所當盡而盡之理也,而無所利於其他;其終也,德在天下,固其不得不應而應之勢也,亦莫知其所使至。是見其無爲也,而不見其自反也。

感應之道,如斯而已。

【校勘記】

〔一〕以,原刻及排印本皆作“已”,依文義正。

人有不爲　一節

惟有以立天下之大節者,斯可以辦天下之大事也。

夫立節者所以確所守也,而辦事者所以果所動也。守確而果動,君子之所以自立如此。夫孟氏蓋病世之無守者言之也。

且夫萬事叢於人，君子固不容以無爲而徇其身；然而萬化起於虛，君子亦不容以有爲而徇天下。是故卒然而無爲者，乃泛然而無所不爲者累之也。其必辨乎是非之故，而作用之迹斂諸虛；審乎可否之宜，而動運之智恬諸無。寂然無將也，無迎也，道在所不爲者晏如也，居然天下之靜，若將棄天下之事而遺焉者；寂然無妄也，無雜也，義在所不爲者淡如也，嚴於必果之守，若將處天下之愚而昧焉者。

是蓋剛方之操崇於衷，不牽於物欲之撼雜；履貞之守豫於素，無惑於疑似之參橫。蓋明足以察幾也，健足以致決也，則素履有中庸之行矣；精足以擇善也，一足以固執也，則遇事有仁者之勇矣。

吾知道在所不爲者，因晏如也。而其在所爲者，則將力而趨之，固有一家非之而不顧，一國非之而不顧，天下非之而不顧者。集天下之大務，非斯人其誰與歸！義在所不爲者，固淡如也。而其所可爲者，則將奮而當之，故有舉一家所不敢爲而爲，一國所不敢爲而爲，天下所不敢爲而爲者。收天之奇功，舍此其誰與歸！

是知擇之精者行之順，守之豫者動之決。然則不爲乃有爲之資，而有爲者乃無爲之反歟？

舜尚見帝　夫也

觀唐虞君臣之交際，可以見友道之隆矣。

夫賓主之情，朋友所以隆也，愛德之義也。唐虞之君臣行之,斯其爲交際之盛乎！孟子論取友之道,而有及於堯舜之事。

若曰朋友之交,天下之通義也。不以富貴而驕,不以貧賤而屈,盡道其間者,吾於唐虞見之矣。

彼其重華協帝,千載仰明良之運；二女嬪虞,萬世慶上下之交。當夫貳室之館,堯以甥道處舜也,則堯爲主而舜爲賓,尚見之體貌既殷,下交之晋接又腆,堯固不自知其爲君矣；及夫就饗之誠,舜以舅道處堯也,則舜爲主而堯爲賓,畎畝之界既略,崇高之勢以忘,舜亦不自知其爲臣矣。往來之情通,而君臣道合；賓主之歡洽,而相須義殷。是非以天子而友匹夫乎！

蓋堯之於舜也,惟以賢處舜,而不以臣處舜；故舜之於堯也,惟以德視堯,而不以君視堯。師錫之餘,堯以放勳友,玄德而已,分雖匹夫,堯何知焉？一時相遇之盛,蓋假此以泄禪受之機,堯不得以天子自貴矣。升聞之際,舜以重華友,峻德而已,貴爲天子,舜何歉焉？一時交會之隆,蓋假此以公與賢之義,舜不得以匹夫自屈矣。是則堯之不驕匹夫,可以示天下後世之爲人君；舜之不諂天子,可以示天下後世之爲人臣。欲成上下之業者,舍唐虞其誰法？

吁乎！尚德風微,交道不講矣。而君臣之間,爲尤甚焉。受故人之加足者,猜三公而不任；衣白衣以並游者,且屈右相之拜矣。聞有就第視疾,不過隆一時之虛文；而雪夜之幸,視社稷不既輕乎？噫！是又焉得與比隆？

聖人先得　我口

大賢著聖人與人無二性，明天下好善無二情。

夫理義原於所性也，先得之者聖人，同悅之者天下，夫奚容異哉？即此可見夫性善矣。

孟子之意，蓋謂理義天之性也，人之道也。性道所在，天下不容異也。

今夫言盡道者，孰不曰聖人？言盡性者，孰不曰聖人？然而聖人豈外理義以自立哉？蓋聖人雖生知，不能外良知以爲知；聖人雖安行，不能外良能以爲能。以理義視聖人，則聖人猶夫人耳；以聖人視天下，則所得先乎人耳。得之先者，氣之不容同也；得之一者，氣之不容異也。

夫惟理義爲天下之同性，故嗜理義爲天下之同情。吾見莫不有是理也，莫不有是好也，本諸心而動諸念，一口之悅乎芻豢，無僞也；莫不有是義也，莫不有是悅也，原諸性而發諸懷，一芻豢之悅我口，無心也。蓋芻豢之悅口，凡有口者皆然也，不必强之天下而合；理義之悅心，凡有心者皆然也，不必謀之天下而孚。

此塗人所以與聖人同心，而天之降才，蓋斷斷其有不殊矣。性善又何疑乎？抑論之性之不明也，異端之説害之也。自夫異端之説勝，而性善之旨幾熄，孟氏蓋深憂之也。牛山之喻，芻豢之譬，拳拳無已，蓋亦欲反天下之惑而明道之也。

然吾獨憂夫説愈出而愈窮也。孟氏則曰善，告子則曰惡，又曰可以爲善惡，是皆因孟子之説而求勝之詞也。雖然,吾又悲孟氏獨未有以開天下惑者,芻蕘之説奚容已也。

古之賢王　之勢

大賢稽古,有重道之君,無枉道之士。

夫重道者,君之所以尚賢也;不枉者,士之所以尚志也。上下各盡其道,則古人之相遇,誠知道而弗知勢者矣。何後世之不然耶!

孟氏有激而嘆曰,大凡側陋之士顯大名於當世者,莫不有不召臣之君,高天下之見者爲之重焉;特達之君能垂休烈昭後世者,亦莫不有不可召之士,負天下之重者爲之望焉。斯二者勢相須而道相成也。

稽古賢王賢士,其何以自盡也?蓋惟賢王以道下人也,其心恒曰:士不可以勢震也久矣,而貴德尊士,誠我大人分也。故悦仁嗜善,恒若不足;遺世忘我,若素無之。爲其多聞也,固將以師事之,而況以富貴驕之乎?爲其賢也,固將以就見動之,而敢以崇高友之乎?是豈先匹夫哉?夫惟勢吾所重也,而所重有甚於勢者,於是有所當屈;善吾所好也,而所好莫大於是者,於是有所當尊。是賢王屈己以下賢,而不欲枉士之性也如此。古人於是有不召臣之君矣。不然,負其位不肯顧其下,將士至於矜其能心矣,其可謂下無其人乎?

古之賢士以道自重者也,其心恒曰:士當自立天下也久矣,而安真內慊,吾何愛於天下焉?故優游樂道而居珍節操,草芥外物而忻然終身。尊其德也,天子其我侶也,而肯

407

以巍巍視之乎？樂其道也，諸侯其我徒也，而肯以崇高視之
乎？是豈貌大人哉？夫惟彼以其富，我以吾仁，天下莫我加
焉。而大行不加，窮居不損，吾何利於勢焉？是賢士貞守以
自勝，而不欲蹈於富貴也如此。古人於是有不可召之士矣。
不然，枉其道而徇夫人，世固以我爲失己也，其如養正之道
何哉！

　　是則上之忘勢者，非重士也，重道也，重道則士有所必
尊；下之忘人之勢者，非自重也，重道也，重道則己在所不必
枉。知士之當尊而尊之者，君道也；知道之當重而重之者，
士道也。有重道之君，則高才無戚戚之容；有重道之士，則
盛位有赫赫之光。此古人所以上下交而德業成矣。

孟子曰知　賢也

　　大賢著道之要而徵於古，以見知務之學也。

　　夫先要所以成大，舍要而圖道之大者，蕩也。觀之堯舜
可徵矣，可獨於孟氏之言而疑之？則知務者善權其輕重之
分而已。

　　且夫天下之道二，曰仁、知而已；君子之學一，曰知要而
已。知要，固所以達道也。今夫言知者，孰不曰主於知焉？
言仁者，孰不曰主於愛焉？不知夫無所不知、無所不愛者，
仁、知之所以爲體也；而不專夫無所不知、無所不愛者，仁、
知之所以爲大也。故知非無知，而急在先務，蓋有執一知以
御百知，固有不用知而知者矣；仁非無愛，而急在親賢，蓋有
仁一人以及萬人，固有不用恩而仁者矣。

是故稽古堯舜，仁知人也，堯舜豈無所用其知哉！吾觀衢室通訪，明目達聰，則堯舜之知，蓋有先其重者，固不求遍天下之知。而天下以大知歸堯舜者，自不得以不遍知者累之也。亦豈無所用其仁哉！吾觀四岳咨賢，十二牧卜相，則堯舜之仁，蓋有急其大者，固不求遍天下之愛。而天下以至仁歸堯舜者，固不得以不遍愛者病之也。然則惟其不遍知也，是故得成其知，而以知高天下。否則恃知而窮，堯舜吾不知其知之爲何如也，而況知非堯舜者乎？惟其不遍愛也，是故得成其愛，而以仁擅天下。否則恃仁而窮，堯舜吾不知其仁之爲何如也，而況仁非堯舜者乎？

是知聖人不遍知、不遍愛者，將以其所知及其所不知，以其所愛及其所不愛也。夫人之遍知遍愛者，將狃於其所不知以害其所知，狃於其所不愛以害其所愛也。以其所知所愛而及其所不知不愛者，是之謂達分；以其所不知不愛而害其所知所愛者，是之謂不知類也。達分則聖，不知類則愚。法聖去愚，有志者端於堯舜則之。

以追蠡 一句〔一〕

以器辨樂之尚，其識淺矣。

夫樂之尚，何與於追也？乃以追之蠡爲尚者，其識不已淺哉！

高子意謂居今而尚古樂，其樂之善與不善，似無從知也。而所可知者，亦惟器之全與不全而已。蓋物多用而美者，亦以多用而毀。故睹其器之將敝，可驗其樂之獨隆矣。

禹聲之尚文，予豈無所以哉？豈必審察律呂，而後知六代所垂，獨推美乎有夏；亦豈必詳紀聲音，而後知姒氏所建，實遠過於成周。即以追蠡言之，而樂之所尚，有可進徵者。

自隨刊之功既畢，而定爲雅奏，爰有鐘以宣其盛。斯其器美備，固已爲萬世則矣。雖予生也晚，不獲悉睹其全。第當日九牧作貢之金，其質豈不倍於今時？乃於八音燦列之中，而遙望安邑之簴虡，累累焉而欲墜者，竟不能自全也，則良有以也。自平成之績既奏，而被爲聲歌，固有鐘以著其休。斯其制之精詳，已足爲百代準矣。雖予也不敏，未能遽考其備，第當日塗山鑄鼎之功，其工豈反遜於後世？乃於六代並陳之際，而一觀有夏之鐘虡，幾幾乎其欲絕者，竟無術自固也，則信有以也。

雖夏后之鐘虡，未嘗大遠於穆考乎？乃何以彼此之各別也有然？今日禹雖遠矣，而聲之寓於追者不與之俱遠。則以一追而辨其高下，而猶得謂吾言之多疏也哉？抑靈臺之鐘鼓，亦未嘗遠遜於姒王乎？乃何以前後之優劣也有然？今日禹雖往矣，而聲之存於追蠡者則不與之俱往。則以一追蠡而衡其污隆，而猶得謂吾言之或迂也哉？

蓋存道心者禹也，豈並其律音而亦有惟微之象？制人心者禹也，豈並其樂器而亦有惟危之形？觀於追之蠡，誠不得謂禹之聲不尚於文王之聲矣。

【校勘記】

〔一〕"一句"二字，據目録補。

詩義五首

四月秀葽　二句

時觀動植之變,大寒之漸先徵矣。

夫物不自變,而變者時激之也。觀物觀時,豳民能不爲寒之思豫乎?且寒至而索衣者,計之晚也;時至而不豫知漸者,圖弗早也。玩漸遺晚,夫豈豳人之所以長慮哉!

是故九月授衣,人事之度也。然時維四月,純陽宰變物之體,微陰潛將姤之機,則夫徵諸物感者,已非前日之智矣。故雖草屬之葽,性蓋得地之植者。化工無心於先授,氣類自速於將迎。歸根復命,顯大化於不榮而實者,可睹也。居然植物,昭然變異,則凡性乎葽者,猶夫葽矣。感物睹時,應知氣候之變係之。默運者無迹,潛被者有象,陰陽循環之機,蓋於是可觀其概也。然則四月雖未寒,類之則九月者,四月之推也。大寒而推可見,其所以早爲之地者,容可緩乎?

一日觱發,天時之紀也。然時維五月,一陰司變物之權,諸陰卷退藏之宅。則夫顯諸物類者,已乘氣機之變矣。故雖蟲屬之蜩,性蓋得天之鳴者,大造無心於鼓動,聲元自有以先感。呈音效異,泄天精於清亮不絕者,可聞也。蠢爾動物,倐爾流聲,則凡性乎蜩者,猶夫蜩矣。察變觀化,應知氣序之流關之。大化藏諸隱,鳴蜩聲諸迹,寒暑往來之運,蓋於是可觀其略也。然則鳴蜩雖未寒,類之則鳴蜩者,觱發之漸也。大寒而漸先徵，其所以豫爲之所者，容可忽乎？

是則九月授衣，四月豫防；一日膚發，五月先憂。幽人於此，可謂先事而早圖矣。當時風俗憂勤，有若是焉，周之興也固宜！周公懼成王之有侈心，故以是道之，亦豫防先憂之意也。雖然，此非周公之教也，大王之教也；非大王之教也，公劉之教也。公劉以憂勤導其民，而民也思然；周公以俗導其君，而成王也勃然。然則立周家之命脉者，善哉公劉之教民也；永周家之命脉者，善哉周公之教君也。故曰稱成周之治者，頌周公之功不衰。

摯仲氏任　一章

觀文王所由生，而知其聖之不偶也。

夫父王季、母仲任，文王所由來者漸矣。詩人陳成周受命之事以戒王。

若曰天之昌一代而授之大業也，則固有聖人以承其命也；天之生聖人而屬之大命也，則又有前乎聖人者以發其初也。文王我周基命主也，而豈無自乎哉！吾得而推言之也。

當商德日替之餘，適周道方隆之際，念茲摯國，毓此仲任。自殷商而來嫁，於周室而爲嬪。摯之與周，如彼其遠也；任之與姬，如此其疎也。然孰爲之而使成二姓之好耶？是天作之合也。既而乃及王季，維德之行。乾以健而理乎外，坤以柔而順乎內。端一誠莊，與其明類長君者相爲唱和也；思齊思媚，與其積功累善者相爲先後也。又孰爲之而使皆一德之咸耶？是天啓之衷也。

　　夫天下有有是父而無是母者，王季之興，而得仲任爲之配也；天下有有是母而無是父者，仲任之興，而得王季爲之主也。由是秀靈鍾孕，文王於是乎生焉；太和保合，文王於是乎聖焉。故文王之聖，夫人而知之也，不知文王非自聖也，天之聖文王，聖於其父母也；王季、太任之賢，夫人而知之也，不知王季、太任非自賢也，天之賢王季、太任，正以聖文王也。有王季、太任爲之先，而始有文王爲之後；有文王爲之後，則必有太任、王季爲之先。嗜欲之間，預鍾乎純佑之命；而好述之合，要以篤哲人之生。

　　故觀文王者，不觀之天人交與之時，而觀之生有聖德之日；不觀之生有聖德之日，而觀之太任未嫁之辰。然後知造化之培植之機，深且重也。

不識不知　之則

　　文王之心，純乎天者也。

　　夫苟純乎天則，固知識不事而動與天合焉，此固天之所懷者。吾因是知夫文王之放伐者，亦天也而非人也。

　　且夫人孰無是天也？自私欲蔽之，天斯戕焉。是故智識者，私意之宗也，戕天之具也。夫人以天始而以人終焉，凡以是焉而已。文王蓋知天下之不可以知識，而純天之知識爲真也。故中而虛焉，無所於繫也；寂而慮焉，無所於意也。斂明於無，黜聰於拙，若將爲天下之無聞見者，人孰得以知識歸之？養思於晦，藏神於冥，若將爲天下之無運用者，文王夫亦烏自知其有知識哉！夫如是者，固非文王之離形去智，而果於無所知識也。亦曰將以完夫真知識，而天之與人不參焉者也。

是故心與理值也，神與天值也。隨而動，常而經，變而權。凡所運用，皆天也。道與慮會也，性與思會也。隨而畢，闔而仁，闢而義。凡所施措，非人也。是皆達帝之衷也而欲不累，純天之至也而物無羨。夫是之謂與天同，故曰文王不以知識害其天者也。

不留不處　二句

速軍功以全農事，王者命副將之辭也。

蓋軍功未成，農事妨矣。王者命副將以此，其仁民之意深哉！

宣王自將伐徐夷，而冊命程伯休父，若謂天下之兵民一也。徐夷恣睢於南土，不得已而驅吾民以從戎，庶幾早畢乃事焉，民猶有幸也。司馬其念之哉！

且今執斧斨而往者，夫孰非持鋤耰而耕者乎？冠兜鍪而前者，夫孰非衣蒲茅而稼者乎？苟徐寇一日而未平，軍伍一日而未戢，農事一日而未興，爾為師司馬，慎勿頓兵以逗留，慎勿擁衆以游處。偕爾皇父，以共佐予一人，出經營之勝算，清淮浦於旬日之餘；同爾三公，以共敵王所愾，決戡定之訏謨，速天誅於指顧之頃。使伍兩軍師之衆，得復為比閭族黨之民；上地中地之民，無淹於正卒羨卒之役。銜枚勿事，南土快衣裳之新。今之執斧斨而往者，俄然持鋤耰而終畝焉可也？否則一日不作，終歲不食，民其能無舍我穡事之嘆乎？班馬聲聞，大軍慶凱歌之奏。今之冠兜鍪而前者，俄然載茅蒲而集事焉可也？否則一夫不耕，或受之饑，爾其能遒疲民以逞之責乎？

吁！命三公則云“惠此南國”，命六卿則云“不留不處”。三代之兵若時雨，吾於宣王有見焉，仁哉！

邦畿千里　四海

詩人著賢王有土之盛，以見地不改乎舊也。

夫地土偏全，王業盛衰之候，係之商宗，[一]固能不改於全盛之時焉，則商家永終賴之矣。此固詩人所樂道者。

意謂創業固難，守成不易。念創業之勞，吾固於成湯頌功焉；顧守成之不歉，吾方於成湯慶之。是故商家之天下何如也？四海爲家舊矣，其全勝矣。而有所虧失焉者，固非成湯之所以望於子孫也。

兹者武丁之德，猶夫湯也，故山河社稷，吾未見其有異也。是故觀之邦畿焉，翼然千里者，足爲四方之極也。據上游而都天下之會，其諸成湯之舊乎？而其肇域者，則翕然四海，咸歸統理之中也。宗封疆而籍天下之富，其諸九有之日乎？連衡於京師，宰制於天下。一王司命，率土咸家偏以安[二]，天下無恙，宗廟其將永賴之也。是非武丁之能控馭而若是乎！深居於九重，宰制於萬方。一人御極，萬姓版圖晏然，而土宇無變，臣民其將攸曁之也。吾於是多武丁之武德矣。

是則守不失乎見業，故命於是乎可封也，而先望不孤；

德不衰乎前修,故業於是乎可垂也,而世澤洪遠。武丁之所以可祀者,其在於斯歟? 詩人以是登之廟歌,固以紀功,亦以訓後也。使誦武丁者,而時有興焉,此固詩人之意也。

　　噫! 商人之盡能爲武丁焉,則商至今猶存可也。惜乎其不能也!

【校勘記】

〔一〕商宗,疑應作"高宗"。

〔二〕"以安"二字疑乙,"以"字屬下句。

附録三 序 跋

策 序

丁自申

東莆太史林先生崛起嶺南，射策明廷第一。其敷對抒陳忠懇，不主頌體，以是受聖天子親知，蓋異數也。自申髫童時，得手録而讀之，以合於蘇長公制科之策，不辨其孰爲長公者。

始太史自以侍承明之日長，乞身歸養。部使者屢趣還職，卒不果赴以殁。學士大夫，無不潸然傷之。同郡左參劉公，與僉憲林公追論鄉哲，因相顧欷歔曰："往太史魁天下，天下之所共知太史者不在文，將因文以睹其用。顧其用不究已矣，可使其文漸滅無傳爾耶！"僉憲公迺出所藏遺策若干首，使授於郡齋而刻以行焉。

嗟乎！方太史弱冠在諸生中，試經術世務，動條答數千言，至令主司僉衽嘆賞。無論一策冠多士，而光芒閃鑠久矣。文者，天地之精華，其下爲河嶽，其上爲日星。人以文尤著者，勢欲薄河嶽日星，爭光上下，即精華太炫，造物忌之。斯蘇長公所以玉堂金馬之門常冷，而放浪山巔水涯以終也。獨太史然哉！

今是篇比長公什一耳，安知尚論者不與蘇集並傳？昔

417

《治安》之策,誼不及試而天年蚤終,劉向尚其通達國體。蔡邕秘《論衡》不以示人,由今知中郎之集不下於充也。茲謀刻者之心,抑有劉更生之見,而剖篋中以公之人,賢於中郎遠矣。

晋江丁自申書。

【注】本附錄序跋除另注明者外,皆録自光緒十年本《東莒先生文集》。按年代先後排列。

三試外場全卷序

郭子直

夫人以靈淑秀朗之心泄之篇章,則異地異時必有聲應氣求者於其後。余於東莒先生有感焉。

余少習海内家語,得先生鄉會制義讀之,異其不襲綺麗,不事琱晝,直抒性靈。而大廷一對,莫非濟世石晝,氣圉詞雄,翩翩乎蘇長公風骨,心向慕之。時群諸生中,未嘗有一日之雅於石洲師,亦不期銜命爲嶺表游。未幾,石洲師奉璽書督學於越,竟得以平日淑於先生者[一],售知石洲師。庚午連上春官,即浮沉中外十餘年,猶幸有今日游,則余與先生,若有夙緣者。夫讀其人之書,於二十年前知遇其宗人,已奇矣;復於二十年之後入其鄉,揖讓其子弟,望其園林宅里而吊焉,非有得於聲應氣求者迺爾哉!

向廁祠曹,擬鋟先生文以示不忘,且不敢私。轍軔世途,篇幅漶漫。今游其地,日與其鄉之子弟相劘切,獨敢忘且私乎！因出其三試全録，屬潮陽令徐君鋟之，爲東人士式。

夫龍泉之利，期於斷割；烏號之勁，期於中的。先生以弱冠射策，爲世廟第一人，時以爲賈誼、劉更生復出，非舉業者之龍泉、烏號乎？東人士不法其先正宗旨，顧蒐索坊間殘唾餘沫，蔽日窮年，刓精剥神，即偶博一第，終虧大雅，無益也。嗟嗟！劍尚神光，而華其室者寶鉛刀矣；弓先木理，而繡其弭者珍棘材矣。寧不爲歐冶、甘蠅之所笑哉！粤之人士，知東莆先生之文爲龍泉、烏號，則聲應氣求，嗣余其有興乎[一]！

檇李郭子直臣舉書。

【校勘記】

〔一〕平，原刻，排印本皆誤作“乎”，今正。

詩　序

曾邁

東莆太史以嘉靖壬辰對策魁天下，尋以母老疏乞歸養。歸而築室山中，飲酒賦詩。余自垂髫時，未嘗不慕其爲人。每扼腕其壽命不永，勳業未就，無所表見於天下。乃旁搜其遺稿，自廷試諸策而外，不上數什首。雖其爲文出入兩漢，馳驟長蘇，然而未極其至，蓋所不滿於太史者什之七矣。久之，家君出其《田園閒咏》一帙，中多太史點竄字迹。時余未解韻語，顧什襲而藏，尚莫辨其爲燕石爲楚璧也。曩歲發而讀之，大愜夙契。近每誦其俊句佳篇，以膾炙吳允光，允光亦時嘗稱賞曰："是惡可以無傳乎？恨余未竟其全也。"今茲偕袁經肅海上，益珍玩不釋。乃謀鋟而廣之，而勉爲之序。

　　嗟夫！余何足以知太史哉！大凡天之所命豪傑也，不篤其高世之行，即偉其高世之言。言非浮物也，皆心聲也。士君子一吟一咏，未始不酷肖其爲人。其人顯達而軒昂，則其言莊重典則，威嚴不可望；其人窮困而愁思，則其言哀怨沉鬱，悲鳴不可聽；其人狂豪而宕跌，則其言洸洋恣肆，傾瀉震撼而不可禦。大抵才情之所不至者，意氣不能激焉；沉思之所不至者，強辭不能奪焉。持此以論詩，而人品亦因之矣。吾鄉自鄒魯以來，事功、節義、文章、隱逸之士不一，而以詩名世者，概可指數。非詩之難，而所以發其才者，意各有所至也。乃太史弱冠負才名，一朝謝去，甘心田里，其意固已遠矣。大丈夫生不能立言垂世，没亦徒然。故憤發其所爲情，而醉之於風騷篇什。林塘可樂，雲山可栖，樵子田夫可侶，木石魚蝦可友。游乎無構之圃，自歌自咏。曠然大觀，總之片言隻字，依古以來，不失性情之正者也。

　　明興，詩學泛濫，作者無慮千百，大率多猥蕪而乏古雅，而館閣諸鉅公，又特以富麗春容風天下。《三百篇》固不可作，漢唐亦遐哉邈矣。方太史在史館中，慨然有工古文辭意，又性篤，與人不相習，故退而卒業東莆，著詩自見。今觀其所閒咏，類多陸沉詩書，放浪丘園，縱意千古之上，不落宋元人口吻。其古者脱去脂粉，獨餐雲霞，有夏松殷柏氣象。睹《懷古》、《感興》諸篇，洋洋乎固陶、謝、嵇、阮之遺風也。其律者又多奇特閒曠，以古意叶聲偶，而不妄鑄一辭。嘗自言曰："五言律者如四十個賢人，著一個屠沽不得，貴淘練

也。七言似之。"斯不亦升唐人之堂,窺作者之班乎！是以
當世士無一足以知太史,而太史遂受輕世傲物之名。又復
不自裁抑,間發其不平感慨之氣,獨酌獨謠於園林中。而識
者亦第云豪舉云爾,不知太史未嘗有意爲豪也。見超者不
徇物,情簡者寧作我。天之所命,久與俱化,即太史亦不知
其然而然也。

　　余固反覆是篇,諷咏紬繹,恐太史遂謂後世無知己,又
懼其管窺蠡測,開罪當時,且不足彰太史千載之名。顧伏而
思之,太史之名,載此詩矣。生而無以策樹,没而後有所表
見者也。言而可傳,言亦行者也。余惡得而秘之！昔井丹
先生爲太史作傳,慮無所稱述於後,乃不敢辭其責,爲刻廷
試諸策,播之郡國,布之天下。獨惜此詩不得與之俱傳,即
井丹先生之知太史,烏足以盡太史哉！嗚乎！斯予之幸也,
而亦太史之幸也。余近過太史里門,望其廬,想其人,輒低
回留之不能去。而不察者猥以壽命不永、勳業未就爲太史
病,是用爲之表章,使天下後世知太史有詩名,且曰夫士不
出則已,一出皆魁偉奇傑之儔也,而豈徒以對策大廷重乎哉！

　　萬曆庚子,揭陽曾邁志甫書於肩吾堂。

重刻詩序

曾敬雍

　　予猶子志甫,生後予六歲,垂髫與予同游泮。其才多予
數斗,爲諸生三年即登丁酉賢書,上春官,交游天下名士。
如霍林湯先生、貞父黄先生、休仲胡先生、異度張先生,皆其

把臂而莫逆者也。公車弗售，歸而與都人士結社學古文詞，飲酒賦詩。日持東莆太史林先生《田園閒咏》，饑而飽之，醒而醉之，醉且飽而狂吟之，其意義每曠世而相親。一日，謀之梓以公先生於不朽。初刷板，鄉之人有疑志甫以太史爲李奇，浸假而炙名人口，迺漸釋然，已復群起而爭寶之。噫！其爲耳食也亦多矣。

時予爲諸生，雖日與俱，然方惴惴以八股從事，其於五言七言之旨，未敢肆力而窮其奧。是以亦弗欲辨其爲狗羹爲猴羹也。但見志甫每計偕歸，凡五易科，其往也挾與俱往，其來也則往往捆載而來。予啓其笥視之，皆名山奇川之所記。其得力於太史者，亦不爲不多矣。癸丑上春官回，竟以詩酒病且篤。予視之，床頭惟此兩物。悵然訣予曰：“生於斯，歿於斯，姪又何恨？獨恨未有廣其傳者，當屬吾叔。”予曰：“唯唯，恐不敏不能及耳。”迨淹溘之日，吾兄不忍睹其所遺，盡闔而藏之。

計丁卯，已十有三年春矣，吾始叨鹿鳴，促裝北上，未暇探索。越明年，方啓吾兄，發所藏而徵之。其版半食於蠹魚，爰命梓人，爲之緝復。獲所遺，尚有太史文稿若干首。予未得盡錄，姑取其關於世教者，如《華巖講旨》，又《書太安人不事佛》二帙，殿爲第四卷，略表其廣之之意耳。至若太史之學之行之言，則固已載之前序兩篇矣，不敢贅。

志甫原名思道，邁蓋蒙題更者也。初游泮，與予同師事錫山景逸先生。蒙先生並器其文，即以分利鈍之途。今似獲左券者第予，愧鈍則鈍矣，而武後塵，又揣揣不知其何似也。併志之，以不敢負券予者於地下，而俾屬予者之雖歿猶生也。

崇禎庚午,揭陽曾敬雍簡父書於浴風亭。

廷試策序

洪夢棟

文以明道也。古人道足於己,有不容已於言者,又其氣足以舉之,故洸洋自恣,汨汨然日探之而不窮。

秦漢以來,氣之昌者,唐推太白,宋則子瞻。太白飛揚超忽,千人坐廢,即少陵、昌黎之卓犖,無以過之。子瞻雄姿英偉,如鞭雷電,如決江河,故雖明允之爲父,廬陵之爲師,亦退避子瞻出一頭地。

明興,能文之士數十百家。較著者,歷下、弇州,規模《左》、《史》;毗陵、晋江,馳騁韓、歐;江右鄭謙止及吾鄉東莆先生,則步趨子瞻。今合諸君子文讀之,非不神巧各擅,要東莆之於子瞻,則形神俱肖矣。壬辰對策大廷,頃刻五千餘言,排蕩屈注,渟滀蘊崇,直與子瞻《萬言書》爭千秋之價。吁,何其氣之似也!夫後生學士,孰不漁獵先輩,抉意抽華,依以成名。然字字而比之,句句而櫛之,土偶衣冠,終歸淪棄。何者?其氣不充,固非可以貌取也。

夫氣猶水也,法猶舟也。水之所趨,舟斯泊焉;氣之所屆,法斯立焉。故必有餘於氣,而後寬綽游餘非冗也,廉屬峭刻非削也,批之剥之,往還馳驟,無不如意。此子瞻之所以獨有千古,而先生之所以大魁天下也。顧氣非襲取也,清心以直之,含經嚼史以瀋之。調之欲静,行之必達。而又平心息慮以察之，令氣與心和，心與手適。乃能行乎其所不得不行，止乎其所不得不止。不然，虛憍客氣，血動脉張，知其無能爲也。

乃吾讀先生之文，重有慨也。嘉靖初，世廟銳意有爲，先生所陳者，又悉防微杜漸、通達國體之言，使能行先生所言，清心寡欲，擇循良之吏，墾曹濮之田，通南北之利，去冗禁奢，與民休息，雖立致治平，無難也。乃臺閣諸臣，懵不能知，世廟知不能行，而先生解組去矣。未幾，上心漸侈，土木齋宮之事，紛紛繼作。洎乎末年，邊事孔亟，師旅之事，無歲無之。乃嘆先生言無不驗，而言之不售，爲可惜也！浸淫數十年間，以至於今，儲峙內竭，盜滿近畿，吏懦而不可仗，兵窳而不可用，河洛之間，漕運再絕。使先生而在，不知其痛哭流涕又當何如也！

茲因其家梓先生制策，爲言其文之工，且欣其遇，而深悲國家之不能究其用也。先生文行之佳，具載本傳。至別論著，即於制策窺其一班可也。

崇禎癸未，姪婿洪夢棟仁升書。

序

吳穎

予少時見田汝成記東莆先生對大廷時軼事，深嘆夫科名盛事非可倖邀，即君相亦不得而爭之也。方貴溪當國，知貢舉，以成格程進士，高材生之軼於法者，有屬禁，且令所司傳諭。既廷試，閣中列呈二卷。汪都憲得東莆策，驚曰："寧有對策而無冒語者！”永嘉閲之，曰：“文雖踰格，然明快可誦也。”附呈，擢第一人。貴溪讓所司之未傳前諭也，已乃知散卷時東莆不至，故未聞斯語。嗚乎！東莆當日，豈有意於高科之掇，而爲此無冒之制策以驚衆乎？設令與諸進士旅進，而聽春曹之言，又豈復能安冀格外之賞識，而置閣臣之議爲可略乎？則東莆之少年高科，材之所優爲也，柄臣安得而引之，況得而抑之哉！

　　予來潮，從其家購得遺集讀之。蘇子瞻自評其文，曰：“行乎其所不得不行，止乎其所不得不止。”東莆之文有焉。蓋文猶水也，東莆其川之方至乎！蓄積者深而行之以氣，觀於海而知東莆之有其沛然莫禦者也。永嘉文貴簡練，而有取於此，信永嘉之不以一格圉士也。貴溪立朝摛文，皆以氣相尚，而顧欲以成格束縛學人，令背於所好焉，率不克伸其議，而東莆以少年進士，凌而上之。世廟臨軒策士，使柄臣無從施其推挽，文章之榮遇固然，抑亦可以尊文章之權矣。東莆他所著述，即以制策概之可也。予故讀東莆詩文，而併論其世如此。

　　溧上吳穎書[一]。

【校勘記】

〔一〕溧，原刻誤作“漂”。按吳穎爲江南溧陽人，故據以正。

序

翁如麟

　麟自結髮受書，每慨然慕古名臣傑士，以爲丈夫處世，當佐天子廊廟，以號令賞罰天下，迪民吉康。否則身肩弘鉅，經營四方，勒勳王府，垂光麟閣。即不然，則以驚才絕學，膺侍從之選，參帷幄，備顧問，受人主特眷，如陸忠宣公之於唐，歐陽文忠公之於宋，斯可謂不負所學也已。

　吾潮林東莆先生以文章魁天下，其大廷對策，洋洋灑灑，不下萬言，皆剴切規諷，深中時弊，有古晁、賈風，固已九重覽而動色，海內誦而心儀矣。乃其餘詩文翰札，尚未受梓，故世少傳焉。其侄孫明樑、鵬、鳳輩，以全集示余，將壽之剞劂，且徵弁言。

　余惟先生爲潮前修，文章行誼，郡邑乘及先輩郡邑大夫備述之矣，小子何能贊？憶侍先君子日，側聞先生與先祖襄敏公爲道義交甚摯。今觀先生書中，如征南平交之事，往往留意綏靖，不欲以荒服勞耗民生，與先公上毛、蔡二司馬書，千里如合符節。至先公與先生往復諸札，皆以學問德業互相砥磨，其論學諸書，大概宗龍溪先生致良知之説，有非後學所易管窺者。人但知先生以文章名世，而經術卓卓可傳，非流覽其全，未易測也。使天假以年，安知君臣之際，相得之盛，見於行事，不與唐宋諸君子後先媲美耶？

　麟不佞，生先生之後，慕先生而不得見，見先生之集，則如見先生焉。若夫遇合之奇，則田夫野老能言之，無俟再贅矣。

康熙壬寅，翁如麟書。

序

方孝標

海陽林孝廉法，字深甫，己酉冬，枉公車而省其師江子九同於吳門。九同介之謁予。予見其氣宇論議，必名家裔，而未知其先世之所源。一日，深甫奉一編而請於予曰：“此法之曾祖伯考東莆公之遺集也。東莆公諱大欽，字敬夫，嘉靖壬辰狀元及第，授翰林修撰。久之，以養母歸。築室東莆山中，與海內賢大夫如姚江王龍溪、海陵王汝中、吉水鄒東廓，時以理學相勉勵，暇則爲詩文自娛。母終，公不勝哀毀，既葬，道病卒。詩文多散佚。癸卯秋，法受江先生知，得舉於鄉，乃與族弟鵬、鳳輩，搜而輯之，成若干卷。將圖不朽於先生，先生其無意乎？”

余既嘉深甫之孝思，而又不能無感於科名與人之相倚以爲重也，君臣遇合之難也。蓋有明二百餘年，狀元及第者數十餘人，而粵東有三人，先生其一也。此三人外，其以富貴聲華震耀一時者，何可勝數！而至今海內所不待言畢而皆知者，惟此三人與丘文莊、海忠介而已。夫以文莊之博學，忠介之貞操，而僅得與三人者並，然則科名豈不足以重人哉！既又思此數十餘人，其間以道德文章、勳名節義章章者，雖不乏人，然亦可屈指數，其餘則多磨滅。甚或按其籍則有其人，履其鄉詢其遺文遺迹，而子孫不能言萬一，又豈非人之足重科名乎！東莆公生平雖不少概見，然而遭盛時，遇英主，又出永嘉、貴溪之門。二公始皆得君甚，公既爲天子所特拔，二公必左右之。使公少委蛇其間，豈不能馴致大位？及分宜仇貴溪，鉏其黨與，一時門生故吏，羅織無免者。而公獨優悠畎畝，此必有非得失禍福所能攖者。由此觀之，公固重科名而不徒以科名重者也。

昔人觀漢賈生策，而知孝文時已有七國變亂之萌；誦元許平仲疏，而知世祖時已有太阿下移之漸。蓋朝廷治亂之幾，往往大臣不敢言，而小臣能言之。言之，而君或不知之。言之而君知之，則必用之。言之而君知之，而不用之，則天心視爲去留，奸邪伺爲進退，其害可勝道哉！明世宗亦賢主也，而後世或議其始激於大禮，繼惑於青詞。乃今觀公大對之策，有曰“游民衆則力本者少，異端盛則務農者稀”，又曰“禿首黃冠，充斥道路”，“朝廷之事，無有與陛下言者”，是當時已見端矣。使世宗能因此以信用公，必有大可觀。何令之不數年即歸，歸即老以死？世宗豈可謂知人，而公亦何賴有此知乎？此奸臣方士之所以接踵而興也。然則古今君臣遇合之際，能不爲東莆公嘆哉！然而豈獨爲東莆公嘆而已哉！

深甫挾策長安，其於天下之利弊，自當直言無隱。苟能見知，吾知其必能終用以有成，而光乃祖父之遺澤於異代無疑也。是之謂大孝，深甫勉諸！

龍眠方孝標書。

序

陳衍虞

周秦而降，所號古文專家者，或以質，或以文，或鬱然而奇，或粹然而正。遷、固諸君子，辭不掩理，其老在樸。至徐、庾、江、鮑輩，則全乎春華矣。韓、柳之卓躒，永叔之雅醇，文以正勝。而孫樵、劉蛻者流，語不驚人不休矣。甚矣，古人各不相襲也！而其行久不敝者，則皆氣之爲。文人得氣之昌，首推蘇髯。觀上神宗及策論等文，滻滻湯湯，真有屈注天潢、倒連滄海之勢。即長公自言"吾文如百斛泉源，隨地涌出"，非氣而誰爲出之，誰爲誦之哉？數百年來，罕見其繼。自吾鄉東莆先生出，眉山之燈，又橫出一枝矣。

先生年二十二對大廷，咄嗟數千言，風颿電爍，盡治安之猷，極文章之態。世廟拔之常格外，擢殿撰，一時聲名籍甚。未幾，先生以養母乞就子舍，不數載遂歸道山。

嗟乎！彼其時議禮之聚訟雖息，鈞衡之煬竈正工，且烽火屢撤，甘泉禱祀，工作之事，又紛紛起矣。世廟英毅，資不世出，以先生受眷之隆，假使久立本朝，陰用維挽，必能潛清君側，而城狐社鼠，不至久竊威靈。必能燭玉杯帛書之奸，而齋宮青辭，無事獻媚。必能止土木之繁興，而將作諸役，不至身都通顯。必能先雨綢繆，早銷邊釁。必能容納諫臣，廣開言路。夫何東山泉石，方耽謝安；冥王位虛，遽召擒虎？致先生經濟之才，一無表見，豈不惜哉！

先生遺文散失，其裔孫輩搜輯以付梓人。虞讀集中與王龍溪、羅念庵、鄒東廓諸公往復諸札，大都以性命之絕學爲汲汲，似於詩文一道，一切以雕蟲小技視之，無足當其揣摹者。五言古詩，絕有陶彭澤風味，餘體亦蕭然自放，骨帶烟霞。要之，諸策已高踞千仞峰頭，令人攀躋俱絕。所謂屈注天潢、倒連滄海者，於寸璣尺幅見之。雜置蘇集，誰判澠淄？豈同此岳瀆英靈，在宋則鍾眉山，在明則生桑浦耶？何氣之昌而言之似也！匪特維桑文獻，即以當郊天之鼓可矣。

康熙丙午，同里陳衍虞園公書於五羊旅次。

詩 序

王岱

自古道亡而天下無真人，詩道衰而天下無真詩。故真人不易見，真詩不易得。然有真人，即有真詩，不容強也。何也？人生自少至老，汩没名利，以詐僞爲智，以混俗爲通，故言不由衷，語多矯飾，其於性情之道遠矣。真人則不然，讀書談道，寵辱不驚，窮通一轍，故下筆立言，直抒胸臆，自爲怡悦，而讀之者神遠，此真人真詩之有由然也。

粤東太史東莆林先生，負不世之才，抱經濟之略，少年立掇巍科，聲名藉甚。其鄉、會、廷試諸策，皆典謨訓誥、忠君愛國之言，傳稱海内者有年，岱齔齔時已奉爲拱璧矣，尚以未獲見風雅爲恨。今年夏，乃寓書陳園公轉購之，而先生從孫翩千手録相示。爲之吟咏數過，蘊藉和平，幽閒淡雅，宛然陶、阮風範，令人躁累盡釋，所謂真人真詩在是矣。

夫真人真詩，生平宗匠未得者，今一旦獲之，不覺景仰思慕之不忘也。因附數語卷末,藉以不朽云。

康熙丙寅,楚潭王岱山長書於澄江邑署。

康熙本跋

林鳳翥

先殿撰撰著,郭文宗臣舉有三場策論之刻,曾孝廉志甫有詩歌之刻,曾孝廉簡父有詩、講旨之刻,家井丹先生有制策之刻,舉業則散見於定待諸選,總未曾合刻也。旋遭兵燹,所刊刷板,既已蕩爲寒烟劫灰矣。後諸繕本,亦復挂漏脱誤。遇佚前光,鳳等惡焉。夫昔人一書一笏,猶不惜重貲購之,謂爲手澤之存,況文章經國大業,先人精神心力之寄者哉!

兹合諸本,力爲校讎,匯以成帙,而諸先正序文,焕焉弁首。至舉業,或採之先賢選本,或收之學士篋衍,緣得未夥,未能單行,因合策論,都爲一集。敢曰表章,庶先人精神賴以不墜耳。諸先正序文,賞心各別,互有所祖。要之,策摹長蘇,詩規陶、阮,短札如策,而制義似詩,正不必過爲軒輊也。

先殿撰年少解組,事母至孝。與友諸札,悉拳拳於性命道德之説。既於世寡所許可,抗懷皇古,涉目萬書,興之所觸,時而野吟,時而獨酌,時而坐石看雲,時而倚花植竹,蕭散夷猶[一],超然於是非得失之外。故貴溪不得而援之,分宜亦不得而擠之。《易》云"知幾其神",殿撰有焉。

通集不敢妄加評點,既傷寡昧,亦以語出後人,涉情爲阿。世有鏡深繹隱君子，加之評隲，則所日夜望者也。

康熙己亥，從玄孫鳳翥翮千編次

世侄孫鷗汀、柏齡、俊年校字

玄孫、諸從玄孫名氏：

上殿文也	上敏達也
翔仞先	起蛟桂千
上睿可達	翹楚亭
芝蓉豐城	光儀偉文
自菁孟佩	光倬綸文
煥孟求	茂捷獲斯
熾孟啓	學思孟豈
恭鑭右文	煌孟佐
詒新振浩	光遠名文
之松綱文	光信允文
三捷聯登	敏捷明斯
光葆韜文	廷擢俊拔
成桂馥攀	廷錫景文
廷錦繡文	建錡鼎文
學海元河	茂楚潮士
淑貞定芳	茂純天睿
方慶天申	開華天成
澄源天策	開來天傑
喬天秀	盛桂天長
繼儒天輔	永秀天章
廷植天立	永瑞天祥

祖光	巨源
逢源	握璧乃嘉
名捷乃良	成琮乃璧
士統延年	成理乃順
開邦天疇	開傅天弼
	同校鐫

【校勘記】

〔一〕夷，原刻作"夸"。《説文解字》云："夷，夷本字。"排印本作"夸"，形訛。

續刻東莆公文集序

林炳

嘗聞莫爲之前，雖美而不彰；莫爲之後，雖盛而不傳。語雖爲二人言，亦可爲先後代概也。大抵先人行誼、制作，卓然昭著一時，往往有數傳而後每嘆無徵者，推其咎，在後人繼述之不力也。

炳課兒曹，暇日適檢閲十二世祖叔殿撰東莆公文集，書缺有間，獨於此深抱歉焉。何者？公以少年英穎，早掇巍科。雖遇合際風雲之會，而鈞衡值煬竈之工。史館三年，疏請歸養。宗山構齋，講旨華巖。悟性真於鳶飛魚躍，忘世態於得失榮枯。十餘年幸終曾參孝養之志，越數載忽來顏回不幸之傷。雖修短有數，勳業未宏，而其經濟事業之見諸策論篇什間者，先正諸賢各爲序文而表著。叔祖鳳翥力爲剞剟而流傳，使其板存，其文存，其人雖至今不朽可也，胡必以天命不永慨哉！所可慨者，其後板藏宗祠，族人不知珍惜，遺簡剩書，散佚至今，蓋數十年矣。即訪之都邑人士，家藏集冊，亦幾希少見。公之見諸言而寓於集者，不幾漸焉以漸滅乎！夫古人片言隻字，凡有關風俗人心者，尚不忍令其埋没，況文集乃先人精神心力之寄，經國久大之猷，而願聽其湮没不傳乎？際此篇殘簡斷之餘，倘置存亡而不問，致後人渺無傳信，慨然興文獻不足之嗟焉，此責又將誰諉也？

於是稟請家君號潛齋與季父蘭修，搜羅遺集，家藏莫備，僅於族叔樹垚、宗叔其華處，共得二部。其間蠹魚食字，滲漏濕篇，多所缺略。再求散集，與兒輩照珊、宅嶇檢對補遺，合成卷帙，竭貲付鋟。非敢云附驥沽名，惟期先緒之不墮耳。

先殿撰文以氣勝，詩多奇特，短札長篇，無非由格致誠正、窮理盡性醞釀而出。諸先正序文，賞心雖有各別，而發其幽光則一而請詳〔一〕，毋庸贅述。通集莫敢評點，悉遵叔祖遺訓，以俟高深紬繹而評隲耳。

光緒十年甲申，裔侄孫炳麟甫重編次

裔侄孫婿許鳴鋆樂賓　　　　校字

後學世侄莊烈昌子南

裔　孫映春際德

裔侄孫蘭修竹園

宗侄孫其華春如　　　　同校錄

耳侄孫　搲〔一〕　照珊
　　　　莛　宅嶇

【校勘記】

〔一〕請,疑應作“精”。

〔二〕“掄、蓮”兩名,光緒二十五年重印本作“培菜、培薰”,恐爲後來挖
　　　改。民國以後諸本皆據光緒二十五年本。今依光緒十年本。

光緒十年重刻本跋

吳國鎮

右東莆先生文四卷,詩一卷。

案先生以嘉靖壬辰廷對第一,巍科碩望,焜耀天南。廷
策、試策先已次第刊行。其詩集則萬曆中揭陽曾邁刻之。
邁歿,其叔敬雍重梓,又於廷策、試策外,增入《華嚴講旨》、
《書太安人不事佛》二篇。入國朝康熙間,先生曾侄孫法偕
族弟鵬、鳳復搜輯雜文,附以經義一卷,合刻成書,即今本
是也。

先生學主“良知”,讀集中與王龍溪、羅念庵諸書,略見
宗旨。豈當王學盛行,固風氣使然歟？然是時學派出姚江,
詩文派則北地、信陽,餘波衍漫,先生詩文尤何落落獨往,不
苟隨風氣也？

板久漫漶。林子宅峴,先生族孫也,因道其家君麟甫,
稟請大父潛齋,擬重梓行。余爲慫恿成之,并附識數語於後。

光緒甲申仲冬,番禺後學吳國鎮謹跋。

林殿撰東莆集題辭

馮奉初

漢武帝崇儒重道，進群士於廷而策之。董江都首發天人之旨，遂爲千古策學之宗。魏晉以迄六朝，寥寥莫繼。唐有劉去華，宋有張子韶、王梅溪，崇論宏議，彪炳兩朝史册。而文信國之古誼若龜鑒，貞忠如金石，浩然之氣，猶爲獨有千古。至明代臨軒策問，羅一峰場中請增卷紙，大放厥詞，遂以名儒魁天下。東莆林公英年入對，振筆疾書，閱者駭怪，而知己乃在九重。纚纚數千言，所陳皆唐虞三代之治，識者以爲蘇文之矩矱在焉。遙遙二千載，相望不過數人。蓋清廟明堂之器，黃鐘大呂之音，非復耳目近玩。學者宜拓開眼界讀之，庶幾爲他日拜颺之先聲耳。

後學順德馮奉初題。

（録自道光二十七年刊本《潮州耆舊集》卷七卷首）

重刊序文

林若安

我鄉十二世祖叔大欽公，字敬夫，時人稱東莆先生，明嘉靖壬辰科殿撰。弱冠舉於鄉，殿試聯捷，高掇巍科，名震宇内，世宗贊爲天下奇才。其文章道德，前人述之備矣。

舊有《東莆文集》傳世，板藏因歲久漫漶，幾無存留。事變後,邑人藏是書者,亦荒廢殆盡,僅見不易。若安懼其久而湮没,用將是書重行付梓,無非彰先蔚後之意也。若安洎庚辰叨長東莆區政,數年來殫精竭力,凡所興革,靡不悉心規劃,用能次第畢舉,獲觀厥成。然以改善地方,固當前急務,而一鄉文獻,足資後人觀感,亦未可緩圖。爰告諸郡侯,侯是其議。遂付諸剞劂,藉以行世。

蓋聞君子具卓犖之材,必有過人之識。材以資其用,識以保其身。方公之貴也,出於永嘉、貴溪之門。當是時,二公秉政,權傾朝野,公若委蛇其間,不難立致卿佐。顧詞垣三載,遂疏請歸養。築室宗山,講旨華巖,究性命之文,致良知之學,澹然無心於用世。論者惜之,而孰知不旋踵間,貴溪之禍旁及門人,使公立朝,其能倖免哉!乃竟優悠畎畝,盡孝養於無虧,其明哲保身,非常人可及。惜年壽未永,然其學行,已垂不朽矣。

是集刻於光緒十年,距今逾五十七稔。今復刊行於世,俾先祖文章道德,傳諸久遠。或曰時事蜩螗,民生凋敝,奚暇及此?噫!此迂拘之見也。聞之古者,戎服講《老子》,北向講《孝經》,倥傯戎馬而不廢弦誦。誠以文化不興,則民德不振,其關係家國盛衰,豈細事哉!若安不敏,乃本"天下興亡,匹夫有責"之義,匪敢附驥沽名。區區之志,願與識者共勉旃。

是爲序。

裔侄孫林若安敬序
(録自民國三十一年排印本《東莆先生文集》卷首)

林東莆先生文集跋

饒宗頤

　　林太史大欽敬夫所著《東莆全集》，光緒二十五年己亥冬十二月重刻。共五冊，分六卷：卷一卷二爲制策，卷三卷四爲雜文書札，卷五爲詩歌，卷六爲制義；首載各家序文，並薛中離撰《傳》、林熙春《爲諸生呈林太史鄉賢稿》二篇。

　　東莆著述最先鋟版者爲《廷試對策》，潮陽林井丹始爲刊於郡齋，是爲嘉靖本。其後潮陽令徐學曾翻刻《三試全錄》，是爲萬曆本。今皆佚。崇禎以後，東莆對策皆附入文集，遂不復別帙單行。詩集刊行較晚，舊僅有寫本，萬曆庚子揭陽曾邁始刻之。越三十年，當崇禎庚午，邁叔敬雍又刻之，而附以東莆雜著。自是以後，其詩未有單刊之者。觀王岱寓書陳園公，欲購東莆遺詩，而東莆從孫竟手錄以寄，可知曾氏刻本至康熙中葉，已極難得矣。東莆又有《華巖講旨》，生時已有刻本，見《與王汝中書》。崇禎重刊東莆詩本，即以此《華巖講旨》與《太安人不事佛》二篇，合爲雜著。東莆所著書，其合以刊爲一集者，始於清康熙間，東莆族孫林泆等所輯梓，道光阮《通志·藝文略》著錄之，今已極鮮見矣。

　　東莆以少年掇巍科，文才蓋一世。廷試一策，當時已膾炙人口。而學問之事，歸田後時與山陰王龍溪、吉水羅念庵及同里翁東涯、薛中離輩寓書，互相切磋，雖未登陽明之門，已深得良知之旨，今集中所載《華巖講旨》及與王汝中、鄒東廓二書，暢論心性源流，見解圓滿，辯才無礙。惜少嬰羸疾，未及不惑而已卒。苟天假之年，則以此高明絕異之姿，益以靜修悟力之大，其證道又安可量耶！其詩沖澹閒適，有類陶、韋，又其餘事云。

（録自饒宗頤總纂《潮州志·藝文志》集部第 10 頁）

咏懷詩集按語

饒宗頤

東莆先生詩集，各家序跋皆不標舉集名，曾邁序雖有"《田園閒咏》一帙"語，乃舉集中開卷《田園雜咏》、《田園閒居》諸詩，概而言之，非集名也。惟《西河林氏族譜》葉向高《東莆像贊》言先生著有《咏懷詩集》。先君據以著録。頤考東莆自序有"稍類四時，以見懷焉"之言，則集名《咏懷》當不有誤。東莆詩共二百四十八篇，各體咸備，獨七言古詩缺焉。是集乃東莆自爲編定，始登第以前，而終嘉靖甲辰之春，時去東莆之歿，才數月耳。

（録自饒鍔、饒宗頤著《潮州藝文志》卷十一集部別集類）

重刊林大欽公詩文集序

林豐銘

夫自唐宗開科，英雄入彀；文章中式，朱衣點頭。歷代題名雁塔，進士何止萬千；賜宴瓊林，文章留下多少？蓋以拂鬚舐痔之辭，率皆命短；憂國憂民之作，固當永傳也。

我鄉林大欽公，明嘉靖壬辰殿撰。鴻才卓識，弱冠登

439

科。臨軒策問,世宗贊爲奇才;振筆疾書,文名震驚宇内。其安邦定國之謀,拯世救民之策,久已深入人心,爲世所仰,宜其洛陽紙貴,譽滿神州也。

林公三載詞垣,一心圖治。第因貴溪當權,合污固非所願;用是急流勇退,致仕歸養高堂。遥瞻遠矚,縱情山水之間;亮節高風,講學宗山之内。惜乎顔淵命短,天不永年。著有《東莆文集》,刊於清光緒十年,其後五十七年,未曾再版,欲讀公作,難乎其難。洎民國三十一年,先兄若安,鑒於先祖詩文,珍若拱璧,保存鄉邦文獻,義不容辭,遂重新付梓,刊行傳世,深得鄉親贊譽。至今又四十五年矣,世代更迭,災變相尋,公之文集,復又瀕於湮泯。

豐銘寓居香江,心懷桑梓。自顧風燭殘年,愧無建樹;欲繼先兄遺志,重刊是書。幾度涉海回鄉,搜求舊集;遍訪耆宿父老,僉云無存。後於汕頭市獲董正之校長珍藏原本,遂攜回香江,重付剞劂。傾羞澀之阮囊,酬生平之夙願。吾知斯集之印行,必得識者之贊許。先賢雖逝,遺教尚存,飭吏治以安邦國,盡地利而裕民生。灼見真知,仍可借鑒,其意義固不僅存文獻、紹先緒已也。是爲序。

裔侄孫豐銘敬序

公元一九八七年歲次丁卯七月

（録自香港潮安仙都鄉林世光堂重印《東莆先生文集》卷首）

附録四　傳記資料

傳

薛侃

東莆林太史，諱大欽，字敬夫。世居東莆，故號東莆太史。

其先自閩遷濟南，朝奉公復自濟南回閩。不至，因止莆山之陰家焉，是爲始祖。四世潛峰公以理學起家，官秘書，乃以族改居山陽之山兜，宗屬延植矣。八世碧川公以文學騰聲黌序，即高祖也。生四子，第三子怡然公生經標公。經標公生贈儒林郎毅齋公，是爲皇考。

贈公儒而貧，晚年單舉太史，有異徵。稍長，聰穎異儔，好讀書，乃至無書給之。稍學爲經義，東涯一見奇之，以國器許焉。年十二，從贈公至郡書肆，見蘇氏《嘉祐集》，絶好之，停玩移時，爲言贈公市歸。既浹旬[一]，操筆爲文，屈注奔騰，神氣宛肖，識者重之。會十八，失贈公。拮据奉母，力尤不能致書。族伯廷相、廷泰，名孝廉也，藏書萬卷。因資以自廣，尋浸博通子史百家言矣。

嘉靖辛卯就試，督學王公奇其文，爲薦於巡按御史吳公。更試《李綱十事》，考據詳核，詞旨凛烈，讀之覺奕奕有生氣。相與嘆賞曰："此蘇公筆墨、胡公封事也，必然大魁天下。"其年試於鄉,本房薦擬元,已而第六。明年計上春官,連舉進士狀元及第,如二公言。方太史之廷對也,閣臣定孔生、高生二卷,都御史汪公鋐得太史文,詫曰:"安有答策無冒語者!"太學士張公孚敬曰:"是嫻於詞,必當上意。"乃附二卷封進。上覽之,親擢第一。榜發,中外稱慶,咸謂大魁得人云。

官詞垣三年,即疏請終養。奉母南旋,築室以聚族人。結講堂華巖山,與鄉子弟講貫六經,究性命之旨。自是屢趣不起矣。海內賢士大夫,想望丰采。如姚江王龍溪、吉水羅念庵、浙中王汝中,與鮀江翁東涯及不佞,時相寓書言學問之意。獨太史刊落聞見,純任自然,實能於所性本體着力修存,非從耳目記誦收拾補湊也。既已無心世用,優游典籍,怡情山水。所作詩歌蕭然自放,非樊籠所囿者。

昔與洪震父、許鬱園及謝生、黃生交。震父早逝,假旋,鬱園亦亡。太史親爲扶櫬,俱爲經紀其家。即謝生、黃生亦時相扶進,庶乎始終者。東莆所隸,堤齧於水,莫與任功。太史曰:"是吾責也。"礐砌堅牢,東鳳諸村賴之。

太安人舊多病,庚子盡年不差,以至大故。太史毀甚,加之久侍湯藥,血氣坐是大耗。免喪,葬其母於莆山之麓,歸道病卒。聞者咸惜其才,而悲其年之不永也。東涯寓書於余,恐其澌滅無述,俾令作傳。而世次特詳,猶東涯意也。

論曰:太史之貴也,實出永嘉、貴溪之門。二人既得君,太史又爲天子所自取士,倘稍委蛇,即立致卿貳無難也。顧屢促不就,何哉?既盈而昃,亢極而戰。無論俯仰事人,非通人之節,而權勢倚伏之途,肯蹇裳就之乎?吁!此出處之揆也。既已逍遥林谷,向往前修,生生之體,依稀見之,使天假之年,進趣當未可量也。居家奉母,是亦爲政。自賤而貴,自生而没,始終孺慕,可謂孝矣。

(録自光緒十年刻本《東莆先生文集》卷一)

【校勘記】

〔一〕旬,原刻及排印本皆誤作"句",據文義正。

東莆太史傳

林大春

予嘗歷觀自宋以來制科士,至東莆太史,嘆曰:"嗚呼!才不其難乎!"乃太史一朝崛起海隅,受知當宁,名動京師,可謂奇士。而論者乃不深惟本始,徒以其年弗永、勳業未就之故,將並其人泯之,以是靡所稱述於後世焉。此其責宜在予矣,於是爲之傳以廣之。

曰:東莆者以里爲號,大欽名,敬夫其字也。其先世與予俱出殷太師之後,宋元之間始自閩遷海陽。或居南桂,或居東莆,而在南桂者爲予族氏。至太史始以對策入翰林,爲展書官,因遂退而里居〔一〕,故稱東莆太史也。

太史生而穎敏,幼嗜學,家貧無書。年十二三時,嘗從其父如潮,過書肆,顧見眉山蘇氏《嘉祐集》,心絶好之,輒佇玩移日不能去。頃之成誦,已乃操筆爲文,文絶似之〔二〕,縉紳長老先生咸器重焉。會中道失怙,家益貧。獨與其母居,常自備書給之。間頗交游列邑士〔三〕,資其載籍以自廣。由是旁通子史百家言,揣摩曰:“此足以角當世之士矣。”

嘉靖辛卯就試有司。督學王公得其文[四],奇之。以薦於巡按御史,相與嘆曰:“是必大魁天下者。”其年果首薦於鄉,連舉進士及第,如其言。先是,天子臨軒賜對,一時待問之士,集於大廷者凡三百餘人。殿閣大臣第其文,得孔生而下十二策以進,而太史不與。上覽而問曰:“是安得無異者乎?”始以太史對上,遂大稱旨。比制下,中外莫不翕然,以爲海內復有蘇子矣。

久之,以母老疏乞歸養。居東莆山中,築室以聚族人,族人待而舉火者數十餘家。而吉水羅念庵、武進唐荆川復時時寓書潮州,言學問事。太史顧獨自負奇,以爲儒者多議論而寡事實[五],又繩趨尺步,弗獲舒其志意。乃遂寄意於詩酒臺榭聲伎之間,自謂豪舉。其故所與游謝生、黃生之徒,輒稍稍引去。客至,或莫見其面。其簡抗如此。後母以天年終,太史哀毀逾禮。及既葬,歸道病,竟卒於家[六],天下聞而惜之。

論曰:予嘗聞之謝生,言吳侍御之知太史也,實以《李綱十事》之對。其辭直,其事核,至今讀之,猶令人耿耿有誅奸諛、泣忠憤之氣。假令一日立朝,即澹庵封事,何足異者!乃使之弗克見其用以歿,亦可悲矣!然太史故以好游稱,及既貴,輒隱居自廢。頗著嵇生之書,資東山之娛,以致交游卻步。語有之:“後宮盛飾,則賢者隱處。”豈謂是歟! 豈謂是歟! 蓋予於是而益信乎才之難矣。

(錄自民國二十四年潮陽郭氏雙百鹿齋本《林井丹先生文集》卷十四)

【校勘記】

〔一〕因遂退，《國朝獻徵録》作"已退"。

〔二〕之，原刻無此字，據《潮州耆舊集》補。

〔三〕列邑士，《國朝獻徵録》作"邑人士"

〔四〕《國朝獻徵録》"王公"後有"慎中"二字，按萬曆《粵大記》載是年廣東提學副使爲王世芳，即此傳之督學王公，《國朝獻徵録》實誤。

〔五〕《國朝獻徵録》"多"字誤作"名"。

〔六〕《國朝獻徵録》無"於家"二字。

林大欽傳

郭棐

林大欽，字敬夫，別號東莆。海陽人。生而穎敏。幼嗜學，家貧無書，過肆見眉山蘇氏集，心竊慕之，佇玩侈日，竟成誦。後爲文絶似之，縉紳長老咸器重焉。嘉靖辛卯以儒士應對《李綱十事》，其辭直，其事核，督學王公與巡按吳御史嘆異之，曰："此必大魁天下。"是年中鄉試第六，連中進士，廷試狀元及第。公廷對不起冒語，一如漢策，殿閣大臣以不合式而有奇氣，置進呈十二卷之末。上覽，大異之，列第一。比制下，海内翕然稱復有蘇子。授翰林修撰，每有著述，一時爭傳誦之。尋以母老乞歸養。築室東莆山中，以聚族人，族里待之舉火者數百指。吉水羅念庵、武進唐荆川時遺書問學。公自負奇氣，厭繩趨尺步，而好爲豪舉，寄意於詩酒臺榭聲色之樂，客至莫見其面。後母氏卒，公哀毀逾禮，既葬歸，竟病卒。嗟！公以瓌奇之質，乃輒豪佚自廢。才難，不信然哉！

（録自明郭棐《粵大記》卷二十四）

爲諸生呈林太史鄉賢稿

林熙春

爲公舉翰苑名賢，以光祀典，以屬世風事。

竊惟禮隆瞽宗，須德行文章並重；議關學校，惟事久論定爲真。故才邁群英，誼高一世，即閭巷韋布，猶得與乎俎豆之榮；矧廊廟楩楠，可弗躋乎宮墻之列？

茲有前狀元及第翰林院修撰林大欽者，洪鈞鑄品，名嶽降神。自其舞象之時，已有吞牛之氣。孝從天授，少小篤懷橘之思；質在人先，稍長勵漂麥之志。謂百氏爲所當獵，墳典包縮胸中；以三蘇爲必可師，琳琅縱橫筆下。沉潛尚友，而意適薺鹽；和悅寧親，而情甘菽水。甫十八而喪父，多方爲附身之需，猶恨其木之不美；偕伉儷以事母，竭力備養志之奉，若忘其家之最貧。十事敷陳，媲李忠定之忠肝義膽；原道辨析，規韓昌黎之孔思周情。廿歲而粵省掄魁，越年而燕臺正奏。風搏九萬，日對三千。大學士置之十二，豈謂眼迷五色；聖天子拔之第一，定知喜動重瞳。經品題而御墨淋灕，侍講帷而展書顧盼。自是寵在詞臣之右，咸羨忠結明主之知。倘少遲乎金馬玉堂，自當躋乎經邦論道。乃舉頭日近，寧無戀闕之丹心；而極目雲飛，轉念垂堂之白髮。不數月而潘輿迎養，滿一歲而李疏乞歸。視富貴如浮雲，温飽非平生之志；以名教爲樂地，庭闈實精魄之依。孺慕彌殷，怡怡然晨定昏省；宦情自冷，兢兢乎履薄臨深。母安則視無形，聽無聲，縱寒暑不辭勞瘁；母病則仰呼天，俯呼地，即鬼

神亦爾悲哀。母死而骨立支床,吊人殞泪;母葬而跪行卻
蓋,觀者蹙眉。惟其親者親,而疎者亦賴以舉火;以故厚者
厚,而薄者亦莫不分金。同心如謝如黄,或約婚姻,或推衣
食,無爲貴賤改節;刎頸若洪若許,或爲修墓,或爲扶櫬,豈
以存亡易心! 蓋内外既無間言,嶺海亦爲希覯。人見其盛
名太早,祇一鳴以驚人;豈知其大節不虧,慰三遷之教子。
度其初志,謂報主之日尚長;會以修文,致侍劉之日遂短。
真當時咸傷梁木,今日共仰蓍龜者也。

　　某等父老之口説既詳,子弟之耳聞亦夥。雖位以年促,
或惜其勳業之未宏;而行與文符,可令其蘋藻之弗報? 非惟
鄉先生之鬱,抑亦二三子之羞。敢具聯詞,用佈公論。伏望
宗師大人臺前,特采名實,奉祀宮墻,庶激人心,亦裨風教。

(録自光緒十年刻本《東莆先生文集》卷一)

林東莆遺事

郭子章

田汝成記云:

　　林大欽,字敬夫,自號東莆子。海陽縣人,年二十二
及第。

　　先是,禮部尚書夏言知貢舉,上言:"舉子經義策論,各
有程式。邇來文體詭異,舊格屢更。請令今歲舉子,凡刻
意騁詞、浮誕割裂以壞文體者,擯不取。"上從之。會試既
畢,夏公復召予語曰:"進士答策,亦有成式,可諭諸生,毋立
異也。"予曰:"唯。"因諸舉子領卷,傳示如前。諸舉子皆

曰:"唯。"

既廷試,諸達官分卷閱之。時內閣取定二卷,都御史汪公鋐得一卷,大詫,曰:"怪哉!安有答策無冒語者。"大學士張公孚敬取閱一過,曰:"是雖破格,然文字明快,可備御覽。"遂附前二卷封進。上覽之,擢無策冒者第一。啓之,乃林大欽也。

夏公大駭,謂予何不傳諭前語。予無以自解,乃就大欽詢之。對曰:"某實不聞此言,聞之,安敢違也。"予乃檢散卷簿,則大欽是日不至,次日乃領之。因嘆榮進有數,非人所能沮也。

已而,授翰林院修撰。以疾告歸,未久卒。

(錄自明郭子章《潮中雜記》卷九《郡邑志補》)